PATRICIA GRASSO

Unter der Flagge der Liebe

Roman

Aus dem Amerikanischen
von Ellie Stern

WILHELM HEYNE VERLAG
MÜNCHEN

Titel der Originalausgabe
TO TAME A DUKE

Umwelthinweis:
Dieses Buch wurde auf chlor-
und säurefreiem Papier gedruckt.

Deutsche Erstausgabe 01/2006

Published by Arrangement with Kensington Publishing Corp.
New York, NY, USA

Printed in Germany 2006
Umschlagillustration: Renato Aime / Thomas Schlück GmbH
Umschlaggestaltung: Nele Schütz Design, München
Satz: IBV Satz- und Datentechnik GmbH, Berlin
Druck und Bindung: GGP Media GmbH, Pößneck
http://www.heyne.de

ISBN-10: 3-453-49038-X
ISBN-13: 978-3-453-49038-3

Prolog

Boston, September 1804

»Gütige Jungfrau, bitte für mich beim Heiligen Vater, dass meine Mutter sich von dieser schweren Geburt erholt.«

Die zehnjährige Lily Hawthorne stand im Eingang des Four Winds, der Schenke ihres Vaters. Sie trat zwei Schritte hinaus auf den Howell's Pier, wo sie der Geruch von Salzwasser empfing und die Sonne ihr das Gesicht wärmte.

Lily strich sich ein paar ebenholzfarbene Strähnen aus dem Gesicht und ließ den Blick über den Hafen von Boston schweifen. Tief durchatmend versuchte sie, die Hoffnungslosigkeit zu bekämpfen, die sich in ihrem Inneren auszubreiten begann. Schäfchenwolken zogen über den blauen Horizont, der sich so weit erstreckte, bis der Himmel mit der See verschmolz. Sie hörte das Kreischen der Möwen und sah ihnen zu, wie sie ins Wasser tauchten und wieder aufstiegen. Ein großer Schwarm Wildgänse flog in strenger Formation über Lily hinweg Richtung Süden.

Sorgen trübten ihre zarten Gesichtszüge. Das Herz war ihr schwer, und sie musste gegen die Tränen ankämpfen. Doch ihre Mutter würde es nur noch mehr belasten, wenn Lily dem Drang nicht widerstand, sich hinzuwerfen und hemmungslos zu schluchzen. Sie durfte nicht mit rot geweinten Augen vor ihre Mutter treten.

Ihre wundervolle Mutter lag im Sterben.

Ein tiefes Seufzen entrang sich Lilys Kehle. Ihr Herz kämpfte noch gegen das an, was ihr Verstand längst wusste. Ihre Mutter würde sterben, zu groß war der Blutverlust nach der Geburt ihres zweiten Kindes, einem Sohn.

Warum mussten ihre Eltern noch ein Kind bekommen?, dachte Lily. Schließlich hatte sie doch schon einen älteren Halbbruder! Das Leben ihrer Mutter für einen kleinen Bruder einzutauschen, das schien kein gerechter Handel. Aber nun konnte man nichts mehr ändern, nur das Ende abwarten.

Lily schloss die saphirblauen Augen und flüsterte inbrünstig: »Gütige Mutter Gottes, erhöre mein Gebet und bewahre meine Mutter vor dem Tod. Ich tue alles, wenn du dich beim Heiligen Vater für sie einsetzt.«

Ob Gott ein solches Angebot wohl als anmaßend empfand, fragte sich Lily, und plötzlich lief es ihr eiskalt den Rücken hinunter. Was, wenn er ihr zur Strafe auch noch den Vater und den Halbbruder nahm?

»Lieber Gott, es tut mir schrecklich Leid, dass ich mit Dir handeln wollte«, murmelte Lily. »Ich wollte doch nur meine Mutter retten.«

»Ich habe gehört, deine Mutter stirbt«, ertönte eine Stimme hinter ihr.

Lily wirbelte herum und erblickte Hortensia MacDugal, ihre Erzfeindin. Die einzige Tochter eines Schankwirts auf dem nächsten Pier und der Hebamme ihrer Mutter. Obwohl sie beide gleich alt waren, überragte Hortensia sie um ein gutes Stück, und Lily hatte das andere Mädchen immer um die blonden Haare und die kornblumenblauen Augen beneidet. Doch jetzt beneidete sie Hortensia darum, dass ihre Mutter nicht im Sterben lag. Verglichen mit dem Verlust der Mutter schien es so unwichtig, ob man schwarzhaarig oder blond zur Welt kam.

Lily starrte das Mädchen an. Wahrscheinlich wäre der schwärzeste Tag ihres Lebens ohne Hortensia einfach nicht vollständig gewesen.

»Was willst du?«, fragte Lily.

»Ich warte auf meine Mutter«, antwortete Hortensia.

»Sie wird noch eine Weile brauchen«, erklärte Lily und schielte zur Küchentür. »Du kannst also ebenso gut nach Hause gehen.«

Hortensia erwiderte störrisch Lilys Blick. »Ich warte lieber.«

Misstrauisch verengte Lily die Augen und bemerkte: »So kenne ich dich gar nicht, du hängst doch sonst nicht so am Rockzipfel deiner Mutter.«

Hortensia lächelte vielsagend. »Ich hörte, dass Bradley Howell da drinnen bei Seth ist.«

Das war es also! Hortensia hatte ein Auge auf den wohlhabenden Freund ihres Bruders geworfen, den einzigen Sohn des Besitzers von Howell's Wharf.

Lily verdrehte die Augen. »Ich hätte wissen müssen, dass es einen anderen Grund gibt.«

»Bradley sieht so gut aus«, schwärmte Hortensia. »Eines Tages werde ich ihn heiraten.«

»Verschwinde von hier und belästige mich nicht weiter.«

»Eifersüchtig?«

Lily reckte die Nase in die Luft und erwiderte: »Wie könnte ich auf ein Flittchen wie dich eifersüchtig sein, von der jedermann weiß, dass sie nach altem Fisch stinkt?«

»Du wagst es ...« Hortensia kam auf sie zu, die Hände zu Fäusten geballt.

»Lily!«

Als sie sich umwandte, sah sie ihren Bruder zusammen mit Bradley Howell in der Tür stehen. »Ist es soweit?«, fragte sie.

Der fünfzehnjährige Seth nickte finster. Schweren Herzens schritt sie langsam zur Tür.

Bradley trat zur Seite und flüsterte ihr im Vorbeigehen zu: »Sei tapfer, Lily.« Sie würdigte seine Worte mit einem Nicken.

Hinter sich hörte sie Hortensia sagen: »O Bradley, könntest du mich nach Hause begleiten?«

»Es wäre mir eine Ehre«, antwortete er.

»Mögen mir die Schutzheiligen vergeben«, murmelte Lily, als sie an ihrem Bruder vorbeischlüpfte, »aber ich hasse dieses Mädchen.«

Lily und ihr Bruder gingen durch die Küche in die Gaststube der Schenke. Die Stille in der sonst so geschäftigen Stube lastete schwer auf ihr und erinnerte sie schmerzlich daran, dass ihre Mutter im Sterben lag.

Während sie die Stufen hoch stieg, verlangsamte Lily ihre Schritte. Wenn sie nicht in das Schlafzimmer ihrer Mutter ging, um sich von ihr zu verabschieden, würde sie vielleicht auch nicht sterben. Nein, das war Unfug!

»Ich will da nicht hinein.« Lily blieb zögerlich vor der Tür zum elterlichen Schlafzimmer stehen.

»Fürchtest du dich?«, erkundigte sich Seth und beugte sich zu ihr herab, um ihr in die Augen zu sehen.

»Du solltest es besser wissen«, erwiderte Lily. »Ich habe vor gar nichts Angst.«

»Du fürchtest dich im Dunkeln«, erinnerte er sie.

Lily schüttelte den Kopf. »Die Dunkelheit *beunruhigt* mich.«

»Bist du jetzt beunruhigt?«

»Ja.«

Ihre Offenheit brachte ihn beinahe zum Lächeln. »Deine Mutter will dir etwas geben, bevor sie ...«

Lily wusste, was er sagen wollte und biss sich auf die Unterlippe.

»Wirst du weinen?«

Lily schüttelte den Kopf, sprechen traute sie sich nicht, aus Sorge, die Tränen könnten sie überwältigen.

»Weinen würde sie nur aufregen«, erklärte Seth. »Kannst du um ihretwillen tapfer sein?«

Beherzt streckte Lily die schmale Brust heraus, hob das Kinn ein wenig und nickte. »Ich werde alles tun, um ihr das Sterben zu erleichtern.«

»Braves Mädchen«, sagte Seth und berührte sie zärtlich an der Schulter. Dann hielt er ihr die Tür auf und ließ sie vorbei.

Das Zimmer war abgedunkelt, und Mrs MacDugal, Hortensias Mutter, stand in einer Ecke, den Säugling in Armen. Lilys Vater saß bei ihrer Mutter auf der Bettkante.

»Emmet, sie ist da«, flüsterte ihre Mutter, als sie Lily erblickte.

»Also gut, Sarah«, meinte ihr Vater und erhob sich. Er sah Lily an und sagte: »Setz dich hier hin. Mutter hat auf dich gewartet.«

Lily durchquerte das Zimmer und ließ sich auf den Platz nieder, den ihr Vater eben verlassen hatte. Tränen schossen in ihre saphirblauen Augen, während sie ihre Mutter betrachtete. Eine Woge der Hoffnungslosigkeit überrollten sie, und sie hatte das Gefühl, keine Luft mehr zu bekommen.

»Nicht weinen, mein Kind«, bat ihre Mutter und lächelte matt. »Niemand stirbt wirklich. Unser Geist kommt an einen besseren Ort und die Erinnerung an uns bleibt in den Herzen derer, die wir lieben.«

Der sanfte Ton ihrer Mutter und ihre trostreichen Worte überwältigten Lily. Ergriffen nahm sie die Hand ihrer Mutter und rief: »Verlass mich nicht, Mama!«

»Gott ruft mich zu sich«, antwortete sie schlicht.

»Sag Ihm, Er soll warten!«

»Keiner kann dem Allmächtigen Befehle geben. Außerdem bin ich so müde.«

Lily betrachtete das Gesicht ihrer Mutter und prägte es sich noch einmal ganz genau ein. Ihre Mutter sah wirklich aus, als bräuchte sie viel Schlaf. Als ihr das bewusst wurde, schämte sich Lily für den Versuch, die Mutter bei sich zu behalten. Sie wusste, es war eigennützig, doch wie sollte sie leben, ohne das Gesicht ihrer Mutter zu sehen und ihre Umarmungen zu spüren? Wie sollte sie ohne deren liebevolle Sorge zurechtkommen?

»Ich bedaure nur, dass ich nicht miterleben werde, wie du zur Frau heranreifst«, sagte ihre Mutter, als würde sie die Gedanken ihrer Tochter erraten. Dann fuhr sie fort: »Ich habe ein Geschenk für dich.«

Lily sah zu, wie ihre Mutter die Kette abnahm, die sie immer um den Hals trug. Die Kette, die sie einst von ihrer Mutter bekommen hatte und diese davor von ihrer. An der feingliedrigen Goldkette hing ein goldenes Kreuz, das mit den griechischen Buchstaben *Alpha* und *Omega* verziert war.

Ihre Mutter winkte sie zu sich heran und legte Lily die

Kette um den Hals. Beinahe ehrfürchtig berührte Lily das Kreuz, das Vermächtnis ihrer Mutter.

»*Alpha* und *Omega* bedeuten Anfang und Ende«, erklärte ihre Mutter. »Das, was ist, was war und was noch sein wird.«

»Das verstehe ich nicht«, entgegnete Lily verwirrt.

Liebevoll lächelte Sarah Hawthorne ihre Tochter an. »Das musst du nicht verstehen«, meinte sie. »Denk nur immer daran, dass deine große Liebe die erste und die einzige für dich sein wird. *Alpha* und *Omega*.«

Lily betastete das Kreuz und verkündete mit geschwellter Brust: »Das wird natürlich Bradley Howell sein!«

»Ich möchte, dass du den Namen für deinen kleinen Bruder auswählst«, bat ihre Mutter und beendete damit das Thema große Liebe. »Dann darfst du ihn halten.«

»Heute ist Sankt Michael«, sagte Lily ohne zu zögern. »Er soll Michael heißen, zu Ehren des Erzengels.«

Als ihr Mann zustimmend nickte, wandte sich Sarah Hawthorne mit ernster Miene an ihre Tochter. »Du musst für ihn meinen Platz einnehmen. Wirst du das für mich tun?«

»Ich werde ihn mit meinem Leben beschützen«, versprach Lily, stolz, für eine derart verantwortungsvolle Aufgabe ausgewählt worden zu sein. Mit rauer Stimme, von Gefühlen überwältigt, beteuerte sie: »Ich werde ihm von dir erzählen, Mama. Ich werde ihn seine Mutter nicht vergessen lassen.«

»Du bist ein braves Mädchen.« Sie sah zu Mrs MacDugal, die Lily vorsichtig den Säugling in den Arm legte und sagte: »Stütz seinen Kopf.«

Das Baby im Arm, musterte Lily lange das kleine Gesicht und sah dann überrascht zu ihrer Mutter auf: »Er hat ja Schlitzaugen!«

»Dein Bruder ist ein besonderes Geschenk Gottes«, sagte ihre Mutter und verwirrte sie damit nur noch mehr.

Lily blickte von ihrer Mutter zu ihrem Bruder. Abgesehen von den Augen fiel ihr nichts Außergewöhnliches an ihm auf. »Was ist an ihm besonders?«, fragte sie.

Ihre Mutter schwieg eine Weile, dann antwortete sie: »Kinder wie Michael bringen Gott zum Lächeln ...«

Erstes Kapitel

Boston, November 1812

»Äffchen, Äffchen. Schlitzäugiges Äffchen!«

Wie von einem Windhauch getragen drangen diese Worte von fern an Lilys Ohren. Lily hatte sich im Eingang der Taverne ihres Vaters in der für November ungewöhnlich milden Sonne gewärmt. Nun trat sie hinaus auf den Howell's Pier und wandte das Gesicht empor.

Altweibersommer, kam es ihr in den Sinn, und ein Lächeln schlich sich auf ihre Lippen. Ihre liebste Jahreszeit. Gott hatte ihr ein wunderbares Geburtstagsgeschenk gemacht.

Lily legte den Kopf auf die Seite und lauschte den nur allzu vertrauten Geräuschen, doch nun herrschte vollkommene Stille. Sie lehnte sich an den Türrahmen, ihren Lieblingsplatz für Tagträumereien, und schloss die Augen. Sie dachte an das hübsche Gesicht von Bradley Howell, den Mann, den sie zu heiraten gedachte, wenn der Krieg erst vorüber wäre. Zu dumm, dass der Krieg ihre Pläne durchkreuzt hatte.

Unwillkürlich griff Lily nach der Halskette mit dem goldenen Kreuz, dem Erbe ihrer Mutter. *Alpha* und *Omega*, Anfang und Ende, so hatte es ihr die Mutter erklärt. Ihr erster und einziger Mann wäre ihre große Liebe. Lily wusste nicht, wie ihre Mutter das hatte erahnen können, aber sie hatte ihre Worte nie angezweifelt.

»Gütige Jungfrau, bitte mach, dass Bradley Howell

der Erste und Einzige für mich ist«, flüsterte Lily. Und nach einem Moment fügte sie hinzu: »Und wenn es nicht zu viele Umstände macht, lass ihn dran denken, dass heute mein Geburtstag ist.«

Lily strich sich eine widerspenstige, schwarze Strähne aus dem Gesicht und betrachtete den vertrauten Anblick des Hafens von Boston. Singsang drang an ihr Ohr. Als wittere sie Gefahr, hob Lily den Kopf. Da war es wieder, lauter diesmal, ein halbes Dutzend Kinder vor der Schenke.

»Äffchen, Äffchen. Schlitzäugiges Äffchen!«

Lily rannte die Gasse hinter der Schenke hinunter. Als sie um die Ecke bog, hörte sie Hortensia MacDugal gerade noch sagen: »Dich hat der Teufel gezeugt, Michael Hawthorne. Du bist eine Satansbrut!«

Einige der Kinder fingen an zu singen: »Satansbrut ... Satansbrut ... Satansbrut!«

Als einer der Jungen einen Stein aufhob und ausholte, um ihn auf ihren Bruder zu werfen, sprang Lily dazwischen. Sie packte den Knaben am Handgelenk, wand ihm den Stein aus der Hand und riss ihn herum.

»Du tust mir weh«, weinte der Junge.

»Du kannst von Glück sagen, dass du diesen Stein nicht geworfen hast, Douglas MacDugal«, fauchte Lily den Zwölfjährigen an. »Sonst hätte ich dir beide Arme brechen müssen.« Sie stieß ihn weg und rief: »Scher dich nach Hause, oder es wird dir Leid tun!«

Die Kinder zerstreuten sich, nur Hortensia MacDugal wich nicht von der Stelle.

»Wag es nicht noch einmal, meinen Bruder anzufassen«, drohte das blonde Mädchen.

Doch Lily konnte sie keine Angst einjagen. Sie blickte

ihre Erzfeindin verächtlich an und sagte: »Du pferdegesichtige …«

Ohne Vorwarnung verpasste Hortensia Lily eine kräftige Ohrfeige und stieß sie zu Boden. In einer einzigen fließenden Bewegung war Lily wieder auf den Beinen und zog den kleinen Dolch, den sie in einem Lederriemen am Bein mit sich trug.

Hortensia MacDugal starrte entsetzt auf die Waffe, dann rannte sie schreiend davon, sodass alle Welt sie hören konnte: »Lily Hawthorne will mich ermorden!«

»Ich wünschte nur, die Hexe würde lange genug still halten, damit ich sie aufschlitzen kann«, murmelte Lily und steckte den Dolch zurück in den Schaft.

Sie hörte ihren achtjährigen Bruder glucksen und drehte sich lächelnd zu ihm um. »Hat dir das gefallen?«, wollte sie wissen und brachte ihn damit noch lauter zum Lachen.

»Mir hat gefallen, wie du deinen Dolch gezogen hast«, antwortete Michael. »Mann, war die überrascht!«

»Wisch dir das Kinn ab«, sagte Lily und trat einen Schritt auf ihn zu. »Lass die Zunge im Mund und vergiss nicht, den Mund zu schließen, wenn du nicht sprichst.«

Gehorsam fuhr sich Michael mit dem Hemdsärmel übers Kinn. Lily legte einen Arm um seine Schulter und schob ihn zu einem Stapel von Hummerkäfigen.

Als sich die beiden setzten, tätschelte Michael ihren Arm. »Schwester, warum wollen die anderen nicht mit mir spielen?«, fragte er und sah sie mit seinen saphirblauen Augen an, die den ihren so glichen.

Lily blickte auf den geöffneten Mund und die leicht schräg gestellten Augen. *Sie wollen nicht mit dir spielen, weil du anders bist,* lag es ihr auf der Zunge, doch sie schwieg.

Die meisten Kinder waren ebenso wie deren Eltern zu unwissend, was die Behinderung ihres Bruders anging. Anderen, so wie Hortensia MacDugal, machte es Spaß, grausam zu sein. Ein paar glaubten vielleicht wirklich, dass Michael ein Kind des Teufels war. Wie sollte sie ihrem Bruder solch sinnlosen Hass verständlich machen?

»Hast du keine Antwort?«, hakte Michael nach.

»Ich weiß zu jeder Frage eine Antwort, sogar auf die, die noch nicht gestellt wurden«, erklärte Lily überheblich und brachte ihn damit zum Lächeln.

»Und was ist nun die Antwort?«, bohrte er weiter.

Lily ahnte, dass sie sich diesmal nicht herausreden könnte und entschied, dass ihr Bruder schlauer war, als viele dachten. »Die anderen wollen nicht mit dir spielen, weil ihre Eltern Angst haben«, fing sie an und suchte nach Worten, die ihn nicht verletzen würden. »Sie sehen, dass du anders als sie bist, und verstehen das nicht.«

Verwirrung machte sich auf seinem Gesicht breit. »Was ist anders an mir?«

»Etwas ist passiert, als du auf die Welt kamst«, erklärte Lily. »Das macht dich zu etwas Besonderem.«

»Ich will aber nichts Besonderes sein«, jammerte er. »Ich will sein wie alle.«

»Ich weiß«, sagte Lily verständnisvoll und zog ihn an sich. »Aber wir beide werden immer zusammen sein, nicht wahr? Und nun, wisch dir bitte das Kinn ab.«

Michael nickte und wischte sich die Spucke vom Kinn. »Erzähl mir die Geschichte, Schwester.«

»Ich habe dich Michael genannt, weil du an Sankt Michael zur Welt kamst«, begann Lily, erleichtert über den Themenwechsel. »Der heilige Michael ist einer der Erzengel. Weißt du noch, was er getan hat?«

Michael grinste. »Er hat gegen Luzifer gekämpft und ihn aus dem Himmel geworfen. Ich wünschte, ich könnte mir die Geschichte so gut merken wie du.«

»Dass ich mich an jedes Wort erinnern kann, das ich lese, ist eine besondere Gabe«, erklärte Lily. »Die wenigsten können das.«

»Ich wünschte, ich könnte es auch«, seufzte ihr Bruder. »Dann würden mich die anderen mögen!«

»Du hast deine eigene besondere Gabe«, meinte Lily.

»Was denn für eine?«

»Du bringst Gott zum Lächeln«, wiederholte sie die letzten Worte ihrer Mutter. »Und deine Lebensfreude überträgt sich auf andere.«

Es zerriss ihr beinahe das Herz, als ihr Bruder in die Richtung blickte, in der die Kinder verschwunden waren und sagte: »Nicht diese anderen.«

Lily öffnete den Mund um zu antworten, hielt aber inne, als sie eine Stimme hörte: »Hier steckt ja mein kleines Hafenmädchen!«

Mit einem Lächeln, das ihr ganzes Gesicht zum Strahlen brachte, drehte sich Lily zu dem dreiundzwanzigjährigen Bradley Howell um, der sein Pferd auf den Pier führte. Begleitet wurde er von ihrem Halbbruder Seth.

»Ein Gentleman würde eine Lady niemals als Hafenmädchen bezeichnen«, schalt sie ihn.

»Wie wäre es dann mit Hafenlady?«, scherzte Seth. Er zwinkerte ihr zu und fuhr fort: »Komm mal mit mir, Michael.«

Lily errötete, als Bradley sich zu ihr auf den leeren Hummerkäfig setzte. Gütiger Himmel, in seiner Nähe wurde ihr immer heiß und kalt.

War das Liebe?, fragte sich Lily und musterte Bradley

Howell von der Seite. Sein sandfarbenes Haar und die warmen braunen Augen übten eine unwiderstehliche Anziehungskraft auf sie aus. Doch auch die anderen Mädchen schwärmten genauso für ihn, wie sie selbst es tat.

»Ich hörte, du hast mit deinem Dolch geübt«, sagte Bradley mit einem amüsierten Lächeln. »Ich wusste, du würdest dich als gute Schülerin erweisen.«

Lily lächelte fröhlich. »Du bist wohl gerade Hortensia begegnet.« Ihre Gesichtszüge verdunkelten sich, als sie hinzufügte: »Ich wünschte, diese Kinder würden aufhören, Michael zu ärgern.«

»Kinder können grausam sein«, stimmte Bradley zu. »Ich zweifle aber nicht daran, dass Michael keinen Schaden erleidet, solange du ihn verteidigst.«

Lily sah den Leuten zu, die auf dem Pier vorübergingen und seufzte: »Ich wünschte, wir könnten von hier fort.«

»Du wirst hier wegkommen, wenn der Krieg vorbei ist und wir heiraten«, meinte Bradley. Er blickte lange zu ihr herab und sagte: »Seth hat mir von deiner besonderen Gabe erzählt.« Dann zog er ein Pergament aus der Innentasche seiner Weste, gab es ihr und forderte sie auf: »Lies!«

Lily war zutiefst enttäuscht. Ihr Bruder hatte versprochen, Bradley nie von ihrer Begabung zu erzählen. Sie kam sich immer vor wie eine Zirkusattraktion, wenn sie ihre Fähigkeit unter Beweis stellen sollte.

Widerwillig faltete sie das Pergament auseinander und erblickte die Unabhängigkeitserklärung der Vereinigten Staaten. »Kenne ich«, sagte sie und reichte es ihm zurück, ohne sich die Mühe zu machen, es zu lesen. Dann rezitierte sie: »Wenn es im Zuge der Menschheitsentwicklung für ein Volk notwendig wird, die politischen Bande zu lösen, die es …«

»Das gilt nicht«, fuhr Bradley dazwischen. »Den Anfang kennt jeder. Sag mir, was im sechsten Satz steht.«

»Aber wenn eine lange Reihe von Missbräuchen und Übergriffen, die stets das gleiche Ziel verfolgen, die Absicht erkennen …«

»Und nun den zweiten Absatz, bitte«, unterbrach Bradley sie erneut.

Lily seufzte. »Daher tun wir, die in einem gemeinsamen Kongress versammelten Vertreter der Vereinigten Staaten von Amerika, …«

»Und wer hat die Erklärung unterzeichnet?«

Lily lächelte ihn an. »John Hancock, Button Gwinnett, Lyman Hall, George Walton, William Hooper …«

Bradley brach in schallendes Gelächter aus. »Jetzt glaube ich den Prahlereien deines Bruders. Dein Talent könnte sich durchaus als nützlich erweisen.«

»Ich wüsste nicht, wozu es gut sein sollte, wenn man sich Worte auf einem Blatt Papier merken kann«, zweifelte Lily.

»Wie fändest du es, deine Gabe in den Dienst unserer Sache zu stellen?«

Seine Frage verwirrte sie. »Was meinst du mit *in den Dienst unserer Sache stellen*?«

»Dich am Krieg zu beteiligen.«

Sich für den Krieg einzusetzen würde bedeuten, mehr Zeit mit Bradley zu verbringen, kam es ihr in den Sinn. »Was müsste ich tun?«, erkundigte sie sich.

»Seth und ich würden dich zu unseren Agenten begleiten. Diese übergeben dir kodierte Botschaften, die du auswendig lernen müsstest«, erklärte Bradley. »Dann überbringen wir die Nachricht einem anderen Agenten, der sie wiederum jemandem weiterleitet. Das Entscheidende ist, dass nichts Geschriebenes erhalten bleibt, wenn du die Botschaft einmal hast. Auf diese Weise können Geheimnisse nicht in falsche Hände geraten.«

»Und was ist mit den Agenten, die mir die Botschaften geben beziehungsweise sie von mir bekommen?«, wollte sie wissen. »Wer schützt ihre Sicherheit?«

»Du bist nicht der einzige Mensch im Universum mit der Gabe des vollkommenen Gedächtnisses«, antwortete Bradley. »Obwohl dieses Talent bei Frauen ziemlich selten ist, weswegen du geradezu ideal wärst, Botschaften innerhalb der Stadt zu übermitteln.«

»Frauen sind genauso schlau wie Männer«, protestierte Lily, und in ihrer Stimme schwang Verärgerung mit.

Bradley lächelte ihr besänftigend zu. »Was wünscht du dir zum Geburtstag?«, fragte er.

»Du hast an meinen Geburtstag gedacht?«, rief sie freudig überrascht aus.

»Wie könnte ich ein derart wichtiges Ereignis wie deinen achtzehnten Geburtstag vergessen?«, neckte er. »Also, was wünscht du dir?«

»Einen Kuss«, antwortete Lily und schloss sogleich die Augen.

»Eine Lady würde nie um einen Kuss bitten«, klärte Bradley sie auf.

Lily schlug die saphirblauen Augen und entgegnete schnippisch: »Ich dachte, ich sei ein Hafenmädchen!«

Spielerisch stupste Bradley die zu ihm hochgereckte Nasenspitze. »Ich hab etwas für dich«, sagte er und erhob sich. Er durchwühlte seine Satteltasche und zog ein Paket heraus.

Zu groß für einen Verlobungsring, schoss es Lily durch den Kopf.

Dann setzte er sich wieder neben sie und reichte ihr das Päckchen mit den Worten: »Für dich.«

Lily himmelte ihn an. Sie wollte das Geschenk nicht öffnen. Sie wollte die Zeit anhalten, damit dieser Moment nie vorüberginge.

»Mach es auf!«, drängte er.

Langsam löste Lily das rote Band, mit dem das Päckchen zugeschnürt war. Sie seufzte entzückt, als sie den roten Wollschal sah, der mit einer Goldbordüre gefasst und mit Sternen bestickt war.

»Ich werden ihn immer in Ehren halten«, flüsterte Lily und legte ihn sich um die Schultern. »Danke, Bradley.«

»Wie wäre es nun mit einem Kuss?«, fragte er spitzbübisch.

Lily ließ sich nicht zweimal bitten. Schnell schloss sie die Augen und spitzte die Lippen. Sie spürte, wie Bradley sich zu ihr beugte, und atmete seinen frischen Duft ein. Ein Stich der Enttäuschung durchfuhr sie, als sie seinen Mund auf der Wange fühlte. Dann hörte sie ihn kichern und öffnete die Augen.

Bradley stand vor ihr und reichte ihr die Hand, um ihr aufzuhelfen. Als er so auf sie herabblickte, merkte Lily, wie ihr beinahe die Sinne schwanden.

»Wir sehen uns bald, mein kleines Hafenmädchen«, raunte Bradley zärtlich und wandte sich zum Gehen.

Lily schaute ihm nach, wie er sein Pferd über den Pier zurück zur Blackstone Street führte. Als er aus ihrem Blickfeld verschwunden war, ging sie durch die Gasse hinter der Schankwirtschaft zurück. Sie wollte allein sein und die letzten Minuten noch einmal durchleben.

Den neuen roten Schal um die Schultern gelegt, nestelte Lily am Kreuz um ihren Hals.

Anfang und Ende, dachte sie, und ein warmes Gefühl durchströmte sie.

Wahrlich, Bradley war ihre große Liebe. Er würde sie heiraten und fortbringen von hier. Und Michael würde mit ihnen kommen.

London, März 1813

»Eintausend Pfund Taschengeld im Monat klingt entsetzlich dürftig«, klagte die Frau mit samtener Stimme.

James Armstrong, der zweitgeborene Sohn des verstorbenen Dukes von Kinross, richtete seine dunklen Augen auf die schöne Blonde, die neben ihm stand. Valentina St. Leger, die zweiundzwanzigjährige Schwester des Earl von Bovingdon, zuckte zwar leicht zusammen, trotzte jedoch seinem Blick. Wie alle attraktiven Frauen war sie geldgierig und oberflächlich. Diese weniger vornehmen Eigenschaften konnten James nicht aus der Fassung bringen. Er wusste genau, auf was er sich bei dieser Heirat einließ.

»Eintausend Pfund sind besser als gar nichts«, erklärte er ungerührt. Als sie protestieren wollte, hob James abwehrend die Hand. Er hatte nicht vor, in Gegenwart seiner Mutter, seiner beiden Tanten und seinem zukünftigen Schwager, dem Earl von Bovingdon, über Geld oder sonstige Dinge zu streiten.

»Bitte entschuldigen Sie uns«, verkündete James mit einem Seitenblick auf die anderen. »Wir sind in einem Moment zurück.«

Er nahm seine Verlobte sanft aber bestimmt am Handgelenk und schob sie auf die Tür des Salons zu. Wenn sie ihren ersten Streit auszutragen hätten, würden sie dies unter vier Augen im Speisezimmer erledigen.

Hinter sich hörte James noch seine Mutter sagen: »O je! Ich wollte einen Ball zu ihren Ehren veranstalten und alle Welt einladen. Was mache ich, wenn er jetzt die Verlobung löst?«

»Meine liebste Tess, das wird auf keinen Fall geschehen«, erwiderte seine Tante Donna. »Er ist ganz verrückt nach ihr. Das dumme Ding könnte alles von ihm haben, wenn sie ihre Reize vernünftig einsetzen würde.«

»Sei dir dessen nicht so sicher«, widersprach seine Tante Nora. »Ich habe das Gefühl, es braut sich ein Unwetter zusammen. Die Sterne stehen ungünstig.«

Amüsiert gluckste der Earl von Bovingdon. »Alles wird sich zum Guten wenden, sobald meine Schwester gelernt hat, den Mund zu halten«, erklärte Reggie St. Leger. »Hat jemand Lust, eine kleine Wette zum Ausgang ihrer Unterredung abzuschließen?«

Sein Vorschlag wurde mit eisigem Schweigen quittiert.

James war froh, sich der Beobachtung der anderen entziehen zu können. Er führte Valentina den langen Gang hinunter und geleitete sie ins Speisezimmer. Dann schloss er die Tür hinter sich, wandte sich seiner Verlobten zu und befahl: »Nehmen Sie Platz!«

Valentina ließ den Blick durch den beeindruckend großen Raum mit der zehn Meter langen Mahagonitafel, den passenden Mahagonistühlen und den zwei riesigen Kristalllüstern schweifen, die drohend über ihnen schwebten. James hielt sie zurück, als sie Anstalten machte, sich in den Lehnstuhl am Kopf der Tafel zu setzen.

»Hierher!«, herrschte er sie an und deutete auf einen der Stühle an der Seite, entschlossen, ihr zu zeigen, wer der Herr im Hause war. Ohne abzuwarten, bis sie Platz genommen hatte, setzte er sich ans Kopfende.

Valentina sagte nichts, sondern nahm sich Zeit, sich auf dem ihr zugewiesenen Stuhl niederzulassen, und sah ihn dann aus unbeschreiblich grünen Augen an.

Bevor er anfing zu sprechen, wartete James einen Augenblick, lange genug, um die verführerische Rundung ihrer Brüste zu bewundern. Sollte Tante Donna Recht haben bezüglich seiner Gefühle für Valentina? War er verrückt nach ihr? Nein, er war noch nie nach niemandem verrückt gewesen und hatte nicht vor, das jetzt zu ändern. Diese Ehe war eine reine Geschäftsbeziehung, nicht mehr und nicht weniger.

Entschlossen, niemals eine Frau die Oberhand gewinnen zu lassen, weigerte sich James, in der Frage des Taschengelds nachzugeben. Valentina würde mit eintausend Pfund im Monat auskommen müssen.

Warum wollte er sie überhaupt heiraten?, fragte sich James. Er liebte sie nicht, und sie liebte ihn nicht.

Valentina St. Leger war, wie die meisten seiner weiblichen Bekanntschaften, an dem interessiert, was er zu bieten hatte. Als Besitzer einer der erfolgreichsten Schifffahrtslinien Englands konnte er es sich leisten, seiner Zukünftigen jeden Wunsch zu erfüllen. Aber er wehrte sich dagegen, sich Vorschriften machen zu lassen.

Er wollte mit ihr schlafen. Das stimmte.

James hatte ihr einen Antrag gemacht, weil er glaubte, es sei an der Zeit zu heiraten, und sie all seine Anforderungen zu erfüllen schien. Valentina St. Leger stammte aus bestem Hause und war eine außergewöhnlich schöne

Frau. Ein Jammer nur, dass sie so einfältig war. Andererseits waren allerdings die meisten Frauen nichts als herausgeputzte Püppchen, die laufen und sprechen konnten. Beschäftigte sich das schwache Geschlecht denn jemals mit etwas anderem als Kleidern, Schmuck, Geld und Adelstiteln? Frauen fehlte es an Ehrgefühl, an Loyalität, an Geist.

Valentina zog einen hübschen Schmollmund. »Eintausend Pfund decken nicht einmal meine Kosten an Kleidern, Pelzen und Schmuck«, klagte sie.

»Gott bewahre! Das Lebensnotwendige sollen Sie doch nicht aus eigener Tasche bezahlen«, erwiderte James trocken und bemerkte sogleich, dass ihr der spöttische Unterton entgangen war. »Natürlich werde ich für alles aufkommen, was Ihr Überleben sichert.«

»O James, das hätten Sie mir sagen müssen«, rief Valentina, und ihre Miene hellte sich auf. »Was bin ich nur für ein Dummköpfchen!«

Nachsichtig lächelte James. »Aber ein hübsches.«

Valentina errötete wie auf Stichwort. James fragte sich, wie sie es anstellte, immer im richtigen Moment zu erröten oder zu weinen.

Als sie in den Salon zurückkehrten, verkündete James: »Das Problem ist gelöst.«

»Ein albernes Missverständnis meinerseits«, pflichtete Valentina bei.

Lady Donna blickte zu Lady Nora und murmelte: »Ich dachte, die Sterne stünden nicht günstig?«

»Noch sind sie nicht verheiratet«, mahnte Lady Nora.

»Ich freue mich schon so lange auf ein großes Hochzeitsfest«, sagte die Witwe und funkelte ihre Schwester böse an. Dann wandte sie sich an Valentina und fragte:

»Sie werden uns doch erlauben, bei den Vorbereitungen behilflich sein zu dürfen, nicht wahr?«

»Selbstverständlich, Euer Gnaden.«

James stand vom Tisch auf, nahm den Federkiel und reichte ihn Valentina. »Unterzeichnen Sie zuerst, meine Liebe.«

Rasch unterschrieb Valentina den Verlobungsvertrag. Dann hielt sie James den Federkiel hin, doch der wehrte ab. »Als Ihr Vormund sollte als Nächstes Ihr Bruder unterzeichnen«, erklärte er und schob damit seine eigene Signatur hinaus. Er hatte es nicht eilig mit dem ehelichen Glück.

Reggie St. Leger nahm den Kiel aus der Hand seiner Schwester. Es gelang ihm sogar, noch schneller zu unterzeichnen, als sie es getan hatte. Dann reichte er ihn seinem zukünftigen Schwager. Mit dem Federkiel in der Hand lehnte sich James über den Tisch, um den Vertrag gegenzuzeichnen. Da wurde die Tür aufgerissen, und James zuckte zusammen. Alle Anwesenden wirbelten herum.

Der fünfundzwanzigjährige Sloane Armstrong, James' Cousin, kam hereingeeilt, nickte den Gästen kurz zu und richtete dann seinen Blick auf James. Sloanes Gesicht war von Schmerzen gezeichnet, das ansonsten fröhliche Lächeln aus seinem Antlitz verschwunden.

»Was machst du denn hier?«, herrschte James ihn an. »Schon zurück aus den Staaten? Wo ist Hugh?«

»Hugh ist tot«, sagte Sloane ohne lange Vorrede.

James hörte den Entsetzensschrei seiner Mutter und wollte zu ihr eilen, doch seine Tanten scheuchten ihn weg und halfen ihrer Schwester in den Sessel vor dem Kamin.

»Ich kam so schnell ich konnte, direkt vom Schiff«, berichtete Sloane. »Himmel, ich wünschte, nicht ich müsste diese schreckliche Nachricht überbringen.«

»War es ein Unfall?«, fragte James. »Ich will sofort wissen, was passiert ist!«

»Die Amerikaner haben ihn als Spion gehenkt«, presste Sloane hervor, fassungslos vor Wut.

James hörte seine Mutter hinter sich aufstöhnen und brüllte: »Ich wusste, er hätte nicht gehen dürfen. Ich habe versucht, ihn davon abzuhalten. Diese skrupellosen Hurensöhne laden ihn als Abgesandten zu Friedensgesprächen ein, und dann hängen sie ihn!«

»Es tut mir so Leid«, murmelte Sloane und fuhr stockend fort: »Sie haben ihn im Boston Common gehängt. ›Tod den britischen Spionen‹ haben sie auf ein Schild geschrieben und ihm an das Jackett geheftet. Seine Leiche zu bergen war zu gefährlich.«

»Damit wollen die Amerikaner einen Schlag gegen die englische Aristokratie führen«, sagte James und schielte besorgt zu seiner Mutter, die angefangen hatte, leise zu wimmern. »Großer Gott! Womit könnte man uns schlimmer schaden, als den dreizehnten Duke von Kinross zu exekutieren, einen Vertreter des ältesten Adelsgeschlechts von England!«

»Ich mochte die Zahl dreizehn noch nie«, sprach Tante Nora ihre Gedanken laut aus.

»James, Sie sind jetzt der vierzehnte Duke von Kinross«, bemerkte Valentina und zog damit die Aufmerksamkeit aller auf sich.

»Sie hat Recht, Euer Hoheit«, brach seine Mutter ihr Schweigen.

»Verdammt!« James blickte die Damen an und entschuldigte sich eilig: »Verzeihen Sie meine Ausdrucksweise.« Er fuhr sich mit der Hand durch das schwarze Haar und fragte: »Wie konnte das nur geschehen?«

»Boston rühmt sich, Amerikas erfolgreichsten Agenten zu beherbergen, die Goldene Lilie, die für den Tod einer ganzen Reihe unserer Agenten verantwortlich ist«, erklärte Sloane.

James funkelte seinen Cousin finster an: »Und warum bist du noch am Leben? Wo warst du, als es passierte?«, wollte er wissen. »Du solltest ihm doch Rückendeckung geben!«

»James, wie kannst du so grob mit einem Familienmitglied sprechen?«, schalt ihn seine Mutter. »Ich bin sicher, Sloane fühlt sich sowieso schon fürchterlich genug.«

»Ich mache mir die schlimmsten Vorwürfe«, sagte Sloane zerknirscht. »Ich ließ zu, dass Hugh allein fortging und werde mir das nie verzeihen.«

»Natürlich trägst du keine Schuld an Hughs Tod«, lenkte James ein und legte seinem Cousin die Hand auf die Schulter. »Du und ich, Sloane, sind nun die einzigen Armstrongs, die noch übrig sind. Aber diese Goldene Lilie muss unschädlich gemacht werden.«

»Was hast du vor?«, fragte sein Cousin.

James konnte den Tod seines Bruders nicht ungerächt lassen. Er würde es diesem kolonialen Teufel heimzahlen, und wenn es tausend Jahre dauerte!

»Ich werde sein Herz rösten und an meine Hunde verfüttern«, antwortete James. Dann wandte er sich zu den anderen um und verkündete: »Ich segle nach Amerika, um dieses Problem zu regeln. Erst danach kann ich mein eigenes Leben weiterführen. Die Tage dieser Goldenen Lilie sind gezählt, das versichere ich euch.«

James blickte zu seiner Mutter und sah in ihren Augen, dass sie nicht einverstanden war. Doch sie kannte ihn gut genug, um zu schweigen.

»Ich komme mit dir«, eröffnete Sloane. »Auch ich möchte auch ein Stück von diesem Bastard.«

»Ich brauche dich hier, damit du dich um meine Angelegenheiten kümmerst«, sagte James.

»Ich trage Mitschuld an dem, was passiert ist«, protestierte Sloane. »Du bleibst in England, und ich fahre zurück und ...«

Er verstummte abrupt, als er James' Gesichtsaufruck sah.

»Und was ist mit mir?«, rief Valentina. »Was ist mit unserer Verlobung?« Empört wandte sie sich an ihren Bruder: »Tu doch etwas!«

»Sei vernünftig, Valentina. Der Mann hat seinen Bruder verloren«, beschwichtigte Reggie St. Leger. »Selbst wenn er in London bliebe, wäre er in Trauer.«

»Wenn wir unsere Verlobung verschieben, wird sein Bruder auch nicht wieder lebendig«, jammerte Valentina wie ein verzogenes Kind. »Außerdem fehlt nur noch seine Unterschrift unter dem Vertrag.« Und damit brach sie in Tränen aus.

Gefühllose Hexe, dachte James und musterte sie finster. Er fluchte, ohne sich dafür zu entschuldigen und unterschrieb den Verlobungsvertrag. Dann knallte er angewidert den Federkiel auf den Tisch.

»Wenn Sie mich nun entschuldigen wollen«, sagte James in die Runde, »Ich muss Vorbereitungen für meine Reise treffen.« Rasch wandte er sich ab und schritt zur Tür.

»Ist der Vertrag rechtskräftig?«, hörte er Valentina zwischen zwei Schluchzern fragen.

»Ja, Valentina.« Reggie St. Leger konnte seine Ungeduld kaum verbergen.

Wenn er Glück hatte, würde sie sich in Sloane verlieben, dachte James, während er die Treppe zu seinem Schlafzimmer im dritten Stock hochstieg. Als Erstes würde er mit der Goldenen Lilie abrechnen, um danach Valentina fallen zu lassen. Niemals konnte er eine Frau heiraten, die ihre eigenen Interessen vor die der Menschen stellte, die ihr angeblich etwas bedeuteten. Die Verlobung zu lösen würde nicht schwer sein, er müsste lediglich ihrem Bruder eine großzügige finanzielle Entschädigung anbieten.

Daraufhin verbannte er Valentina aus seinen Gedanken und konzentrierte sich auf die Goldene Lilie. Was für ein Deckname sollte das überhaupt sein? Eines wusste er jedenfalls: Die Tage der Goldenen Lilie waren gezählt!

Zweites Kapitel

Boston, Mai 1813

»Eintausend Pfund für meine Ergreifung klingt nach einer lächerlichen Summe.« Lily starrte auf das Flugblatt, das Seth ihr gereicht hatte.

»Nicht *deine* Festnahme«, verbesserte ihr Bruder. »Die der Goldenen Lilie.«

»Sieh dich vor«, warnte Bradley Howell. »Man weiß nie, wer gerade mithört.«

Lily sah sich in der leeren Küche des Four Winds um. »Es ist schon spät.« Amüsiert blickte sie unter ihren ebenholzfarbenen Wimpern zu den beiden Männern empor. »Wir sind unter uns.«

»Man sollte nie seine Tarnung aufgeben«, ermahnte Bradley. »Egal unter welchen Umständen.«

»Brad hat Recht«, pflichtete Seth bei. »Deine Rolle muss dir zur zweiten Natur werden.«

»Ich füge mich eurer vereinten Weisheit«, entgegnete Lily verschmitzt. »Dennoch bin ich gekränkt, dass diese rückgratlosen Tölpel so wenig für Bostons berüchtigten Agenten bezahlen wollen. Die Goldene Lilie ist leicht das Zehnfache wert! Wie viele Agenten besitzen die Gabe des perfekten Gedächtnisses?«

Ihr Bruder grinste. »Vorsicht, Schwesterherz. Hochmut kommt vor dem Fall.«

»Dieses Flugblatt ist kein Scherz«, sagte Bradley und wies mit dem Kinn auf Lily.

»Sich hier im Schutze des Four Winds zu unterhalten, mag noch angehen, doch vor der Tür lauert die Gefahr.« Auch Seth wurde nun ernst.

»Zu viele Leute wissen, wer sich hinter der Goldenen Lilie verbirgt«, fügte Bradley hinzu. »Noch nie habe ich ein derart schlecht gehütetes Geheimnis erlebt.«

»Kein loyaler Amerikaner würde mich jemals hintergehen«, wand Lily ein.

»Dann erklär mir, mein Mädchen, woran du den Unterschied zwischen einem loyalen Amerikaner und einem illoyalen erkennen willst?«, konterte Bradley.

Lily blickte ihm in die braunen Augen und zuckte die Schultern. Leider hatte er Recht mit seinem Einwand.

Seth räusperte sich. »Brad und ich glauben, die Goldene Lilie sollte für eine Weile untertauchen.«

»Wir müssen aber morgen Abend im Salty Dog einen Kontaktmann treffen«, erinnerte ihn Lily. »Die MacDugals sind treue Amerikaner und würden mich niemals betrügen.«

»Würdest du wirklich dein Vertrauen in Hortensia MacDugal setzen?«, neckte ihr Bruder. »Der Weg zu einer Hochzeit mit Bradley wäre für sie frei, würde man dich ergreifen.«

Lily errötete und warf einen kurzen Seitenblick auf den begehrtesten Junggesellen von ganz Boston, der bei diesem Gedanken erschrocken den Kopf einzog. Bei dieser Geste musste sie kichern.

»Ich werde mich verkleiden«, schlug sie vor. »Außerdem hat es bisher noch niemand bemerkt, wenn er von der Goldenen Lilie besucht wurde.«

»Die Goldene Lilie wird diesen Kontaktmann morgen

nicht aufsuchen.« Bradleys Stimme duldete keinen Widerspruch.

»Sie wird bis zu unserer Rückkehr untertauchen«, fügte Seth hinzu.

»Rückkehr?«, wiederholte Lily erstaunt.

Bradley nickte. »Seth und ich müssen Boston noch heute Nacht wegen eines Auftrags verlassen.«

»Ein Auftrag?«

»Ein Auftrag im Namen unserer Sache«, erklärte ihr Bruder.

»Wo müsst ihr denn hin?«

»Wir sind nicht befugt, das zu sagen«, meinte Bradley.

»Vertraut ihr mir nicht?« Lilys liebliches Gesicht verdunkelte sich vor Verblüffung und Zorn.

»Natürlich vertrauen wir dir«, versicherte er. »Doch wir mussten schwören, kein Wort darüber zu verlieren.«

Solange der Auftrag nur rasch erledigt wurde, konnte Lily dies hinnehmen. Immerhin war man im Krieg gegen die Briten auf die Hilfe der Goldenen Lilie angewiesen – das Leben amerikanischer Agenten hing von ihr ab.

»Wann werdet ihr zurückkehren?«, wollte sie wissen.

Bradley zuckte fragend die Achseln.

»Wir könnten mehrere Monate weg sein«, gestand Seth.

Überrascht sah Lily von ihrem Bruder zu Bradley. Wie konnten die beiden sie so unvermittelt verlassen? Insbesondere Bradley, der ihr doch seine Liebe erklärt hatte! Erwarteten sie tatsächlich von ihr, so lange untätig zu bleiben?

»Geh ja keine Risiken ein«, warnte Bradley, als könne er ihre Gedanken lesen. »Tu nichts Unüberlegtes, während ich fort bin.«

Lilys Gesichtszüge erhellten sich. »Ich verspreche, keine Risiken einzugehen.«

Bradley schenkte ihr ein Lächeln, das sie schier zerschmelzen ließ. Dann beugte er sich zu ihr und gab ihr einen keuschen Kuss auf die Wange. Im Aufstehen wandte er sich an ihren Bruder. »Bist du bereit?«

Seth nickte und erhob sich ebenfalls.

»Ihr müsst sofort los?«

»Sperr die Tür hinter uns zu«, befahl Bradley.

Lily begleitete sie zur Küchentür; sie spürte Tränen in den Augen.

Aufmunternd lächelte Bradley auf ihr Gesicht herab. »Ich danke dir jetzt schon, dass du mich vermissen wirst«, flüsterte er rau und führte ihre Hand an seine Lippen. »Bis zu unserer Rückkehr, mein Liebling.«

»Jeder Tag wird mir vorkommen wie hundert Jahre«, seufzte sie.

»Das hoffe ich.« Damit zog er sie in seine Arme, doch anstatt sie zu küssen, ermahnte er sie: »Verriegle die Tür!«

Lily schloss die Tür ab. Sie sehnte sich danach, ihnen nachzublicken, aber sie wusste, sie würden nicht gehen, bevor sie nicht den Riegel vorgeschoben hatte.

Als sie sich mit dem Rücken gegen das verwitterte Holz lehnte, fragte sich Lily, wie sie all diese langen, einsamen Tage und Nächte ertragen sollte. Niedergeschlagen kuscheltet sie sich in den roten Schal, den Bradley ihr einst geschenkt hatte. Wann immer sie bedrückt war, wickelte sie ihn sich zum Trost um die Schultern.

Zu dumm, dass sie seinen letzten Heiratsantrag nicht angenommen hatte, dachte sie und tastete nach dem Kreuz um ihren Hals. Dann säße sie nun gemütlich in seinem Haus auf Beacon Hill, und Michael hätte ...

Das war der eigentliche Grund, warum sie seinen Antrag nicht angenommen hatte. Was würde Bradley tun, wenn sie ihm ein Kind wie ihren kleinen Bruder gebären würde? Sicher, er mochte Michael. Aber ihr Bruder war nicht sein Sohn.

Mit solch beunruhigenden Gedanken stieg Lily die schmale Stiege zu ihrer Kammer über der Taverne hoch. Wieder berührte sie ihr Kreuz, und sie wusste, dass Bradley der richtige Mann war. *Alpha* und *Omega.* Anfang und Ende. Der Erste und der Einzige für sie.

Lily war klar, dass sie sich nicht um Dinge sorgen durfte, die sie nicht beeinflussen konnte. Sie brauchte eine Beschäftigung, während Bradley und ihr Bruder unterwegs waren. Sie brauchte die Goldene Lilie.

Der folgende Tag schleppte sich endlos dahin. Wie viele Tage würde sie so verbringen müssen? Am späten Nachmittag war Lily halb wahnsinnig vor Langeweile. Die langen Frühsommertage lagen vor ihr wie ein unüberwindliches Gebirge.

Lily stand in der Küchentür des Four Winds und sog die Abendluft tief ein. Sehnsüchtig starrte sie übers Wasser hinüber zur Salty Dog Taverne. Der Kontaktmann würde vergeblich auf die Goldene Lilie warten.

Plötzlich spürte sie die Anwesenheit eines Menschen und drehte sich zu ihrer Linken um. Da stand ihr achtjähriger Bruder und sah in dieselbe Richtung, in die sie vor kurzem noch geblickt hatte. Er sah ebenso gelangweilt aus wie sie selbst.

Gerade schon wollte sie ihm sagen, er solle sich das Kinn abwischen, da hob Michael bereits die Hand und fuhr sich mit dem Hemdsärmel über das Gesicht.

»Wo schaust du hin?«, fragte sie erneut mit Blick nach vorn.

»Wo schaust *du* hin?«, gab er zurück.

»Ich habe zuerst gefragt«, antwortete sie.

»Und ich habe als Zweites gefragt.«

Lily prustete laut los. Michael grinste breit.

»Weißt du, was heute für ein Tag ist?«, wollte Lily wissen und legte den Arm um seine Schultern.

»Freitag?«

»Freitag, der dreizehnte«, verbesserte sie.

Verständnislos sah sie ihr Bruder an.

»Freitag, der dreizehnte, ist ein Unglückstag«, erklärte Lily. »Die Zahl dreizehn bringt Unheil, und Jesus starb an einem Freitag.«

»Woher willst du wissen, an welchem Tag Jesus gestorben ist?«, entgegnete Michael zweifelnd. »Du warst doch gar nicht dabei.«

Wieder musste Lily lachen. »Im Gedenken daran feiert man Karfreitag.«

»Ach so! Dann sollten wir lieber reingehen und uns vor dem Pech verstecken.«

»Das ist nicht nötig.« Und in diesem Moment kam ihr eine unerhörte Idee. Sie flüsterte Michael ins Ohr: »Möchtest du gerne ein Abenteuer erleben?«

Die blauen Augen ihres Bruders, so ähnlich ihren eigenen, funkelten vor Aufregung. »Was für ein Abenteuer?«

»Ein *geheimes* Abenteuer«, wisperte sie.

Michael nickte heftig mit dem Kopf und legte sich den Finger auf die Lippen. Dann meinte er laut: »Niemand darf es wissen!«

»Geh hinauf«, wies Lily ihn an. »Hol mir die älteste

Hose von Seth, ein Hemd und eine Weste. Vergiss nicht den Gürtel und eine Mütze.«

Strahlend rannte Michael die enge Stiege hinauf in den ersten Stock. Während Lily wartete, blickte sie wieder durch die Küchentür nach draußen. Im Zwielicht der Dämmerung schimmerte der Himmel rötlichblau, die ersten Sterne erschienen am östlichen Horizont.

»Hier«, hörte sie ihren Bruder sagen.

»Dreh dich um«, befahl Lily. Sie schälte sich aus Kleid und Unterkleid, zog die schwarze Hose an und befestigte sie mit dem Gürtel um die Taille. Danach streifte sie Hemd und Weste über. Zum Schluss kam die Mütze, die sie sich tief in die Stirn zog.

»Du siehst ja aus wie ein Junge«, bemerkte Michael.

»Wir gehen jetzt ins Salty Dog«, erklärte Lily ihrem Bruder und eilte voraus. »Wisch dir das Kinn ab!«

Michael tat wie ihm geheißen und verkündete: »Ich bin so weit.«

Zusammen machten sie sich auf den Weg. Sie ließen den Howell's Wharf hinter sich und bogen an der Blackstone Street nach Süden ab. In der Nähe des Hancock's Wharf verlangsamten sie den Schritt.

»Das hier ist kein Spaß«, sagte Lily eindringlich. »Sprich mich nicht mit Namen an. Verstanden?«

Michael sah sie aus zusammengekniffenen Augen an. »Ich bin doch nicht blöd.«

»Ich will nur sicher gehen, dass du unser Geheimnis wahrst.«

»Was heißt *wahren*?«

»Wahren heißt hüten, unser Geheimnis hüten«, erklärte sie.

Als Lily den Weg zum Hancock's Wharf und zum Salty Dog einschlug, zog sie sich die Mütze noch tiefer in die Stirn.

In der Taverne angekommen, ließ Lily sich an einem Tisch am hinteren Ende der Schankstube nieder. Erleichtert stieß sie einen Seufzer aus, als Michael sich ihr gegenüber setzte, ohne unerwünschte Aufmerksamkeit auf sie beide zu ziehen. Doch zu ihrer Bestürzung hob er den Arm, um sich das Kinn abzuwischen. Was, wenn nun jemand diese vertraute Geste gewahrte?

Niemand in dem großen Raum schien sie zu beachten. Dem lieben Herrgott sei Dank, auch Hortensia MacDugal war an diesem Abend nicht zu sehen.

Da trat der Inhaber der Taverne an ihren Tisch, Colin MacDugal, ein wahrer Riese und der Vater ihrer schlimmsten Feindin. Seine mächtige Gestalt schirmte sie vor den Blicken der anderen Gäste ab, während er verstohlen einen Zettel auf den Tisch gleiten ließ.

Ruckartig hob Lily den Kopf und betrachtete den Wirt, der ihr verschwörerisch zuzwinkerte. Heilige Jungfrau, kannte MacDugal etwa die Identität der Goldenen Lilie? Damit nicht genug, hatte er sie auch trotz ihrer Verkleidung erkannt?

Sie sah auf den Zettel und schnappte nach Luft. *Gib Acht auf den britischen Kerl in der Ecke.*

Vergeblich versuchte Lily, an MacDugal vorbei einen Blick auf die Gäste zu werfen; lehnte sie sich nach rechts, tat er das Gleiche, lehnte sie sich nach links, schob er sich ebenfalls dorthin.

»Schlüpf durch die Küchentür«, flüsterte MacDugal. »*Sofort*!«

Lily nickte. Sobald der Wirt den Tisch verlassen hatte, erhob sie sich und sagte: »Mir nach, Bruder.«

Michael wischte sich den Speichel vom Kinn und fragte: »Wollten wir nicht …?«

Lily bedachte ihn mit einem unmissverständlich warnenden Blick und ging voraus. Dem erschrockenen Gesichtsausdruck der Küchenmagd schenkte sie keinerlei Beachtung, sondern marschierte direkt auf die Hintertür zu.

Sie hörten das Schloss hinter sich zuschnappen und fanden sich in der Gasse hinter dem Salty Dog wieder.

Die Nacht hüllte sie ein und gab ihnen ein Gefühl von Sicherheit. Hunderte von Sternen funkelten am Himmel, aber der Mond war nicht zu sehen. Lily holte tief Luft und spürte den vertrauten Geruch des Meeres in der Nase.

»Warum mussten wir schon los?«, fragte Michael halblaut.

»Britische Spione suchen nach mir«, antwortete sie. »Komm mit!«

Lily nahm Michael bei der Hand und zog ihn in Richtung Blackstone Street. Sie waren noch keine zehn Schritte weit gegangen, als Lily plötzlich von hinten gepackt wurde. Mit aller Kraft wehrte sie sich gegen den Angreifer und wollte nach ihrem Bruder rufen, doch eine riesige Hand legte sich ihr über Nase und Mund. Verzweifelt rang sie nach Luft, bis die Ohnmacht sie erlöste.

Als Lily einige Augenblicke später wieder zu sich kam, hatte sie bereits jemand in eine Decke gewickelt und trug sie nun wie einen Mehlsack über der Schulter. Ihr Kopf wippte gegen den Rücken ihres Entführers, und Lily musste gegen eine aufkommende Übelkeit ankämpfen.

Ihr einziger Gedanke galt Michael. War er entkommen? Wie sollte sie sich jemals verzeihen, falls ihr Bruder durch ihre eigene Dummheit zu Schaden gekommen war? Sie hatte ihrer Mutter versprochen, Michael zu beschützen, und nun hatte sie kläglich versagt.

O, warum nur hatte sie nur nicht auf Seth und Bradley gehört? Sie hätte ihnen vertrauen sollen!

Das Schaukeln wurde stärker, und sie spürte, dass es Stufen hinunterging. Dann ein ruckartiger Halt. Unsanft wurde sie auf den Boden gelegt, kurz darauf schloss sich eine Tür. Unvermittelt zog jemand die Decke fort.

Nachdem Lily langsam die Augen geöffnet hatte, sah sie auf ein Paar schwarze Stiefel. Handelte es sich um amerikanisches oder englisches Schuhwerk?

Verunsichert hob Lily den Kopf und bemerkte muskulöse Beine, die in engen schwarzen Hosen steckten. Ihre Augen wanderten höher, machten schlanke Männerhüften aus, eine breite Brust und dann ...

All ihren Mut zusammennehmend blickte Lily in das Gesicht über ihr. Die Haare und die Augen des Mannes waren schwärzer als die Sünde selbst, und obgleich er ungewöhnlich gut aussehend war, strahlte sein energisches Kinn Arroganz aus.

Heilige Jungfrau, dachte Lily panisch, und Entsetzen stieg in ihr auf. *Der Teufel ist ein Gentleman!*

Verdammt! Der Teufel ist eine Frau!, dachte James, als er in die entwaffnendsten saphirblauen Augen blickte, die er je gesehen hatte.

Er drehte sich kurz zu dem Jungen um, der in der anderen Ecke des Raumes lag, um seine Aufmerksamkeit erneut der außergewöhnlichen Frau zu seinen Füßen zuzuwenden. Dann sagte er spöttisch: »Die Goldene Lilie, wenn ich mich nicht irre?«

»Nein, Lady MacBeth«, gab sie scharfzüngig zurück.

»In der Tat, an Euren Händen klebt das Blut von Engländern«, meinte James. »Ich bin …«

»Der britische Mistkerl, wenn ich mich nicht irre?«, unterbrach sie ihn.

James verzog den Mund. »Die Damen, die das Pech haben, nicht in mein Bett zu dürfen, pflegen mich gelegentlich so zu bezeichnen.«

Kaum hatte er diese letzten Worte ausgesprochen, als ihr Porzellanteint sich zu einem leuchtenden, bezaubernden Rot verdunkelte. Wann hatte er eine Frau zuletzt unwillkürlich erröten sehen? Dennoch, er hatte einen berüchtigten amerikanischen Agenten vor sich und durfte ihr dieses Erröten nicht zu ihren Gunsten anrechnen.

»Wo ist mein Bruder?«, fragte sie fordernd. »Wenn Sie ihm auch nur ein Haar gekrümmt …«

»Ich bin hier«, antwortete Michael.

James beobachtete, wie seine Gefangene über die Schulter sah, um sich der Unversehrtheit des Jungen zu vergewissern, und bemerkte, wie ihr Ausdruck bei dessen Anblick weich wurde. Doch als sie sich wieder ihm zuwandte, war von diesem sanften Zug nichts mehr zu erkennen.

»Ich weiß nicht, warum Sie uns entführt haben«, sagte sie in einem sachlichen Tonfall, der sie ganz offensichtlich eine Menge Selbstdisziplin kostete. »Unser Vater ist kein reicher Mann und wird keinen Penny für uns bezahlen. Ich schlage vor, Sie lassen uns sofort frei.«

Durchdringend blickte James sie an, um ihre Nervosität zu steigern. »Ich bin der Duke von Kinross.«

»Ein richtiger Duke?«, ließ sich der Junge vernehmen.

»Michael, sei still und lass mich das machen«, befahl die junge Frau und fügte, offenbar aus Gewohnheit, hinzu: »Lass die Zunge im Mund. Wisch dir das Kinn ab!«

James sah, wie sich der Junge mit dem Ärmel übers Kinn fuhr und bemerkte erst jetzt, dass der Junge scheinbar leicht behindert war.

Das Mädchen liebte ihren Bruder; das war nicht zu übersehen. Hatte man sie vielleicht gezwungen, für die Amerikaner zu arbeiten, um ihn ernähren zu können? Nun, das spielte keine Rolle. Sein eigener Bruder war tot, und sie würde den Preis dafür bezahlen.

»Du heißt also Michael?«, fragte James den Jungen freundlich.

»Verrat ihm nichts«, mahnte die junge Frau.

Der Kleine warf seiner Schwester einen besorgten Blick zu. Dann sah er James an und sagte: »Ich bin Michael Hawthorne.«

»Und wie alt bist du?«, forschte James weiter.

»Acht, aber am neunundzwanzigsten September werde ich neun«, erzählte ihm der Junge. »Das ist der Namenstag vom Heiligen Michael, und ... und Lily hat mich nach ihm benannt.« Unsicher schaute er seine Schwester an. »Stimmt's, Lily?« Ohne ihre Bestätigung abzuwarten fuhr er fort: »Weißt du, was der Heilige Michael gemacht hat?«

James lächelte. »Nein, was denn?«

»Er hat Luzifer aus dem Himmel geworfen.«

»Ach ja, stimmt«, erwiderte James. »Jetzt erinnere ich mich.« Er deutete auf das Mädchen und fragte: »Wie alt ist Lily?«

»Sie ist achtzehn«, gab Michael Auskunft. »Wir haben ...«

»Sei still!«, unterbrach ihn Lily barsch.

Der Junge machte überrascht den Mund zu.

»Was habt ihr?«, drängte James.

Der Junge sah ihn mit den gleichen, saphirblauen Augen an, die auch seine Schwester besaß. Dann lächelte Michael gewinnend und entgegnete: »Kann ich dich Duke nennen?«

Wollte der Junge ihn etwa austricksen, indem er eine Frage mit einer Gegenfrage beantwortete? James entschied, dass jetzt keine Zeit für eine Lehrstunde in korrekter Etikette war.

»Duke ist vollkommen in Ordnung«, stimmte er zu.

Hinter ihm kicherte jemand. Verblüfft drehten Michael und Lily sich um.

»Wer ist denn das?«, wollte Michael wissen und zeigte auf den Riesen an der Tür.

»Dieser Mann ist Duncan MacGregor«, erklärte James. »Er arbeitet für mich.«

Die Geduld des Mädchens schien beinahe erschöpft, doch der Duke fragte den Jungen in aller Seelenruhe: »Bist du schon einmal über das Meer gesegelt?«

»Wir gehen nirgendwohin mit Ihnen«, schrie Lily.

»Halten Sie den Mund«, versetzte James streng. »Sie sind jetzt meine Gefangenen und werden meine Befehle befolgen!«

»Du darfst nicht so mit Lily reden«, mischte sich Michael ein. »Sonst wird sie böse, und dann wird es dir noch Leid tun.«

»Tatsächlich?« James ließ seine Augen amüsiert zu dem Mädchen wandern, das aussah, als könnte eine starke Windböe sie umwerfen. »Macht sie dir Angst?«

»Ich habe vor gar nichts Angst«, brüstete sich Michael

und streckte die schmale Brust heraus. »Nimmst du uns mit auf dein Boot?«

»Es ist ein Schiff«, erklärte das Mädchen seinem Bruder.

»Lily, Duke hat doch gesagt, du sollst still sein«, antwortete Michael. »Ich glaube, er kann mindestens so wütend werden wie du.«

»Ich bringe Lily und dich nach England«, teilte James dem Jungen mit.

»D...das gute ... alte England?«

James nickte. »Genau das.«

»Kennst du Robin Hood?«

»Wen?«

»Robin Hood«, wiederholte Michael. »Lily hat mir von ihm erzählt. Robin und seine Bande leben in Sherwood Forest, und der Sheriff von Nottingham will sie immer einfangen. Und Lady Marian spioniert für sie.«

Das Wort ›spioniert‹ wischte alle Fröhlichkeit aus James' Gesichtsausdruck. Der Junge und seine Schwester waren so unterhaltsam, so unerwartet naiv, dass er beinahe seinen Bruder und seine Rache vergessen hätte.

»Ich habe den Mann nie getroffen«, sagte er barsch.

»Schade.« Michael klang enttäuscht. Glaubte er etwa wahrhaftig, dass es einen Mann namens Robin Hood in England gab?

»Ich möchte unter vier Augen mit Lily sprechen«, eröffnete James dem Jungen. »Geh mit Duncan, er wird dir etwas zu trinken geben und dich in seinem Bett schlafen lassen. Es ist schon bald Morgen.«

»Sie dürfen uns nicht trennen«, rief Lily. »Sie sehen doch, dass er mich braucht.«

»Duncan wird gut auf ihn aufpassen.« James ging zur

Tür und öffnete sie. »Kümmere dich um den Jungen«, wies er seinen Diener an. »Ich will ihn in guten Händen wissen.«

»Ja, Euer Gnaden.«

»Ach, er heißt Gnaden?«, fragte Michael laut, während er neben dem riesigen Schotten herlief. »Er hat mir gesagt, ich soll ihn Duke nennen.«

Nur mit Mühe konnte James sich das Lachen verbeißen. Langsam schloss er die Tür und bereitete sich auf die Konfrontation mit der Mörderin seines Bruders vor. In diesem Moment spürte er kühles Metall an seinem Nacken.

Das kleine Miststück hatte einen Dolch!

Er war davon ausgegangen, dass sein Diener ihr jegliche Waffen abgenommen hatte. Tja, er würde Duncan wohl wegen seiner Nachlässigkeit tadeln müssen. Das hieß, nachdem er seinen Gast überwältigt hatte.

»Eine falsche Bewegung und ich spieße Ihren Hals auf wie ein Würstchen«, zischte Lily.

»Eine anständige Dame bedroht ihren Gastgeber nicht mit einem Dolch«, teilte James ihr höflich mit. Er musste Zeit gewinnen, um sie zu entwaffnen, ohne dass einem von ihnen ein Leid geschah.

»Sie sind nicht mein Gastgeber«, fuhr sie ihn empört an.

»Dann nehme ich alles zurück.« Eine gewisse Amüsiertheit in seiner Stimme war nicht zu überhören. »Wie würden Sie mich denn bezeichnen?«

»Als Teufel«, antwortete Lily verachtungsvoll. »Bitte zwingen Sie mich nicht dazu, Sie noch weiter zu beleidigen.«

»Der Teufel ist nicht so schlimm, wie man ihn landläufig darstellt«, versetzte James.

»O, gewiss«, stimmte sie überraschend zu. »Er vermag gelegentlich eine ansprechende Gestalt anzunehmen.«

»Ich fühle mich geschmeichelt, dass Sie mich derart attraktiv finden«, gab James belustigt zurück. »Was werden Sie nun mit mir anstellen, da ich Ihnen auf Gedeih und Verderb ausgeliefert bin?«

»I...ich weiß nicht«, antwortete Lily ehrlich und verblüffte ihn damit erneut. »Darüber muss ich nachdenken.«

»Aber wir können hier nicht ewig stehen bleiben«, teilte er mit.

»Seien Sie still!«, befahl sie verzweifelt.

James blickte auf die Tür und rührte sich nicht. Er wollte sie nicht erschrecken, damit sie ihn nicht aus Versehen erstach. Ihm war bereits klar geworden, dass sie sicherlich nicht fähig war, einen Mann vorsätzlich zu töten.

Lily stand so nahe bei ihm, dass er ihren weichen, zarten Duft wahrnahm, ein sinnlicher Hauch von Moschus. Sie roch wie Lilien in einem Wald; ihr Geruch umgab ihn derart verführerisch, dass er jeden Zentimeter ihres Körpers küssen wollte, angefangen bei der empfindlichen Stelle zwischen ihren Brüsten.

Verflucht!, dachte James und schüttelte sich im Geiste. Die Mörderin seines Bruders hielt ihm einen Dolch an die Kehle, und er reagierte darauf mit einer Erregung in der Lendengegend. Er musste wahnsinnig sein!

»Wenn ich Ihnen etwas hinhielte, würden Sie es mit der rechten Hand nehmen?«, fragte Lily unvermittelt.

James konnte nicht fassen, was er da hörte. Das Mädchen war noch dümmer als Valentina.

»Also?«

»Aber natürlich.«

»Auf mein Kommando, aber nicht vorher, drehen Sie sich langsam nach rechts, bis Sie mir gegenüber stehen«, ordnete Lily an.

In diesem Moment wurde James bewusst, dass das gerissene Ding klüger war, als er angenommen hatte. Ihr Plan war, ihn daran zu hindern, sie mit der starken Hand anzugreifen.

»Los jetzt«, kommandierte sie. »Aber ganz langsam.«

James wandte sich nach rechts. Sobald er ihr gegenüberstand, holte er mit der linken Hand aus und traf sie mit voller Wucht auf die rechte Wange. Lily schrie auf, als die Kraft des Schlages sie zu Boden schleuderte und der Dolch ihr aus der Hand glitt.

»Sie hätten mich aufspießen sollen, als Sie noch die Gelegenheit dazu hatten«, sagte James und hob die Waffe auf. »Nichts ist gefährlicher als Unentschlossenheit.«

»Ich werde es mir für das nächste Mal merken.« Lily hielt sich die pochende Wange. »Ich dachte, Sie seien Rechtshänder.«

»Ich bin beidhändig«, erwiderte James. Er beugte sich zu ihr hinunter und zerrte ihr die Stiefel von den Füßen. Um ihre linke Wade hatte sie ein Strumpfband befestigt, an dem der Schaft des Dolches hing. »Keine anständige Lady läuft bewaffnet herum.«

»Kein anständiger Gentleman entführt eine Lady«, kam es wie aus der Pistole geschossen.

»Sie haben mich doch wohl nicht mit einem Gentleman verwechselt?«, erkundigte sich James. »Haben Sie weitere Waffen bei sich? Sagen Sie mir lieber die Wahrheit, denn wenn ich sie noch einmal überwältigen muss, lege ich Sie mir übers Knie und versohle Ihnen den Hintern.«

»W... wie können Sie es wagen!«, stammelte sie entrüstet.

»Verdammt, haben Sie noch irgendwelche anderen Waffen?«

»Nein.«

»Woher soll ich wissen, dass Sie mich nicht anlügen?« Streng sah er auf sie hinab.

»Sie sind hier der Lügner, nicht ich«, meinte sie hochmütig.

Plötzlich ließ sich James auf die Knie fallen und packte ihre Handgelenke. Mit eisernem Griff hielt er ihr die Arme über den Kopf und begann, sie Zentimeter für Zentimeter abzutasten. Angefangen bei der verführerischen Stelle zwischen ihren Brüsten, die er vorhin hatte küssen wollen, liebkoste er ganz langsam ihren zarten Körper.

»Nein!« Lily wand sich unter seiner Berührung und versuchte vergeblich, sich zu befreien.

»Halten Sie still oder Sie machen alles nur noch schlimmer!«, drohte er.

Als sie nicht mehr zappelte, fuhren seine Finger mit der Suche fort. Mit der Handfläche streifte er über ihre beiden Brüste und wünschte sich, es läge kein störender Stoff dazwischen. Dann ließ er seine Hand bedächtig nach unten zu der Stelle gleiten, wo ihre Oberschenkel zusammentrafen.

Den Blick fest auf ihre blauen Augen gerichtet, streichelte James das weiche Tal zwischen ihren Beinen. Er konnte ihre Hitze durch die Beinkleider hindurch spüren.

Lilys Körper erzitterte unter seiner Berührung, und

doch verhielt sie sich völlig still, um ihn nicht zu provozieren. In ihrem Antlitz war Verwirrung zu lesen, vermischt mit der Furcht, die er erwartet hatte.

Als James keine Wölbung fand, die von einer Waffe herrührte, stand er auf und sagte: »Wenigstens einmal hat eine Frau die Wahrheit gesagt.«

»Angelsächsischer Abschaum!«, rief Lily, setzte sich auf und beeilte sich, aus seiner Reichweite zu kommen. »Wie können Sie es wagen, mich anzufassen!«

Hätte sie ihn nicht beleidigt, hätte James ihr zu ihrer Damenhaftigkeit gratuliert. »Sehen Sie sich vor«, warnte er. »Ich könnte Sie auch nackt ausziehen und noch gründlicher durchsuchen.«

Da tat sie plötzlich, was er am wenigsten von ihr erwartet hätte: Sie brach in Tränen aus.

James hasste es, wenn Frauen vorgaben zu weinen, doch dieses Mädchen zu seinen Füßen schluchzte aus ganzem Herzen.

Zu schade, dachte er. Er hatte gerade angefangen, widerwilligen Respekt vor ihrer tollkühnen Tapferkeit zu empfinden. Diese Wirkung hatte sie nun durch ihre Tränen zerstört.

»Verflucht noch mal«, murmelte er.

James durchschritt die Kajüte, riss die Tür auf und trat hinaus. Verärgert schlug er sie hinter sich zu und verriegelte sie. Dann ging er den schmalen Korridor Richtung Deck, um den Duft des Mädchens abzuschütteln. Auf einmal vernahm er das Geräusch wütenden Klopfens und blickte zurück zu seiner Kajüte.

»Lassen Sie mich sofort hier raus, Sie erbärmlicher Bastard«, forderte Lily und trat gegen die Holztür. »Haben Sie mich gehört, langweiliger Lord Lackaffe?«

Mehr Hämmern. Und dann: »Auuuu ...«

James warf den Kopf zurück und brüllte vor Lachen. Seine Gefangene hatte sich soeben rehabilitiert.

Am Achterdeck angekommen hatte James sich schon wieder unter Kontrolle. Selbst als Junge verkleidet war das Mädchen zauberhaft und höllisch amüsant, aber sie hatte den Tod seines Bruders verschuldet und würde dafür bezahlen.

James sah in den nachtblauen Himmel hinauf. Dunkelheit hatte das Schiff eingehüllt, doch über ihm leuchteten die Sterne. Orions Armee von Diamanten funkelte am westlichen Horizont, im Norden lagen der Große Bär und Polaris, der Nordstern. Das schönste aller Juwelen befand sich allerdings um diese Jahreszeit am östlichen Himmel: Arcturus, der schimmernde Riese, der zweitgrößte Stern am Himmel. Nur Sirius, der Hundsstern, übertraf ihn noch an Glanz.

Besänftigt von der Schönheit der Nacht sog James tief die frische Luft ein. Das natürliche Licht von oben, der beißende Geruch des Meeres und das Schaukeln des Schiffes wirkten beruhigend auf ihn.

Eine Frau zu töten, selbst im Namen der Gerechtigkeit, lag jenseits seines Vorstellungsvermögens. Was also sollte er mit ihr anfangen? Sie für die Dauer des Krieges aus dem Verkehr zu ziehen schien der einzig mögliche Weg zu sein. Doch wo lag darin die Bestrafung?

Warum, in Gottes Namen, hatten die Amerikaner nur ihr Vertrauen in Lily gesetzt? Frauen waren solch flatterhafte Wesen. Allerdings war die Frau in seiner Kajüte mit ihren tiefblauen Augen und dem ebenholzfarbenen Haar, das so schwarz war wie sein eigenes, anders als alle, die er je gekannt hatte.

Der Anflug eines Lächelns umspielte seine Lippen. Das zarte Geschöpf unter Deck hatte es tatsächlich gewagt, ihn mit einem Dolch zu bedrohen. Die Reise nach England würde mit Sicherheit interessant werden.

Unvermittelt verließ James das Achterdeck und ging wieder nach unten. Der Junge würde ihm alles über seine Schwester erzählen, und dann wüsste er, wie mit ihr umzugehen war.

Ohne anzuklopfen betrat James die Kajüte neben seiner eigenen. Duncan MacGregor war für ihn mehr als ein Bediensteter, er war ein geschätzter und treuer Freund, der seine Loyalität und seinen Wert schon ungezählte Male unter Beweis gestellt hatte. Daher bestand James bei jeder ihrer Schiffsreisen darauf, dass Duncan wie ein Offizier behandelt wurde.

Beim Eintreten musste James grinsen. Der Achtjährige schwang sich in Duncans Hängematte vor und zurück wie auf einer Schaukel. Der riesige Schotte hatte gerade mit einer Geschichte über seinen berühmten Ahnen begonnen, den legendären Rob Roy MacGregor.

»Hol dem Jungen etwas zu essen und zu trinken«, wies James seinen Diener an.

Duncan nickte und verließ die Kajüte.

»Du hattest einen aufregenden Abend, stimmt's?«, fragte James, um das Gespräch in Gang zu bringen. Er sah dem Jungen in die leicht schräg gestellten saphirblauen Augen.

»Ich bin noch nie geschnappt worden«, brüstete sich Michael. »Lässt du Lily und mich über die Planke gehen?«

»Wir haben alle unsere Planken in England vergessen«, sagte James. Bei dem enttäuschten Blick des Jungen musste er lächeln. »Erzähl mir von eurem Leben in Boston.«

»Was willst du denn wissen?«

»Wo und von was lebt ihr?«

»Meinem Vater gehört die Four Winds Taverne auf dem Howell's Wharf«, erwiderte Michael. »Wir wohnen im ersten Stock.«

Das Mädchen war also in einer Fischerkneipe aufgewachsen. Das erklärte den Dolch.

»Lebst du gern dort?«, erkundigte sich James.

Zu seinem Erstaunen schüttelte der Junge den Kopf.

»Warum nicht?«

»Die anderen mögen mich nicht«, antwortete er. »Sie ärgern mich immer.«

»Welche anderen?«

»Die anderen Kinder.«

»Warum mögen sie dich nicht?«, wollte James wissen.

Michael starrte ihn mit seinen strahlenden blauen Augen an. Er beugte sich vor, als wolle er ihm ein Geheimnis anvertrauen, und antwortete: »Ich bin anders.«

»Was macht dich denn so anders?«, fragte James, obgleich er die Antwort schon kannte.

Michael zuckte die Achseln. »Ich wurde schon anders geboren. Lily sagt, ich bin etwas Besonderes, aber ich will lieber so sein wie die anderen.«

Mitleidig legte James dem Jungen die Hand auf die Schulter. Offenbar war er zwar so zurückgeblieben, dass er anders war, aber gleichzeitig schlau genug, um sich dessen bewusst zu sein.

»Du wirst Lily nichts tun, oder?«, wechselte Michael das Thema. »Sie ist nur ein Mädchen, weißt du.«

»Ich würde niemals einem Mädchen etwas tun«, versicherte ihm James.

Michael lehnte sich wieder nach vorn und flüsterte: »Lily glaubt, sie beschützt mich, doch in Wirklichkeit beschütze ich sie. Aber sag ihr das bloß nicht.«

»Ich verrate nichts.«

»Hast du auch eine Schwester?«

Wer befragte hier eigentlich wen? Der Junge drehte den Spieß einfach um. Vielleicht war er gar nicht so zurückgeblieben, wie er aussah.

»Ich hatte einmal einen älteren Bruder«, antwortete James. »Er starb vor kurzem.«

»Meine Mutter ist auch tot«, erklärte Michael. Dann fügte er hinzu: »Ist Sterben ein Teil des Lebens?«

James hing seinen eigenen Gedanken nach. »Ich frage mich, warum die Amerikaner ein Mädchen als Agentin einsetzen. Was trägt deine Schwester zum Krieg bei?«

»Sie prägt sich Dinge ein.«

Wovon sprach der Junge? Noch bevor er nachhaken konnte, fuhr Michael stolz fort: »Lily liest etwas und kann es sich sofort merken. Niemand kann das so gut wie Lily. Ich wünschte, ich könnte so lesen wie sie.«

James nickte, doch die Worte des Jungen verwirrten ihn. Da er von ihm wohl keine bessere Erklärung bekäme, würde er selbst nachforschen müssen.

»Duncan wird gleich wieder hier sein«, sagte James und ging zur Tür. »Er wird seine Geschichte von Rob Roy MacGregor zu Ende erzählen.«

»Gute Nacht, Duke.«

James zwinkerte ihm zu. »Gute Nacht, Michael.«

Was meinte der Junge mit *sich einprägen?* James blieb vor der Tür stehen und dachte nach. Was im Augenblick allerdings viel wichtiger war: Wie würde der kleine Trotzkopf darauf reagieren, dass sie seine Kajüte und sein Bett teilen musste?

Vielleicht sollte er sie in den ...

James schüttelte den Kopf. Warum sollte er sich eine aufregende Reise versagen?

Als er in seine Kajüte zurückkehrte, sah James seine Gefangene auf dem Boden sitzen. Die Augen hatte sie im Schlaf geschlossen und lehnte mit dem Kopf an der Seite des Bettes. Es sah verflucht unbequem aus.

Täuschte sie den Schlaf nur vor? Aha, das wurde langsam spaßig. Was sollte er tun, um sie aufzuscheuchen?

Regungslos stand James da und beobachtete, wie Lily sich bemühte, ihren Gesichtsausdruck ruhig zu halten, als schliefe sie immer noch. Er wusste, dass die Neugier über sein weiteres Vorgehen sie fast umbringen musste.

Krampfhaft versuchte er, nicht zu lachen, und schritt vorwärts. Das Geräusch seiner Stiefel auf dem Holz klang ungewöhnlich laut in der Stille der Kajüte, während er sich ihr gemächlich näherte. Das Bett knarrte, als er sich darauf niederließ, um ihre Reaktion abzuwarten.

Nach wie vor saß seine Gefangene bewegungslos da, den Kopf gegen das Bett gelehnt.

Wollte sie einfach wie eine Idiotin da sitzen bleiben?

Drittes Kapitel

Wollte er einfach wie ein Idiot da sitzen bleiben?, fragte sich Lily. Langsam machte sie die andauernde Stille unruhig. Sie öffnete ihre Augen einen Spalt und fiel beinahe in Ohnmacht. Sein Bein war so nah, sie hätte hineinbeißen können. Heilige Jungfrau, was sollte sie nur tun? Weglaufen oder lieber bleiben, wo sie war?

Erst zog er einen Stiefel aus, dann den anderen und warf beide zur Seite.

Lily hob den Blick. Ihr Entführer knöpfte sich gerade das Hemd auf.

»Wagen Sie es ja nicht, noch einen einzigen Knopf aufzumachen!« Entrüstet sprang sie auf und rannte quer durch die Kajüte.

Der Duke lächelte, offenbar amüsierte ihn dieser Ausbruch. Lily spürte ihre Wangen heiß vor Scham werden und konnte sich vorstellen, wie rot sie leuchten mussten.

»Soll ich etwa angezogen zu Bett gehen?«

»Ich gehe davon aus, dass Sie nicht hier schlafen«, antwortete sie empört.

James maß sie von oben bis unten. »Das denke ich aber doch.«

»Sie, mein Herr, sind ein Schuft.«

»Die korrekte Anrede lautet *Euer Gnaden*«, teilte er ihr mit. »Aber vermutlich kann man von jemandem aus den Kolonien keine vernünftigen Manieren erwarten.«

»Ich komme aus keiner Kolonie. Wir Amerikaner haben den Krieg gewonnen, schon vergessen? Abgesehen davon werde ich Sie anreden, wie es mir passt.«

Der Duke verengte seine schwarzen Augen und stand langsam vom Bett auf.

»Euer Gnaden«, fügte sie hastig hinzu.

»Ihr Bruder ist viel netter als Sie«, sagte er.

»Wo ist er?«, forderte Lily. »Ich will ihn sehen!«

»Vielleicht morgen. Wenn Sie sich benehmen.«

Der Duke setzte sich wieder, lehnte sich zurück, verschränkte die Arme vor der Brust und musterte sie eindringlich. Schließlich fragte er: »Haben Sie Angst vor mir?«

»Gewiss nicht.«

»Nicht einmal ein klein wenig?«

Lily bedachte ihn mit einem verachtungsvollen Blick und streckte die Brust heraus, wohl wissend, dass ihre zarte Gestalt nicht einmal eine Fliege einschüchtern könnte. »Der Feige stirbt schon vielmal, eh er stirbt«, verkündete sie hochmütig. »Die Tapfern kosten *einmal* nur den Tod.«

»Die Tochter eines Kneipenwirts zitiert Shakespeare?« James schüttelte ungläubig den Kopf; eine gebildete Bürgerliche schien ihn zu amüsieren. »Das ist aus *Julius Caesar*, richtig?«

Beleidigt, dass er ihr augenscheinlich so wenig zutraute, sah Lily ihm direkt in die Augen und entgegnete provozierend: »Zweiter Aufzug, zweite Szene.«

James sagte lange Zeit nichts. Dann glitt er vom Bett, durchquerte die Kajüte, holte ein Buch aus einem kleinen Regal und blätterte darin. Bei einer Seite hielt er inne und fuhr mit dem Zeigefinger die Zeilen nach.

Plötzlich schnellte sein Kopf nach oben, und er starrte sie überrascht an.

Lily wollte am liebsten im Boden versinken. Seiner Miene entnahm sie, dass er sie absonderlich fand. Heilige Mutter Gottes, warum hatte sie sich nur mit ihrem Können gebrüstet? Jetzt wusste er nicht nur, warum sie als Agentin eingesetzt worden war, sondern auch, was für ein eigenartiges Wesen sie war.

Dabei wollte sie doch immer nur dazugehören. Warum hatte sie nicht als gute Köchin oder geschickte Näherin geboren werden können? Sie war eine Außenseiterin, genau wie ihr kleiner Bruder.

»Wie haben Sie das gemacht?«, fragte James.

Ungerührt zuckte Lily die Schultern und riss den Blick von ihm los.

»Ich werde herausfinden, wie Sie das angestellt haben, noch bevor wir England erreichen«, verkündete er.

Lily seufzte müde. »Tja, von mir werden Sie es nicht erfahren.«

James schloss das Buch, gähnte und streckte sich. »Es ist spät. Gehen Sie zu Bett.«

»Ich schlafe nicht bei Ihnen«, erklärte Lily.

»Ziehen Sie meine Mannschaft vor?«, gab er zurück.

Lily würdigte ihn keiner Antwort, sah zum Bett hinüber und meinte: »Da ist nur Platz für einen.«

Ein spitzbübisches Lächeln schlich sich auf seine Gesichtszüge. »Wir kuscheln uns einfach aneinander.«

»Ich würde lieber mit einer Schlange kuscheln«, fauchte Lily, völlig schockiert über seinen Vorschlag.

»Hüten Sie Ihre Zunge, meine Dame. Das heißt, falls Sie Ihren Bruder morgen zu Gesicht bekommen möchten.«

»Ich schlafe hier«, willigte Lily ein und ließ sich zu Boden sinken. »Geben Sie mir eine Decke.«

»Sie werden krank werden, und ich will Sie nicht auf dem Gewissen haben«, sagte James. »Glauben Sie mir, Lady, ich bin durchaus in der Lage, Ihren Reizen zu widerstehen.«

Lily wusste nicht, ob sie gekränkt oder erleichtert sein sollte. »Ihr Wort in Gottes Ohr.«

»Und jetzt ab ins Bett.«

Lily wollte protestieren, doch das schien er erwartet zu haben.

»Ab in das verfluchte Bett!«, befahl er in einem Ton, der keinen Widerspruch duldete.

Ihn wütend zu machen war ebenso klug, wie einen Panther zu ärgern, dachte Lily. Sie erhob sich und ging zum Bett. »Also gut, aber nur, wenn Sie angezogen bleiben.«

James neigte den Kopf.

Vollständig bekleidet stieg Lily ins Bett und kroch unter die Decke. Sie hatte ihm den Rücken zugewendet und sah zur Wand. Das Bett knarrte, als er sich neben sie legte.

»Ihre fragwürdige Tugend ist bei mir in Sicherheit«, hörte sie ihn sagen.

Fragwürdig? Lily schnellte hoch und blickte auf ihn hinab. Selbst im Dunklen konnte sie sein unverschämtes Lächeln ausmachen.

»Wie können Sie es wagen, meine Reinheit in Frage zu stellen?«, forderte sie. »Sie ... Sie Jungfrauenschänder!«

»Ich versichere Ihnen, dass ich kein Bedürfnis habe, mich an jemandem gegen seinen Willen zu vergehen«, gab James zurück.

»Eigenlob stinkt«, konterte sie.

Anstatt wütend zu werden, sagte der Duke: »Schlafen Sie jetzt.« Dann drehte er sich um und lag mit dem Rücken zu ihr.

Lily legte sich wieder hin und rückte so weit wie möglich von ihm fort.

Welche furchtbare Sünde hatte sie begangen, die eine solche Strafe rechtfertigte? Was würden Bradley und Seth tun, wenn sie nach Boston zurückkehrten und ihr Verschwinden bemerkten? Würde Bradley sie immer noch heiraten wollen? Und wenn nicht, wie konnte sie Michael beschützen?

»Lily?« James' Stimme durchbrach die Stille.

»Ja?«

»Das ist das einzige Mal, dass ich angezogen zu Bett gehe.«

Lily war zu müde zum Streiten. Es war ein langer Tag gewesen.

»Das besprechen wir morgen.«

»Da gibt es nichts zu besprechen«, entgegnete er.

»Ich sagte, wir besprechen das morgen!« *Keine Widerrede,* war die unausgesprochene Botschaft.

Er gab keine Antwort.

Schweigen.

»Lily?«

»Was denn noch?« Sie konnte einen ärgerlichen Unterton nicht verbergen.

»Nennen Sie mich James«, sagte er. »Das ist mein Name.«

»Nein danke, Euer Gnaden.«

»Ich befehle Ihnen, mich James zu nennen.«

»Gute Nacht, James.«

»Schon besser.«

»Müssen Sie immer das letzte Wort haben?«, erkundigte sie sich.

»Ja.«

Lily musste wider Willen lächeln. Sie lauschte seinem Atem, bis er gleichmäßig wurde und sie spürte, dass er eingeschlafen war.

Sie selbst hatte damit größere Schwierigkeiten. Da im Bett nur wenig Platz war, warf sie sich im Geiste hin und her.

Flucht, schoss es ihr durch den Kopf. Wie sollte sie jedoch entkommen? Um sie herum war nichts als Wasser.

Außerdem gab es da noch ihren Bruder. Sie konnte nicht riskieren, ihn in Gefahr zu bringen.

Zu fliehen stand außer Frage. Also würde sie den Duke davon überzeugen müssen umzukehren. Aber wie? Und warum, um Himmels Willen, hatte er sie überhaupt entführt?

Er riecht wie Heidekraut in den Bergen, dachte Lily noch, als ihre Lider sich schlossen. Und es gefiel ihr.

»O mein Gott, es gibt Sie wirklich«, stöhnte Lily, nachdem sie am nächsten Morgen die Augen aufgeschlagen hatte. »Ich dachte, ich hätte schlecht geträumt.«

Der Duke saß am Tisch. Er sah eindeutig besser aus, als es sich für einen Mann gehörte.

Sobald sie bemerkte, dass er sie beobachtete, überzog eine sanfte Röte ihre Wangen und ihr wurde unter seinem Blick bis in die Zehen hinunter heiß.

Da lächelte er.

Ärgerlich verzog sie den Mund.

»Ich wünschte, Sie würden mich nicht so anstarren«,

sagte James freundlich. »Ihr Leben wäre ruiniert, wenn Sie immer so aussähen.«

»Mein Leben ist schon ruiniert«, stellte Lily fest und blickte ihm direkt in die Augen. »Sie haben es zerstört, als Sie mich entführten.«

»So trostlos kann Ihre Zukunft doch nicht sein«, gab James zurück. »Eine Frau mit solchen Fähigkeiten und solcher Bildung wird immer Erfolg haben.«

War das gerade eine Beleidigung? Selbst wenn, niemand – ganz besonders nicht Hortensia MacDugal – hatte sie jemals so charmant gekränkt. Die Einwohner von Bostons Hafenviertel warfen sich gegenseitig Beleidigungen wie Dolche an den Kopf. Heuchlerische Zuvorkommenheit dagegen war offenbar typisch für die englische Aristokratie.

»Keine Widerworte?«, erkundigte er sich, als er sich von seinem Stuhl erhob.

Lily zuckte auf dem Bett zurück.

»Seien Sie nicht albern«, sagte James. »Ich komme Ihnen schon nicht zu nahe.«

Er zog seine Taschenuhr hervor und warf einen kurzen Blick darauf. Dann legte er sie auf den Tisch, ging zur Tür und meinte: »Ich gebe Ihnen fünfzehn Minuten. Der Toilettentisch ist dort drüben.«

Lily war sichtlich peinlich berührt, aber er schenkte ihr keine Beachtung. »Fünfzehn Minuten«, erinnerte er sie noch einmal.

Sobald die Tür hinter ihm zugefallen war, warf Lily die Decke von sich und sprang aus dem Bett. Sie rannte zur Tür, blieb jedoch auf halbem Weg abrupt stehen.

Hin- und hergerissen zwischen einem gewissen körperlichen Bedürfnis und ihrem Wunsch nach Flucht blickte sie von der Tür zum Toilettentisch und zurück. Ihr körperliches Bedürfnis gewann die Oberhand.

Einige Minuten später presste sie ein Ohr an die Tür und konnte keine verräterischen Geräusche von draußen vernehmen. Schon streckte sie die Hand nach dem Türgriff aus, hielt aber inne. Sie brauchte zuerst einen Plan.

Sie musste fliehen! Aber sie befand sich mitten im verflixten Atlantischen Ozean! Nein, nicht mitten im Ozean, verbesserte sie sich. Nur ungefähr zwölf Stunden von der Küste entfernt, was eigentlich gar nicht so weit war. Zu weit allerdings, um zurückzuschwimmen, wie sie zugeben musste.

Lily stand reglos da, während in ihrem Kopf ein Plan Gestalt annahm. Zunächst musste sie Michael finden und sich irgendwo an Bord verbergen. Dann würde sie sich aus ihrem Versteck schleichen und eine Waffe stehlen. Eine Pistole wäre am wirkungsvollsten, doch sie wusste nicht, wie man damit umging. Ein scharfer Dolch musste ausreichen.

Wenn sie erst bewaffnet wäre, würde Lily den Duke gefangen nehmen. Beinahe musste sie laut auflachen bei dem Gedanken, ihn in ihrer Gewalt zu haben.

Tu anderen das, was sie dir auch zufügen würden, dachte Lily. Das war die Goldene Regel des Hafenviertels.

Mit vorgehaltener Waffe würde Lily den Duke zwingen, das Schiff nach Boston zurückzusteuern. Dort konnte er dann in Ruhe die Zeit bis zum Ende des Krieges absitzen.

Fest entschlossen riss Lily die Tür auf und stieß einen überraschten Schrei aus.

Vor ihr stand der Duke, im Gesicht ein unverschämtes Grinsen. Seine knapp einen Meter neunzig große Gestalt versperrte ihr den Weg in die Freiheit. »Zehn Minuten«, sagte er.

Du Ausgeburt der Hölle, dachte Lily und knallte die Tür wieder zu. Sie lehnte sich von innen dagegen, um wieder zu Atem zu kommen und ihren Herzschlag zu normalisieren. James' Gelächter vom Gang her trug nicht gerade dazu bei, sie zu beruhigen.

»Noch neun Minuten«, rief er belustigt.

»Ihre Seele ist noch schwärzer als Ihr Haar«, gab Lily wütend zurück. »Zum Henker mit Ihnen!«

Der Duke war still. Als er wieder sprach, klang seine Stimme nicht mehr amüsiert. »Ganz recht, meine Liebe. Zwischen uns beiden steht eine Hinrichtung.«

Lily hörte seine Fußschritte sich entfernen. Warum nahm er es so persönlich, dass ein paar britische Spione ihre gerechte Strafe bekamen?

Offenbar litt der Duke unter Wutanfällen. Zu viel Inzucht in der englischen Aristokratie, zweifelsohne. Ihr Zorn verrauchte und ließ sie erschöpft zurück. Dann wusch sie sich das Gesicht, setzte sich an den Tisch und wartete.

Zum ersten Mal sah sie sich gründlich in der Kajüte um. Der Tisch und die dazu passenden Stühle aus schwerer Eiche waren am Boden befestigt. An der einen Wand unter den Bullaugen stand ein Schreibtisch, ebenfalls aus Eiche. Bücherregale waren in die Wände eingelassen und voll gestopft mit Büchern. *Shakespeares Gesammelte Werke* lagen auf dem Tisch. Lampen waren am Schreibtisch und an den Wänden angebracht. Links von der Tür war der Toilettentisch und dahinter ein Paravent. Am Fuße des Bettes befand sich eine riesige Seekiste.

Lily war noch nie an Bord eines Schiffes gewesen, aber die Kajüte erschien ihr luxuriös, viel bequemer als ihre eigene winzige Kammer in der Four Winds Taverne. Offenbar war der Duke von Kinross ein äußerst wohlhabender Mann.

Die Tür ging auf, und Lily wurde aus ihren Gedanken gerissen. Herein kam der Duke und ihm auf den Fersen sein Diener, der ein Tablett mit Essen in Händen hielt. Als James sich ihr gegenübersetzte und sie freundlich ansah, wusste sie, dass er seinen Bosheitsanfall überwunden hatte.

Duncan setzte das Tablett auf dem Tisch ab. Nachdem der hoch gewachsene Diener einen Teller vor sie hingestellt hatte, lächelte sie ihn liebenswürdig an.

»Danke, mein Herr«, sagte sie. Der sonst so abweisend wirkende Riese wurde doch tatsächlich rot!

»Das wäre dann alles«, bemerkte der Duke.

»Ich will meinen Bruder sehen«, verlangte Lily, sobald Duncan die Kajüte verlassen hatte.

»Das besprechen wir nach dem Frühstück«, entgegnete James sanft.

»Wann werden Sie uns freilassen?«

»Sie können gehen, wohin Sie wollen.« Er setzte wieder sein unverschämtes Lächeln auf. »Unglücklicherweise sind Ihre Möglichkeiten hier etwas beschränkt.«

»Ich hasse schadenfrohe Männer«, meinte Lily schnippisch.

»Und ich hasse schnippische Frauen«, versetzte James.

»Das war nicht schnippisch«, widersprach sie.

Er legte den Kopf schräg. »Was war es dann?«

»Ich habe lediglich meinem Missfallen Ausdruck verliehen.«

Der Duke lachte laut und sagte: »Essen Sie jetzt, mein Mädchen. Sie werden all Ihre Kraft brauchen.«

Lily wusste, dass jede weitere Konversation sinnlos wäre. Der Mann wollte sie quälen. Sie nahm die Gabel in die Hand und fing an, Rühreier, Pfannkuchen und Würstchen zu essen.

»Sie haben einen gesegneten Appetit.«

Lily hob den saphirblauen Blick von ihrem Teller zu den dunklen Augen ihres Entführers empor. »Was wollen Sie damit sagen?«, fragte sie misstrauisch.

»Die meisten Frauen aus meinem Bekanntenkreis stochern nur in ihrem Essen«, erklärte er ihr.

Lily errötete und fühlte sich ertappt. Anscheinend hatte sie gegen irgendeine Regel der Etikette verstoßen, von der sie nichts wusste. Gott allein mochte die merkwürdigen Vorstellungen dieser Briten von Anstand verstehen.

»Ihre Frau muss wohl kleiner sein als ...«

»Ich bin nicht verheiratet.«

»Dann eben Ihre Verlobte ...«

»Ich bin auch nicht verlobt.«

Lily errötete wieder und starrte auf den Teller vor ihr. Verzweifelt versuchte sie, gelassen zu wirken, und aß weiter. Sie überlegte kurz, warum sie in den letzten zwölf Stunden häufiger errötet war als in den vorausgegangenen zwölf Monaten.

Unter den dunklen Wimpern hervor warf Lily einen verstohlenen Blick auf den Duke. Gegen ihren Willen fühlte sie sich von ihm angezogen, die schwarzen Augen und das schwarze Haar verliehen ihm eine Aura von Gefährlichkeit. Hortensia MacDugal würde sich sofort auf ihn stürzen.

Bisher hatte er sich ihr und ihrem Bruder gegenüber ziemlich freundlich gezeigt. Wenn man einmal von der Entführung und den gelegentlichen Wutanfällen absah. Andererseits, falls er sie ermorden oder schänden wollte, hätte er das letzte Nacht längst getan.

»Wie war noch einmal Ihr voller Name?«, plauderte James und riss sie aus ihren Gedanken.

»Wie ist denn Ihrer?«, entgegnete Lily.

»Ich habe zuerst gefragt.«

Sie legte den Kopf schief. »Lily Hawthorne.«

»Ich bin James Armstrong, vierzehnter Duke von Kinross«, stellte er sich vor.

»Ich würde gerne sagen, wie erfreut ich bin, Ihre Bekanntschaft zu machen. Aber ich lüge nie«, sagte Lily.

»Wie erfrischend.«

»Ich bitte Sie, dieses Schiff zu wenden und mich nach Hause zurückzubringen.« Sie beugte sich vor, um die Dringlichkeit ihrer Bitte zu unterstreichen.

»Ihr Ärmel hängt im Rührei«, bemerkte er und lächelte, als sie sich hastig wieder zurücklehnte. »Nach Boston zurückzukehren ist unmöglich, denn Sie, Lily Hawthorne, sind viel zu gefährlich, um Sie auf freien Fuß zu setzen. Übrigens, tragen Sie immer Männerkleidung?«

»Natürlich nicht«, antwortete Lily. »Gestern Abend war ich verkleidet.«

»Sie können auf keinen Fall einen Monat lang dieselbe Kleidung tragen«, teilte James ihr mit. »Ich werde später etwas für Sie und Ihren Bruder suchen lassen.«

»Wann kann ich meinen Bruder sehen?«, wollte Lily wissen.

»Wenn ich es gestatte, und keinen Augenblick früher«, gab er zurück.

»Und wann wird das sein?« Sie konnte ihre Niedergeschlagenheit nicht verbergen.

»Das habe ich noch nicht entschieden.« James machte es sich in seinem Sessel bequem und bedachte sie mit einem durchdringenden Blick. »Erzählen Sie mir von sich und Ihrem Leben in Boston.«

»Eine gepflegte Konversation betreibt man nicht mit Gefangenen, nur mit Gästen«, versetzte sie.

»Halten Sie mich einfach bei Laune.«

»Ich wurde vor achtzehn Jahren in Boston geboren und habe mein ganzes Leben dort verbracht«, begann Lily. »Mein Vater betreibt ein Gasthaus und wir wohnen im ersten Stock.«

»Ihre Mutter?«

»Sie starb im Kindbett, bei Michaels Geburt.«

James nickte. »Also waren Sie gleichzeitig Mutter und Schwester für den Jungen.«

»So war es wohl.« Lily wunderte sich, warum er ihr so viele Fragen stellte. Warum sollte jemand aus dem Umfeld von König George an ihrem langweiligen, bürgerlichen Leben interessiert sein?

»Wie wurden Sie zur Goldenen Lilie?«, fragte er.

»Ich weiß nicht, wovon Sie sprechen«, gab Lily zurück. Sie war nicht bereit zu irgendwelchen Geständnissen. »Ich glaube, Sie haben einen furchtbaren Fehler gemacht, aber ich vergebe Ihnen, wenn Sie mich nach Boston zurückbringen.«

»Nun lassen Sie das doch, Kleines!«

Lily seufzte resigniert. »Na gut. Mein Verlobter hat mich angeworben.«

Überraschung spiegelte sich auf seinem Gesicht. »Sie haben einen Verlobten?«

»Ja, und er wird Sie töten, wenn er uns findet«, erklärte sie. »Er wird Ihnen alle Gliedmaßen einzeln ausreißen und Ihre Eingeweide vor Ihren Augen in den Dreck werfen.«

»Hören Sie schon auf, sonst bekomme ich noch Albträume!« James hielt abwehrend die Hände hoch. »Wie heißt er?«

Lily sah zur Seite und gab keine Antwort.

»Ich lasse Sie jetzt allein. Aber keine Tricks mehr«, warnte er sie, als er sich erhob.

»Womit soll ich mich denn beschäftigen?«, fragte Lily.

»Lesen Sie doch *Shakespeares Gesammelte Werke*«, schlug er vor und schob den Band über den Tisch.

»Die habe ich bereits gelesen.«

James furchte die Stirn und wandte sich dann ab, um ein weiteres dickes Buch aus dem Regal zu ziehen. Er reichte es ihr und sagte, »Wie wäre es mit der Bibel?«

Lily begegnete seinem Blick. »Die habe ich auch schon gelesen.«

»Altes und Neues Testament?«

Gleichmütig nickte sie kurz. »Soll ich sie aufsagen?«

»Hat Michael das gemeint, als er sagte, Sie merken sich Dinge?«, fragte James.

Lily zuckte die Achseln. »Sie werde ich sicherlich nicht so schnell vergessen.«

James lächelte, und dieses Mal wirkte es nicht so unverschämt wie sonst. »Bin ich unvergesslich?«

»Ungefähr genauso unvergesslich wie meine letzten Zahnschmerzen«, gab sie süßlich zurück.

Amüsiert lehnte er sich an die Tischkante.

Lily ließ den Blick von seinen dunklen Augen zu seinen Oberschenkeln in den engen Hosen sinken. Für ihren Seelenfrieden war er viel zu nah bei ihr. Schnell stand sie auf und ging quer durch die Kajüte zu einem Bullauge.

»Ich warte auf eine Antwort. Bin ich unvergesslich?«

Lily wirbelte herum und entgegnete: »Ihr Engländer seid wahrlich ein ungehobelter Menschenschlag.«

James brach in Gelächter aus. »Warum bin ich denn ungehobelt?«

»Sie haben plötzliche Wutanfälle«, erklärte sie ihm. »Natürlich kenne ich Sie noch nicht sehr lange, deshalb vermute ich, dass das nicht ihr einziger Charakterfehler ist.«

»Hätte ich gewusst, dass die Yankees derart amüsant sind, hätte ich schon viel früher einen entführt.« James schritt zur Tür, doch bevor er hinausging, rief er über die Schulter: »Nehmen Sie sich irgendein Buch.« Und dann war er verschwunden.

Die Kajüte wirkte leer ohne ihn, und die Stunden zogen sich hin.

Zuerst warf Lily einen Blick hinter den Paravent, der offenbarte, was sie vermutet hatte: Eine Wanne, groß genug für einen Mann.

Ohne zu prüfen, ob die Tür verschlossen war, trat Lily zum Bullauge und sah hinaus auf den endlosen Horizont aus Wasser und Himmel. Sie fragte sich, wo Michael war und was er wohl tat. Sicherlich würde ihm niemand etwas antun. Ihr Bruder war einfach nur zur falschen Zeit am falschen Ort in der falschen Begleitung gewesen.

Wo waren nur Bradley und Seth? Was würden sie machen, wenn sie nach Boston zurückkehrten und ihr Verschwinden entdeckten? Natürlich hätten sie keine Ahnung, wo sie und Michael steckten, daher war es absurd zu hoffen, dass die beiden sie retten kämen.

Sie gewöhnte sich besser an diesen abstoßenden britischen Akzent, denn bis Frieden geschlossen wurde, würde sie nichts anderes hören.

Unwillkürlich tauchte wieder das Bild ihres Entführers vor ihrem geistigen Auge auf, und der Hauch eines Lächelns umspielte ihre Lippen. Mit den breiten Schultern und der schlanken, aber muskulösen Gestalt, die seine eng sitzenden Hosen mehr ent- als verhüllten, war der Duke eine imposante Erscheinung. Das Gesicht, umrahmt von schwarzem Haar, war attraktiv, ohne weich zu sein. Was sie am meisten anzog, waren seine Augen, schwarz und funkelnd.

Shakespeare hatte geschrieben, dass die Augen Spiegel der Seele seien, doch die schwarzen Augen des Dukes waren unergründlich. Es war, als könnte er ihre dunkelsten Geheimnisse und ihre schlimmsten Unsicherheiten entdecken.

Ein Klopfen an der Tür riss sie aus ihren Gedanken. Duncan kam herein und brachte das Mittagessen.

»Wo ist mein Bruder?«, wollte Lily wissen und ging auf ihn zu. »Wann darf ich ihn sehen?«

»Michael ist auf dem Deck mit Seiner Lordschaft«, teilte Duncan mit. »Er hat Spaß.«

»Seine Lordschaft oder mein Bruder?«, erkundigte sie sich trocken.

Duncan sah sie streng an und sagte: »Guten Appetit.« Dann ließ er sie allein.

In der Gewissheit, dass Michael in Sicherheit war, aß Lily ihre Suppe. Dann nahm sie die Bibel zur Hand und setzte sich unter eines der Bullaugen. In der Hoffnung, Gott möge ihr einen Ausweg aus ihrer unerträglichen Lage zeigen, begann sie zu lesen.

Eine Tür schlug zu. Lily öffnete die Augen und merkte, dass sie beim Bau von Noahs Arche eingedöst war. Das schwache Licht in der Kajüte zeigte ihr an, dass es schon später Nachmittag war. Hinter ihr vernahm sie Schritte. Als Lily sich umwandte, gewahrte sie den Duke. »Ich will zu meinem Bruder«, forderte sie.

»Das würde ich auch gerne.« James ließ einen Stapel Kleider auf ihren Schoß fallen und befahl: »Ziehen Sie das an! Ich komme gleich zurück.«

»Wo wollen Sie hin?«, fragte sie, immer noch schläfrig.

»Ich bin niemandem Rechenschaft schuldig, Mistress Hawthorne«, antwortete der Duke. »Aber ich werde dieses eine Mal eine Ausnahme machen. Ich gehe Ihrem Bruder frische Kleidung bringen, mit freundlicher Empfehlung vom Schiffsjungen.« Und damit war er auch schon weg.

Lily sah sich die Kleidung in ihrem Schoß an. Eine schwarze Knabenhose, ein weißes Hemd und eine schwarze Lederweste. Offenbar kamen auch ihre neuen Kleider mit freundlicher Empfehlung des Schiffsjungen. Hatte der arme Junge überhaupt noch etwas zum Anziehen übrig?

Rasch zog sich Lily hinter dem Paravent um. Die Hose passte ihr wie angegossen und war außerdem bequem. Das dünne Hemdchen wirkte etwas knapp, doch die Lederweste bedeckte das unanständig tiefe Dekolleté.

Lily krempelte die Ärmel hoch und kam genau in dem

Moment hinter dem Wandschirm hervor, als die Tür geöffnet wurde. »Michael«, rief sie und flog in seine Arme.

»Duke hat mir neue Kleider gebracht«, sagte Michael und drückte sie fest an sich. »Aber ich hebe sie mir für morgen auf.«

»Wie aufmerksam von ihm«, entgegnete Lily, um ihn dann aus reiner Gewohnheit daran zu erinnern: »Wisch dir das Kinn ab, Brüderchen.«

»Ich habe hier verdammt viel Spaß«, erklärte er, nachdem er sich mit dem Hemdsärmel übers Kinn gefahren war.

Überrascht sah Lily ihn an. »Ich will dich nicht noch einmal fluchen hören«, tadelte sie.

»Meine Mannschaft flucht auch«, erzählte Michael aufgeregt. »Der Koch hat ein kleines weißes Schweinchen mit rosafarbenen Augen. Ich werde morgen wieder mit ihm spielen.«

»Das klingt ja wundervoll«, meinte Lily. »Setz dich und wir essen zusammen zu Abend.«

»Das geht nicht, Schwester. Ich esse mit meiner Mannschaft.« Mit diesen Worten machte Michael kehrt und marschierte aus der Kajüte.

Lily starrte ihm nach, erstaunt über den plötzlichen Wandel in seinem Verhalten. Sie hatte ihn nie zuvor so lebhaft und glücklich gesehen. Während sie die schlimmste Zeit ihres Lebens durchmachte, unterhielt sich ihr Bruder offenbar prächtig.

»Werden Ihre Männer ihn nicht aufziehen wegen seiner ... Andersartigkeit?«, fragte Lily, als sie die Anwesenheit des Dukes bemerkte.

»Noch haben sie es nicht getan«, antwortete James.

»Der erste Maat hat ihm heute Nachmittag gezeigt, wie man Knoten macht.«

Duncan trat in die Kajüte und stellte das Abendessen auf dem Tisch ab. Ohne Lily eines Blickes zu würdigen, ging er wieder hinaus und schloss die Tür hinter sich.

»Wollen wir?« James deutete auf den Tisch.

Lily setzte sich und sah zu, wie James ihr eine Portion Schweinepastete abschnitt und auf den Teller legte. »Schwein gehört zu meinen Lieblingsspeisen«, plauderte er. »Besonders gebraten.«

Erstaunt sah Lily ihm in die dunklen Augen. Sie begriff nicht, warum er derart freundlich war, doch sie konnte sich seine gute Laune ebenso gut zunutze machen.

»Warum haben Sie meinen Bruder und mich entführt?«, erkundigte sie sich.

»Das besprechen wir später«, antwortete James. »Ihnen ist hoffentlich klar, dass Sie schon tot wären, wenn Sie ein Mann wären?«

»Das besprechen wir jetzt sofort«, beharrte Lily. Langsam wurde sie ärgerlich. »Und wenn ich ein Mann wäre, dann wären *Sie* jetzt tot, nicht ich.«

Da war wieder sein unverschämtes Lächeln. James wies auf den Teller. »Essen Sie das oder wollen Sie damit spielen?«

»Ich spiele damit«, erklärte Lily herausfordernd. »Vielleicht besorge ich mir eine Leine und führe es ein bisschen aus.« Damit stand sie auf und ging zum Bullauge, um in die Dunkelheit zu starren. Die Nacht war so schwarz wie die Augen ihres Peinigers. *Und wie seine Seele.*

»Ihre emotionalen Ausbrüche sind recht unterhaltsam«, bemerkte James amüsiert. »Und Ihr Hinterteil sieht in diesen Hosen ganz reizend aus!«

Lily wirbelte herum, zu empört, um etwas zu erwidern. Er stand nur Zentimeter von ihr entfernt, so nah, dass sie den Kopf in den Nacken legen musste, um ihm ins Gesicht zu blicken.

»Sie haben meinen Bruder umgebracht«, sagte er mit ruhiger Stimme.

Seine Anschuldigung brachte sie völlig aus der Fassung. »Diese ganze Entführung ist ein furchtbarer Irrtum«, murmelte Lily, als sie die Sprache wiederfand. »Ich bin nicht die Person, die Sie suchen. Ich kenne Ihren Bruder doch gar nicht!«

»Sind Sie die Goldene Lilie?«, fragte er.

Lily nickte.

»Dann sind Sie für den Tod meines Bruders verantwortlich.«

»Ich bin für niemandes Tod verantwortlich«, rief sie.

James kam noch näher, bis er sie an die Wand gedrängt hatte. »Wenn Ihr Verlobter Sie wirklich liebte«, höhnte er, »würde er Sie beschützen und Sie aus Männerangelegenheiten heraushalten.«

»Männerangelegenheiten?«

»Krieg, Arglist und Politik.«

»Mein Verlobter liebt mich von ganzem Herzen und vertraut in meine Fähigkeiten«, erklärte Lily wütend und ehrlich empört. »Er liebt mich schon seit Jahren. Wir werden heiraten, sobald der Krieg zu Ende ist, und dann wird Michael bei uns auf Beacon Hill leben. Wir drei werden glücklich sein bis an unser Lebensende!«

James lächelte spöttisch. »Im wirklichen Leben ist niemand glücklich bis an sein Lebensende, Kleines«, widersprach er. »Warum wollen Sie mit Ihrem Bruder zusammenleben? Die meisten Menschen, die angeblich verliebt sind, wollen gern allein miteinander sein.«

Schlitzäugiges Äffchen. Schlitzäugiges Äffchen.

Lily kamen all die bösen Schimpfwörter in den Sinn, die ihr Bruder sich anhören musste, und ihr Zorn schwoll an wie ein Wintersturm. »Die anderen Kinder sind so grausam zu ihm«, brach es aus ihr heraus. Dann gewann sie wieder die Kontrolle über sich und äußerte etwas ruhiger: »Mein Verlobter ist finanziell abgesichert. Michael wird nie wieder von diesen schrecklichen Kindern verlacht werden.«

»Wollen Sie dieses Muster an Männlichkeit heiraten, weil Sie ihn lieben?« James sah ihr direkt in die Augen. »Oder lieben Sie ihn, weil er sich leisten kann, Ihren Bruder zu beschützen?«

Seine bohrenden Fragen überraschten Lily, und sie blickte unbehaglich zur Seite, da sie nicht wusste, ob sie eine Antwort darauf hatte. Wie viel von ihrer Liebe zu Bradley war echt und wie viel entsprang dem Wunsch, Michael ein Zuhause zu geben? Außerdem war da noch die Sorge, sie könnte ein Kind mit Michaels Behinderung gebären.

»Hat der Mann keinen Stolz?«, donnerte James und riss sie aus ihren Grübeleien. »Ich würde nicht wollen, dass Sie mich nur heiraten, um Ihren Bruder zu schützen.«

»Sie würde ich nicht einmal heiraten, wenn mein Leben davon abhinge«, erwiderte Lily. »Darum müssen Sie sich also keine Sorgen machen.«

Sein Lächeln war amüsiert und sehr unverschämt. Und dann sprach der Duke weiter, und seine Worte brachten sie noch mehr auf als sein Gesichtsausdruck.

»Ich könnte Sie leicht dazu bringen, mich zu lieben«, brüstete sich James. »O ja, das könnte ich ... *einfach ... so*.« Er schnippte mit den Fingern vor ihrem Antlitz.

Lily verdrehte die Augen. »Bitte, ersparen Sie mir die ...«

Bevor sie protestieren konnte, zog James sie an seinen harten Körper. Seine starken Arme umfassten sie, und sein verführerischer Geruch nach Bergheide kitzelte ihre Sinne.

Standhaft starrte Lily in die dunklen Augen. Sein Gesicht kam näher und näher, bis endlich sein Mund den ihren bedeckte – tastend, schmeckend, forschend.

Seine Lippen sind warm, dachte sie.

Lily schloss die Augen und gab sich dem langsamen, unwiderstehlichen Kuss hin. Seine Zunge glitt über ihre Lippen, die sich für ihn wie Blütenkelche der Sonnenwärme öffneten. Wie betäubt ergab sie sich ihren Instinkten, schlang die Arme um seinen Hals, presste ihren Körper an seinen.

Lily zitterte ob diesen neuen, köstlichen Empfindungen. Leidenschaftlich erwiderte sie seinen Kuss, fordernd begegnete sie seiner Zunge mit ihrer eigenen. Ihr ganzer junger Körper stand in Flammen. Der geheimnisvolle Ort zwischen ihren Schenkeln pochte vor Lust, und sie spürte ihre Brustwarzen, die sich aufrichteten und nach seiner Berührung lechzten. Ohne Vorwarnung schob er seine Hand in ihr Hemd, um ihre erregten Brustwarzen zu liebkosen.

Lily verlor sich in dem überwältigenden, tosenden Verlangen. Wie von weit her hörte sie eine Frau vor Lust aufstöhnen. Erst, als ihr bewusst wurde, dass sie selbst diese Frau war, kam sie wieder zu Verstand.

Verwirrt stieß sie James weg und blickte ihm benommen in die funkelnden schwarzen Augen. Sie hob die Hand und ohrfeigte ihn mit aller Kraft.

Ungerührt drückte James sie mit seinem Körper an die Wand. »Einfach ... so«, wiederholte er derart dicht vor ihrem Gesicht, dass sich ihre Nasen beinahe berührten. Dann schnippte er wieder mit den Fingern.

»Mein Verlobter wird Sie umbringen, weil sie es gewagt haben, mich anzufassen«, drohte Lily.

Lässig stützte James sich neben ihrem Kopf an der Wand ab. »Bevor oder nachdem Sie sich in mich verliebt haben?«

»Ich glaube eher, dass ich Sie mit Vergnügen töten werde«, antwortete Lily und versuchte, tapfer zu klingen. »Und das werde ich auch bei der nächsten Gelegenheit tun, die sich mir bietet.«

Unvermittelt drehte James sich um und ging durch den Raum zu seiner Seekiste. Er wühlte darin, holte eines seiner Hemden heraus und warf es aufs Bett. »Ziehen Sie das heute Nacht an. Ich gebe Ihnen fünfzehn Minuten für Ihre Toilette.« Auf dem Weg zur Tür nahm er seinen Teller mit der Schweinepastete mit.

Lilys schwelender Zorn wurde zu glühender Wut, die sie kaum zu kontrollieren vermochte. Nicht nur hatte dieser englische Teufel sie entführt, jetzt amüsierte er sich auch noch auf ihre Kosten!

Ohne nachzudenken zog Lily einen Stiefel aus, warf ihn in seine Richtung und traf den Duke genau zwischen den Schulterblättern. Blitzschnell drehte er sich um und sah sie aus Furcht erregenden Augen an. Dann machte er zwei Schritte auf sie zu.

»Es tut mir Leid«, rief Lily und hielt abwehrend die

Arme hoch. »Ich würde niemals jemandem absichtlich wehtun, nicht einmal Ihnen.«

»Wir sprechen über Ihr Verhalten, wenn ich zurückkomme«, kündigte James drohend an. »In fünfzehn Minuten.« Und damit verschwand er durch die Tür.

Viertes Kapitel

Das impertinente kleine Biest hatte ihn mit ihrem Stiefel beworfen.

In ungläubigem Staunen marschierte James durch den engen Korridor und ging an Deck. Dieser kleine Wildfang hatte gewagt, was kein Mann je gewagt hatte. Normalerweise ließ schon ein Stirnrunzeln des Dukes seine Untergebenen zur Salzsäule erstarren, und doch forderte dieses zarte Geschöpf ihn bei jeder Gelegenheit heraus. Woher nahm sie nur diese Dreistigkeit?

Oder diesen Mut, dachte er, und der Anflug eines Lächelns umspielte seine Lippen. Dieses Mädchen war närrisch genug, sein Leben für eine Sache hinzugeben. Hätte sie nicht ausgerechnet *ihn* herausgefordert, er hätte ihr anerkennend auf die Schulter geklopft.

James trat aufs Deck und sah in den Nachthimmel empor. Wie am vorangegangenen Abend funkelten die Sterne prachtvoll am seidigen Firmament. Als seiner Einschätzung nach fünfzehn Minuten vergangen waren, atmete James ein letztes Mal die klare Nachtluft tief ein und rüstete sich zur nächsten Schlacht. Er hatte seit langer, langer Zeit nicht mehr so viel Spaß gehabt. Ganz sicher stellte Valentina keine solche Herausforderung für ihn dar.

James wusste, dass das Mädchen ihm auf die Dauer nicht gewachsen wäre, er musste allerdings zugeben, dass sie sich ziemlich gut schlug.

Vor der Kajüte hielt er inne und fragte sich, was sie gerade auf der anderen Seite der Tür machte. Worüber dachte sie nach? Fürchtete sie seine Rückkehr?

Der Gedanke nötigte ihm ein Lächeln ab. Seine unerschrockene Gefangene schien sich vor überhaupt nichts zu ängstigen. Zumindest wahrte seine kleine Bostonerin eine tapfere Fassade.

Seine kleine Bostonerin? Seit wann betrachtete er sie als sein Eigentum? Das Mädchen in der Kajüte gehörte ihm nur vorübergehend. Das sollte er tunlichst nicht vergessen, wenn er Ärger vermeiden wollte.

James öffnete die Tür, trat in die Kajüte und musste lächeln. Lily trug eines seiner Hemden, das ihr bis zum Knie reichte, und ein Paar Strümpfe. So saß sie am Tisch und las in der Bibel. Sie hielt den Blick auf das Buch gerichtet, obwohl er wusste, dass sie seine Rückkehr bemerkt hatte.

Ohne ein Wort zu sagen ging James zum Schreibtisch und holte eine Flasche Whiskey und zwei Gläser. Dann machte er es sich ihr gegenüber im Sessel gemütlich.

Immer noch weigerte Lily sich, Notiz von ihm zu nehmen.

James goss sich einen Whiskey ein und trank ihn in einem Zug. Dann füllte er das zweite Glas und schob es zu ihr hinüber.

Endlich hob Lily den Kopf. Ihre entwaffnenden blauen Augen sahen ihn direkt an. »Nein, danke«, sagte sie und wandte sich wieder dem Buch zu.

»Einen Brandy vielleicht?« James spielte den zuvorkommenden Gastgeber.

»Ich mache mir nichts aus Alkohol«, versetzte sie ohne aufzuschauen.

»Aus meinem Alkohol oder Alkohol im Allgemeinen?«

Lily sah ihn an. »Ich konnte mich noch nie für den Geschmack von Alkohol erwärmen.«

James legte den Kopf schief. »Ihr Vater besitzt eine Taverne.«

»Ich brauche keinen Alkohol zu trinken, um ihn auszuschenken«, gab sie zurück.

»Ich verstehe.«

Lily konzentrierte sich wieder auf die Bibel, während James auch ihr Glas austrank. Dann lehnte er sich bequem in seinem Sessel zurück, um sie zu betrachten.

Ein langes Schweigen entstand.

Erstaunt beobachtete James, wie sie in einer Geschwindigkeit zwei Seiten überflog und weiterblätterte, in der er gerade einmal eine Spalte gelesen hätte. Als sie aufsah, weil sie seinen Blick auf sich spürte, grinste er sie breit an. Sie lächelte nicht zurück, sondern vertiefte sich wieder in die Seite.

Amüsiert und zufrieden mit sich bemerkte James, wie Lily unter seinem aufmerksamen Blick langsam unruhig wurde. Er griff nach der Flasche, füllte sein Glas und trank es leer. Der Alkohol brannte in der Kehle. Gerade, als er sich erneut einschenken wollte, richtete sie das Wort an ihn: »Wollen Sie sich betrinken?«

»Das geht Sie verdammt noch mal nichts an, meine Süße«, antwortete James.

Lily zog eine pechschwarze Augenbraue hoch. »Fluchen ist ein deutliches Zeichen für einen mangelhaften Wortschatz, James.«

»Und seinen Entführer zu belehren ist ein deutliches Anzeichen für mangelnden gesunden Menschenverstand«, konterte er.

»Ersparen Sie mir Ihre Drohungen. Mich schüchtern Sie nicht ein.«

»Was lesen Sie da?«

»Ich lese gerade, wie Gott Sodom und Gomorrha zerstörte«, antwortete Lily. Ohne seinem Blick auszuweichen fügte sie süffisant hinzu: »Ihr Weg in die Verwüstung begann mit dem Genuss von Alkohol.«

James lachte laut los, wofür er mit einem widerwilligen Lächeln seiner bezaubernden Gefangenen belohnt wurde. »Ich wusste, ich könnte Sie zum Lächeln bringen«, sagte er. »Ich hoffe, Sie halten den Gästen Ihres Vaters nicht den gleichen Vortrag.«

»Sicher nicht«, meinte Lily. Ihr Gesicht hellte sich weiter auf. »Ich habe mich daran gewöhnt, regelmäßig zu essen und ein Dach über dem Kopf zu haben. Darauf müsste ich wahrscheinlich verzichten, würde mein Vater sein Geschäft verlieren.«

»Das leuchtet mir ein.«

Lily stützte den Ellbogen auf dem Tisch auf und legte das Kinn in die Handfläche. Sie musterte ihn lange und fragte dann: »Und was macht eigentlich ein Duke, um sich seinen Lebensunterhalt zu verdienen?«

James grinste, bezaubert von ihrer koketten Art. »Die meisten Dukes machen nichts außer soziale Ereignisse zu besuchen, das Erbe ihrer Familien zu verprassen, ihre Monokel vors Auge zu halten und dabei Dinge zu rufen wie *Potztausend* und *alle Wetter*«, erklärte er.

»Nicht zu vergessen *ganz ausgezeichnet*«, ergänzte sie. »Und was machen Sie?«

»Ich nenne kein einziges Monokel mein eigen«, neckte er. »Allerdings besitze ich eine der größten Schifffahrtslinien Englands.«

Lily nickte. »Was machen diese anderen Dukes, wenn ihnen das Geld ausgeht?«

»Sie heiraten die Töchter reicher Kaufleute«, antwortete James.

»Und beflecken den edlen Stammbaum?«

James zuckte die Achseln. »Selbst Dukes essen gerne regelmäßig und haben ein Dach über dem Kopf.« Er beugte sich über den Tisch und flüsterte: »Verraten Sie das niemandem. Diese heiligen Stammbäume gehen üblicherweise auf einen Eindringling zurück, der anderen das Land stahl, oder einen Schurken, der Leuten ihr Geld raubte.«

Lily lachte, ein süßes, melodiöses Geräusch, das ihn vollends entzückte. Diese saphirblauen Augen konnten einen Mann seinen eigenen Namen vergessen lassen.

»Sind Sie sicher, dass Sie mir keine Gesellschaft leisten wollen?«, fragte James und goss sich noch einen Whiskey ein.

Lily schüttelte den Kopf.

Nachdem James sein Glas geleerte hatte, lehnte er sich wieder zurück und legte die Beine auf den Tisch. »Sie lieben Ihren Bruder sehr«, bemerkte er ohne einleitende Worte.

Ihr friedlicher Gesichtsausdruck wurde augenblicklich von Misstrauen überschattet. »Was meinen Sie damit?«

»Was ist mit Ihrem anderen Bruder?«, überging James die Frage. »Glauben Sie, er sucht nach Ihnen?«

»Er weiß nicht, dass ich ... dass ich weg bin«, erwiderte sie. »Er war zu diesem Zeitpunkt nicht zu Hause, aber sobald er mein Verschwinden entdeckt, sind Ihre Tage gezählt.«

James lächelte ob dieser Drohung. »Wo ist er denn?«

»Er musste einen Auftrag ...« Lily brach ab.

»Was denn für einen Auftrag?«, erkundigte sich James, entschlossen, alles aus ihr herauszubekommen, was sie wusste. »Es hat mit dem Krieg zu tun, vermute ich.«

»Sie können sich Ihren Atem sparen«, teilte sie knapp mit. »Ich weiß nichts.«

»Vertraut Ihr Bruder Ihnen etwa nicht?«, zog James sie auf.

Lily schlug die Bibel zu und zischte: »Selbstverständlich vertraut er mir.«

»Mein Bruder vertraute mir auch.« James' Stimme klang trügerisch sanft, obwohl er die Wut über dessen vorzeitigen Tod in sich aufwallen spürte. Plötzlich ließ er die Beine wieder auf den Boden fallen und beugte sich über den Tisch.

»Sie haben ihn gehenkt«, erklärte er und blickte ihr unerbittlich in die Augen. »Haben Sie schon einmal zugesehen, wie jemand gehenkt wurde?«

Erneut schüttelte Lily den Kopf.

»Soll ich Ihnen davon erzählen?«

»Es tut mir ehrlich Leid um Ihren Bruder, und ich würde es wieder gutmachen, wenn ...«

»Den Tod kann man nicht wieder gutmachen«, unterbrach James. »Mein Bruder wurde Ihretwegen umgebracht.«

»Aber doch nur indirekt«, verteidigte sich Lily. Sie sprang vom Stuhl auf und durchquerte die Kajüte, bis sie am Bullauge stand.

James folgte ihr. Sie schrak zusammen, als er seine Hände auf ihre Schultern legte und sie zwang, ihn anzusehen.

»Ich will das nicht hören«, sagte sie gequält.

Mit einer Hand hielt er ihr Kinn hoch und wartete, bis sie auch den Blick hob. »Das Seil muss tief in seinen Hals eingeschnitten haben. Enger und immer enger zieht es sich zusammen, doch das Blut fließt weiter, bis der Druck im Kopf so stark wird, dass kleine Blutgerinnsel in den Lippen, dem Mund und den Augenlidern entstehen. Das Gesicht und der Hals schwellen an und werden dunkelrot ...«

»Ich dachte, das Genick bricht«, fuhr Lily dazwischen. »Ich dachte, es sei ein schneller Tod. Sie wollen mich nur aus der Fassung bringen.«

»Ein gebrochenes Genick und der sofortige Tod sind die Ausnahme«, erklärte James. Er spürte eine grimmige Zufriedenheit, als sie merklich blasser wurde. »Der Unglückliche zappelt am Seil, keuchend ringt er nach Luft. Dann kommt ein unerträglicher Gestank auf, wenn der Mann die Kontrolle über seine körperlichen ...«

»Ich will das nicht wissen!«, schrie Lily und hob die Hände schützend vor sich, als wollte sie seine Worte abwehren. »Bitte, hören Sie auf!«

James packte ihre Hände, zwang sie nach unten und sprach weiter. »Das Seil tanzt bis zu einem letzten Aufbäumen. Dann bewegt sich nichts mehr. Das kann bis zu fünfzehn Minuten dauern.«

Lily war kalkweiß. Ihr ganzer Körper wurde von heftigen Schauern geschüttelt, doch ihr Blick haftete immer noch auf seinem Gesicht, von dem sie sich nicht losreißen konnte.

»Falls man ihn nach seinem Tod als Warnung für die Briten hängen ließ, wurde seine Haut bläulichgrau und die Lippen innerhalb von drei Minuten bleich«, fuhr Ja mes fort. Er war fest entschlossen, ihr die Ungeheuerlichkeit ihrer Tat bewusst zu machen. »Fünf Stunden später war sein Körper kalt, sein Nacken und der Kiefer steif. Zwölf Stunden später war sein Körper vollkommen starr, die entsetzte Miene auf seinem Gesicht für immer festgeschrieben. Die Haut wurde innerhalb eines Tages grünlichrot. Drei Tage später schwoll die Leiche an, die Haut warf Blasen und aus den Körperöffnungen trat Flüssigkeit aus. Als Nächstes platzte die Haut auf …«

Ihre Augenlider flatterten und sie sank ohnmächtig zu Boden. Der Earl fing sie auf, bevor sie auf dem Holz aufschlug.

»Verdammt«, fluchte James und trug sie aufs Bett. Während er sie ansah, regten sich Schuldgefühle in ihm, doch er empfand noch etwas anderes, das er nicht recht einordnen konnte. Er wandte sich ab, füllte sein Glas mit Brandy und kam zum Bett zurück.

Lily stöhnte leise. Ihre Augen öffneten sich langsam und betrachteten sein besorgtes Gesicht.

»Ich hätte das nicht tun dürfen«, erklärte James. »Ich möchte mich entschuldigen.«

Er entschuldigte sich bei mir? Lily war fassungslos.

»Trinken Sie das«, befahl er und half ihr, sich aufzurichten.

»Was ist das?«, fragte sie mit schwacher Stimme.

»Kalter Tee.«

Gierig nahm Lily einen großen Schluck. Als die Flüssigkeit sich den Weg zu ihrem Magen brannte, riss sie vor Schreck ihre Augen weit auf. Sie hustete und keuchte, dann sagte sie anklagend: »Das ist kein Tee!«

»Kalter Tee *ist* Brandy«, erklärte ihr James. »Sie hatten einen leichten Schock. Schlüpfen Sie unter die Decke und schlafen Sie. Es ist ohnehin schon spät.«

Lily nickte und reichte ihm das Glas. Dann legte sie die Hand auf seine, um ihren Worten Nachdruck zu verleihen. »Wenn ich gewusst hätte, dass meine Arbeit den Tod eines Menschen verursacht, hätte ich das nie getan. Das müssen Sie mir glauben.«

Eindringlich sah James sie lange an. »Die Vergangenheit können wir nicht ändern«, meinte er unverbindlich. Er setzte das Glas auf dem Tisch ab und begann sich auszuziehen. Erst legte er das Hemd ab, als er jedoch nach seinem Gürtel tastete, hielt Lily ihn auf.

»Bitte, lassen Sie die Hose an«, flehte sie.

James drehte sich um und blickte ihr in die Augen. Es schien, er hätte beschlossen, dass sie für einen Abend genug Überraschungen erlebt hatte, und nickte. Schließlich setzte er sich auf die Bettkante und zog die Stiefel aus.

Lily beobachtete ihn, wie er unter die Decke kroch. Da bemerkte sie plötzlich eine goldene Kette mit einem Kreuz um seinen Hals, in dessen Mitte das Lamm Gottes dargestellt war, umrahmt von den griechischen Buchstaben *Alpha* und *Omega.*

Vor Überraschung blieb Lilys Mund offen stehen. *Alpha* und *Omega,* Anfang und Ende. Ihre sterbende Mutter hatte ihr prophezeit, dass ihre wahre Liebe die Erste und die Einzige für sie sein würde. Doch wie konnte dieser englische Duke, ihr Erzfeind, ihre einzig wahre Liebe sein? Bradley Howell war der Mann, der für sie bestimmt war. Das musste ein dummer Zufall sein. Sie könnte nie ihren Feind lieben, und er könnte niemals die Frau lieben, die schuld am Tod seines Bruders war.

»Was ist los?«, fragte James.

Lily berührte seine Brust. »Ihr Kreuz.« Sie griff in ihr

Hemd und zog ihre eigene Kette hervor. »Ich habe genau so eines.«

Verwirrt blickte James von ihrem Gesicht zu dem goldenen Kreuz und dann wieder zurück. »Ich verstehe nicht recht, was für eine Bedeutung es haben soll, dass wir beide Kreuze tragen.«

Er machte es sich wieder bequem, dann legte er den Arm um ihre Schultern und zog sie nah an seinen Körper. Lily versuchte, etwas abzurücken, doch in dem winzigen Bett erwies sich das als unmöglich.

»Wehren Sie sich nicht«, sagte er streng. »Sonst wird alles nur noch schlimmer.«

Eine leere Drohung, dachte Lily, und ein Lächeln umspielte ihre Lippen.

»Lily?«

»Ja?«

»Das ist endgültig das letzte Mal, dass ich im Bett meine Hosen anlasse«, erklärte James.

»Das besprechen wir morgen«, gab sie zurück.

»Diese Hosen schränken die Bewegungsfreiheit zu sehr ein«, beharrte er. »Morgen Nacht ziehe ich sie aus, ob es Ihnen nun gefällt oder nicht.«

Lily spürte ihre Wangen bei seinen Worten heiß werden. Sie hatte keinesfalls die Absicht, ihn die Hose ausziehen und dann ins Bett steigen zu lassen. Das würde zu einer Katastrophe führen.

»Lily?«

»Wir werden sehen ...«

Natürlich hatte es überhaupt keine Bedeutung, dass er einen Anhänger mit dem Symbol von *Alpha* und *Omega* trug, versuchte sich Lily zu überzeugen. Es war einfach nur ein dummer Zufall.

Das war auch Lilys erster schläfriger Gedanke am nächsten Morgen. Als sie sich umdrehte, bemerkte sie, dass die Kajüte leer war.

Lily stand auf, wusch sich eilig und setzte sich dann an den Tisch, wo Duncan Brot und Käse für sie bereitgestellt hatte. Kurz fragte sie sich, was Michael wohl machte, doch sie machte sich keine Sorgen um ihn, solange der treue Diener auf ihn aufpasste. Der hünenhafte Schotte würde nicht zulassen, dass ihrem Bruder etwas zustieß, davon war sie überzeugt.

Sonnenlicht strömte durch die Bullaugen in den Raum, und Lily beobachtete lächelnd, wie die Staubkörnchen in der Luft tanzten. In ihrer Kindheit hatte sie immer versucht, sie zu fangen. Einmal war sie sogar beinahe ertrunken, als sie die Sonnenstrahlen packen wollte, die über dem Wasser im Hafenbecken glitzerten.

Wie konnte ein einst unbeschwertes, glückliches Mädchen in eine solch fatale Lage geraten? Falsche Entscheidungen, beantwortete Lily ihre eigene Frage.

O, warum hatte sie nur Bradley Howell nicht geheiratet, nachdem er sie das erste Mal gefragt hatte? Sie und Michael wären jetzt in Sicherheit, anstatt hier auf diesem Schiff gefangen zu sein. Doch Lily konnte sich auch diese Frage selbst beantworten. Sie hatte Bradleys Antrag abgelehnt, weil sie Angst hatte, ein Kind wie ihren Bruder zu bekommen.

Um diesen verstörenden Gedanken aus ihrem Bewusstsein zu vertreiben, versuchte sie sich den Anblick ihres Geliebten vor Augen zu rufen. Unglücklicherweise schob sich das attraktive Gesicht des Dukes dazwischen. Den Teufel heraufzubeschwören war einfacher als ihn zu bannen.

Plötzlich ging die Tür auf, und Lily wandte sich um. James sah unverschämt gut aus, wenn er sie derart anlächelte.

»Würden Sie gerne ein Bad nehmen?«, fragte er zuvorkommend.

Sie lächelte zurück, woraufhin er sich umdrehte und jemandem vor der Tür zuwinkte. Zehn Seeleute kamen herein, jeder mit zwei Eimern dampfend heißem Wasser, das er in die Wanne hinter dem Paravent goss. Mit abgewandtem Blick verließen die Matrosen die Kajüte.

James zauberte ein Stück Seife hervor und hielt dann ein Kleidungsstück hoch, das er über dem Arm trug. Ein blaues Musselinkleid mit Stickerei und ein dazu passendes Schultertuch.

Lily konnte ihr Entzücken nicht verbergen. »Woher haben Sie ...«

»Mit freundlicher Empfehlung des Kapitäns«, erklärte er. »Oder besser gesagt, der Frau des Kapitäns, die diese Geschenke nicht bekommen wird, wenn ihr Ehemann nach England zurückkehrt.«

»Das kann ich nicht annehmen«, sagte Lily, aber die Enttäuschung in ihrer Stimme war nicht zu überhören.

»Das sollten Sie aber. Ich habe dem Mann ein hübsches Sümmchen dafür bezahlt.«

Lily lächelte und stand auf. »Ich möchte natürlich nicht, dass Sie ihr Geld verschwendet haben.« Sie berührte das Tuch. »Kaschmir? So etwas Kostbares habe ich noch nie getragen. Ich kann nur hoffen, dass ich mich solcher Extravaganzen wert erweise. All die Plündereien Ihrer Ahnen sollen doch nicht umsonst gewesen sein.«

James grinste und reichte ihr die Sachen. »Ich komme

wieder, wenn Sie fertig sind. Danach gehen wir ein wenig frische Luft an Deck schnappen.«

Dankbar nickte Lily, denn sie konnte es kaum erwarten, die Sonne wieder auf der Haut zu spüren. Sie wartete, bis die Tür sich hinter ihm schloss, dann entkleidete sie sich. Im heißen Wasser zu liegen war ebenfalls gut für die Seele, befand sie und stieg in die Wanne. Nach einem geruhsamen Bad trocknete sie sich ab, kämmte ihr Haar und zog das blaue Kleid an. Den Schal schlang sie sich kunstvoll um die Schultern und wartete dann auf die Rückkehr des Dukes.

Großer Gott, sie fühlte sich wie eine richtige Lady, nicht wie ein Hafenmädchen. Sie war aufgeregt und ruhelos. So wundervoll hatte sie sich seit ihrem Geburtstag nicht mehr gefühlt, als Bradley ihr den roten Schal geschenkt hatte.

Endlich vernahm sie ein Klopfen und rief: »Herein.«

James trat ein und musterte sie von oben bis unten, während er auf sie zukam. Ohne ihr eine Gelegenheit zum Rückzug zu geben, ergriff er ihre Hand und führte sie an die Lippen. »Das Kleid ist bezaubernd«, murmelte er. »Doch im Vergleich zu Ihrem Liebreiz verblasst es völlig.«

Es war, als seien sie völlig neue Menschen: Lily eine echte Dame und James ein Bewunderer, der um sie warb. Und sie glaubte wieder jung und unbeschwert zu sein, ein Gefühl, das sie seit dem Tod ihrer Mutter nicht mehr verspürt hatte.

»Wollen wir, Mylady?«, fragte James und eskortierte sie zur Tür.

An Deck atmete Lily tief die frische Meeresluft ein und seufzte, als die Wärme der Sonne zärtlich über ihr

Gesicht strich. Freiheit und Licht waren Gottes wunderbarste Schöpfungen.

»Sie erinnern mich an eine Katze, die sich in der Sonne räkelt«, bemerkte James.

Lily warf ihm einen Seitenblick zu und sah sich um. »Wo ist der Kapitän? Ich würde ihm gern für das Kleid und das Tuch danken.«

»Kapitän Roberts ist ein viel beschäftigter Mann und kann seine Pflichten nicht vernachlässigen, um mit uns zu plaudern.«

»Sind Sie sicher, dass Sie ihn nicht angewiesen haben, mir aus dem Weg zu gehen?«, neckte ihn Lily. »Mir fiel heute Morgen auf, dass keiner aus der Mannschaft mich anschaute. Haben Sie Angst, ich könnte einen Freund finden, der mir zur Flucht verhilft?«

»Das Einzige, was Sie durch eine Flucht erreichen könnten, wäre Ihr sicherer Tod und der Ihres Bruders durch Ertrinken«, erklärte James.

»Wo Sie gerade meinen Bruder erwähnen, wo ist ...?«

»Schwester!«

Lily hörte ihren Bruder rufen und blickte sich um. Er war nirgends zu sehen.

»Hier oben, Schwester!«

Lily hob den Kopf und wurde beinahe ohnmächtig bei dem Anblick. Ihre blauen Augen weiteten sich und sie begann zu zittern, als sie ihren Bruder im Ausguck erkannte.

»Holen Sie ihn da herunter, bevor er noch fällt«, forderte sie und griff nach James' Arm.

»Sie unterschätzen ihn«, antwortete er. »Michael kann klettern wie ein kleines Äffchen.«

»Schwester«, schrie Michael erneut.

Lily zwang sich zu lächeln und ihrem Bruder zuzuwinken. »Holen Sie ihn da herunter«, beharrte sie.

Der Duke legte die Hände an den Mund, winkte und rief: »Komm her!«

Behände kletterte Michael aus dem Ausguck und machte sich am Mast auf den Weg nach unten. Lily schloss die Augen, sie konnte einfach nicht zusehen. Alles konnte sie tapfer ertragen, aber nicht ihren Bruder in Gefahr.

»Sie können die Augen wieder öffnen«, teilte James amüsiert mit. »Michael steht vor Ihnen.«

Lily blickte den Duke an und errötete. Jeder hatte seinen schwachen Punkt, und nun kannte er ihren.

»Hast du mich gesehen, Lily?«, wollte Michael wissen, als er aufgeregt zu ihr trat.

Am liebsten hätte Lily ihn gescholten, stattdessen lächelte sie und sagte: »Ich bin so stolz auf dich, Michael. Das hast du ganz großartig gemacht, aber dich da oben zu sehen ängstigt mich. Ich wünschte, du würdest das nicht mehr machen.«

Michael nickte verständnisvoll. »Ich klettere nur noch hoch, wenn du unter Deck bist«, versprach er.

Lily schenkte dem Grinsen des Dukes keine Beachtung. »Da fühle ich mich gleich schon viel besser«, zwang sie sich zu sagen.

»Komm mit«, forderte Michael sie auf. »Ich zeige dir das kleine weiße Schweinchen.«

Mit einem kurzen Blick auf James ließ Lily sich von ihrem Bruder wegziehen. Alle drei gingen sie unter Deck in die Kombüse, wo der Koch und sein Gehilfe bereits das Abendessen vorbereiteten.

»Guten Abend«, tönte James.

Die beiden Männer wirbelten am Tisch herum, wo sie gerade den Brotteig kneteten. »Guten Abend, Euer Gnaden«, gab der Koch zurück. »Haben Sie einen speziellen Wunsch, Mylord?«

»Michael erzählte uns, Sie haben ein Schwein an Bord«, begann James. »Wir würden es gerne ansehen.«

Der Koch durchquerte die Kombüse und hob aus einer offenen Kiste ein quietschendes, zappelndes Schweinchen. Er gab es dem Duke, der es Lily vor die Nase hielt.

Das Tierchen war winzig und schneeweiß. Die einzigen Farbtupfer waren rosa Spitzen an den Füßchen, rosa Iris und dunkelrote Pupillen.

»Was für eine seltsame Kreatur.« Lily nahm das Schweinchen behutsam aus den Händen des Duke und drückte es an ihre Brust.

»Ich hörte, Sie essen gerne Schweinefleisch«, erläuterte der Koch, »aber das vermaledeite Tier will einfach nicht wachsen.«

»Sie dürfen es nicht braten«, rief Lily entsetzt.

»Das ist mein Kuscheltier«, fiel Michael ein.

»Bitte, töten Sie das arme Ding nicht«, flehte Lily den Duke an. »Schweinchen bringen doch Glück, was Geschäftsangelegenheiten betrifft.«

»Tatsächlich?« James amüsierte sich köstlich über die vereinten Bemühungen, das Schwein zu beschützen. Er sah von Lily zu dem Jungen und dann zum Koch. Schließlich meinte er: »Das Tier wird nicht wachsen. Es ist ein Albinozwerg.«

»Was ist ein Albino?« wollte Michael wissen.

»Ein Tier, das keine Farbe hat«, erklärte James.

»Können wir es behalten?«, fragte Lily.

»Das habe ich nicht gesagt.«

»Duke, ich mag das Schweinchen so gern«, bettelte Michael.

James sah den Koch an und entschied: »Passen Sie gut auf das Tier auf, bis ich mich entschieden habe.« Sein breites Grinsen bedeutete Lily, dass sie sich besser gut benahm, wenn dem Schwein nichts geschehen sollte. Nun hatte er ein weiteres Druckmittel gegen sie in der Hand – das Leben des Schweinchens und die Unversehrtheit ihres Bruders. Der Duke war ein raffinierter Taktiker.

»Wollen wir?«, fragte James.

»Ich bleibe hier und spiele mit ... wie soll es heißen, Lily?«

»Wie wäre es mit Prince?«

James lächelte und erklärte: »Es ist ein weibliches Schwein.«

»Dann nennen wir sie eben Princess«, entschied Lily. Bevor James etwas erwidern konnte, hielt sie ihrem Bruder das Schweinchen hin und sagte: »Wisch dir das Kinn ab.«

Michael fuhr sich mit dem Hemdsärmel übers Kinn und drückte dann dem Schweinchen einen Kuss auf die Stirn. »Danke, Schwester.«

»Geben Sie auf den Jungen Acht, bis Duncan ihn abholt«, befahl James dem Koch.

Anstatt wieder an Deck zu gehen, begleitete James sie zur Kajüte. Als er die Tür öffnete, bat Lily: »Können wir nicht noch ein Weilchen oben bleiben?«

»Ich muss mich um die Geschäftsbücher kümmern. Wir gehen nach dem Essen an Deck und betrachten die Sterne.«

Gelangweilt ließ sich Lily mit der Bibel an dem Tisch

nieder, doch sie konnte sich nicht konzentrieren. Sie musterte lieber den Duke, der mit dem Rücken zu ihr am Schreibtisch saß. Sie bewunderte sein schwarzes Haar und die breiten Schultern, die in der schwarzen Weste sehr männlich wirkten.

»Haben Sie sich schon entschieden?«, fragte sie plötzlich.

James wandte sich ihr zu. »Wie bitte?«

»Haben Sie schon entschieden, was mit Princess geschehen soll?«

Er sah sie lange an, dann befahl er: »Lesen Sie Ihr Buch.«

Schweigend schloss Lily das Buch und betrachtete ihn ausgiebig. Wieder drehte James sich um, als spürte er ihren Blick, und fragte: »Was machen Sie denn da?«

Lily lächelte liebenswürdig. »Ich belästige Sie.«

»Lesen Sie das Buch«, wiederholte er.

»Ich habe diese verdammte Bibel satt«, beschwerte sie sich.

»Das ist Gotteslästerung.«

Lily verengte die Augen. Musste sie sich jetzt schon vom Teufel über Religion belehren lassen?

»Gott wird sie auf direktem Weg in die Hölle schicken, wenn sie Princess töten«, erklärte sie.

James grinste. »In diesem Fall ist das Gespräch hiermit beendet.«

»Wenn ich etwas hätte, um mich zu beschäftigen ...«, schlug Lily vor.

»Ich könnte mir schon das Eine oder Andere vorstellen, um Sie zu beschäftigen«, meinte er süffisant.

Lily bemerkte das Funkeln in seinen schwarzen Augen und runzelte die Stirn. »Ich meinte Stickarbeit.«

»Sie sind die einzige Frau auf einem Schiff voller Männer«, zeigte James so langsam auf, als spräche er mit einem Idioten. »Es gibt hier keine Stickarbeit. In dem Regal stehen einhundert Bücher. Suchen Sie sich eines aus.«

»Sie verstehen mich einfach nicht«, versetzte Lily. »Ich muss mir das einteilen. Sonst habe ich all diese Bücher in ein paar Tagen ausgelesen.«

An seiner Miene konnte sie ablesen, dass er ihr nicht glaubte. Was sie ihm nicht zum Vorwurf machen konnte. Ein perfektes Gedächtnis war eine seltene Gabe. Oder ein seltener Fluch, verbesserte sie sich.

»Ein Haustier würde mich ablenken«, sagte Lily.

»Schreiben Sie doch ein Buch«, schlug er vor.

»Das würde nie veröffentlicht werden«, gab sie zurück.

Ungeduldig warf James die Feder beiseite. »*Ich* werde das verfluchte Ding veröffentlichen.«

»Ich könnte ja über ein kleines, verlorenes Schweinchen schreiben. Ein weißes, vielleicht.«

Lily stand auf, ging zum Bett und setzte sich darauf. Dann ließ sie sich auf den Rücken fallen. »Ich brauche eine Geschichte für mein Schweinchenbuch.«

»Schreiben Sie lieber über ein entführtes Mädchen, dem der Hosenboden versohlt wird«, empfahl James.

»Das ist wirklich nicht nett von Ihnen!«

»Madame, Schweigen ist der schönste Schmuck für eine Frau«, erklärte James.

Lily machte eine Geste, als würde sie sich den Mund zusperren, und der Duke wandte sich wieder seiner Arbeit zu.

Mit der festen Absicht, an Bradley zu denken, schloss

Lily die Augen, doch wieder schob sich James' Bild vor das ihres Verlobten. Sie wollte ihn sich wirklich vorstellen, dachte Lily mit einem leisen Schuldgefühl, aber sie war unfähig, sich sein Gesicht ins Gedächtnis zu rufen. Was bedeutete das nur?

»Ich könnte Sie leicht dazu bringen, mich zu lieben ...«

Lily musste an den vorherigen Abend denken.

»James?«

»Was denn noch?« Er machte sich nicht einmal mehr die Mühe, sich umzudrehen. »Ich könnte niemals einen Mann lieben, der eine hilflose Kreatur tötet«, meinte sie.

»Vielen Dank für die Warnung«, sagte James und wandte sich nun doch um. Ein Lächeln umspielte seine Lippen. »Ich werde es mir merken.«

Fünftes Kapitel

»Das Abendessen ist serviert, Mylady.«

Lily öffnete die Augen und erblickte den Duke, der auf sie herablächelte. Ohne nachzudenken erwiderte sie das Lächeln und reichte ihm die Hand wie eine Königin, die sich von einem Höfling zum Tanz führen lässt. Er geleitete sie zum Tisch und bot ihr einen Stuhl an.

Unwillkürlich fragte sich Lily, warum er schon den ganzen Tag so freundlich war, und dann wurde es ihr plötzlich klar. »Ihr Plan wird nicht aufgehen«, verkündete sie gereizt.

James legte den Kopf schief. »Wovon genau sprechen Sie?«

»Ihre Zuvorkommenheit wird nicht meine Liebe erringen«, erklärte sie ihm.

»Ach, verflixt«, entgegnete er gespielt zerknirscht. »Und ich dachte, ich wäre so dezent gewesen.«

»Ich bezweifle, dass Sie überhaupt fähig zu dezentem Verhalten sind«, sagte Lily. »Ich könnte niemals einen Engländer lieben.«

»Bei Ihnen hört sich das an, als wären wir alle leprös.«

Lily lächelte süßlich. »Ich wollte Sie nicht beleidigen.«

»Zum Teufel, natürlich wollten Sie das nicht«, höhnte James.

Unbeeindruckt ließ Lily den Blick über die dargebotenen Leckereien schweifen. Es gab Kartoffelsuppe, Schellfisch im Backteig, Blattgemüse mit Vinaigrette und einen knusprigen Laib Brot. »Gott sei Dank! Ich dachte, wir bekämen Schweinefleisch zum Essen«, merkte Lily an. »Wie schaffen Sie es, das Gemüse so lange frisch zu halten?«

»Wir haben einen Abstecher zu den Bermudas gemacht, bevor wir nach Boston segelten.«

»Selbst ihre Rache darf dem Vergnügen nicht im Weg stehen«, zog sie ihn auf.

»Meine Liebe, ich hatte bereits entschieden, dass Sie ein toter Mann seien«, antwortete James überlegen. »Warum also die Eile bei der Beerdigung? Unglücklicherweise stellte sich heraus, dass Sie eine Frau sind.«

»Ich schätze, auch die ausgefeiltesten Pläne von Männern verlaufen oft im Sande.« Lily hob den Löffel und begann zu essen.

Wieder musste James grinsen. Er schien in solch guter Stimmung zu sein, dass sie noch einmal um das Leben des Schweinchens bitten wollte. Ihr Bruder liebte das Tier, und sie würde alles versuchen, um das Schwein vor dem Kochtopf zu retten.

Lily öffnete den Mund, um ihr Anliegen vorzutragen, doch stattdessen führte sie ein Stück Schellfisch an die Lippen. Ein Betteln ihrerseits hätte gewiss genau den gegenteiligen Effekt auf den Duke. Sicher würde er dann seine Entscheidung vertagen, nur damit sie sich ärgerte.

Schweigend aßen sie. Jedes Mal, wenn Lily den Kopf hob, um einen Blick auf James zu erhaschen, sah er sie an. Langsam fühlte sie sich unbehaglich, also starrte sie seine Hände an, die auf dem Weinkelch lagen. Wie lang seine Finger waren, dachte sie, und es kam ihr in den

Sinn, wie es sich angefühlt hatte, als er ihre Brüste liebkoste.

»Erzählen Sie mir von Ihren Geheimcodes«, unterbrach James das Schweigen.

Erschrocken musste Lily husten und bekam ein wenig Suppe in die Speiseröhre. Als sie sich wieder gefangen hatte, starrte sie erneut in die funkelnden schwarzen Augen des Dukes. Glaubte dieser verfluchte Dummkopf etwa, sein gutes Aussehen würde sie dazu verleiten, ihr Wissen preiszugeben?

»Meine Codes?«

Sein Ausdruck zeigte ihr, dass er wusste, sie wollte Zeit gewinnen. »Ihre amerikanischen Codes.«

»Wenn Sie glauben, Sie könnten die amerikanischen Codes knacken, dann vergessen Sie es«, erklärte Lily frech. »Was immer ich weitergab, war für mich völlig bedeutungslos.«

»Erzählen Sie mir, was Sie allgemein über Codes wissen.«

Er wollte ihr eine Falle stellen. Pech für ihn, denn damit würde er bei ihr nichts erreichen. Sie hatte tatsächlich keine Ahnung, was die von ihr weitergegebenen Botschaften besagten.

»Es gibt verschiedene Typen von Codes«, erzählte Lily. »Aber das wissen Sie vermutlich selbst.«

»Und was übermitteln Sie Ihren Kontaktleuten?«, erkundigte sich James.

»Nachdem ich die Kryptogramme gelesen hatte, zerstörte ich sie. Dann diktierte ich sie einem Agenten, der den Schlüssel zum Code kannte.«

James neigte den Kopf. »Also hatten Sie absolut keine Ahnung, was für Nachrichten Sie überbrachten?«

Lily schüttelte den Kopf. »Mein Verlobter und mein Bruder glaubten, es wäre sicherer so.« Sie sah ihn reuevoll an und fügte hinzu: »Vermutlich hatten sie Unrecht.«

»Wenn Sie sich wirklich um Ihr Wohlergehen sorgten, hätten sie Sie niemals in diese Sache verwickeln dürfen«, sagte James.

Ohne dem letzten Satz Beachtung zu schenken, beugte Lily sich leicht nach vorn, ihre blauen Augen blitzten schelmisch. »Möchten Sie ein Geheimnis erfahren?«

James nickte kaum merklich.

»Wir Amerikaner haben den letzten Krieg durch unsere Codes gewonnen. Die Nachrichten wurden in indianischen Worten weitergegeben und dann ein zweites Mal ins Englische übersetzt«, erklärte Lily. »Ganz schön clever von uns, finden Sie nicht?«

»O, ja«, stimmte James lächelnd zu.

Lily konnte nicht begreifen, was ihn daran so amüsierte, dass sie den Krieg verloren hatten. Doch sie hatte für sich schon entschieden, dass die Engländer ein seltsames Völkchen waren.

»Das meint man, wenn von der Raffinesse der Yankees gesprochen wird«, prahlte sie. »Und jetzt erzählen Sie mal von sich.«

»Da gibt es nicht viel zu berichten.«

»Diese Worte aus dem Mund eines Dukes kann ich nicht glauben. Falsche Bescheidenheit steht Ihnen nicht.«

James blickte ihr geradewegs in die Augen und erwiderte: »Im Gegensatz zu manchen Leuten tische ich nicht jedem Dahergelaufenen meine Lebensgeschichte auf.«

Lily war nicht sicher, ob seine Antwort eine Beleidigung oder eine allgemeine Feststellung war. Sie beschloss, im Zweifelsfall zu seinen Gunsten vom Besseren auszugehen. *Dieses eine Mal*!

»Was treiben Sie den ganzen Tag?«, fragte sie. »Zweifelsohne gehört es nicht zu ihren normalen Gewohnheiten, um die halbe Welt zu segeln und junge Damen zu entführen.«

»Da ich der Zweitgeborene bin, konnte ich nicht davon ausgehen zu erben, und musste mir selbst ein Vermögen erarbeiten«, erklärte James. »Ich besitze mehrere Schifffahrtslinien und bereise die Welt. Das Arbeiten entspannt mich, und wenn ich der Zivilisation entfliehen will, ziehe ich mich auf meinen Stammsitz zurück, Kinross Castle in Schottland.«

»Das muss dann wohl der Grund dafür sein, dass Sie so *unenglisch* sind.« Aus Lilys Mund war das ein großes Lob.

»Wie viele Engländer haben Sie denn bislang tatsächlich kennen gelernt?«, erkundigte er sich vergnügt.

»Sie mit eingerechnet?«

James neigte den Kopf. »Wie Sie möchten.«

»Zwei.«

Überrascht zog James die Brauen zusammen. »Wer ist der andere?«

»Duncan.«

»Darf ich also aus Ihren Worten schließen, dass ich etwas Gewinnendes an mir habe?«

»So weit würde ich nicht gehen«, antwortete Lily ehrlich.

James musste grinsen.

»Haben Sie schon einmal den König getroffen?«, wollte sie wissen.

»Als ich ihn zuletzt sah, führte George ein Streitgespräch mit einer Ulme«, meinte James trocken. »Der Baum gewann.«

Entzückt musste Lily laut lachen. Der Duke war vielleicht doch kein so schlechter Mensch.

»Erzählen Sie von Ihrem Leben in Boston«, forderte er sie auf.

Lily zuckte die Achseln. »Ich helfe meinem Vater in der Taverne und passe auf meinen Bruder auf.«

»Das kann doch nicht Ihr gesamtes Leben sein«, gab er zurück. »Was ist mit Freunden?«

Ich habe keine Freunde, dachte Lily. Mit weiblichen Fertigkeiten konnte sie ebenfalls nicht aufwarten, weder konnte sie gut kochen noch nähen. Ihr einziges Talent lag darin, alles wiedergeben zu können, was sie las. Die einzige junge Frau, mit der sie eine Form von Beziehung hatte, war Hortensia MacDugal, und niemand konnte sie beide für Freundinnen halten.

»Ich habe keine Freunde«, antwortete Lily und wandte den Blick von ihm ab. »Ich bin anders als die jungen Frauen meiner Bekanntschaft.«

»Inwiefern?«, fragte er ruhig.

»Zum einen kann ich lesen und ...« Sie brach ab, unsicher, was sie noch preisgeben sollte.

»Und?«

»Und ich verbringe viel Zeit mit meinem Bruder«, fügte sie hinzu. »Michael braucht unentwegt Anregung und Beaufsichtigung.«

War das Mitleid in seinen Augen?, überlegte Lily. Sie hoffte nicht. Sie verabscheute dieses Gefühl und alles, was es beinhaltete – nämlich, dass sie und ihr Bruder armselige Kreaturen waren.

»Ich habe jedoch eine Feindin«, ergänzte sie sicherheitshalber. Einen Feind zu haben, war etwas ganz Normales, und normal hatte sie von jeher sein wollen.

»Wie um Himmels willen kann jemand Sie nicht mögen?«, bemerkte der Duke mit offensichtlich gespielter Überraschung.

»Sie kennen Hortensia MacDugal nicht«, teilte Lily ihm mit. Der Hauch eines Lächelns umspielte ihre Lippen.

James grinste. »Und was stimmt mit Hortensia nicht?«

»Sie kann mich nicht ausstehen, weil ich ihr nie hinterhergelaufen bin. Außerdem ist sie eifersüchtig auf meinen Verlobten.«

»Also ist Hortensia auch an diesem Musterknaben interessiert?«

Lily nickte.

»Ich erkenne, dass allen weiblichen Wesen gewisse Eigenschaften gemein sind.« James schüttelte den Kopf. »Ihre gesellschaftlichen Lebensumstände zählen überhaupt nicht, bei Frauen überwiegt immer der Instinkt.«

Zweifelnd zog Lily ihre perfekt geformten, schwarzen Augenbrauen hoch. »Soll das ein Kompliment oder eine Beleidigung sein?«

»Wie Sie möchten.«

»Eines weiß ich mit Sicherheit«, sagte Lily. »Hinter Ihnen wäre Hortensia sofort her.«

»Warum denn?«

»Weil Hortensia ... nun, es wäre eben so.«

Lily hatte nicht die Absicht, dem Duke wegen seines guten Aussehens zu schmeicheln. Er war eine Bestie, die sie und ihren Bruder entführt hatte und daher ihre Verachtung verdiente. Und gleich morgen früh würde sie ihm ihre Geringschätzung auch wieder spüren lassen. Heute Abend war er allerdings so freundlich gewesen, dass sie die Stimmung nicht durch einen Streit trüben wollte.

»Sie haben mir versprochen, dass wir nach dem Essen hinausgehen«, erinnerte ihn Lily.

»Das stimmt.« James stand auf, und gemeinsam schritten sie an Deck.

Lily hatte noch nie etwas derart Schwarzes erlebt wie eine Nacht auf See. Sie fühlte sich, als wäre sie schwerelos. Hätten die Sterne nicht über ihnen geschienen, sie hätte jeglichen Orientierungssinn verloren. Das Schiff glitt durch die ruhige See, und nur die frische Nachtluft überzeugte Lily davon, dass sie nicht träumte.

»Da oben ist der Große Bär«, erklärte James und wies in die Richtung am Firmament.

Lily folgte seiner Hand, doch sie konnte nichts ausmachen. »Ich sehe ihn nicht«, sagte sie.

James trat näher, legte seinen rechten Arm um ihre Schultern und zeigte mit der Linken nach oben. »Da drüben. Können Sie ihn entdecken?«

Seine Hand auf ihrer Schulter und die Nähe seines muskulösen Körpers machten es Lily unmöglich, irgendetwas zu erkennen. Heilige Jungfrau, sie konnte keinen einzigen klaren Gedanken fassen, wenn er so dicht bei ihr stand und sein warmer Atem über ihre Wange strich.

»Jetzt sehe ich ihn«, log sie und machte einen Schritt zur Seite.

Der Duke schien es zu genießen, sie zu quälen, denn nun legte er beide Hände auf ihre Schultern und drehte sie in eine andere Richtung. »Der helle Stern dort ist Arcturus, gleich neben dem Großen Bär.«

»Ah, ja«, flunkerte Lily erneut. Ihr ganzes Sein konzentrierte sich auf die beiden starken Hände auf ihren Schultern. Die Sterne waren lediglich helle Punkte am Horizont.

»Arcturus bedeutet ›Hüter des Bärs‹, weil er besonders dicht an Ursa Major liegt«, fuhr James fort.

»Die Sterne sind's, die Sterne über uns, die unsre Zufälle bestimmen«, zitierte James murmelnd. »Wo steht das?«

»Schlagen Sie es doch nach«, gab sie zurück.

»Das werde ich eines Tages, wenn ich mich langweile und nichts Besseres zu tun habe«, versetzte James. Sanft zog er sie wieder an seinen warmen Körper und flüsterte an ihrem Ohr: »Ich bin stolz auf Sie, Sie haben nicht einmal das Schweinchen erwähnt.«

Ein schuldbewusstes Lächeln umspielte Lilys Lippen. Sie wandte den Kopf zur Seite und erklärte: »Ich wusste, Sie würden mich nur noch mehr foltern, wenn ich es täte.«

»So ein Monster bin ich nun auch nicht.«

»Haben Sie sich in letzter Zeit einmal selbst zugehört?«

»Das ist aber wirklich nicht klug, was Sie da tun«, tadelte James. »Wie könnten Sie mit dem Gedanken weiterleben, dass Sie mich verärgert und dadurch den Tod des Schweinchens verschuldet haben? Andererseits, ein Kuss könnte viel dazu beitragen, das Tier zu retten.«

»Ist das etwa eine Erpressung?«, fragte Lily und wirbelte herum, um ihn anzusehen. Im selben Moment bereute sie ihre Tat, als er gefährlich nah an sie herantrat. »Man küsst seinen Feind nicht«, verkündete sie und machte zwei Schritte rückwärts.

»Wir sind keine Feinde.«

»Was sind wir dann?«

»Wir sind zwei ganz gewöhnliche Menschen, die in einer außergewöhnlichen Situation gefangen sind«, antwortete James.

»Ich würde Sie niemals als gewöhnlich bezeichnen«, sagte Lily.

»Vielen Dank.«

»Das sollte eine Beleidigung sein.«

»Wenn das so ist: Wie können Sie es wagen?«, entgegnete James.

Lily musste lachen.

»In der Nacht sind alle Katzen grau«, meinte er. »Wenn Sie die Augen schließen, werden Sie nicht einmal merken, dass ich der Feind bin.«

»Also gut«, gab Lily mit einem langen Seufzen nach. Sie kniff die Augen zusammen und wartete, doch nichts geschah. Als sie die Augen wieder öffnete, stand der Duke lächelnd vor ihr. »Was ist, bringen wir es hinter uns.«

Erneut schloss Lily die Augen. Erneut geschah nichts. Verwirrt blickte sie den Duke an.

»Ich will, dass Sie *mich* küssen«, erklärte er.

»Ich weiß nicht wie«, wandte sie ein. »Bisher habe ich immer nur Küsse empfangen, aber nicht selbst geküsst.«

»Küssen ist leichter als vom Baum zu fallen«, lächelte James. »Und viel, viel einfacher, als sich Texte zu merken. Kommen Sie näher und legen Sie die Arme um meinen Hals.«

Lily machte einen Schritt nach vorn. Zögerlich hob sie die Arme und legte sie um seinen Hals. Ihr Körper berührte den seinen, und sein frischer, männlicher Duft benebelte ihre Sinne. Hätte sie nicht so viel innere Stärke besessen, sie wäre mit Sicherheit ohnmächtig zusammengesunken.

»Ziehen Sie meinen Kopf nach unten«, flüsterte der Duke rau.

Langsam zog Lily seinen Kopf zu sich herunter. Sein Gesicht war nur Millimeter von ihrem entfernt.

»Und jetzt pressen Sie Ihre Lippen auf meine«, ordnete er mit erstickter Stimme an.

Zögernd drückte Lily ihre bebenden Lippen auf seinen Mund, der sich warm und fest und einladend anfühlte.

Lily gab sich vollkommen diesem Kuss hin, und sie spürte, wie seine Hand sich um ihren Rücken schloss und ihren Körper ganz nah an sich drängte. Mit der anderen Hand umfasste er zärtlich ihren Nacken, sodass sie ihm nicht entkommen konnte. Langsam entspannte sich ihr Körper, und es war, als gehörte sie in seine Arme.

Plötzlich veränderte sich der Kuss. Sein Mund wurde fordernd, nahm ihr den Atem, brachte ihre Lippen dazu, sich für ihn zu öffnen. Dann schob sich seine Zunge herein und erforschte ihren süßen Mund.

Großer Gott, dachte Lily, zog den Kopf zurück und starrte ihm wie betäubt in die Augen. Bradley Howell hatte sie nie so geküsst.

»Sollen wir unter Deck gehen?«, flüsterte James mit rauer Stimme.

Lily sah ihn verwirrt an. Du heilige Jungfrau, der Duke klang, als fragte er um Erlaubnis, ihr beizuwohnen. War er etwa so mitgenommen von ihrem Kuss wie sie selbst?

»Ich würde gerne meinem Bruder Gute Nacht sagen«,

entgegnete Lily in dem Bemühen, die Fassung zurückzugewinnen.

James machte eine Geste zu den Sternen hinauf. »Bitte, nach Ihnen, Mylady.«

Sie spürte seinen Blick auf sich, als sie die Stufen hinunterging. Vor Duncans Kajüte blieb sie stehen und hörte ihren Bruder ausrufen: »Zur Hölle, ich hab schon wieder gewonnen!«

Missbilligend sah Lily den Duke an. James zuckte die Achseln und klopfte an der Tür.

»Die Lady möchte ihrem Bruder Gute Nacht sagen«, rief er.

»Nur herein«, ließ sich Duncan vernehmen.

James auf den Fersen marschierte Lily in die Kajüte. Sie stemmte die Hände in die Hüften und stellte ihren Bruder zur Rede: »Was habe ich dir über das Fluchen beigebracht?«

»Hölle ist kein Fluch«, verteidigte sich Michael. »Hölle ist ein Ort. Stimmt's, Duncan?«

»Was ist das da auf dem Boden?«, verlangte sie, ohne dem großen Schotten eine Gelegenheit zum Antworten zu geben.

»Duncan bringt mir bei, wie man würfelt«, klärte Michael sie auf. »Es macht Spaß.«

Der Schotte sah zur Seite. Lily warf dem Duke einen Blick zu. James bemühte sich zwar, ernst zu bleiben, doch seine Augen funkelten vor Lachen.

»Würfeln ist das Spiel des Teufels«, tadelte Lily. Dann fügte sie hinzu: »Soll ich dir die Geschichte erzählen?«

Michael nickte.

Lily setzte sich auf die Bettkante, Michael nahm neben ihr Platz. Sie legte den Arm um seine Schultern und fing an: »Im Himmel brach Krieg aus. Michael und seine Engel kämpften gegen Satan, die Schlange aus alter Zeit, und seine Gefolgsleute. Zur Strafe wurden der Teufel und seine schwarzen Engel aus dem Himmel vertrieben.« Lily lächelte ihren Bruder an, der völlig gebannt zuhörte, und umarmte ihn. »Und deshalb habe ich dich Michael genannt, zu Ehren von Gottes größtem Engel, denn du wurdest an seinem Festtag geboren. Als ich dich in meinen Armen hielt, sagte unsere Mutter, du würdest Gott zum Lächeln bringen.«

»Den Teil der Geschichte mag ich«, sagte Michael. »Wo ist Satan hingegangen?«

»Nach England.«

»So hast du mir das früher aber nicht erzählt«, wandte er ein.

»Der Teufel wohnt in der Hölle, weil er niemals mehr das Tor zum Paradies durchschreiten kann, um bei Gott zu sein«, antwortete Lily. »Und der Weg zur Verdammnis begann mit Fluchen und dem Würfelspiel.«

»Dann werde ich diese Dinge nicht mehr machen«, versprach Michael. »Vor allem nicht, wenn du in der Nähe bist.«

James lachte laut, wurde jedoch von Lilys Blick zum Schweigen gebracht. Dann sah sie zu Duncan hinüber, der seltsamerweise einen Hustenanfall hatte. Auch ihre eigenen Lippen zuckten amüsiert, aber sie wollte ihren Bruder durch ihr Verhalten nicht zur Meuterei ermuntern. Michael war schlau genug, einen Weg um ihre strenge Erziehung herum zu finden, und unschuldig genug, diesem Ausdruck zu verleihen.

»Gute Nacht, Lily«, meinte ihr Bruder, als sie sich zum Gehen wandte. »Gute Nacht, Duke Gnaden.«

Lily biss sich auf die Unterlippe, um nicht loszuprusten und trat aus der Kabine. Gerade als sie die Tür zu James' Kajüte öffnen wollte, hörte sie den Duke hinter sich sagen: »Ich lasse Sie ein paar Minuten allein.« Lily nickte, ohne ihn anzusehen, und ging hinein. Die Tür schloss sich hinter ihr.

Nachdem sie das Hemd des Dukes angezogen hatte, wusch Lily sich zur Nacht. Dann schlenderte sie hinter den Paravent. Jemand hatte die hölzerne Wanne mit dampfendem Wasser gefüllt, während sie an Deck gewesen waren. Sie hatte schon heute Nachmittag gebadet, also konnte das nur bedeuten, dass das Wasser für James war.

Glaubte er tatsächlich, sie würde ihm gestatten, sich nackt auszuziehen und in ihrer Kajüte zu baden?, dachte Lily ärgerlich. Andererseits, wie sollte sie ihn wohl davon abhalten?

Innerlich kochend ließ Lily sich in einen Sessel fallen und wartete. Bei der geringsten Provokation würde sie in die Luft gehen. Als die Tür aufschwang, wirbelte sie herum und wollte aufspringen, doch James bedeutete ihr, sitzen zu bleiben.

Misstrauisch sah Lily ihm zu, wie er ihr gegenüber Platz nahm und zwei Gläser mit Whiskey füllte. Eines nahm er, das andere schob er sanft zu ihr hinüber. Wortlos hob sie das Glas und leerte es in einem Zug.

James zog eine dunkle Augenbraue hoch.

Lily tat es ihm gleich.

Daraufhin lächelte er, offenbar in der Erwartung, sie würde sein Lächeln erwidern.

Stattdessen sagte Lily aufgebracht: »Falls Sie glauben, ich werde zulassen, dass Sie sich entkleiden und hier in dieser Kajüte in meinem Beisein baden, dann muss ich Sie leider enttäuschen, Mylord.«

Schweigend stand James auf, zog seinen Gürtel aus und ließ ihn zu Boden fallen. Dann griff er nach dem obersten Knopf seines Hemdes.

»Wagen Sie es nicht, das Hemd abzulegen!«

James hielt ihrem Blick stand und öffnete aufreizend langsam einen Knopf nach dem anderen. Dann hängte er das Hemd ordentlich über die Sessellehne.

Aufgebracht sah Lily von seinen schwarzen Augen hinunter zu dem Kreuz, dessen goldener Glanz sie zu verhöhnen schien. »Ich meine es ernst«, rief sie. »Wehe, Sie ziehen noch mehr aus!«

»Was ist schon ein bisschen nacktes Fleisch unter Freunden«, fragte James und setzte sich hin, um sich der Stiefel zu entledigen.

»Ziehen Sie bloß nicht diese Hose aus«, warnte Lily mit hoher Stimme.

Statt einer Antwort stand James auf und berührte den obersten Knopf.

»Haben Sie mich nicht gehört?«, schrie Lily.

»Ich glaube, jeder auf diesem Schiff hat Sie gehört«, gab James gelassen zurück. Er ließ die Hose zu Boden fallen und man sah, dass er darunter nichts trug.

»Heilige Jungfrau«, keuchte Lily und drehte sich schnell um. Ihr Gesicht wurde heiß, und ihr Mund war wie ausgetrocknet.

Großer Gott, beschütze mich vor der Dreistigkeit dieses Mannes, flehte Lily. Sie weigerte sich, ihn anzusehen oder sein Verhalten gar mit einer Schmeichelei zu würdigen. Und doch wurde sie überraschenderweise von Bedauern geplagt, so schnell den Kopf abgewandt zu haben.

Schließlich hörte sie das Plätschern von Wasser, als er in die Wanne kletterte. Um ihre Nerven zu beruhigen, goss sie sich noch ein Schlückchen Whiskey ein und trank ihn in einem Zug. Die bernsteinfarbene Flüssigkeit brannte angenehm von den Lippen bis in den Magen und entspannte sie sichtlich.

Während der Duke ein fröhliches Liedchen anstimmte, warf Lily einen ärgerlichen Blick auf den Paravent. Wenn sie nun schlafen ginge, konnte sie ihm bis zum Morgen entkommen, und mit diesem Vorsatz ging sie zum Bett.

»O«, hörte sie ihn enttäuscht rufen. »Lily?«

Was war denn nun wieder? »Ja?«

»Ich komme nicht an meinen Rücken«, klagte James.

»Soll ich Duncan holen?«, fragte Lily.

»Ich will ihn nicht stören. Könnten Sie ...«

»Nein.«

»Wie bitte?«

»Nein!«

»O je, das arme kleine Schwein«, meinte James gedehnt.

»Mistkerl«, murmelte Lily und glitt vom Bett.

»Haben Sie etwas gesagt?«, rief er herüber.

»Ich sagte, ich komme schon«, zischte sie.

Lily schritt auf den Paravent zu. Als sie um den Schirm herumging, schnappte sie nach Luft, da sie auf diesen maskulinen Anblick in der Wanne nicht gefasst war.

James saß mit dem Rücken zu ihr und hielt die Seife hoch. In der kleinen Wanne wirkte er noch größer als gewöhnlich, das Kerzenlicht umschmeichelte ihn und ließ ihn wie einen Adonis aussehen.

Lily schüttelte sich innerlich von dem Gedanken frei und nahm ihm die Seife aus der Hand. Dann seifte sie ihn langsam ein. Die Muskeln seines Rückens entspannten sich unter ihren Berührungen, seine sehnige Kraft nötigte ihr Bewunderung ab.

»Woran denken Sie gerade?«, wollte James wissen.

»An nichts.«

»Kommen Sie schon, meine Liebe. Sie können mir Ihre intimsten Gedanken anvertrauen.«

»Ich hätte mir nie träumen lassen, dass ich eines Tages dazu degradiert würde, die Zofe eines englischen Dukes zu spielen«, erklärte Lily. Sie spürte sein Lächeln mehr, als sie es sah.

»Das Leben hält immer wieder Überraschungen bereit«, stimmte James zu. »Könnten Sie noch ein bisschen tiefer einseifen?«

Das machte er doch absichtlich! Wut stieg in Lily auf. Sie ließ die Seife von oben herab vor ihm ins Wasser fallen.

»Ein Stückchen Speck zum Frühstück klingt sehr verlockend«, verkündete sie, während sie sich umwandte und zurück zum Bett marschierte. Hinter sich hörte sie sein unverkennbares Lachen. Sie schlüpfte ins Bett und drehte sich zur Wand.

Der Mann war ein Monster, auf die Erde geschickt, um sie zu martern. Er bedrohte die einzigen beiden Dinge von Wert, die sie besaß – das Glück ihres Bruders und ihre eigene Unschuld.

Lily hörte das Wasser plätschern, als er aus der Wanne kletterte; dann trocknete er sich ab. Ungebeten schob sich das Bild des Dukes in all seiner nackten Pracht vor ihr geistiges Auge. Überrascht von ihren eigenen Gedanken flüsterte Lily rasch den dreiundzwanzigsten Psalm. Da das nichts half, betete sie leise das Vaterunser: »Vater unser, der du bist im Himmel, geheiligt werde dein Name ... und führe uns nicht in Versuchung ...«

Das Bett ächzte unter James' muskulösem Körper.

Lily wollte ihm eigentlich mitteilen, was für ein niederträchtiger Teufel er war, doch als sie sich umdrehte, merkte sie, dass er sich über sie beugte. Wieder funkelte das Kreuz auf seiner Brust, als wolle es sie verspotten.

»Gute Nacht, Schatz«, flüsterte James mit rauer Stimme.

Schon wollte Lily protestieren, sie sei ganz sicher nicht sein Schatz, als ihr Blick von seinem Gesicht auf die nackte Brust und noch tiefer glitt.

Ihre saphirblauen Augen weiteten sich, und sie keuchte: »Heilige Jungfrau, Sie sind ja immer noch nackt!«

Sechstes Kapitel

»Zum Lieben braucht man keine Kleidung«, erklärte James mit ruhiger Stimme.

»Wenn Sie glauben, dass ...« Erschrocken hielt Lily inne, als ihr bewusst wurde, was er gerade gesagt hatte. Sie sah ihm direkt in die Augen und fragte: »Wollen Sie mich etwa vergewaltigen?«

»Ganz sicher nicht.« James blickte sie gekränkt an. »Diese Frage ist eine Beleidigung.«

»Sie kriechen nackt zu mir ins Bett und finden mein Misstrauen beleidigend?« Lily war fassungslos.

»Ich bin in *mein* Bett gekrochen«, verbesserte er sie lächelnd. Seine Miene wurde weicher, und er fügte hinzu: »Ich würde Sie niemals zu etwas zwingen.«

»Sie zwingen mich, nach England zu segeln«, erinnerte sie.

»*Abgesehen davon* würde ich Sie niemals zu etwas zwingen.«

Lily öffnete den Mund, um etwas zu erwidern, doch er fuhr ihr sanft mit einem langen Finger über die Lippen. »Ich wollte mit dir hier liegen und dich küssen, seit ich zum ersten Mal dein wunderschönes Gesicht sah«, flüsterte er.

Sein Kompliment überraschte sie, und seine Geste war unerwartet zärtlich. »Ich habe ein schönes Gesicht?«, fragte sie.

»Dein Liebreiz wird mich den Rest meines Lebens verfolgen«, antwortete James.

Lily war gefangen von seinen unergründlichen schwarzen Augen, ohne zu ahnen, welche Wirkung ihr eigener Blick auf ihn hatte. Sie schenkte der inneren, warnenden Stimme keine Beachtung, die ihr zur Flucht riet. Stattdessen genoss sie das Gefühl, das sein Finger auf ihren Lippen hinterließ. Er wird mich küssen, dachte Lily, doch sie machte keine Anstalten, den Duke wegzuschieben.

Dann senkte James den Kopf; näher und näher kam sein Gesicht, bis endlich sein Mund den ihren bedeckte, forschend und kostend, in einem sanften, unwiderstehlichen Kuss.

Mit einem lustvollen Seufzen ergab sich Lily seinem überwältigenden Zauber. Sie schlang die Arme um seinen Nacken und presste sich an ihn.

Sogleich wurde sein Kuss feuriger. Lily erschauderte, als er mit seiner Zunge fordernd ihren Mund umschmeichelte.

Dieser langsame, inbrünstige Kuss schien nie zu enden. Doch da hob er den Kopf und hauchte Dutzende federleichter Küsse auf ihre Schläfen, ihre Augenlider und ihren Hals.

»Du bist kostbarer als jede Orchidee, sinnlich und unschuldig, während du dir deiner sirenenhaften Verlockung überhaupt nicht bewusst bist«, murmelte James, sein Atem vermischt mit ihrem.

Zart streichelte er ihre Wange und ihren schlanken Hals. Als jedoch seine Hand zu ihren Brüsten herabglitt, zuckte Lily erschrocken zurück.

»Lass mich dich anfassen«, flüsterte er. »Ich verspreche aufzuhören, wann immer du willst.«

Lily sah ihm in die Augen und konnte nicht widerstehen. Sie sehnte sich so sehr danach, seine warmen Hände auf ihrer bloßen Haut zu spüren.

James küsste sie glutvoll, während er ihr das Hemd aufknöpfte und zur Seite schob, um ihre festen Brüste zu entblößen. »Du bist einfach bezaubernd«, wisperte er, ohne seinen Blick von ihren blauen Augen zu nehmen.

Wieder verschmolzen ihre Lippen, und seine ganze Leidenschaft lag in diesem aufwühlenden, langen Kuss. Seine Zunge tauchte in ihren Mund, um von ihrer Süße zu kosten, dann glitten seine Fingerspitzen über ihre empfindsamen Brustwarzen und spielten mit ihnen, bis sie sich hart aufrichteten.

Zum ersten Mal erlebte Lily wahre Leidenschaft, war überwältigt von seiner Berührung und ergab sich ihrem brennenden Verlangen. Fordernd erwiderte sie seinen Kuss und neckte ihn spielerisch.

Ein unerwarteter Schauer durchfuhr James, als er ihre Zunge zwischen seinen Lippen spürte. »Fass mich an, meine Lady«, flüsterte er gierig.

»Dich anfassen?«

Lily klang gleichzeitig überrascht und verängstigt, die Unschuld in ihrer Stimme wirkte auf James wie ein Aphrodisiakum. »Streichle mir über die Brust«, bat er sanft. Er fühlte, dass sie ihn anfassen, das Spiel seiner Muskeln spüren wollte. Sanft führte er ihre Hand an seine mächtige Brust, und sie fuhr mit den Fingerspitzen durch das dunkle Haar zu dem Kreuz um seinen Hals. Immer kühner wurde sie nun und ließ ihren Daumen zärtlich über seine Brustwarze gleiten, die sogleich hart wurde.

James entrang sich ein Stöhnen der Lust unter ihrer Berührung. Ihre Finger waren wie aus Seide, die verführerisch über seine Haut strichen.

»Siehst du, mein Liebling«, murmelte er. »Du hast auf mich dieselbe Wirkung wie ich auf dich.«

James hielt ihren Kopf mit einer Hand fest und umschloss ihren Mund mit seinen Lippen. »Jetzt werde ich dich ebenso berühren«, wisperte er mit berauschter Stimme. »Wirst du das zulassen?«

»Ja«, hauchte sie an seinen Lippen.

James ließ seinen dunklen, leidenschaftlichen Blick zu ihren entblößten Brüsten sinken, die sich makellos und perfekt modelliert unter ihm hoben und senkten, die köstlichen Spitzen zartrosa. Hungrig küsste er Lily, und als sie seufzte, ließ er seine Hand zu ihren empfindlichen Brustwarzen herabgleiten. Durch seine zarte Berührung wurde eine pochende Hitze zwischen ihren Schenkeln entfacht.

Sie rang nach Atem und bäumte sich ihm entgegen, wortlos bettelte sie um mehr.

»Küss mich, Lady«, flüsterte er fordernd.

Lily bedurfte keiner weiteren Einladung. Sie warf die Arme um seinen Hals, presste ihren Mund auf seinen und küsste ihn mit einer Gier, die sie bisher noch nicht kannte. Verschwunden war das naive Mädchen der vergangenen Tage. Ein Hauch von Unschuld blieb, doch eine schier unstillbare Lust hatte sie in die leidenschaftliche Frau verwandelt, die er jetzt in seinen Armen hielt.

James schob sie sanft von sich weg, um sie ausgiebig zu betrachten; ihre reifen Brüste und die schmale Taille verschlugen ihm fast den Atem. Die Schenkel waren wie dazu geschaffen, sich fest um ihn zu schlingen, und ihre runden Hüften schienen nur da, seinen Samen zu nähren.

»Lady, du bist so wunderschön«, murmelte James an ihren Lippen, während er mit einer Hand ihre Hüfte liebkoste.

»Auch du bist wunderschön«, seufzte Lily.

Beinahe endlos küsste James sie, als sei die Zeit stehen geblieben und sie könnten bis in alle Ewigkeit in dieser Umarmung verharren. Er wollte sie sich ganz langsam zu Eigen machen, ihren exquisiten Körper auskosten und sich an ihrer offenkundigen Sinnlichkeit laben. Sein Kuss wurde besitzergreifender, fordernder, und instinktiv reagierte Lily auf seine entfachte Leidenschaft. Sie hob ihren nackten Körper empor und presste ihn verlangend an seinen. Zum ersten Mal in ihrem jungen Leben spürte sie das überwältigende Gefühl, wie männliche Härte ihre weibliche Zartheit berührte. Und es gefiel ihr.

»Ich will dich lieben«, flüsterte er.

»Ja, liebe mich«, antwortete sie atemlos.

James strich ihr über die geröteten Wangen und umschmeichelte erneut ihre Lippen durch einen feurigen Kuss, den Lily mit gleicher Inbrunst erwiderte. Ihre Zungen berührten sich zunächst zaghaft, dann wurden sie immer kühner, umwanden einander in einem Paarungstanz so alt wie die Menschheit selbst.

Lustvoll seufzte Lily, als James eine glühende Spur an Küssen auf ihre Schläfen, ihre Lider, die Nase und den Hals zog. Dann kehrte sein Mund zurück zu dem ihren, und mit seinen kräftigen Händen liebkoste er ihren seidenweichen Körper vom Halsansatz bis zu ihren lustvoll aufgerichteten Brustwarzen.

Langsam ließ er seine Lippen den Hals hinab und weiter nach unten wandern. Seine Zunge umspielte verführerisch ihre festen Knospen, an denen er saugte und knabberte, bis ihr heiseres, lustvolles Stöhnen ihn derart erregte, dass er sie ganz besitzen musste.

»Öffne deine Beine für mich«, raunte er ihr ins Ohr.

Ohne zu zögern tat Lily wie ihr geheißen. James umschloss ihren Mund mit dem seinen, während er mit einem langen Finger in sie eindrang.

Erschrocken öffnete Lily die Augen und versuchte, sich seinem forschenden Finger zu entziehen.

»Ruhig, meine Lady«, besänftigte James. Immer noch hielt er sie fest umfangen. »Vertrau mir ... *bitte*!«

James wusste, wie nervös sie vor dem ersten Mal sein musste. Doch er wollte sie heiß, feucht und bereit, ihn in ihrem engen jungfräulichen Körper zu empfangen. Er wollte sie mit Haut und Haar, wollte ihren Körper und ihre Seele beherrschen, wollte sie jetzt und auf immer nur für sich.

»Vertrau mir«, flüsterte er wieder. Seine Stimme brach vor schmerzlichem Verlangen. »*Vertrau mir, mein Liebling*.«

Lilys Antwort war unmissverständlich: Sie spreizte ihre Beine noch weiter, denn auch sie sehnte sich ebenso sehr danach, von ihm besessen zu werden, wie er sich danach verzehrte, sie zu besitzen.

James beugte den Kopf über ihre Brüste und saugte wieder daran. Dann schob er behutsam einen zweiten Finger in ihren glühenden Schoß, und seine Finger begannen sich rhythmisch zu bewegen, um sie in die Welt der Lust zu entführen. Lily war wie berauscht, nie erlebte Gefühle durchströmten ihren zitternden Körper und ließen sie alles um sie herum vergessen.

Und dann waren die Finger plötzlich weg, und James kniete zwischen ihren Schenkeln. Die Spitze seines prallen Schafts neckte die feuchte Perle ihrer Weiblichkeit, was Lily ein Stöhnen tief in der Kehle abrang.

Mit einem kraftvollen Stoß drang James in sie ein, durchbrach die jungfräuliche Barriere und vergrub sich tief in ihrem zitternden Körper. Lily schrie bei dem überraschenden Schmerz auf und klammerte sich an ihn. Einen Moment lang verharrte er vollkommen still, damit sie sich an das Gefühl seiner Männlichkeit in ihr gewöhnen konnte. Dann erst begann er sich langsam wieder zu bewegen, und Lily passte sich ihm zunächst zögerlich, dann immer leidenschaftlicher an, bis die schier unstillbare Begierde ihr beinahe die Sinne raubte.

Lily schlang die Beine um seine Taille und erwiderte nun jeden seiner kraftvollen Stöße aufreizend mit ihren eigenen. Bis sie sich plötzlich, völlig unerwartet, aufbäumte und von Wellen köstlich pochender Empfindung ins Paradies und noch darüber hinaus getragen wurde.

Erst in diesem Moment ließ James seiner Lust freien Lauf. Er stöhnte und erschauderte und ergoss seinen heißen Samen tief in sie hinein.

Lange lagen sie reglos nebeneinander, ihr heftiges Atmen das einzige Geräusch in der Kajüte. James rollte sich zur Seite und zog sie mit sich, dann küsste er sie sanft auf die Stirn.

Ohne Vorwarnung barg Lily das Gesicht an seiner Brust und weinte leise.

Diese Reaktion von allen hatte er am wenigsten erwartet. Mit Wut oder Zorn hätte James umgehen können, aber Tränen waren etwas anderes. Eng umschlungen hielt er sie an sich gedrückt und wartete, bis ihr Schluchzen verebbte.

»Habe ich dir wehgetan?«, erkundigte er sich.

Lily schüttelte den Kopf.

»Warum weinst du dann?«

»Ich weine doch gar nicht mehr«, gab sie zurück.

»O Verzeihung«, meinte James. »Warum *hast* du geweint?«

Die Decke fest über ihre Brust geklammert stützte Lily sich auf einen Ellbogen auf und blickte ihn durchdringend an. Ihre tränenfeuchten saphirblauen Augen erinnerten ihn an die Lochs der Highlands im Sommer.

»Ich habe um das geweint, was ich verlor«, erklärte Lily.

»Warum nicht über das lächeln, was du gewonnen hast?«, versetzte er.

»Was habe ich denn gewonnen?«

James grinste. »*Mich*!«

Wider Willen zauberte diese Antwort ein Lächeln auf ihr Gesicht, das jedoch so rasch verschwand wie es gekommen war. »Geistreiche Bemerkungen kommen einem reichen englischen Duke wohl leicht über die Lippen«, sagte sie leise.

»Was soll das bedeuten?«, fragte er.

Lily hielt seinem Blick zwar stand, doch die Verlegenheit ließ ihre Wangen leicht erröten. »Eine wohlhabende Frau kann einem potenziellen Ehemann viele wertvolle Geschenke machen, aber ein armes Mädchen wie ich hat nichts als ihre Tugend«, teilte sie ihm mit. »Und die habe ich nun verschenkt, das Einzige, was ich zu bieten hatte.«

»Da hast du Unrecht.« James hielt sie fest im Arm und

fuhr ihr mit dem Finger die Wange herab. »Du bist ungewöhnlich schön und hochintelligent.«

»Schönheit vergeht mit dem Alter«, widersprach Lily. »Und Intelligenz ist nicht gerade die Eigenschaft, die Männer bei einer Frau suchen.«

»Dummheit wird von Männern nicht geschätzt«, entgegnete James. »Ein Mann muss sich doch mit seiner Frau unterhalten können. Außerdem besitzt du noch andere bewundernswerte Eigenschaften.«

»Wirklich?« Sie klang überrascht.

Unbewusst berührte James ihren Anhänger. »Soll ich das näher ausführen?«

Lily lächelte zart. »Ja, bitte.«

»Du bist sehr mutig«, begann er. »Die meisten Männer beben, wenn ich nur die Stirn runzle.«

»Das glaube ich dir nicht«, neckte sie.

James zog die dunklen Brauen zusammen und machte eine völlig übertriebene Grimasse. »Macht dir das keine Angst?«

»Nein.«

»Bei diesem Anblick nehmen meine Bediensteten immer die Beine in die Hand«, erklärte er.

Lily lachte. »Was für ein Rüpel du bist.«

»Das bin ich«, stimmte James zu. »Sollen wir uns jetzt wieder deinen feineren Charaktereigenschaften zuwenden?«

Sie senkte den Kopf.

»Du bist außergewöhnlich standhaft und loyal. Aber das Glanzstück deiner Persönlichkeit ist die Hingabe an deinen Bruder. Und du ergreifst immer die Partei des Schwächeren.«

»Vielen Dank für die freundlichen Worte«, erwiderte

Lily verblüfft. »Ich verstehe allerdings nicht, wie du das in nur wenigen Tagen über mich herausgefunden haben kannst.«

»Ich habe eine ganz ausgezeichnete Menschenkenntnis«, versetzte James. »Zudem lobe ich nicht leichtfertig.« Wieder berührte er ihr Kreuz. »Wie seltsam, dass wir beide dieses Symbol tragen, *Alpha* und *Omega*.«

»Anfang und Ende, der Erste und der Einzige«, flüsterte Lily.

»In der Tat.«

»Sei vorsichtig«, neckte sie. »Du klingst schon beinahe wie ein Engländer.«

James musste lächeln. »Ich denke, ich sollte dir von meiner Familie erzählen, bevor wir England erreichen.«

»Du hast eine Familie?« Wieder klang sie erstaunt. »In meiner Vorstellung haben Schurken nie eine Familie.«

»Es gibt drei neugierige Hexen in meiner Familie«, erzählte James, ohne sich von ihrer Bemerkung beirren zu lassen. »Meine Mutter lebt ausschließlich für gesellschaftliche Ereignisse, meine Tante Donna ist eine selbsterklärte Expertin in Sachen Männer und meine Tante Nora glaubt, sie habe den sechsten Sinn. Ich habe einen Cousin namens Sloane, der mit keiner dieser beiden Tanten verwandt ist, und einen wahren Freund, dem ich voll und ganz vertraue, Adam St. Aubyn.«

James sah nach unten. Lilys Augenlider waren geschlossen, und ihr Atem ging regelmäßig.

Schuldgefühle plagten ihn, weil er sie verführt hatte. Er war ein erfahrener Mann von Welt, und sie ein unschuldiges Wesen, das gegen sein überlegenes Können keinerlei Chance gehabt hatte.

Was aber ihre Überzeugung betraf, nichts von Wert zu besitzen, hatte das Mädchen Unrecht. Im Vergleich zu den Damen, die er kannte, war Lily Hawthorne eine Königin, innerlich so schön wie äußerlich. Schade nur, dass sie nicht in die englische Aristokratie hineingeboren worden war, er hätte ihr auf der Stelle einen Antrag gemacht.

Gütiger Himmel, dachte James, da ihm klar wurde, welche Richtung seine Gedanken nahmen. Verliebte er sich etwa gerade in die Mörderin seines Bruders?

Als Lily am nächsten Morgen die Augen öffnete, schrak sie zusammen. Der Duke saß neben ihr auf der Bettkante und betrachtete sie.

Wie lang war er wohl schon da? Der Gedanke, dass er sie im Schlaf beobachtet hatte, war beunruhigend.

»Guten Morgen, meine Süße«, meinte James gut gelaunt.

»Guten Morgen«, murmelte Lily, ohne den Blick zu heben.

»Sprichst du mit meinen Beinen?«, fragte er schelmisch.

Lily sah auf und brachte ein zaghaftes Lächeln zustande.

James küsste ihre Hand. »Ich möchte dir für letzte Nacht danken«, sagte er. »Ich hatte noch nie einen derart schönen Abend.«

Lily spürte, wie ihre Wangen heiß wurden. Wie konnte er erwähnen, was letzte Nacht geschehen war? Sie wollte ihr unanständiges Verhalten so schnell wie möglich vergessen, doch er klang, als hätte er es tatsächlich genossen. War ihm denn sein eigenes leichtsinniges Handeln nicht unangenehm?

»Jungfräuliches Errörten steht dir gut«, bemerkte er und machte sie damit noch befangener.

»Es ist fürchterlich, von jemandem im Schlaf beobachtet zu werden«, beschwerte sich Lily, wobei sie dem eigentlichen Grund für ihre Verlegenheit weiter keine Beachtung schenkte.

James hob erneut ihre Hand an die Lippen und entgegnete: »Ich bin nur hier geblieben, weil ich wusste, du würdest dir unnötige Gedanken über unser Wiedersehen machen, nach der Nacht voller Leidenschaft, die wir miteinander teilten. Ich wollte deine Qualen nicht verlängern.«

Mit einem Ruck zog Lily die Hand zurück. »Wie viel Übung hattest du denn schon?«

»Übung?«

»Du schienst immer zu wissen, wie ich reagieren würde. Ich kann nur annehmen, dass du eine Menge Erfahrung ...« Ihr Gesicht färbte sich noch dunkler. »Du hast offenbar große Erfahrung darin, Frauen zu entjungfern.«

»Du hast nichts getan, wofür du dich schämen müsstest«, erklärte James, ging jedoch nicht auf ihren Vorwurf ein. »Ich lasse dich jetzt kurz allein und hole das Frühstück.«

Lily zog eine schwarze Augenbraue nach oben. »Ein britischer Duke bedient ein Hafenmädchen aus den Kolonien? O je, o je, die Welt geht vor die Hunde.«

»Es gibt mehr Ding' zwischen Himmel und auf Erden, als eure Schulweisheit sich träumt«, zitierte James.

»*Hamlet,* Erster Aufzug, Fünfte Szene«, erwiderte Lily ohne nachzudenken.

»Wenn du das sagst.«

»Ein britischer Duke, der einem Hafenmädchen aus

den Kolonien *vertraut*?«, rief sie und legte die Hände auf die Brust, als sei sie schockiert. »Ich kann kaum deine nächste Enthüllung erwarten.«

»Meine nächste Enthüllung könnte sein, dass ich mich ausziehe und neben dich lege«, erwiderte James mit einem frechen Grinsen.

Lily spürte das Blut in ihre Wangen schießen. »O, aber ich bin ganz geschwächt vor Hunger.«

»Ich bin gleich wieder da.« James erhob sich vom Bett und verließ die Kajüte.

Nachdenklich starrte Lily die Tür an, durch die er gerade verschwunden war. Der Duke konnte wirklich charmant sein, wenn er wollte. Dutzende adliger Damen mussten von ihm hingerissen sein. Sie nahm an, dass hunderte schöner Frauen danach lechzten, seine Gemahlin zu werden.

Dann bemerkte sie, dass sie ins Träumen geraten war, und stand schnell auf. Rasch wusch sie sich und zog dann die Kleider des Schiffsjungen an. Ihr Kleid wollte sie sich für den Abend aufheben.

Als sie fertig war, setzte Lily sich an den Tisch und wartete. Ja, sie hatte dem Duke nun schon wieder in die Augen sehen können, doch trotzdem verspürte sie Wellen der Scham ob ihres lüsternen Verhaltens. Sie hoffte, James erwartete nicht, dass dieses Liebesspiel nun jede Nacht stattfand. Das musste er verstehen!

Sodann dachte sie an Bradley. Wie konnte sie ihm jemals wieder gegenübertreten? Er erwartete natürlich von ihr, dass sie Jungfrau war.

Lily seufzte. Sie würde ihm die Wahrheit sagen müssen. Ihn unter Vorspiegelung falscher Tatsachen zu heiraten, wäre nicht gerecht.

Um sich gegen den Charme des Dukes zu wappnen, erinnerte Lily sich daran, wie sehr sie Bradley liebte und seine Frau zu werden wünschte. Sie und Michael gehörten zu ihm nach Boston.

Lily lehnte sich im Sessel zurück und schloss die Augen. Tapfer versuchte sie, Bradleys Bild vor ihr geistiges Auge zu holen, aber das einzige Gesicht, das auftauchte, war das des Dukes. Seine schwarzen Augen funkelten vor Verlangen; sein unverschämtes Lächeln neckte sie, und seine wunderbaren Hände liebkosten ihre Brüste, ihre Schenkel, ihre ...

Die Kajütentür flog auf und ließ sie aus ihren sinnlichen Träumereien hochschrecken. Die Erinnerungen an ihre Leidenschaft färbten ihre Wangen verdächtig zartrosa.

»Du bist doch nicht immer noch verlegen wegen letzter Nacht«, meinte James, und setzte das Tablett auf dem Tisch ab. »Oder denkst du vielleicht daran, wie wir uns vergangene Nacht geliebt haben?«

Lily spürte ihr Wangen noch heißer werden, die nun sicherlich tiefrot leuchteten. Bei Bradley musste sie nie erröten. Was für eine seltsame Macht übte dieser Engländer über sie aus?

Ohne weiteren Kommentar hob James den Deckel vom Tablett und legte ihn beiseite. Lily hatte jedoch nur Augen für seine wundervollen Hände.

»Willst du nichts essen?«

Abwesend hob Lily den Blick zu seinem Gesicht und verstand erst dann, was der Duke gesagt hatte. Als sie die silberne Abdeckung von ihrem Teller nahm, erstarrte sie vor Überraschung.

Dort lag eine kostbare Brosche in Form eines Salamanders. Die Beine waren aus massivem Gold; der Kopf, der Körper und der Schwanz mit Diamanten besetzt. Zwei Smaragdaugen blitzten sie an.

Nie zuvor hatte Lily etwas derart Wertvolles gesehen. Verwirrt starrte sie auf das Schmuckstück und hob dann den Kopf. »Ist das die Bezahlung für die geleisteten Dienste?«, fragte sie gekränkt.

»Wie kannst du es wagen, so etwas zu sagen?«, erwiderte er ebenfalls beleidigt. »Ich habe noch nie für den Körper einer Frau bezahlt und werde es auch niemals tun.«

Lily beruhigte sich etwas. »Was ist es dann?«

»Ein Geschenk für eine wunderschöne Frau«, antwortete James samtweich.

»Wo hast du das her?«

»Ich habe es auf den Bermudas entdeckt.«

»War es für eine andere Frau bestimmt?« Ihr Misstrauen war nicht zu überhören. Auf keinen Fall konnte sie ein Geschenk annehmen, das er für eine andere gekauft hatte.

»Auf den Bermudas habe ich einige Stücke erworben, die mir ins Auge fielen«, entgegnete er.

»Ehrlich?«

James neigte den Kopf schief und legte über den Tisch hinweg eine Hand auf die ihre. »Eine unsichtbare Macht muss mich geleitet haben, denn tief in meinem Herzen habe ich gespürt, dass du bald in mein Leben treten würdest.«

»Natürlich hast du das gespürt.« Lilys Lippen verzogen sich zu einem Lächeln. »Du hattest gehofft, mich zu töten.«

James grinste und zuckte die Achseln. »Der Salamander hat mich an dich erinnert.«

»Sehe ich so aus?«

James lachte. »Nein, meine Süße. In der Mythologie ist der Salamander ein elementares Wesen mit der Kraft, Feuer zu erdulden, ohne Schaden zu nehmen. Wenn ich das Feuer bin, dann bist du der Salamander.«

»Auf jeden Fall hast du eine hohe Meinung von dir selbst«, gab Lily zurück.

»Was meinst du damit?«

»Das Feuer war immerhin die bedeutendste Entdeckung der Menschheit.«

»Und bin ich etwa nicht die größte Entdeckung der weiblichen Menschheit?«

Lily verdrehte die Augen. Der Mann war unverbesserlich!

»Willst du mich so lange hungern lassen, bis ich zustimme?«, fragte sie. »Oder wolltest du mir das Frühstück servieren?«

James nahm die silbernen Deckel von den Schüsseln. Es gab Porridge, heiße Zimtschnecken und Erdbeermarmelade.

»Du bist so still heute Morgen«, bemerkte James, während sie aßen. »Was liegt dir auf der Seele?«

»Was mir auf der Seele liegt?«, wiederholte Lily sarkastisch. »Meinst du abgesehen von der Tatsache, dass du meinen Bruder und mich entführt hast? Dass mein Vater, mein Bruder und mein Verlobter wahnsinnig vor Sorge sein müssen?«

»Ich habe dir eine einfache Frage gestellt«, sagte James. »Was bedrückt dich sonst noch?«

Lily sah ihm direkt in die Augen und erklärte: »Wir müssen so tun, als sei letzte Nacht nie geschehen. Daraus kann nichts Gutes entstehen. Und …«

Sie brach ab, als James aufstand und um den Tisch herum ging. Er stellte sich hinter sie, legte die Hände auf ihre Schultern und beugte sich nah an ihr Ohr hinunter. »Du bist ganz verspannt, mein Liebling.«

Mit seinem warmen Atem an ihrem Ohr konnte Lily nicht mehr vernünftig denken.

»Was hast du gerade gesagt?«, wollte er wissen.

»Letzte Nacht war ein Fehler«, antwortete sie.

James ließ seine Hände in ihr Hemd gleiten und umschloss ihre Brüste. Er liebkoste ihre Brustwarzen, bis sie sich hart aufrichteten.

Lilys Atem stockte. Seine Hände auf ihrer nackten Haut jagte heiße Wellen durch ihren Körper, und sie begann vor Lust zu zittern.

»Wir werden unser Verhalten von gestern nicht wiederholen«, gelang es Lily atemlos hervorzubringen. »Hast du das verstanden?«

»Voll und ganz.« James schmiegte sich an ihren Hals und flüsterte: »Komm wieder ins Bett mit mir, Liebling.«

Lily seufzte. »Na gut.«

James half ihr auf und drehte sie zu sich herum. Dann zog er sie nah an sich heran, und Lily schlang die Arme um seinen Hals. Langsam senkte er den Kopf und verschloss ihre Lippen mit den seinen.

Bumm! Bumm! Bumm!

Ein dröhnendes Klopfen an der Tür ließ sie beide aufschrecken. Lily sprang einen Schritt zurück.

»Wer ist da?«, fragte James.

»Ich bin es.« Die Stimme gehörte zu Michael Hawthorne.

»Komm herein«, rief Lily.

Das weiße Schweinchen auf dem Arm platzte Michael

in die Kajüte. Duncan blieb taktvoll vor der Tür stehen und warf dem Duke einen entschuldigenden Blick zu.

Michael zeigte auf das Schweinchen, das jetzt ein feuerrotes Lederhalsband trug. »Duke Gnaden sagte, ich darf es behalten.«

Dankbar sah Lily James an und sagte zu Michael: »Princess sieht wunderschön aus. Ich glaube, Rot ist genau ihre Farbe.«

»Ich behalte sie in meiner Kajüte«, teilte Michael seiner Schwester mit. »Ich will nicht, dass sie über Bord geht.«

»Das ist eine gute Idee«, meinte Lily.

»Hoppla«, rief Michael. »Sieh mal, was sie macht!«

Ein kleiner Wasserfall ergoss sich aus dem Schweinchen und bildete eine Pfütze auf dem Boden.

»Ich mach das sauber«, erwiderte Lily rasch und griff nach einer Serviette vom Tisch. Sie kauerte sich auf den Boden, um die Lache aufzuwischen, und befahl: »Bring Princess wieder in deine Kajüte.«

»Wenn wir nach England kommen, muss sie stubenrein werden«, meinte James. »Schweine sind intelligente Tiere. Sie können alles, was Hunde können.«

Michael verließ den Raum, und Duncan schloss die Tür.

»Die Salamanderbrosche passt nicht zu deiner jungenhaften Garderobe«, befand James. »Zieh das Kleid an, das ich dir geschenkt habe.«

»Ich wollte es mir für heute Abend aufheben«, erklärte Lily. »Ich habe doch nur das eine.«

James sah sie lange an. »Zieh das Kleid an«, befahl er. »Ich bin in ein paar Minuten zurück.«

Als er gegangen war, legte Lily das blaue Musselinkleid und das Schultertuch an. Dann befestigte sie die Brosche an dem Kleid links über ihrem Herzen. Sie liebte dieses Kleid, aber es jeden Tag zu tragen würde es ruinieren.

Da kam James zurück, über dem Arm einen ganzen Haufen Kleidung. Sechs Kleider, einen Umhang und verschiedene Tücher ließ er auf das Bett fallen.

Lächelnd wandte er sich zu ihr um und sagte: »Jetzt hast du ein Kleid für jeden Wochentag.«

Lily starrte ungläubig auf den Berg an Kleidung, der in allen Farben von Nachtblau bis hin zu Blassrosa und Weiß leuchtete. »Ich weiß gar nicht, was ich sagen soll.«

»Sag doch einfach Danke.«

»Ich kann das nicht annehmen.«

»Das solltest du aber«, entgegnete James mit einem nachsichtigen Schmunzeln. »Kapitän Roberts steht für immer in deiner Schuld, da ihm deine Anwesenheit auf diesem Schiff eine große Geldsumme eingebracht hat. Ich fürchte, er wird sich sein eigenes Schiff kaufen und seine Anstellung bei mir kündigen.«

Lily lächelte weich. »Danke James. Ich sehe, dass du trotz deiner vielen Fehler ein großzügiger Mann bist.«

»Vielen Dank für das Lob«, gab James trocken zurück. »Hätte ich gewusst, wie teuer es ist, eine Gefangene zu haben, hätte ich dich vielleicht in Ruhe gelassen. Möchtest du mich gerne an Deck begleiten? Ich muss etwas mit dem Kapitän besprechen.«

Lily nickte eifrig. Sie nahm seinen dargebotenen Arm und zusammen verließen sie die Kajüte.

Als sie auf das Achterdeck kamen, bedachte Lily Kapitän Roberts mit einem dankbaren Lächeln und stellte sich an die Reling. Sie beobachtete, wie der Duke mit dem Mann sprach, sie schenkte dem Gespräch allerdings keine Beachtung. Solange James' Aufmerksamkeit auf den Kapitän gerichtet war, nutzte Lily die Gelegenheit, den Duke ausgiebig zu mustern. Schwärmerisch betrachtete sie seine markanten Gesichtszüge und das schwarze Haar. Dann ließ sie ihren Blick auf seinen Körper sinken. Doch das brachte sogleich die Erinnerung an letzte Nacht hervor, weshalb sie schnell den Kopf hob und sich abwandte.

»Ich könnte Sie leicht dazu bringen, mich zu lieben ...«

Wieder musste Lily an seine Worte denken, und die furchtbare Wahrheit traf sie wie ein Hammerschlag. Sie war auf dem besten Wege, sich in ihren Entführer zu verlieben.

Siebentes Kapitel

»Glaubst du an Liebe auf den ersten Blick?«

Lily hob den Blick von ihrem Buch und musterte den Duke, der am Schreibtisch saß. Was für eine dumme Frage war denn das?, dachte sie sich und sah wieder in das Buch. Warum sollte ein kultivierter Mann von Welt eine solch alberne Frage stellen?

»Also, was ist?«

»Nein. Du etwa?«, erwiderte sie, ohne den Kopf zu heben.

»Wer liebte je und nicht beim ersten Blick?«, zitierte James.

»*Wie es euch gefällt,* dritter Aufzug, fünfte Szene«, kam es wie aus der Pistole geschossen von Lily.

»Sieh mich an, wenn ich mit dir spreche«, forderte er.

»Erst befiehlst du mir zu lesen, jetzt soll ich dich wieder anschauen?«, gab Lily ärgerlich zurück. »Was für eine Verrücktheit ist das nun wieder?«

»Ich bin fertig mit den Geschäftsbüchern, und nun habe ich vor dem Abendessen Zeit, mich mit dir zu unterhalten.«

»Jetzt bin ich beschäftigt«, versetzte Lily.

»Du musst dir Bücher doch einteilen. Was liest du gerade?«

»*Stolz und Vorurteil* von Jane Austen«, antwortete Lily. Sie beugte sich dem Unausweichlichen und schloss das

Buch. »Was für eine großartige Geschichte. Denkst du, Elizabeth liebt Mr Darcy wirklich, oder will sie nur in seinem Haus wohnen?«

James zuckte die Schultern. Sein Lächeln verriet ihr, dass er die Antwort kannte.

»Willst du mir nicht einen kleinen Hinweis geben?«, bat sie.

»Lies weiter, dann findest du es selbst heraus.«

Lily klappte das Buch wieder auf.

»Ich meinte später«, verbesserte er sich.

Amüsiert sah Lily auf und lächelte ihn keck an.

»Du glaubst also wirklich nicht an Liebe auf den ersten Blick«, beharrte James. »Wie unromantisch von dir.«

»Ich habe das nie erlebt«, erklärte Lily.

James setzte sich zu ihr an den Tisch. »In deinem Alter, meine Süße, hast du überhaupt noch nicht viel erlebt.«

»Mir ist bereits widerfahren, von einem Schurken entführt zu werden«, erwiderte Lily mit hochgezogener Augenbraue.

»Eines Tages wird dieses Abenteuer eine interessante Geschichte für deine Enkelkinder sein«, meinte James. »Obwohl ich nicht glaube, dass unsere gestrigen Aktivitäten ein angemessenes Thema für sie wären.«

Der Duke war ein Schlitzohr. Sie öffnete den Mund, um ihm das mitzuteilen, doch er kam ihr zuvor: »Du siehst heute Abend bezaubernd aus.«

Lily trug das nachtblaue Kleid, da diese Farbe das Funkeln der diamantenen Salamanderbrosche noch unterstrich. Ihr einziger weiterer Schmuck war das goldene Kreuz.

»Diese Farbe bringt deine Augen ganz zauberhaft zur Geltung«, sagte James.

»Ich dachte, es brächte die Brosche zur Geltung«, gab Lily zurück.

James beugte sich vor und flüsterte rau: »Deine Augen sind viel schöner als die Brosche.«

Lily wurde nicht nur wegen seiner Worte rot, sondern auch wegen des anzüglichen Tonfalls, der sie an vergangene Nacht erinnerte.

Die knisternde Stimmung wurde jäh von einem Klopfen an der Tür gestört. James erhob sich und öffnete seinem Diener, der ein Tablett hereintrug. Er nahm es ihm ab, schloss die Tür mit dem Fuß und kam zurück zum Tisch. Wie schon am Vorabend war das Essen fürstlich und einladend. Es gab Eintopf, gedünstete Karotten und Sellerie, außerdem gebackenen Wittling garniert mit Petersilie und Zitrone und als Dessert gebackenen Zimtapfel. Eine Flasche Rotwein rundete das Mahl ab.

»Es gibt keinen Cider«, bemerkte Lily mit einem Blick über das Tablett.

»Darf ich dir dafür ein Glas Wein einschenken, Mylady?«, fragte James.

Lily nickte gnädig. Sie nippte an dem Glas und sagte: »Das schmeckt gar nicht so schlecht.«

»Ich bin erleichtert, dass es deine Zustimmung findet«, gab James trocken zurück.

Lily begann, schweigend zu essen. Jedes Mal, wenn sie aufsah, merkte sie, dass James sie betrachtete. Das wiederum veranlasste sie dazu, in immer kürzeren Abständen nach dem Weinkelch zu greifen. Langsam wärmte und beruhigte sie das Getränk, und Lily ließ sich erneut eingießen.

»Wo ist Michael?«, wollte Lily wissen, obgleich sie die Antwort schon kannte.

»Er isst mit seiner Mannschaft.«

»Könntest du dir vorstellen, dass er mit uns zusammen isst?«, schlug sie vor.

James lächelte. »Dann wäre ich aber nicht allein mit dir.«

»Versuchst du, mich in dich verliebt zu machen?«, fragte sie kokett. Der Wein machte sie kühn.

»Warum sollte ich das tun?«

Lily warf ihm unter ihren langen, ebenholzfarbenen Wimpern hervor einen Blick zu, ohne zu ahnen, welche Wirkung das auf ihn hatte. »Ich bin mir sicher, dass du schändliche Ziele verfolgst.«

»Mein Liebling, dein Zynismus verletzt mich.« James trug eine Miene gespielter Enttäuschung zur Schau.

»Mein Herz gehört bereits einem anderen«, warnte sie.

»Zumindest erzählst du mir das die ganze Zeit, mein Herzblatt.«

»Sollen mich diese Koseworte deinem Willen unterwerfen?«, erkundigte sich Lily.

»Ich werde dich später verführen. Soll ich dir erzählen, was ich mit dir machen werde?«

»Nein, vielen Dank.«

James grinste und fing an, ihr seinen Plan zu schildern: »Ich werde dich so leidenschaftlich küssen, dass es dir den Atem raubt. Dann verteile ich unzählige kleine Küsse auf deinem hübschen Gesicht und werde deinen Hals liebkosen.«

Lily spürte, wie sie errötete. »Ich sagte doch …«

»Danach werde ich deine wunderbaren Brüste mit den betörenden rosigen Spitzen umschmeicheln«, fuhr James mit rauer Stimme fort. »Sie färben sich entzückend dunkel, wenn du erregt bist.«

Lily bedeckte die Ohren mit den Händen, doch das hatte keinen Zweck. Seine dunkle Stimme bahnte sich trotzdem ihren Weg in ihr Gehirn.

»Meine Hände werden über die Rundung deiner Hüfte und an der Innenseite deiner Schenkel entlanggleiten. Mit der Zunge und den Lippen werde ich deine Beine von oben nach unten erkunden und dann an jedem einzelnen deiner Zehen knabbern. Nachdem ich mich wieder nach oben zu der Innenseite deiner Schenkel bewegt habe, gibt es eine echte Überraschung.«

»Was?«, fragte Lily, die Hände immer noch an den Ohren.

»Du wirst schon sehen«, grinste er unverschämt.

Lily glaubte, vor Hitze sterben zu müssen. »Könnten wir möglicherweise ein bisschen frische Luft an Deck schnappen?«

James nickte, aber das unverschämte Lächeln haftete weiter auf seinem Gesicht. »Sicher, mein Schatz.«

Zusammen standen sie am Achterdeck. James legte den Arm um ihre Taille und zog sie nah an seinen Körper.

»Was habe ich in England zu erwarten?« Lily versuchte krampfhaft, nicht an den starken Arm zu denken, der um sie geschlungen war.

»Du wirst auf meinem Landsitz Kinross Park in Saus und Braus leben«, erzählte James. »Nicht zu verwechseln mit meinem schottischen Refugium Kinross Castle.«

»Wie werde ich all die Tage verbringen, bis der Krieg vorbei ist?«, wollte sie wissen.

»Morgens werden wir zusammen ausreiten«, gab er zurück.

»Ich kann nicht reiten.«

»Das bringe ich dir bei. Am Nachmittag spielen wir dann zusammen Schach.«

»Ich kann auch nicht Schach spielen.«

»Das bringe ich dir ebenfalls bei.«

Lily lächelte. »Und was wirst du mich noch lehren?«

»Manche Dinge lernt man ganz von allein.«

Sie standen einen Augenblick schweigend da. »Nie zuvor habe ich etwas derart Schönes gesehen wie einen Nachthimmel auf See«, unterbrach Lily die Stille.

»Wie kannst du denn in der Dunkelheit etwas erkennen?«

»Ich fühle die Schönheit.«

»Die Welt ist größer als der Bostoner Hafen und hat viele unglaubliche Orte zu bieten.«

Sein abwesender Tonfall ließ Lily den Kopf heben. Im Profil war er ebenso gutaussehend wie von vorne.

James senkte den Blick auf ihr emporgerecktes Gesicht. »Glaubst du an Magie?«

»Wie meinst du das?«

»Du, mein Liebling, bist schöner als eine Hand voll Sterne, aufgefädelt auf einem Mondstrahl und verziert mit eintausend winzigen goldenen Sonnen.«

»Ich wusste gar nicht, wie poetisch ein Duke sein kann«, gab Lily trocken zurück.

»Poetisch zu sein fällt uns sehr leicht«, erklärte er. »Wir Dukes haben viel freie Zeit zum Üben.«

»Du willst damit sagen, wenn ihr nicht gerade die Töchter reicher Händler ehelicht oder den Ahnungslosen ihr Land stehlt?«

»Ganz genau.«

James fuhr mit dem Zeigefinger ihre Gesichtskonturen nach. »Jeder Mann, der dein unwiderstehlich schönes Gesicht sieht, muss für immer deinem Bann erliegen«, flüsterte er ehrfurchtsvoll.

Dann beugte er sich zu ihr herab und küsste sie sehnsüchtig. Lily kostete jeden einzelnen Augenblick aus.

»Was für eine neuerliche Tortur hast du für mich geplant?«, fragte sie mit gedämpfter Stimme.

»Liebes, du hast eine abenteuerliche Seele«, erwiderte er mit einem Lächeln in der Stimme. »Ich verspreche dir, dass du genießen wirst, was auch immer ich in meinem verschlagenen britischen Kopf ausgeheckt habe.«

Ohne ein weiteres Wort zu verlieren verließen sie das Achterdeck und stiegen hinab. Wie üblich ließ James sie zuerst in die Kajüte gehen, um ihr ein wenig Intimsphäre zu gewähren.

Lily entkleidete sich und zog ihr Nachtgewand an, eines der Hemden des Dukes, das ihr bis weit über die Hüften reichte. Danach goss sie sich einen Brandy ein und setzte sich zum Lesen an den Tisch.

Zehn Minuten später kehrte James zurück. Sie drehte den Kopf und lächelte ihn an, wandte sich dann erneut dem Buch zu.

Er setzte sich ihr gegenüber an den Tisch und streifte sich Stiefel und Jacke ab. Dann schenkte er sich ebenfalls ein Glas Brandy ein.

»Liest du schon wieder in diesem Buch?«

»Ja«, antwortete sie ohne aufzusehen.

»Die Geschichte muss dir gut gefallen.«

»Das tut sie.«

»Ich dachte, du magst keinen Alkohol«, bemerkte er.

Lily hob den Kopf und warf einen raschen Blick auf ihr Glas. »Ich war eben in der Stimmung.«

»Wozu bist du denn noch in der Stimmung?«, fragte James anzüglich.

Abermals röteten sich Lilys Wangen. »Lesen«, gab sie zurück und vergrub sich wieder in ihrem Buch. Doch seine verstörende Anwesenheit ließ die Buchstaben verschwimmen.

Langsam erhob sich James aus dem Sessel und ging um sie herum. Hinter sich hörte Lily ihn in der Seekiste wühlen, dann zog er sich aus.

Ein verstohlener Blick in seine Richtung zeigte Lily, dass er gerade seinen schwarzseidenen Morgenrock vom Bett nahm. Bevor er sich in das Kleidungsstück hüllte, konnte sie seine nackte Rückseite bewundern.

Heilige Jungfrau, dachte Lily. Der Duke war ein Bild von einem Mann – alles an ihm war hart und glatt, die Muskeln zeichneten sich deutlich durch die Haut ab.

Da spürte Lily plötzlich, wie er ihr dichtes schwarzes Haar zur Seite schob und einen zärtlichen Kuss auf ihren Nacken drückte. Ein Schauer tanzte ihr über den Rücken. Sie spürte, wie sich seine Zunge einen glühend heißen Pfad über ihren Hals bahnte und liebevoll an ihren Ohren knabberte.

»Elizabeth Bennett liebt Mr. Darcy«, flüsterte James. »Am Ende heiraten sie und leben glücklich und zufrieden bis ans Ende ihrer Tage.«

Lily riss den Kopf zurück und sah ihn an. »Jetzt hast du mir das Ende verraten, warum sollte ich jetzt noch weiterlesen?«

»Das Buch zu Ende zu lesen wäre Zeitvergeudung«, antwortete James, nahm ihr das Buch aus den Händen und warf es zu Boden. Sanft aber bestimmt packte er ihre Handgelenke und zog sie zu sich. Dann drückte er sie an sich und sagte: »Nun habe ich deine ungeteilte Aufmerksamkeit.«

Verärgert wollte Lily ihm am liebsten auf die nackten Füße treten. Offenbar waren Männer überall auf der Welt gleich. Nur ihr eigenes Verlangen war von Bedeutung.

»Dein Verhalten war kindisch«, tadelte sie.

Er wirkte kein bisschen zerknirscht.

»Alle Männer sind kindisch, wenn ihre Sehnsüchte unerfüllt bleiben«, erwiderte er, als könnte er Gedanken lesen.

Lily musste wider Willen lächeln. Sie legte prüfend den Handrücken an seine Wange und danach auf seine Stirn. Als er sie verwirrt ansah, erklärte sie: »Ich dachte, du hättest Fieber, weil du gerade zugegeben hast, einen Fehler zu haben.«

»Nur ein winzig kleines Fehlerchen«, verbesserte James. Ohne ein weiteres Wort zu verlieren hob er sie hoch und trug sie in seinen Armen durch die Kajüte zum Bett. Behutsam setzte er sie ab und ließ sich neben ihr nieder.

Mit geübter Geschicklichkeit öffnete James ihr Hemd und streifte es ihr über die zarten Schultern. Dann drückte er sie sanft in die Kissen und stand auf, um sich seines Morgenmantels zu entledigen.

Sein bewundernder Blick glitt über Lilys entblößten Körper. Sie trug nur noch die Strümpfe, die ihr bis zu den Oberschenkeln reichten, und das Kreuz.

Gütiger Himmel, dachte James. Sie war schön genug, um als Kurtisane einem König zu dienen, und kein Adliger würde ihrer je müde werden.

James fühlte seine Männlichkeit zum Leben erwachen

und bei ihrem Anblick hart werden. »Du bist eine Göttin, mein Liebling«, flüsterte er heiser.

Ohne Anzeichen von Schüchternheit streckte Lily ihm die Arme entgegen. James ließ sich vorsichtig auf sie fallen und küsste sie leidenschaftlich, bis sie um Atem rang. Dann übersäte er ihren Hals mit winzigen, feuchten Küssen und glitt mit beinahe verzweifeltem Ungestüm weiter herab, bis er an ihren aufgerichteten Brustwarzen saugte.

Als sie vor Wonne aufstöhnte, kniete sich James auf den Boden und drängte den Kopf zwischen ihre Schenkel. Seine Zunge bahnte sich ihren Weg in den feuchten Spalt. Er bemerkte ihre Überraschung, da sie versuchte zurückzuweichen, doch er hielt ihre Hüften fest umklammert, und sie war die Gefangene seiner forschenden Zunge.

»Ich möchte jeden Teil deines wunderbaren Fleisches schmecken«, raunte er, und bei seinen Worten wand sie sich unter ihm vor Lust.

Auf und ab ließ James seine Zunge im sanften Angriff auf ihre Weiblichkeit tänzeln. Er leckte und knabberte an ihrem weiblichsten Punkt, während gleichzeitig seine Finger ihre festen Knospen umspielten.

Lily war es, als verschmelze ihr Körper mit seiner Zunge. Wie nur sollte man solches Verlangen ertragen?

Er hörte sie aufschreien, als Welle auf Welle pochenden Begehrens über sie hinwegspülte und Lily vor Ekstase zitterte, als ein wahrer Sinnentaumel über ihr hereinbrach.

Erst jetzt erhob sich James vom Boden. Er umschlang sie fest, drängte sich mit seiner pochenden Männlichkeit tief in sie und ritt sie kraftvoll, stürmisch, bis sie vor

Wonne aufschrie. Dann ergab er sich ihr, schauderte und ergoss seinen Samen zuckend in ihren Schoß.

Als ihr Atem wieder regelmäßiger ging, zog er sie in die Arme und küsste sie auf den Scheitel.

»Woran denkst du?«, fragte er sie.

Lily richtete sich auf und sah ihn von oben an. Ein Lächeln umspielte ihre Mundwinkel: »Ich dachte gerade daran, dass du mich eigentlich verführen solltest.«

James grinste jungenhaft. »Das habe ich, aber du warst sehr kooperativ.«

Lily hob die Hand, als wolle sie ihn schlagen, doch er packte ihren Arm und zog sie auf sich.

»Mein Schatz, deine Schönheit hat *mich* verführt«, erklärte James. »Inspiriert von deinem außergewöhnlichen Liebreiz habe ich eine heldenhafte Überzeugungskraft entwickelt.«

Lily küsste ihn keusch auf die Lippen. »Schon besser.«

Schweigen.

»Liebling, glaubst du, du könntest mir das nächste Mal wenigstens ein paar Minuten lang widerstehen?«, wollte James wissen. »Ich liebe die Herausforderung.«

Lily rollte sich von ihm herunter, drehte ihm den Rücken zu und meinte: »Ich habe nie gesagt, dass es ein nächstes Mal geben würde.«

»Seid ihr jetzt verheiratet?«

Beim Klang der Stimme ihres Bruders stöhnte Lily leise und öffnete die Augen. Sie lag nackt in den Armen des Dukes. Gott sei Dank verhüllte die Decke ihre intimen Körperteile.

»Habt ihr geheiratet?«, wiederholte ihr Bruder.

»In gewisser Weise schon«, erklärte der Duke.

»Das wusste ich nicht«, erwiderte Michael fröhlich. »Lily, warum hast du mir nicht erzählt, dass du dich verliebt hast?«

»Wir haben uns letzte Nacht verliebt, nachdem du eingeschlafen warst«, antwortete James an ihrer Stelle.

»Macht ihr jetzt Babys?«, wollte Michael wissen.

Lilys Wangen glühten. In diesem Moment hätte sie ihren Bruder mit Vergnügen erwürgt.

»Die Frage lasse ich dich selbst beantworten«, meinte James mit einem Seitenblick auf sie.

Lily kräuselte die Lippen und sah dann ihren Bruder an. »Keine Babys«, sagte sie schlicht.

»Nicht einmal eins?«, neckte James.

Lily überhörte ihn geflissentlich. »Und jetzt, Michael …«

Die Kajütentür wurde leise geöffnet. »Bist du hier, Michael?«, flüsterte Duncan.

»Komm rein«, befahl Michael.

Der Schotte trat in die Kajüte. Als er den Duke und Lily im Bett liegen sah, lächelte er.

Peinlich berührt verbarg Lily ihr Gesicht an James' Brust. Warum holten sie nicht noch die ganze verdammte Mannschaft dazu?

»Wie spät ist es?«, erkundigte sich der Duke.

»Sechs Uhr.«

»Auf, auf, Kameraden«, sprach Michael übermäßig laut. »Schwingt eure Hinterteile hoch, Männer!«

Lily spürte das tiefe Kichern des Dukes.

»Für uns ist es noch ein wenig zu früh«, teilte James dem Jungen mit. »Geh mit Duncan mit, und wir sehen uns dann später.«

»Aye, aye, Duke.«

Lily sah ihrem Bruder zu, wie er sich umwandte. Sie musste lächeln, als sie ihn murmeln hörte: »Zur Hölle, hätte nie gedacht, dass Dukie gern mit einem Mädchen im Bett liegen würde.«

»Heute Nacht werde ich die Tür verriegeln«, versprach James, nachdem die Besucher weg waren.

»Das wird nicht nötig sein. Denn wir werden das nicht wieder tun.«

James schenkte der Ankündigung keinerlei Beachtung. Stattdessen bedachte er sie mit einem unverschämten Grinsen und fragte: »Wo wir jetzt schon mal wach sind, was möchtest du gerne machen?«

»Weiterschlafen.« Lily drehte sich zur Wand.

»Eine wirklich wunderbare Idee.« James wandte sich ebenfalls um, drückte sie fest an sich und umschloss mit seiner Hand ihre Brust. »Süße Träume, mein Herzblatt.«

Lily kuschelte sich an seinen warmen Körper und sah nach unten auf seine Hand, die ihre Brust hielt. Ein plötzlicher Anfall von Schuldgefühlen überkam sie. Wie konnte sie sich derart mit Haut und Haar dem Duke hingeben, ihrem Feind? Sie liebte Bradley Howell, oder etwa nicht?

Der Kopf schmerzte ihr von dieser ganzen schäbigen Situation. Doch sie musste ihre Schuldgefühle auf später verschieben, wenn sie stark genug war, um damit umzugehen.

Lily schloss die Augen und fiel in einen tiefen, traumlosen Schlaf.

Zwei Stunden später erwachte sie, reckte sich und rollte herum. Das Bett war leer. Als sie die Augen öffnete, sah sie den Duke in sein Hemd schlüpfen.

»Guten Morgen«, begrüßte James sie lächelnd. Gemächlich schlenderte er zu ihr hinüber und küsste sie auf die Stirn. »Und, hattest du süße Träume?«

»Nein.«

James zog die Brauen zusammen. »Böse Träume?«

»Gar keine Träume.«

»Ich gehe Frühstück holen. Du hast zehn Minuten Zeit ...«

»... für meine intimen Bedürfnisse«, beendete Lily den Satz.

James nickte und verließ die Kajüte. Nachdem sie ihre tägliche Toilette beendet hatte, entschied sich Lily für das blassrosa Kleid mit passendem Tuch, das sie sich locker um die Schultern legte. Dabei musste Lily an einen anderen Schal denken, den sie von einem anderen Mann bekommen hatte. Ein roter Schal mit goldener Stickerei.

Wieder durchfuhr sie ein heftiger Stich und schwächte sie derart, dass sie sich hinsetzen musste. Nicht nur war sie wollüstig gewesen, nun hatte auch noch ihr Bruder ihre schändliche Unmoral mitansehen müssen.

Die Tür ging auf. Mit einem vollen Tablett trat James in die Kajüte und setzte sich ihr gegenüber.

»Das Frühstück riecht köstlich.« Lily verbannte alle verstörenden Gedanken aus ihrem Bewusstsein. Damit konnte sie sich später beschäftigen. Immerhin würde der Krieg noch nicht so bald enden.

»Kein Essen kann köstlicher schmecken als du«, schmeichelte James.

Lily errötete bei dem Gedanken an das, was sie letzte Nacht miteinander getan hatten. Über solche Dinge im hellen Tageslicht zu sprechen, erschien ihr schamlos.

James stellte einen Teller vor ihr ab. Lily hob die silberne Abdeckung hoch und hielt den Atem an.

Eine Brosche in Form eines Vogels kam zum Vorschein. Die Fassung war aus Platin gegossen, der Vogel bestand aus Diamanten, das Auge aus einem Rubin, die Federn, Füße und der Schnabel waren aus Gold. Der Vogel stand auf einem riesigen Amethyst.

Der Anblick dieses kostbaren Schmuckstücks verärgerte Lily. »Was soll das?«, verlangte sie.

»Ein Geschenk für eine wunderschöne Frau«, antwortete James in Anlehnung an seine gestrigen Worte.

»Noch ein Stück von den Bermudas, dem du nicht widerstehen konntest?«

James neigte zustimmend den Kopf.

»Das riecht förmlich nach Bezahlung für geleistete Dienste«, sagte Lily finster und schob den Teller mit dem Juwel in seine Richtung. »Ich will es nicht.«

»Wie erstaunlich«, bemerkte James. »Du, mein Liebes, bist die einzige Frau, die jemals ein unbezahlbares Schmuckstück abgelehnt hat. Oder du bist verrückter als King George.«

»Ich werde diese Brosche nicht annehmen«, wiederholte Lily mit Nachdruck.

James nickte. »Dann geh zum Bullauge und wirf sie ins Meer.«

»Das kannst du nicht ernst meinen. Ich soll Geld aus dem Fenster werfen?« Lily schnappte vor Überraschung nach Luft.

»Ich habe dir die Brosche geschenkt und werde sie niemals einer anderen Frau darbringen«, erklärte James.

»Geschenke sind für Gäste, nicht für Freunde«, wand sie ein.

»Betrachte dich als meinen Gast«, gab er zurück.

»Das kann ich nicht.«

»Dann musst du dir deinen Unterhalt verdienen.« James legte den Kopf schief. »Meine Socken müssen gestopft werden.«

»Du bist ein reicher Mann«, weigerte sich Lily. »Kauf dir einfach neue. Außerdem kann ich gar nicht nähen.«

»Na gut, dann koch mir mein Essen.«

»Ich bin eine Kriegsgefangene«, erklärte Lily hochmütig, zu stolz um einzugestehen, dass sie auch nicht kochen konnte. »Nicht deine Sklavin.«

James brach in Gelächter aus. »Mein Herzblatt, du hättest eine leuchtende Zukunft auf der Bühne vor dir, falls du dich entschließen solltest, nach dem Krieg in England zu bleiben.«

Lily schürzte die Lippen.

»Du müsstest deine Zeit auch nicht damit vergeuden, dir deine Texte einzuprägen«, fügte er hinzu.

»Geh zur Hölle«, maulte sie.

James erhob sich und ging auf die Tür zu. »Ich sehe dich dann dort.«

»Wo gehst du hin?«, forderte Lily, als er nach der Türklinke griff.

»Zur Hölle«, antwortete James mit einem unverschämten Grinsen und schritt hinaus.

Lily packte die Vogelbrosche und marschierte durch die Kajüte zum Bullauge. Sie würde diesem unausstehlichen Flegel zeigen, was sie von ihm hielt. Schon streckte sie die Hand aus, um das Bullauge zu öffnen, doch dann ließ sie den Arm wieder sinken.

Vielleicht meinte es der Duke ernst. Vielleicht bedeutete sie ihm wirklich etwas. Oder vielleicht machte auch seine unwiderstehliche Art jedes vernünftige Denken unmöglich.

Lily behielt die Brosche.

Vier Stunden später stand sie vor James' Kajüte, hinter ihr Duncan. Beide trugen voll beladene Tabletts.

»Bitte öffnen Sie die Tür«, bat Lily und trat zur Seite. »Ich habe keine Hand frei.«

Duncan machte die Tür auf und ließ sie zuerst eintreten. Lily sah James zurückgelehnt im Sessel sitzen, die Füße auf dem Tisch. Er grinste, als bereite ihm ihr Anblick mit dem Tablett unendliches Vergnügen.

»Ich sehe, meine Sklavin hat sich in der Küche nützlich gemacht«, sagte James amüsiert.

Lily schenkte ihm keinerlei Beachtung. »Setz das Tablett auf dem Schreibtisch ab«, befahl sie Duncan. »Ich serviere ihm zuerst.«

Erfahren stellte Lily ihr Tablett auf dem Tisch ab, nahm dem Duke gegenüber Platz und wartete, bis der Schotte gegangen war. Dann schob sie eine der abgedeckten Platten zu James.

»Isst du nichts?«, fragte James.

»Nein.«

Er sah sie misstrauisch an. »Warum?«

Lily zuckte die Achseln. »Ich glaube, das Kochen hat mir den Appetit verdorben.«

James blickte von ihrem Gesicht zur abgedeckten Platte. Schließlich nahm er den Deckel ab und starrte in offensichtlichem Erstaunen auf sein Mittagessen.

Mit aller Kraft unterdrückte Lily ein Kichern. Der Fisch sah absolut ungenießbar aus, außen verbrannt und innen roh.

Will dieser Verrückte das wirklich essen?, dachte Lily, als er sich ein Stück abschnitt.

»Ich habe gelernt, dass es verschiedene Arten gibt, Fisch zuzubereiten«, erklärte Lily, bevor der Bissen in seinem Mund verschwand. »Man schneidet den Kopf und den Schwanz ab, öffnet das Tier am Rücken und entgrätet ihn. Man kann ihn natürlich auch zubereiten, ohne die Gräten zu entfernen.«

»Die Kiemen bewegen sich noch«, tadelte James und warf die Gabel beiseite. »Willst du mich umbringen?«

»Was für eine hübsche Idee«, gab Lily zurück. »Duncan würde mich allerdings über Bord werfen, wenn dir etwas zustieße.«

Lily stellte die Platte mit dem Fisch auf dem Schreibtisch ab und kehrte mit einer abgedeckten Schüssel zurück, die sie vor ihm abstellte.

»Was ist das?« James hob den Deckel an und lächelte beim Anblick des vom Koch zubereiteten Eintopfs.

Schweigend aßen sie.

»Sag, warum hat die Tochter eines Gastwirts nie Kochen gelernt?«, fragte James überrascht.

»Ich war zu beschäftigt.«

James lachte. »Mit was?«

»Ich habe meiner Mutter versprochen, auf Michael aufzupassen«, antwortete Lily. »Diese Aufgabe erforderte meine volle Aufmerksamkeit.«

James nickte, als verstünde er die schwere Last der Verantwortung, die sie all die Jahre getragen hatte. Er erhob sich von seinem Stuhl und ging um den Tisch herum. »Jetzt möchte ich mein Dessert.«

»Dann muss ich noch einmal in die Küche«, meinte Lily, die sich anschickte aufzustehen.

James umfing sie mit den Armen und sagte: »Ich will dich als Nachspeise.«

Lily lächelte, als er sie zum Bett trug und niederlegte. Einladend reckte sie ihm die Arme entgegen, und er umschlang sie in leidenschaftlicher Begierde.

Lily seufzte vor Wonne und vergaß eine Zeit lang, dass sie und der Duke in Wirklichkeit Feinde waren.

Achtes Kapitel

Ich liebe ihn, dachte Lily, während sie James hinter dem Paravent in der Wanne planschen und summen hörte. Sie ruhte nur mit James' Hemd bekleidet auf dem Bett und wartete darauf, dass er fertig wurde.

Dreiundzwanzigster Juni, dachte sie. Die Nacht vor Johanni. Mittsommernacht.

Es war schwer zu glauben, dass mehr als ein Monat vergangen war und ihr Schiff am nächsten Morgen in London ankommen würde. Die Zeit verging viel zu rasch, wenn sie mit James unter der Decke lag.

Schuldgefühle stiegen in ihr auf, sobald sie an Bradley dachte, doch sie holte tief Luft und verbannte das Bild aus ihrem Kopf. Sie hatte immer geglaubt, Bradley zu lieben, aber nun wusste sie, was wahre Liebe war. Sie konnte ihre Gefühle nicht ändern, ebenso wenig wie ihr Pflichtgefühl gegenüber ihrem jüngeren Bruder.

Zudem war Bradley Howell ein stolzer Mann, der sie sicher nicht mehr heiraten wollte, falls sie einen anderen liebte. Er würde verletzt sein, am Ende würde er ihr jedoch seinen Segen geben, James zu ehelichen.

Das Hafenmädchen wurde eine Duchess, träumte Lily, und ein Lächeln schlich sich auf ihr Gesicht. Vielleicht würde Jane Austen einen Roman über sie schreiben.

»Bist du so weit?« James' Stimme brachte sie zurück in die Wirklichkeit.

Lily stand vom Bett auf und knöpfte das Hemd auf. Dann ließ sie es zu Boden fallen. Sie trug nun nichts mehr als das Kreuz um ihren Hals.

Sein dunkler Blick ruhte auf ihrem perfekt geformten Körper, und James kam langsam auf sie zu. Beim Tisch trafen sie aufeinander. Lily schlang die Arme um seinen Hals und presste ihren Körper an ihn. Leidenschaftlich zog sie seinen Kopf zu sich herab und küsste ihn begehrlich.

James umfasste sie und ließ eine Hand auf ihren festen Hintern gleiten. Die Finger der anderen Hand schob er zwischen ihre Schenkel und flüsterte: »Du bist bereit für mich.«

»Ich liebe dich«, wisperte Lily. Sie überzog sein Gesicht mit federleichten Küssen, dann wanderten ihre Lippen zu seinem Hals hinab. Ungeduldig streifte sie ihm den schwarzen Morgenmantel über die Schultern und rieb ihr Gesicht an seiner dunklen, behaarten Brust.

Lustvoll leckte und knabberte und saugte sie an seinen Brustwarzen. Als sie hörte, wie er scharf die Luft einsog, stöhnte sie tief in der Kehle. Ihre Macht über ihn war eine berauschende Erfahrung, ein natürliches Aphrodisiakum. Seine langen, geschmeidigen Finger zwischen ihren Beinen begannen, tastend ihren geheimsten Ort zu kosen. Lily erschauerte, und in ihrem Körper breitete sich eine vertraute, betörende Hitze aus.

Sie fiel auf die Knie und drückte ihr Gesicht in seine Lenden. Ihr Verlangen war kaum noch zu ertragen, sie nahm seine pulsierende Männlichkeit in den Mund und sog daran, bis er hart und groß wurde. Aufreizend neckte sie ihn mit ihrer Zunge, glitt hierhin und dorthin, umkreiste die dunkelrote aufgerichtete Spitze.

James stöhnte vor Wollust. Er zog Lily auf die Füße und küsste sie langsam, feucht, verlangend.

»Fass mich an«, seufzte Lily.

Mit einem Handstreich wischte James die Bücher vom Tisch, Shakespeare und Jane Austen fielen zu Boden. Dann hob er Lily auf den Tisch und blickte gierig auf sie herab. Er streichelte jeden Zentimeter ihrer zarten Haut, beugte den Kopf nach unten, um an ihren köstlichen Brustwarzen zu saugen, während seine Finger in immer schnellerem Spiel die empfindliche Perle ihrer Weiblichkeit massierten.

Lily gab kleine, kehlige Laute von sich und sah James mit vor Leidenschaft funkelnden saphirblauen Augen an. »Nimm mich«, drängte sie. Ihre Begierde war kaum noch zu zügeln.

James gab ihr, wonach sie verlangte. Er zog sie zur Tischkante, drang in sie ein und ritt sie in einem wilden Rausch, bis sie vor Ekstase laut aufschrie. Erst dann ließ James los und erzitterte, als sein Samen sich in ihr ergoss.

James erholte sich als erster von ihrem Liebessturm, hob sie vom Tisch auf und trug sie ins Bett. Dann legte er sich neben sie und zog sie fest an sich.

Nie in ihrem Leben war Lily glücklicher gewesen. So in seinen Armen zu liegen gab ihr ein Gefühl von Sicherheit, von Liebe und Wertschätzung. Sie verspürte einen Anflug von Bedauern bei dem Gedanken, was mit Bradley hätte werden können, doch sie konnte ihn nun nicht mehr heiraten. Sie und Michael würden in England bleiben, und sie würde dem gut aussehenden Duke ein Dutzend starker Söhne und wunderschöner Töchter schenken. Zusammen würden sie ihre neue Heimat zu ihrem Paradies machen.

»Einen Shilling für deine Gedanken«, sagte James und küsste sie auf die Stirn.

Lily lächelte. »Ich habe gerade daran gedacht, wie nur wenige Wochen meine Meinung über die Briten völlig verändert haben.«

»Darf ich hoffen, es ist eine Veränderung zum Besseren?«

Lily küsste seine Brust und gelobte: »Ich liebe dich.«

Schweigen war die Antwort auf ihr Geständnis. War sie zu forsch gewesen? Nichts konnte doch wohl zu forsch sein, nach den intimsten Momenten, die sie beide miteinander geteilt hatten.

Ohne zu wissen warum, befiel Lily eine unerklärliche Angst. »Wann werden wir heiraten?«, wollte sie wissen.

»Entschuldige mich einen Augenblick.« James schob sie von sich weg, um aufzustehen.

Verwirrt sah Lily zu, wie er sich in den Morgenrock wickelte. Er goss sich ein großzügiges Glas Whiskey ein und nahm einen kräftigen Schluck. Schließlich wandte er sich zu ihr um.

Lily setzte sich auf und zog sich das Laken über die Brust, da sie sich plötzlich ihrer Nacktheit bewusst wurde. James' kalter Gesichtsausdruck brachte ihr Herz wild zum Pochen. Ihr Hals war wie zugeschnürt und ihr Atem ging flach.

»Ich habe nicht die Absicht, die Mörderin meines Bruders zu ehelichen«, verkündete James unverblümt. »Ich hatte meine Rache.«

Lily war starr vor Schreck und brachte kein Wort über die Lippen, ihr Gesicht hatte alle Farbe verloren. Ihre Affäre war nur eine Strategie gewesen, um sie zu verletzen?

»Ich könnte Sie leicht dazu bringen, mich zu lieben ... einfach ... so.« Die Erkenntnis traf sie mit der Gewalt einer Lawine.

Ohne Rücksicht auf ihre Nacktheit stand Lily auf. Stolz wie eine Königin ging sie auf James zu. Nur wenige Zentimeter vor ihm blieb sie stehen und blickte ihm direkt in die dunklen Augen.

Unvermittelt schlug sie ihn hart ins Gesicht. Die Wucht schleuderte seinen Kopf zur Seite. Als er Lily wieder ansah, bemerkte sie das wütende Zucken in seiner rechten Wange.

»Sollen wir uns für die Nacht zurückziehen, Mylady?«, fragte James mit höhnischem Sarkasmus in der Stimme.

Lily versuchte ihn erneut zu ohrfeigen, doch er packte sie am Handgelenk und warnte sie: »Treib es nicht zu weit, meine Liebe!«

»Was willst du mit mir machen?«, forderte Lily ihn heraus, ohne seinem eisernen Griff um ihr Handgelenk Beachtung zu schenken. »Mich gefangen nehmen und verführen?«

»Wie erfrischend, dass du richtigerweise verführen sagst, anstatt mir das Wort vergewaltigen entgegenzuschleudern«, erwiderte James und legte den Kopf schief. »Ich habe dich betrogen und muss dem Eingeständnis deiner Niederlage Beifall zollen.«

»Spar dir den Applaus für deine eigene kunstfertige Vorstellung«, zischte Lily und entwand ihm ihren Arm. Sie lächelte bitter und fügte hinzu: »Wie schwer kann es für einen kultivierten Aristokraten schon sein, ein unbedarftes Hafenmädchen zu übertölpeln? Das ist ein schaler Sieg.«

Einen entsetzlichen Moment lang starrten sie einander in die Augen. Die linke Wange des Dukes zuckte.

»Lass mich allein, damit ich meine Wunden lecken kann«, verlangte Lily völlig erschöpft.

James schien zu zögern. »Das ist meine …«

»Ich sagte *raus*!«

In gleichmütiger Gelassenheit schnappte sich James seine Kleider und Stiefel. An der Tür blieb er noch einmal stehen. »Ich hatte angenommen, du wärest eine bessere Verliererin«, sagte er gedehnt. »Was für eine Enttäuschung!«

Zitternd vor Wut und Scham zog Lily sich das Nachthemd an und setzte sich auf die Bettkante. Sie legte den Kopf in die Hände, doch sie verbot sich zu weinen.

Es half nichts.

Eine Träne lief ihr über die Wange und tropfte ihr auf den Schoß. Eine weitere folgte. Und noch eine.

Lily ergab sich ins Unvermeidliche und überließ sich den Tränen. Sie sah nicht einmal auf, als sie eine sanfte Berührung an der Schulter spürte.

»Hat Duke dir wehgetan?«, fragte Michael verstört.

Lily schüttelte den Kopf und schluchzte. »Ich h…hab m..mir selbst wehgetan.«

»Wo?«, wollte er wissen.

Trotz ihres Schmerzes musste Lily lächeln. Sie führte die Hand zur linken Brust. »Hier. Mein Herz ist gebrochen.«

Michael tätschelte ihr besänftigend den Rücken. »Wir werden immer zusammenbleiben, nicht wahr?«

»Immer«, stimmte sie zu. »Willst du heute Nacht hier bei mir bleiben?«

»Duke hat mich hergeschickt, damit ich mich um dich

kümmern kann«, erklärte Michael und zeigte dann auf das Schweinchen in seinem Schoß. »Princess ist auch mitgekommen.«

Lily hob das Tier hoch und meinte: »Guten Abend, Princess. Sie trägt ja eine Windel.«

»Duncan mag es nicht, wenn sie die Kajüte schmutzig macht«, erzählte Michael.

»Lass uns schlafen gehen, Bruder.« Lily schlug die Decke zurück und bedeutete Michael, sich hinzulegen. Dann schlüpfte sie selbst unter die Decke. Wie ein Hund lag das Schwein am Fußende.

Lily spürte ihre Augenlider schwer werden. Plötzlich ertönte ein lauter Knall aus der Kajüte nebenan.

Erschrocken saßen die beiden Geschwister aufrecht im Bett. Sie hörten einen zweiten Knall, dann einen dritten.

»Was war das?«, flüsterte Michael.

»Etwas Schweres ist heruntergefallen«, sagte Lily. »Wenn das Schiff morgen anlegt, fliehen wir. Bist du dabei, Bruder?«

»Ich bin bei dir. *Immer*!«

Der Duke ist ein Feigling, entschied Lily, als am nächsten Morgen Duncan in die Kajüte trat, um das Frühstück zu servieren.

»Es gibt nur ein leichtes Frühstück, da nicht gekocht wird, solange wir im Hafen liegen«, erklärte der Schotte. Er stellte Zwieback, Marmelade und Tee auf den Tisch zwischen ihr und Michael.

»Wo ist der Duke heute Morgen?«, erkundigte sich Lily.

»Er ist momentan beschäftigt«, antwortete Duncan,

ohne ihr in die Augen schauen zu können. »Sie werden hier in der Kajüte bleiben, bis er Sie holen kommt.«

»Und wann wird das sein?«

»Wer weiß?« Der Mann zuckte die Achseln und zwinkerte ihrem Bruder zu, bevor er verschwand.

Lily goss für sich und ihren Bruder Tee ein. Dann nahm sie einen Zwieback und ging zum Bullauge, um einen ersten Blick auf England zu erhaschen.

Der Frühling war dem Frühsommer gewichen. Dunstiger Sonnenschein lag über dem Fluss, der überfüllt war von einem bunten Gewühl von Schiffen und Barken. Der Geruch von Gewürzen, Getreide und Holz hing in der Luft.

Alle Häfen sind ähnlich, dachte Lily. Die Londoner Docks hätten genauso gut die von Boston sein können, nur dass sie sich eben auf der anderen Seite des Atlantischen Ozeans befanden.

Ohne den Schutz des Dukes zu überleben würde kein Problem darstellen, wenn der Krieg nicht noch Jahre andauerte. Sie hatte zwei Broschen zu verkaufen und außerdem einen Beutel voller Goldstücke, die sie heute Morgen in der Seekiste gefunden hatte.

Die einzige Schwierigkeit bestand darin, unbemerkt vom Schiff zu kommen. Wie sollte sie dieses Kunststück nur vollbringen?

Lily blickte über die Schulter zu ihrem Bruder. Er würde niemals das Schweinchen zurücklassen.

Seufzend kehrte Lily zum Tisch zurück, setzte sich hin und begann: »Wir müssen unsere Flucht planen.«

»Was sollen wir machen?«, fragte er.

»Wir brauchen ein Versteck, während die anderen an Deck beschäftigt sind«, erklärte sie ihm. »Im Schutze der Dunkelheit werden wir uns dann vom Schiff schleichen und uns zur amerikanischen Botschaft durchschlagen.«

»Was ist eine Botschaft?«

»Eine Botschaft ist der Ort, an dem Vertreter eines fremden Landes leben und arbeiten«, erläuterte Lily. »Ich habe etwas Geld, damit halten wir uns eine Zeit lang über Wasser. Du warst doch schon überall auf dem Schiff, wo ist denn ein gutes Versteck?«

»Unter dem Bett?«

Lily lächelte. »Nein, Bruder. Wir brauchen ein besseres Versteck.«

»Es gibt eine Vorratskammer neben der Kombüse«, teilte Michael mit.

»Das ist eine gute Idee«, erwiderte Lily. »Musst du dich noch einmal erleichtern?«

Michael schüttelte den Kopf.

Lily zog eine Braue hoch. »Du wirst aber später nicht gehen können, Michael.«

Lily wechselte die Windel des Schweinchens, während ihr Bruder den Nachttopf hinter dem Paravent benutzte. Dann griff sie sich eines der Schultertücher, die der Duke ihr geschenkt hatte und band es zu einer Schlinge, um das Schwein zu tragen.

»Ich will Princess halten«, verkündete Michael und trat hinter dem Wandschirm hervor.

»Nein, ich werde sie tragen«, gab Lily zurück. »Du musst den Zwieback in eine Serviette wickeln und mitnehmen.«

Michael tat wie ihm geheißen und kam dann zu ihr an die Tür.

»Bist du so weit?«

Michael nickte.

»Kein Wort mehr, sobald wir die Kajüte verlassen haben«, ermahnte sie ihn.

»Zur Hölle, ich bin doch nicht dumm«, versetzte Michael beleidigt.

Lily sah ihn missbilligend an. Die Briten hatten auf sie beide einen schlechten Einfluss gehabt.

Michael legte den Kopf schief und fragte: »Fliehen wir jetzt?«

Lily legte den Zeigefinger an die Lippen und Michael machte es ihr nach. Sie presste ein Ohr an die Tür und horchte.

Als sie von draußen nichts hörte, öffnete Lily geräuschlos die Tür einen Spalt und warf einen Blick auf den Korridor. Er war menschenleer.

Sie winkte ihrem Bruder, ihr zu folgen, und auf Zehenspitzen tapsten sie den Korridor hinunter. An Deck hörten sie Stimmengewirr – die Männer, die die Ladung löschten.

Die Kombüse befand sich am anderen Ende des Schiffs. Vor deren Tür hielten sie inne, und Lily bedeutete Michael, hinter ihr zu bleiben. Dann spähte sie hinein. Niemand war zu sehen.

»Wo ist die Vorratskammer?«, wisperte sie.

»Die Tür da neben den Regalen«, flüsterte er zurück.

Ihren Bruder auf den Fersen schlich Lily durch die Schiffsküche, verschwand in der Vorratskammer und schloss sorgfältig die Tür hinter sich. Der Raum war klein, und an drei Wänden waren Kisten aufeinandergestapelt. Weitere Vorräte standen in der Mitte der Kammer.

»Wir setzen uns hinter den Kistenstapel in der Mitte«,

entschied Lily. »Dann sieht man uns nicht, wenn jemand hereinkommt.«

Beide kauerten sich hinter die Kisten. Lily streichelte Princess' kleinen Rüssel, bis das Schweinchen eingeschlafen war. Sie wünschte nur, sie könnte das Gleiche bei ihrem Bruder machen, bis es Zeit für ihre Flucht war.

Solange sie sich vollkommen still verhielten, standen ihre Chancen gut. Niemand würde sie in ihrem Versteck sehen.

Eine quälend lange Stunde verging. Dann noch eine.

Lily hatte das Gefühl, schon ewig dort zu sitzen. Sie hätte nie gedacht, wie hart Dielenbretter sein können. Und schließlich fing ihr Bruder auch noch an zu zappeln.

»Wie lange müssen wir hier bleiben?«, flüsterte Michael.

»Wir können erst weg, wenn es dunkel ist.«

»Ich hab Durst«, quengelte er.

»Denk nicht dran«, gab sie zurück.

»Niemand ist in der Kombüse. Kann ich nicht ...?«

»Nein. Danach musst du dann auf den Nachttopf ...« Erschrocken hob Lily den Finger an die Lippen. Sie hatte Geräusche auf dem Korridor vernommen.

»Hier ist niemand«, vernahm sie Duncans Stimme.

»Sieh in der Vorratskammer nach«, kam die Antwort des Dukes.

Schwere Schritte näherten sich auf dem Holzfußboden. Lily hielt den Atem an.

Stille. Dann entfernten sich die Schritte und sie hörte den Schotten sagen: »Die Kammer ist leer.«

»Verdammt, wo können sie nur sein?« Wieder die Stimme des Dukes. »Ich bin sicher, sie verstecken sich irgendwo auf dem Schiff.«

»Ich seh in der Abstellkammer nach«, verkündete Duncan.

Haaatschi!, nieste Princess.

Heilige Mutter Gottes, beschütze mich vor den Fallstricken des Teufels, dachte Lily. Sie hörte Schritte zur Vorratskammer zurückkehren.

»Das Spiel ist vorbei«, rief der Duke. »Kommt heraus!«

Resigniert stand Lily auf und reichte ihrem Bruder das Schweinchen. Sie wusste nicht, was James vorhatte, aber sie wollte die Hände zur Verteidigung frei haben.

Schützend stellte sich Lily zwischen ihren Bruder und den Duke, doch als sie ihm gegenüberstand, bemerkte sie seine beiden blauen Augen, die er sich letzte Nacht zugezogen haben musste, und vergaß für einen Moment ihre Wut. »Tut es sehr weh?«, fragte sie besorgt. »Wie ist denn das passiert?«

»Ich habe mich gestoßen«, gab er grimmig zurück.

Lily sah zu Duncan und ertappte ihn beim Grinsen. Dass ein Diener seinen Herrn schlagen sollte, überraschte sie. Das würde allerdings die dumpfen Geräusche der vergangenen Nacht erklären. Worüber sie wohl gestritten hatten?

Energischen Schrittes kam der Duke zu ihre herüber und sah auf sie herab. »Du solltest diesem Schwein dafür danken, dir das Leben gerettet zu haben.«

»Was soll das heißen?«, wollte Lily wissen.

»Ohne meinen Schutz bist du verloren, überall lauern Gefahren.«

»Ich bin mit den Gefahren der Docks vertraut«, verkündete Lily hochmütig. »Und außerdem – wer beschützt mich denn vor *dir*?«

James warf seinem Diener einen bösen Blick zu, und Lily verstand, dass die beiden sich ihretwegen gestritten hatten. Hatte sie etwa in Duncan einen Verbündeten gefunden? Konnte sie den Schotten überreden, ihr bei der Flucht zu helfen?

»Mylady Dickkopf, du hast kein Geld«, James' Stimme wurde lauter vor Wut. »Wovon willst du leben?«

Lily lächelte mit vorgetäuschter Liebenswürdigkeit. »Ich hatte vor, diese beiden Broschen zu verkaufen, Lord Holzkopf.«

»Und wir haben noch das Geld, das Lily sich aus der Seekiste geborgt hat«, fügte Michael hinzu.

Verflucht, dachte Lily. Sie schloss die Augen und hoffte, James würde sie nicht der Polizei übergeben.

»Das war nicht sehr schlau«, versetzte James. »So ein Duke hat einen langen Arm.«

»Und ein winziges Gehirn«, schnaubte Lily.

Ohne Vorwarnung schnappte sich James Princess aus den Armen ihres Bruders und drohte: »Wenn du noch einmal zu fliehen versuchst, esse ich das Schwein auf!«

Zwei Dinge passierten nun gleichzeitig. Michael brach in Tränen aus, und Lily stürzte sich auf das Tier. James schubste sie weg, und sie flog auf den Boden, wobei sie mit der rechten Schläfe an einer Kiste aufprallte. Der Duke wollte ihr aufhelfen, doch sie schlug nach seiner Hand.

»Fass mich nicht an!«, schrie sie.

Erstarrt sah James zu, wie sie langsam aufstand. Er zuckte sichtlich zusammen, als er das Blut an ihrer Schläfe sah.

»Duke, dafür bring ich dich um«, drohte Michael.

»Gott schütze mich vor diesen verrückten Amerikanern«, rief James aus. Dann reichte er das Schwein an Duncan weiter und befahl: »Bring sie in die Kutsche.« Damit stürmte er aus dem Raum.

Fünf Minuten später saß Lily in der herzoglichen Kutsche ihrem Bruder gegenüber.

Weicher als der Schoß einer Frau, dachte Lily, als sie mit der Hand über den Ledersitz fuhr.

Unerwartet öffnete sich die Tür und der Duke kletterte hinein. Er bedeutete Michael, sich neben Lily zu setzen und nahm gegenüber Platz.

»Du fährst mit uns?«, fragte Lily überrascht.

James nickte. »Dich die nächsten zwei Stunden zu quälen schien mir recht verlockend.« Er reichte ihr sein Taschentuch und fügte hinzu: »Für deine Verletzung.«

»Ich ziehe es vor zu bluten«, entgegnete Lily scharf und blickte ihm direkt in die Augen.

»Verdammt«, murmelte James. Er beugte sich vor, nahm ihr Kinn in eine Hand und wischte ihr das Blut von der Schläfe.

»Ich wollte dich nicht verletzen«, sagte er.

»Das fällt mir schwer zu glauben«, versetzte sie.

»Glaub, was du willst.« James lehnte sich in seinem Sitz zurück und verschränkte die Arme vor der Brust.

Lily beschloss so zu tun, als sei er nicht da. Sie wandte den Kopf zur Seite und schaute aus dem Fenster, als die Kutsche anfuhr.

Ein prächtiger Sommer hatte die Landschaft erblühen lassen, die am Fenster vorbeizog. Würzige, kräftige Düfte lagen in der Luft, überall sah man üppiges Grün.

»Kinross Park liegt zwei Stunden von London entfernt am nördlichen Rand von St. Albans«, erzählte James leichthin. »St. Albans ist eine Domstadt mit langer Geschichte. Er wurde bereits im Jahre 800 nach Christus gegründet.«

Lily sah ihn an und gähnte. Ihre unausgesprochene Beleidigung amüsierte ihn.

»Wo ist Sherwood Forest?«, fragte Michael.

»Sherwood Forest befindet sich viel weiter im Norden«, antwortete James. »Kinross Park umschließt zehn Hektar Land, die in einem einhundert Hektar großen Wildpark mit einem Zauberwald liegen.«

»Hat eine Hexe einen Zauber über den Wald gesprochen?«, wollte Michael wissen.

»Der Magier Merlin hat den Wald verzaubert«, erklärte der Duke. »Ich werde ihn dir zeigen.«

»Ich glaube, ich mag das g...gute alte England«, verkündete Michael.

James lächelte und blickte zu Lily. Ihr Gesicht war eine ausdruckslose Maske. Der Duke konnte vielleicht ihren Bruder täuschen, doch sie machte nicht zweimal denselben Fehler.

»Einen Shilling für deine Gedanken«, sagte der Duke.

»Rache ist süß«, warnte sie. »Sei auf der Hut. Das Spiel können zwei spielen.«

James musterte sie von oben bis unten und grinste dann, als sei sie nichts weiter als eine unbedeutende Stechmücke. Lily schloss die Augen und kuschelte sich in den Sitz. Sie würde ihm nicht die Genugtuung gönnen, ihre Wut zu zeigen.

»Lily?« Die Stimme des Dukes schien von weit her zu kommen. »Lily, wach auf. Wir sind fast da.«

Sie öffnete die Augen und begriff, dass sie eingeschlafen war. Ihr Bruder schlummerte ebenfalls, den Kopf an ihre Schulter gelehnt, Princess schnarchte im Schoß des Dukes.

»Ich dachte, du möchtest vielleicht die ganze Anfahrt auf meinen Besitz sehen.«

»Wo ist der Zauberwald?«, fragte Michael und rieb sich die Augen.

»Immer mit der Ruhe«, erklärte James. »Den wirst du später sehen.«

Lily setzte sich gerade hin und blickte aus dem Fenster, wobei sie nichts als Bäume erkannte.

»Kinross Park ist schon seit zweihundert Jahren im Familienbesitz«, erzählte James. »Es wurde im Laufe der Zeit immer weiter ausgebaut, bis es die heutige Gestalt angenommen hat.«

»Wann kommen wir an?«, wollte Lily wissen.

James lächelte. »Wir sind bereits angekommen. Seit fünfzehn Minuten fahren wir über mein Land.«

Und plötzlich kam Kinross Park in Sicht.

Lily stockte der Atem. Das Anwesen erinnerte sie mehr an einen Palast als an ein Haus. Wie konnte sich jemand leisten, an solch einem Ort zu wohnen? Offenbar war der Duke so reich wie ein König.

»Kinross Park hat zweihundert Zimmer, zwanzig Treppenhäuser und mehrere Innenhöfe«, fuhr James fort.

»Und einen Zauberwald«, ergänzte Michael.

Lily sah erstaunt von James zu dem Anwesen und zurück. Wer war dieser Mann? Der verfluchte König von England?

Die Kutsche hielt in der Auffahrt. Sofort öffnete Duncan die Tür und zog die Tritte heraus. Als Erster stieg James aus, dann wandte er sich um und half Lily und Michael herunter.

In der Eingangshalle hatte sich eine Vielzahl von Bediensteten in mehreren Reihen aufgestellt, um ihren Herrn zu begrüßen. Ein großer, älterer Mann in Butlerlivree trat vor und sagte: »Im Namen des gesamten Personals möchte ich Sie zu Hause willkommen heißen, Mylord.«

»Vielen Dank, Pennick«, erwiderte der Duke.

Lily ließ den Blick durch die dreistöckige Marmorhalle mit ihren hohen, geschwungenen Säulen und der prächtigen Treppe schweifen. Wie groß der Raum war, sicher zehn Mal so hoch wie die Taverne ihres Vaters. Neugierig wurden Lily und ihr Bruder gemustert.

»Ich habe Gäste aus Amerika mitgebracht«, teilte James seinem Butler laut genug mit, damit alle es hören konnten. »Bitte sorgt dafür, dass sie sich wohl fühlen und zollt ihnen denselben Respekt, den ihr mir zeigt.«

»Ja, Euer Gnaden«, erwiderte der Mann. »Vielleicht möchten Ihre Gäste sich nach der langen Reise etwas ausruhen.«

James neigte den Kopf. »Das ist eine gute Idee.«

Mit einer raschen Bewegung des Handgelenks entließ der Butler den Großteil des Personals. Die Haushälterin, ein Dienstmädchen und ein Lakai waren die Einzigen, die noch übrig waren.

»Mrs Bea, bitte sorgen Sie für die Bequemlichkeit meiner Gäste«, wies der Duke die Haushälterin an. »Peggy kann der Lady behilflich sein, Digby ihrem Bruder.«

Wortlos folgten Lily und Michael den drei Angestellten durch die Eingangshalle. Mrs Bea ging voraus die Treppen hoch, hinter ihr Lily und Michael, und am Schluss das Dienstmädchen und der Lakai.

»Lily?«

Sie hatte höchstens acht Stufen erklommen, als sie James rufen hörte.

Lily wandte sich um. »Ja?«

Der Duke machte eine ausladende Geste durch die Marmorhalle und fragte: »Hast du nichts zu sagen?«

Lily sah ihm direkt in die Augen und sagte laut und vernehmlich: »Ich hasse dich.«

Neuntes Kapitel

James zog die Brauen zusammen. Lilys Bemerkung rief hörbares Entsetzen bei den drei Angestellten hervor, doch er kümmerte sich nicht darum.

»Dieses unscheinbare Mädchen hier ist die berüchtigte Goldene Lilie«, erklärte James seinem Butler mit gedämpfter Stimme.

Pennick wirkte überrascht. »Der Schurke ist eine Frau?« James nickte und ließ den Blick zu seiner hübschen Gefangenen schweifen, die beinahe am oberen Treppenabsatz angekommen war. Der Anflug eines Lächelns umspielte seine Lippen, als er bemerkte, wie ihr Rücken sich anspannte. Sie schien genau zu spüren, dass er sie musterte.

Nachdem Lily außer Sichtweite war, ging auch James die Stufen hoch und direkt zu seinem Arbeitsplatz am einen Ende der Bibliothek, seinem Lieblingsraum. Sie maß beinahe zwanzig Meter in der Länge und sechs in der Breite und beanspruchte die gesamte westliche Vorderseite eines Flügels. An den Wänden reichten die Bücherregale bis unter die Decke, der Boden war von roten Perserteppichen bedeckt und die Möbel waren massiv und bequem. Über dem Kamin hing ein Mosaik, das einen Löwen und einen Leoparden zeigte und aus tausenden verschiedenfarbiger Keramikfliesen gefertigt war.

James schritt ans andere Ende der Bibliothek zu seinem Schreibtisch, goss sich einen Whiskey ein und blickte aus dem Fenster auf den prachtvollen Springbrunnen, der den Heiligen Georg im Kampf mit dem Drachen darstellte.

Lily hatte Recht gehabt, dachte James. Es war ein schaler Sieg.

Niemals hätte er sie und ihren Bruder entführen dürfen. Sie war nur ein einfaches Mädchen mit einer bemerkenswerten Gabe; er hingegen war ein kultivierter Mann von Welt, ein Meister in der Kunst der Verführung.

James zweifelte nicht daran, dass Lily – hätte sie geahnt, dass ihr Talent Männer das Leben kostete – nie eingewilligt hätte, diese Begabung einzusetzen. Wie konnten ihr Verlobter und ihr Bruder sie nur in eine solche Sache verwickeln?

Was sollte er jetzt mit ihr tun? Ihre Anwesenheit musste unter allen Umständen vor seiner Mutter und den neugierigen Tanten geheim gehalten werden, ganz zu schweigen von Valentina und ihrem Bruder. Die Gesellschaft konnte er sich vom Hals halten, aber bei seiner Familie war er sich da nicht so sicher.

»Verzeihung, Euer Gnaden.«

James wandte sich vom Fenster ab, als er die Stimme seines Butlers vernahm.

»Sie wiesen mich an, Ihre persönliche Habe in das große Schlafgemach zu bringen«, sagte Pennick.

»Und?«

»Ich habe den Gästen die beiden Schlafzimmer am anderen Ende des Korridors zugewiesen. Ist das zu Ihrer Zufriedenheit?«

»Ich wünsche, dass Mistress Hawthorne in dem Raum neben meinem wohnt«, erklärte James.

Der Butler wirkte überrascht, verlor allerdings kein Wort darüber. »Und der Junge?«

»Lassen Sie Michael, wo er ist«, antwortete James. »Sagen Sie Duncan, er soll bei Michael in der Kammer schlafen, und ich will, dass Digby dem Jungen auf Schritt und Tritt folgt. Wie Sie wahrscheinlich schon bemerkt haben, ist Michael leicht behindert.«

»Und die Lady?«, erkundigte sich Pennick. »Soll ich Peggy auftragen ...«

»Mistress Hawthorne kann sich absolut frei bewegen«, unterbrach James seinen Bediensteten.

»Sie wissen das natürlich am besten, Mylord, aber wie gefährlich ...«

»Die Lady ist harmlos und zudem ihrem Bruder treu ergeben.« James brachte ihn mit einer Geste zum Schweigen. »Sie würde niemals ohne ihren Bruder zu fliehen versuchen.«

Pennick neigte den Kopf und fragte: »Haben Sie sonst noch einen Wunsch, Mylord?«

»Ich möchte für eine Stunde ungestört sein, dann kommen Sie zurück«, erwiderte James. »Ich werde Kuriere benötigen, um Sloane und St. Aubyn Nachrichten zukommen zu lassen.«

»Wie Sie wünschen, Mylord.«

»Lassen Sie Mistress Hawthorne eine Stunde vor dem Abendessen herkommen«, fügte James hinzu.

Pennick nickte erneut und verließ die Bibliothek.

Um fünf Uhr desselben Nachmittags saß Lily vor der geschwärzten Feuerstelle in ihrer Schlafkammer. Sie war erschöpft, körperlich wie seelisch. Kurz überlegte sie, warum man sie in ein Zimmer am entgegengesetzten Ende des Flurs gebracht hatte. Der Duke musste befürchten, sie würde fliehen, und er wusste, dass sie ihren Bruder niemals zurücklassen würde.

Lily hatte noch nie ein solch imposantes Haus gesehen. Ihr Schlafzimmer war größer als die gesamte Taverne ihres Vaters. Der Raum war in Elfenbein, Gold und allen Schattierungen von Blau gehalten. Das Himmelbett wurde von schlanken, aus Holz geschnitzten Säulen gestützt, Baldachin, Vorhänge und Bettüberwurf passten farblich zusammen. In einer Ecke stand ein Toilettentisch auf drei Beinen mit einer Porzellanschüssel und darunter kleinen Schubladen. Eine Chaiselongue, eine Frisierkommode, ein großer Spiegel und ein Wäscheschrank vervollständigten die Einrichtung. Die Wände waren mit blauer, bedruckter Seide bezogen und auf dem Holzfußboden lag ein passender blauer Perserteppich.

Eifrig schwebte Peggy durch die Kammer. Sie war damit beschäftigt, die wenigen Kleider aufzubürsten, die der Duke Lily geschenkt hatte.

»Peggy«

»Ja, Mylady?«

»Ich heiße Lily«, erklärte sie dem Mädchen. »Bitte nenn mich auch so.«

Peggy schüttelte den Kopf, die Hände flogen erschrocken an ihre Brust. »Das könnte ich niemals, Mylady.«

Lily verdrehte die Augen und zeigte dann auf eine Tür am anderen Ende des Schlafgemachs. »Wohin führt diese Tür?«

Das Mädchen errötete. »Das ist das Zimmer des Herrn.«

Entrüstet blickte Lily das Mädchen an. »Teile diesem lüsternen Esel mit, dass ich auf keinen Fall im Zimmer direkt neben seinem schlafen werde.«

Peggy sah aus, als würde sie gleich ohnmächtig werden. Sie schüttelte den Kopf und trat ein paar Schritte zurück. »O nein. Das könnte ich niemals.«

»Dann sage ich es ihm eben selbst«, gab Lily mit entschlossener Stimme zurück.

Ein Klopfen an der Tür lenkte sie ab. Die Zofe eilte durch die Kammer und öffnete sie einen Spalt. Leise sprach Peggy mit jemandem und machte die Tür dann weiter auf, um den Lakaien eintreten zu lassen.

»Entschuldigen Sie, Mistress.«

Lily starrte ihn an.

»Seine Gnaden wünschen Ihre Anwesenheit in der Bibliothek«, brachte der Mann stotternd hervor. »Sie möchten mit mir kommen.«

»Wie heißen Sie?«, wollte Lily wissen und lächelte den Mann liebenswürdig an.

Nachdem er sich von seiner Überraschung über diese Frage erholt hatte, antwortete er: »Digby.«

»Mr Digby, richten Sie dem Duke aus, dass ich keinen Hunger habe und nicht zum Dinner erscheinen werde.«

»Er sagte, wenn Sie nicht in zehn Minuten unten wären, käme er persönlich hoch und würde Ihnen das Essen ... in den ... Hals stopfen«, wiederholte Digby die Worte des Dukes, die Augen starr auf den Teppich gerichtet.

Lily ließ den Blick zu dem Mädchen wandern, das rasch den Kopf abwendete. Die Zofe schien sie ganz eindeutig nicht gutzuheißen, doch das spielte keine Rolle. Missbilligung war Lily gewohnt.

»Sagen Sie ihm, ich bin gleich unten«, gab Lily nach und sah den Lakaien an. »Peggy wird mir den Weg zeigen.«

Digby nickte und verließ den Raum. Leise schloss Peggy die Tür hinter ihm.

Seufzend stand Lily von ihrem Stuhl auf und beäugte misstrauisch die Tür zur Nachbarkammer. Offenbar hatte sich der Duke entschlossen, ihren Aufenthalt auf Kinross Park schwierig zu gestalten. Wenn er es wagen sollte, durch diese Tür und in ihr Bett zu kommen, würde sie ihn zu seinem verblichenen Bruder schicken.

Vor dem Spiegel überprüfte Lily ihr Aussehen. Sie trug das saphirfarbene Kleid und den passenden Schal, den der Duke ihr geschenkt hatte, doch sie weigerte sich, eine der beiden Broschen zu anzustecken. Die Kette ihrer Mutter war ihr einziger Schmuck.

»Sie sehen sehr hübsch aus, Mylady«, bemerkte die Zofe.

»Vielen Dank, Peggy«, erwiderte Lily.

Nachdem sie im ersten Stock angekommen waren, gingen sie einen langen, mit Teppich ausgelegten Korridor entlang. Peggy blieb vor einer Tür stehen und sagte: »Ich wünsche Ihnen ein angenehmes Dinner, Mylady.«

Bevor sie das Mädchen noch ermahnen konnte, sie Lily zu nennen, öffnete schon ein Lakai die Tür für sie. Sie trat in einen riesigen Raum und sah den Duke am anderen Ende an seinem Schreibtisch sitzen und schreiben.

Auf leisen Sohlen näherte sich Lily ihm durch die Bibliothek. Ein Lächeln stahl sich auf ihr Gesicht, als sie die vielen tausend Bücher an den Wänden bemerkte.

»Ich wusste, es würde dir gefallen«, vernahm sie James' Stimme.

»Ich hatte keine Ahnung, wie viele Bücher es auf der Welt gibt«, staunte sie. Gütiger Gott, sie könnte ihr gesamtes Leben hier verbringen und hätte doch nicht genügend Zeit, alles zu lesen.

»Meine Sammlung sollte dich für die nächsten Monate beschäftigen«, sagte er.

»So lange werde ich nicht hier sein.«

»Weißt du mehr als ich über den Ausgang des Krieges?«

Lily lächelte. »Ich werde bei der erstbesten Gelegenheit fliehen.«

»Dann esse ich das Schwein«, drohte James.

»Das Schwein nehme ich mit.«

James runzelte die Stirn. »Und deinen Bruder lässt du zurück?«

»Was soll das bedeuten?«, fragte Lily.

»Du kannst dich völlig frei bewegen«, erklärte James. »Michael wird allerdings bewacht.«

»Bastard«, murmelte sie.

Statt wütend zu werden, wie sie es erwartet hatte, lächelte James und meinte: »Ich kann dir versichern, dass meine Mutter mit meinem Vater verheiratet war.«

»Das heißt nicht, dass du nicht jemandes Bastard bist«, fuhr sie ihn an.

»Sieh dich vor, Mistress Hawthorne«, warnte James und verengte die Augen. »Ich könnte dich in den Kerker werfen lassen.« Dann fügte er ruhig hinzu: »Sollen wir essen gehen?«

»Wo ist mein Bruder?«

»Er wird ebenfalls ins Speisezimmer kommen.«

James nahm ihren Arm und führte sie aus der Bibliothek und die Treppe hinunter ins Erdgeschoss. Ein Lakai öffnete ihnen die Tür.

»Ich wusste nicht, wie faul Adlige sind«, bemerkte Lily.

»Was meinst du damit?«

»Ihr könnt nicht einmal die Türen selbst aufmachen.«

»Wenn der Mann mir nicht die Tür öffnen würde, müsste seine Familie verhungern, weil er dann ohne Arbeit wäre«, erklärte James.

Das Speisezimmer war riesig. Drei Gedecke waren am einen Ende der zehn Meter langen Tafel aufgelegt. An der Decke hingen zwei Kronleuchter, in der Mitte des Tisches standen ein Kandelaber, eine große Suppenterrine, Platten und Schüsseln. Die Messer, Gabeln und Löffel waren aus Silber mit elfenbeinernen Griffen.

Nie zuvor hatte Lily ein derartiges Speisezimmer gesehen. Sie wollte gerade fragen, warum sie in einem solch großen Raum aßen, als ihr Bruder mit Princess im Arm hereinkam.

»Ich werde nicht mit einem Schwein am Tisch sitzen, außer es wurde vorher gekocht«, verkündete James und befahl, das Tier hinausbringen zu lassen.

Digby nahm Michael das Schwein aus den Armen und entfernte sich eilig.

Am Kopfende des Tisches nahm James Platz, an je einer Seite Lily und Michael.

»Zur Hölle noch mal, sieh dir bloß all die Messer und Gabeln an«, rief Michael. »Welche soll ich denn benutzen?«

Lily spürte, wie sie vor Verlegenheit rot wurde. Das hatte der Duke mit Absicht gemacht, um zu demonstrieren, wie unwissend sie war. Nur die Reichen verwendeten mehr als ein Besteck bei einem Essen. Sie hatte ebenso wenig Ahnung, welches man benutzte, wie ihr Bruder.

Um Zeit zu gewinnen, schalt Lily ihren Bruder erst einmal. »Michael, ich hab dir doch verboten zu fluchen.«

»Also, welche Gabel soll ich nehmen?«

»Fang mit dem äußersten Besteck an und arbeite dich zum Teller hin vor«, erläuterte James.

»Das hätte ich ihm auch erklären können«, log Lily. »Du musst meinem Bruder nichts über Tischmanieren beibringen. Mir übrigens auch nicht.«

»Ich bitte um Vergebung«, entgegnete James.

Seine Stimme klang versöhnlich, und Lily hatte das Gefühl, er wusste, dass sie nicht die Wahrheit gesagt hatte. Sie nahm seine Entschuldigung schweigend zur Erkenntnis und nahm den Löffel in die Hand.

Lily hatte noch nie eine so köstliche Mahlzeit gegessen. Das Dinner begann mit Tomatensuppe, angereichert mit einem Löffel Sahne und gekrönt von gehacktem Basilikum. Als Nächstes gab es rohe Gurkenstreifen mit Cayennepfeffer in einer scharfen Soße, zu denen luftige, knusprige Brötchen gereicht wurden. Kalter Spargel mit Hollandaise begleitete dicke, saftige Schellfischstücke, die in Milch gedünstet und großzügig mit Butter bestrichen waren. Als Dessert schließlich wurde ein Zitronenbiskuit mit einem Klecks Schlagsahne serviert.

»Duke, von meinem Fenster aus habe ich Feuer gesehen«, erzählte Michael.

»Das müssen die Freudenfeuer für St. John's Day auf Stephen's Hill sein«, erklärte James. »Möchtest du nach dem Essen hinausgehen und sie dir ansehen?«

»Michael und ich sind müde von der Reise«, verkündete Lily. »Wir gehen sofort ins Bett.«

»Ich bin aber gar nicht müde«, protestierte Michael.

»Ich schon«, erwiderte Lily.

»Dann ist das ja geklärt«, entschied James, bevor sie

noch etwas hinzufügen konnte. »Du gehst nach oben, und Michael geht mit mir nach draußen.«

Lily wollte nicht, dass ihr Bruder allein mit dem Duke war, doch sie wusste nicht, wie sie ablehnen konnte. Stattdessen sagte sie: »Ich möchte ein anderes Zimmer, wenn du nichts dagegen hast.«

»Stimmt etwas nicht mit dem, in dem man dich untergebracht hat?«

Lily sah ihm direkt in die Augen und antwortete: »Ich mag meinen Nachbarn nicht.«

»Du wirst dich damit arrangieren müssen«, gab James mit einem unverschämten Lächeln zurück. »Gefangene können sich nun einmal nicht aussuchen, wo sie schlafen wollen.« Ohne Lily die Gelegenheit zu einer Erwiderung zu geben, wandte er sich an ihren Bruder und meinte: »Vielleicht zeige ich dir morgen den Zauberwald.«

»Kann Lily auch mitkommen?«, fragte Michael mit einem Seitenblick auf seine Schwester.

»Natürlich ist Lily willkommen. Das heißt, wenn sie nicht zu müde von der Reise ist.«

Lily wusste nicht, warum der Duke auf einmal so überaus freundlich und besorgt um ihren Bruder war. Zweifellos verfolgte er einen dunklen Plan.

Unmittelbar nach dem Abendessen stieg Lily die Treppe hoch, während der Duke und ihr Bruder nach draußen gingen. Als sie in ihrem Zimmer ankam, fand sie dort die Zofe vor.

»Was machst du denn hier?«, wollte Lily wissen.

»Ich soll Ihnen beim An- und Auskleiden helfen, Mylady«, erwiderte Peggy.

»Ich habe mich die letzten achtzehn Jahre allein an- und ausgezogen.« Lily durchquerte die Kammer, um die

Verbindungstür zu begutachten. »Und ich heiße Lily. Nenn mich gefälligst so.«

»Tante Bea würde mich schelten, wenn ich das täte«, erklärte Peggy.

»Na gut, du darfst mich Mylady nennen, wenn du mir hilfst, den Wäscheschrank vor diese Verbindungstür zu rücken«, schlug Lily vor.

»Warum wollen Sie das tun?«

»Die Tür hat keinen Riegel.«

Gemeinsam schafften sie es, den Schrank Zentimeter für Zentimeter durch den Raum und vor die Tür zu schieben. Beide keuchten und schwitzten bei dieser anstrengenden, körperlichen Arbeit.

Als Lily später allein war, entledigte sie sich ihres Kleides und hängte es vorsichtig auf. Trotz ihrer Abneigung gegen den Duke wollte sie die Kleider nicht ruinieren, die er ihr geschenkt hatte. Niemals zuvor hatte sie etwas derart Vornehmes besessen. Dann zog sie ihr Nachthemd über und kletterte in ihr Bett, das ihr so groß erschien wie der Hafen von Boston.

Wie absurd von ihr zu glauben, sie würde den Duke heiraten und Herrin über all das hier werden, dachte Lily. Gütiger Gott, sie war keine von Jane Austens Heldinnen und hatte noch nicht einmal gewusst, welches Besteck sie zum Essen wählen sollte.

Das riesige Bett in dem herrschaftlichen Zimmer rief ihr in Erinnerung, wie weit sie von zu Hause weg war. Selbst Hortensia MacDugal wäre nun ein willkommener Anblick. Niemals könnte sie allein in diesem Bett in dieser Kammer mitten im Feindesland einschlafen. Zumindest war das ihr letzter Gedanke, bevor sie in einen tiefen, traumlosen Schlaf fiel.

Noch vor dem Morgengrauen erwachte Lily und warf die Decke beiseite. Trotz seiner Größe hatte sich der Raum durch die Hitze der Sommernacht aufgeheizt. Barfüßig tapste Lily durchs Zimmer und öffnete das Fenster. Tief sog sie die berauschend sinnlichen Düfte des Gartens ein und ließ die Nachtbrise ihre Haut abkühlen. Im Geiste ging sie die Treppe hinunter zur Großen Bibliothek mit all den Büchern. Herr im Himmel, sie konnte es kaum erwarten, darin zu stöbern. Warum sollte sie warten? Wenn sie nun sofort ginge, würde sie wenigstens nicht James begegnen. Lily schlang sich ein Tuch um die Schultern und verließ ihre Schlafkammer.

Wie eine Erscheinung glitt sie den Korridor entlang und die Treppe hinunter. Als sie vor der Großen Bibliothek ankam und eintrat, bemerkte sie, dass sie nicht allein war. In einem der Sessel vor der Feuerstelle schlief der Duke.

Entschlossen, trotzdem nicht mit leeren Händen wieder zu gehen, schlich Lily auf Zehenspitzen zum nächsten Regal und zog das dickste Buch heraus, das sie entdecken konnte. Dann schlüpfte sie rasch wieder aus der Tür und flog geradezu die Stufen zu ihrem Schlafgemach empor.

Nachdem sie eine Kerze entzündet hatte, begutachtete Lily ihre Beute und lächelte. Sie hielt *Shakespeares Gesammelte Werke* in Händen. Glücklich strich sie über den Ledereinband, als wollte sie einen lieben alten Freund begrüßen. Mit ihrer zufälligen Wahl hatte sie den Hauptgewinn gezogen. Solange sie sich in England nicht eingelebt hatte, könnte sie sich ohnehin nicht auf etwas Neues konzentrieren. Shakespeare zu lesen wäre so tröstlich wie der Besuch eines guten Bekannten. Sie zog einen Sessel ans Fenster und setzte sich. Eine sanfte Brise durchwehte den Raum, liebkoste ihre Haut und schien ihr sagen zu wollen: Alles wird gut werden.

Noch Stunden später saß Lily mit ihrem Buch in dem Sessel. Sie hatte sich nur kurz erhoben, um sich anzuziehen, verspürte nun allerdings keinerlei Verlangen, nach unten zu gehen. Dem Duke gegenüberzutreten hatte noch Zeit bis zum Nachmittag. Mit ein wenig Glück war er mit ihrem Bruder in den Zauberwald gefahren, wenn sie ihre Kammer verließe.

Ein Klopfen an der Tür riss sie aus ihren Gedanken, und noch bevor sie die Erlaubnis geben konnte, marschierte ihr Bruder herein.

»Schwester, kommst du mit mir nach draußen?«, fragte Michael und wischte sich mit einer Hand den Speichel vom Kinn, während er mit der anderen das Schweinchen festhielt.

»Ich dachte, der Duke nimmt dich mit in den Zauberwald«, wandte Lily ein.

»Er hat keine Zeit«, erklärte Michael. »Wir könnten in dem Springbrunnen planschen.«

»Das klingt ja verlockend.« Lily stand von ihrem Sessel auf, klemmte sich das Buch unter den Arm und erbot sich: »Soll ich Princess tragen?«

»Ich trage sie selbst.«

Digby auf den Fersen wanderten Lily und Michael hinaus zu dem prachtvollen Springbrunnen. Mit einem wachsamen Seitenblick auf den Lakaien zog Lily Schuhe und Strümpfe aus und raffte die Röcke ihres weißen Musselinkleids. Auch Michael entledigte sich seiner Schuhe, und Seite an Seite setzten sich Bruder und

Schwester an den Rand des Wasserbeckens und kühlten sich die Füße im Wasser.

Es war einfach paradiesisch. Auf dem herzoglichen Anwesen gab es die prächtigsten Farben in Hülle und Fülle. Da waren Beete, Sträucher und Rasenflächen, ganze Alleen aus Blumen. Auf der einen Seite der großen Auffahrt hielten gestutzte Eiben Wache, die Terrasse wurde von roten Rosen gesäumt und purpurne Iris standen ein wenig entfernt, jedoch noch in Sichtweite. Azaleen verliehen den Anlagen eine exotische Note, und aus dem Inneren der glänzenden, fuchsiaroten Pfingstrosen leuchtete es gelb.

»Ich mag das gute alte England«, verkündete Michael.

»Es muss gut genug sein, bis der Krieg zu Ende ist«, erwiderte Lily.

Michael fuhr sich mit dem Ärmel übers Kinn und fragte: »Wer ist denn das?« Er zeigte auf die Skulptur im Brunnen.

»Der Mann auf dem Pferd ist der Heilige Georg, er vernichtete den Drachen in einem See«, erklärte Lily. »Ganze Armeen waren nicht in der Lage gewesen, das Monster zu besiegen; es konnte nur besänftigt werden, indem man ihm jeden Tag zwei Schafe zu fressen gab. Als die Schafe knapp wurden, verlangte es eine Jungfrau. Die Wahl fiel auf die Tochter des Königs, doch Georg schlug das Kreuzzeichen und tötete den Drachen, um die Prinzessin zu retten. Daraufhin bekehrten sich der König und sein gesamtes Volk zum wahren Glauben, der Heilige Georg schenkte seine Belohnung den Armen und ging seiner Wege.«

»Georg war ein tapferer Mann«, sagte Michael, offensichtlich beeindruckt. »Gibt es noch mehr Drachen?«

»Georg hat den letzten beseitigt.«

Lily wollte bei diesen Worten aufstehen, dabei verlor sie das Gleichgewicht. Sie konnte gerade noch den Shakespeare retten, sie selbst allerdings landete im Wasser.

Michael bog sich vor Lachen, dann sprang auch er ins kühle Nass und setzte sich neben seine Schwester. Und schließlich paddelte auch noch Princess vergnügt im Wasser herum, was Bruder und Schwester erneut in schallendes Gelächter ausbrechen ließ. Digby wollte ihnen zu Hilfe eilen, aber Lily drückte ihm das Buch in die Hand und scheuchte ihn fort.

Lily stand auf, um den Schaden an ihrem Kleid zu begutachten. Da es ohnehin ruiniert war, beschloss sie, einfach das Wasser zu genießen.

»Komm schon, Michael«, fordert Lily und watete durch den Springbrunnen. »Wir reiten auf Georgs Pferd!«

Michael grinste breit und spritzte sie mit Wasser voll. »Ich will auf dem Drachen reiten!«

Während Lily und Michael ausgelassen planschten, saß James hinter seinem Schreibtisch in der Großen Bibliothek. Ihm gegenüber hatte sein treuester Freund, Adam St. Aubyn, Platz genommen. Neben dem Marquis von Stonehurst lümmelte James' Cousin Sloane in einem Sessel.

»Und so musste ich feststellen, dass die Goldene Lilie in Wirklichkeit eine wunderschöne Frau mit einer verblüffenden Gabe war«, erzählte James gerade.

»Eine Frau?«, wiederholte St. Aubyn. »Das kann ich nicht glauben!«

»Ich schwöre, das ist die Wahrheit.«

»Du hast die Frau doch nicht getötet, oder?«, fragte Sloane entrüstet.

»Du solltest mich besser kennen«, erwiderte James. »Ich habe mir das Mädchen und ihren kleinen Bruder geschnappt und sie nach England gebracht, um sie bis zum Ende des Krieges in Gewahrsam zu halten. Ihr werdet sie beim Mittagessen kennen lernen.«

»Du hast sie entführt?« Adam musste lachen. »Das muss ja eine höllische Reise gewesen sein.«

»Was ist das für eine Begabung, die sie besitzt?«, erkundigte sich Sloane.

»Das Mädchen verfügt über ein perfektes Gedächtnis«, erklärte James. »Sie muss eine geschrieben Seite nur einmal lesen und kann dann alles Wort für Wort aufsagen.«

»Du machst Witze«, meinte Adam.

»Das will ich sehen«, stimmte Sloane ein.

»Ich lasse sie das später demonstrieren«, willigte James ein. »Doch ich werde sie überlisten müssen, damit sie es tut.«

Adam warf Sloane einen Seitenblick zu: »Wegen der Trauerzeit um deinen Bruder haben die St. Legers eure Verlobung noch nicht öffentlich bekannt gegeben, aber ich hörte, dass Reggie beträchtliche Spielschulden anhäuft.«

»Und seinen Gläubigern versichert er, dass du diese Verluste ausgleichen wirst«, ergänzte Sloane. »Ich habe Valentina zu einigen gesellschaftlichen Ereignissen begleitet, um sie bei Laune zu halten. Sie ist allerdings ein wenig verärgert, weil sie der Welt nicht mitteilen darf, dass sie bald eine Duchess sein wird.«

James hob sein Whiskeyglas und nippte daran. »Und weiter?«

»Valentina umgibt sich in letzter Zeit häufig mit zwei reichen Amerikanern, die um ihre Gunst wetteifern«, erzählte Adam.

»Ich sollte wohl nach London zurückkehren und die Dinge mit ihr ins Lot bringen«, überlegte James.

Adam St. Aubyn erhob sich und füllte erneut sein Glas. Dann schlenderte er zum Fenster und sah hinaus. »Das klingt nicht gerade, als hättest du deine süße Verlobte vermisst.«

»Eine Frau ist so gut wie jede andere.«

»Du hast das doch gar nicht nötig«, sagte Adam über die Schulter. »Warum willst du eine Frau heiraten, die du nicht liebst?«

»Wer hat gesagt, dass Ehe etwas mit Liebe zu tun haben muss?« James lächelte den Rücken seines Freundes an.

»Ich glaube immer noch, das Valentina St. Leger ein Fehler ist«, beharrte Adam.

»Da bin ich Adams Meinung«, äußerte Sloane. Dann änderte er das Thema: »Wann also lernen wir deine Gefangene kennen?«

»Ich werde ihr befehlen, mit uns zu essen«, kündigte James an.

»Haben sie und ihr Bruder schwarzes Haar?«, fragte Adam ohne sich umzudrehen. »Und ein kleines Schweinchen, das schwimmen kann?«

James' Kopf flog herum. »Lassen sie etwa das Schwein in meinen Springbrunnen?

»Alle drei amüsieren sich in deinem prachtvollen Schmuckstück.« Adam konnte sich das Lachen nicht verkneifen. »Sie muss wohl die sein, die vor dem Heiligen Georg auf dem Pferd sitzt.«

»Verdammt«, murmelte James und sprang auf.

Sloane im Schlepptau ging James zum Fenster hinüber. Da war sie, rittlings auf dem Pferd des Heiligen Georg. Das Mädchen lachte und winkte ihrem Bruder zu, der auf dem Drachen hockte.

Sloane brach ebenfalls in lautes Gelächter aus.

Wut stieg in James auf und steigerte sich zur Raserei. Selbst aus der Entfernung konnte er erkennen, dass beide nass waren. Verdammt noch einmal, sie schwammen im herzoglichen Springbrunnen!

Ohne ein Wort eilte James aus der Bibliothek, rannte die Treppen hinunter und verlangsamte erst seinen Schritt, als er die Auffahrt vor dem Haus erreichte. Seine Gäste folgten ihm auf dem Fuße.

»Kommt sofort da raus«, schrie James wild gestikulierend.

»Hallo, Duke«, rief Michael und winkte ihm zu.

Hinter sich vernahm James deutlich ein unterdrücktes Kichern. Seine Wut verstärkte sich noch weiter.

»Kommt zum Teufel sofort aus meinem Springbrunnen raus!«, wiederholte er brüllend und maß seine Gefangene mit schmalen Augen.

Lily betrachtete ihn einen Moment lang ausdruckslos, als spräche er eine fremde Sprache. Dann stieg sie von Georgs Pferd, nahm das Schweinchen auf den Arm, watete durch das Wasserbecken und half ihrem Bruder vom Drachen herunter.

Durchdringend sah James sie und ihren Bruder an, während sie aus dem Wasser kletterten. Dann fiel sein Blick auf ihren nassen Körper, an dem das Kleid wie eine zweite Haut klebte und ihre üppigen Formen zur Schau stellte.

Und als sie sprach, hatte sie auch noch die Stirn, ihn weiter zu provozieren. »Der warme Tag ist's, der die Natter zeugt. Das heischt mit Vorsicht gehn«, zitierte sie Shakespeare.

Nun war das Kichern hinter James nicht mehr so unterdrückt.

Lily schaute von ihm zu seinen Gästen. Mit einem spöttischen Lächeln fragte sie: »Hast du Verstärkung kommen lassen?«

Keine der beiden ›Verstärkungen‹ machte sich die Mühe, seine Belustigung zu verbergen. Adam und Sloane prusteten laut los.

»Ermutigt sie nicht auch noch«, polterte James und fügte dann anklagend hinzu: »Du hast das Kleid ruiniert.«

»Dafür habe ich Shakespeare vor dem Ertrinken gerettet«, versetzte sie und wies auf das Buch in Digbys Hand.

»Dieses Kleid sieht unanständig aus.« James schenkte ihrer Bemerkung keine Beachtung. »Geh rein und zieh dich um.«

»Immerhin bedeckt es mich.«

»Dieses fadenscheinige Stückchen Stoff überlässt nichts der Fantasie.«

»Engländer haben doch gar keine Fantasie.« Lily warf den anderen beiden Männern einen kurzen Blick zu.

»Geh sofort auf dein Zimmer, Mistress Hawthorne«, befahl James mit einer Stimme, die keinen Widerspruch duldete. »Wir essen in dreißig Minuten.«

Lily drehte sich schnaubend auf dem Absatz um und schritt in Richtung Haus, das Schweinchen fest im Arm.

»Jetzt hast du's geschafft, Duke«, rief Michael und lief seiner Schwester hinterher. »Jetzt hast du sie wütend gemacht.«

Adam und Sloane brüllten vor Lachen, aber James sah weiter unverwandt Lily an. Er lächelte, als sie im Haus verschwand. Gütiger Himmel, sie war wirklich herrlich, wenn sie zornig war. Zu schade, dass sie nicht adlig geboren war. Vielleicht konnte er sie allerdings als Geliebte behalten.

Vergnügt schnappte sich Sloane das Buch aus Digbys Hand. Er blätterte kurz darin und rief überrascht: »Das Mädchen hat Recht! Wie hat sie das gemacht?«

»Vergiss doch ihr perfektes Gedächtnis«, meinte Adam. »Sie dir lieber das Gesicht deines Cousins an. Er ist in sie verliebt.«

»Das bin ich sicher *nicht*«, widersprach James. »Sie ist meine Gefangene bis zum Ende des Krieges und nichts weiter.«

»Wie willst du das Valentina erklären?«, wollte Sloane wissen.

»Ich hatte nicht vor, ihre Anwesenheit bekannt zu geben«, klärte James die beiden auf und ging dann aufs Haus zu.

»Du bist ein großer Narr, wenn du glaubst, ihre Existenz vor deiner Mutter und den Tanten geheim halten zu können«, sprach Adam laut genug, damit ihn James hören konnte.

Wieder mussten die beiden Männer laut lachen.

James wusste, dass sie Recht hatten. Das Einzige, was die drei neugierigen Hexen fernhalten konnte, war seine eigene Abwesenheit von Kinross Park.

Zehntes Kapitel

Der Duke war ein langweiliger Hornochse, eine echte Plage, dachte Lily. Wie konnte er es wagen, sie vor den anderen Männern so zu blamieren?

Lily marschierte vor ihrem Bruder die Treppe hinauf, doch ihre Gedanken waren einzig auf den Mann vor dem Haus konzentriert. Sie würde es ihm heimzahlen, und wenn es ihre letzte Tat war.

Plötzlich kam ihr eine Idee, deren Einfachheit ihr ein Lächeln abrang. Sie wusste ganz genau, was zu tun war, und die Strafe wäre absolut angemessen.

Lily berührte die Schulter ihres Bruders, als er weiter in sein Zimmer gehen wollte. »Komm mit in mein Schlafgemach. Ich möchte etwas mit dir besprechen.« Dem Lakaien warf sie einen süßlichen Blick zu und sagte: »Bitte entschuldigen Sie uns, Mr Digby. Könnten Sie das Schweinchen bitte in Michaels Zimmer bringen?«

»Ich habe Befehl, immer bei dem jungen Herrn zu bleiben«, erklärte Digby.

»Ich würde Ihnen niemals Ärger machen, indem wir zu fliehen versuchen«, versicherte Lily.

»Na, ich will Ihnen mal glauben, Miss.« Digby nahm das Schwein auf den Arm und eilte damit den Flur hinunter.

Sofort zog Lily ihren Bruder ins Zimmer und schloss die Tür. Dann kicherte sie laut.

»Ich dachte, du wärst wütend«, meinte Michael und wischte sich den Speichel vom Kinn.

»Ich *bin* wütend«, lächelte Lily. »Aber wir werden uns an dem Duke rächen.«

»Was heißt rächen?«

»Das heißt heimzahlen«, antwortete Lily. »Der Duke hat uns vor seinen Freunden blamiert, und wir werden das Gleiche mit ihm machen.«

»Wie denn?«

»Der Herr glaubt, dass Amerikaner Barbaren sind«, erklärte Lily. »Und wir werden uns dementsprechend verhalten.«

»Das verstehe ich nicht«, erwiderte Michael in kindlicher Art.

»Beim Abendessen werden wir uns ganz fürchterlich schlecht benehmen.«

»Was soll ich machen?«, erkundigte sich Michael lächelnd.

»Benutz das falsche Besteck«, wies Lily an.

»Das geht ja einfach.«

»Dann musst du viel rülpsen«, fuhr sie fort. »Du darfst sogar in der Nase bohren, wenn du willst.«

Michael lachte laut und nickte verständig.

Dreißig Minuten später hatte Lily sich umgezogen und ging mit Michael die Treppe zum Speisezimmer hinunter. James und seine Gäste waren schon da.

»Erlauben Sie mir, mich vorzustellen«, beeilte sich einer der Männer, sie zu begrüßen. »Ich bin Sloane Armstrong, James' Cousin.«

»Sie erscheinen mir viel sympathischer als Ihr Vetter, mein Herr«, versetzte Lily und erwiderte das Lächeln des jungen Mannes. »Vielleicht ist nicht das gesamte Blut der Armstrongs verdorben.«

Sloane musste lachen. »Ich habe alle positiven Eigenschaften der Armstrongs geerbt.«

»Und ich bin Adam St. Aubyn, ein Freund von James«, erklärte der zweite Mann und kam auf sie zu.

»Ich bin erstaunt, dass er Freunde hat«, meinte Lily und wies mit dem Kinn auf James.

Beide Männer mussten bei dieser Bemerkung schmunzeln. Der Duke hingegen blickte mürrisch drein.

»Adam ist der Marquis von Stonehurst«, erläuterte Sloane.

»Verflucht noch mal, wie sollen wir ihn bloß nennen?«, wollte Michael wissen.

Adam und Sloane mussten grinsen, und selbst James konnte sich ein Lächeln nicht verkneifen.

»Sag einfach *mein Herr* zu ihm«, antwortete Sloane.

Michael schüttelte den Kopf. »*Mein Herr* ist im Himmel.«

»Das ist ein anderer Herr«, erklärte Sloane.

»Lily hat mir beigebracht, dass es nur einen gibt«, erwiderte Michael.

»Nenn mich doch einfach Adam«, beendete der Marquis das Thema.

»Sollen wir Platz nehmen?«

Lily lächelte liebenswürdig. »Ihr Wunsch ist mir Befehl.«

»Was hast du vor?«, fragte er mit misstrauischem Gesichtsausdruck.

»Rache ist süß«, sagte Lily geheimnisvoll.

Ohne ihren Worten Beachtung zu schenken, setzte sich James ans Kopfende des Tisches. Lily und Michael saßen einander gegenüber; Sloane nahm zur Rechten Lilys und Adam neben Michael Platz.

»Man hört die wildesten Geschichten über Amerika«, begann Sloane. »Erzählen Sie von Ihrem Leben dort.«

»Mein Leben in Boston ist wenig aufregend«, antwortete Lily. Sie nahm eine Scheibe Toast in die Hand und biss ein riesiges Stück ab. Mit vollem Mund fragte sie ihren Bruder: »Schmeckt's dir?«

Michael nahm eine Hand voll Pilze vom Teller und warf sie sich in den Mund. »Ja, ist sehr gut«, bestätigte er nickend.

Lily sah, dass James sie entgeistert anstarrte, dann seinen Blick auf das Besteck in ihren Händen und schließlich auf den Teller senkte.

Ohne seinen Wink zu beachten, machte sie sich erneut herzhaft über ihren Toast her. Sie konnte sich das Lachen kaum verbeißen.

»Wie leben Sie dort?«, erkundigte sich Sloane weiter.

»Sie ist ein Hafenmädchen«, sagte James tonlos.

»Mein Vater besitzt eine Taverne am Hafen«, antwortete Lily ungerührt.

»Wie interessant.« Auch Adam schaltete sich ins Gespräch ein. »Boston ist ein bedeutender Port.«

»Boston ist die Wiege der Freiheit«, verkündete Lily. »Es tut mir nur Leid, dass wir zu der großen Feier in ein paar Tagen nicht dort sein werden. Hoppla, ich hätte Sie wohl nicht an den ersten Krieg erinnern sollen, den Sie gegen uns verloren haben.«

Lily hob den Löffel, sah den Duke an und lächelte in sich hinein. Dann schlürfte sie weiter ihre Gurkensuppe.

»Köstlich«, bemerkte sie, als sie den letzten Tropfen

eingesaugt hatte. »Du musst unbedingt die Suppe probieren, Bruder. Die schmeckt dir sicher auch.«

Angewidert schüttelte Michael den Kopf und schob die Schüssel von sich weg. »Die Suppe sieht aus wie Rotze«, ließ er wissen.

James verschluckte sich und musste husten. Sloane und Adam grinsten.

»Versuchst du, mich lächerlich zu machen?«, fragte James, nachdem er wieder zu Atem gekommen war.

Michael platzte laut heraus: »O Duke, du bist einfach zu schlau für uns.«

Lily hätte ihren Bruder am liebsten gewürgt. Sie selbst vermied es sorgfältig, dem Duke in die Augen zu sehen. Die anderen beiden konnten ihre Erheiterung nur mühsam verbergen.

»Michael, geh auf dein Zimmer«, befahl James. »Man wird dir etwas servieren, was dir besser schmeckt.«

Erst als Lily ihrem Bruder zunickte, verließ er das Speisezimmer.

Nun war es mit Sloanes und Adams Selbstbeherrschung völlig vorbei. Ihr Gelächter erhellte auch Lilys Gesichtszüge. Seine Freunde waren wirklich nett und schienen wenigstens Sinn für Humor zu haben.

»Weißt du, Liebling, ich habe dich des Nachts an meiner Seite vermisst«, eröffnete James unerwartet vertraulich.

Lily riss den Kopf herum und starrte ihn entsetzt an. Sie spürte, wie ihr Gesicht heiß wurde und gleichzeitig kalte Wut in ihr aufstieg. Wie konnte er es wagen, ihr früheres Liebesverhältnis vor den anderen zu erwähnen?

Doch dann fielen ihr die eigenen Worte an den Duke

ein. *Rache ist süß*. James zahlte ihr heim, was sie ihm angetan hatte.

Entschlossen schob sie ihren Stuhl zurück. Sie musste hier weg.

»Sag, dass du mich auch vermisst hast, mein Schatz.« James legte seine Hand auf die ihre.

Blitzschnell zog sie die Hand aus seinem Griff und sagte mit erstickter Stimme: »Entschuldigt mich bitte.«

»Was?«, neckte James. »Kein geistreiches Shakespeare-Zitat?«

»Hör schon auf«, kam es von Sloane.

»Etwas mehr Rücksicht, bitte«, warnte auch Adam.

»Ich nehme ja Rücksicht. Zum Beispiel darauf, dass sie nachts nicht bei mir liegt«, verteidigte sich James. An Lily gewandt fügte er hinzu: »Liebling, lass mich wieder in dein Bett.«

»Aber natürlich, James«, antwortete Lily zuckersüß und überraschte ihn.

Er sah verblüfft aus. »Heute?«

»Nein.«

»Morgen?«

»Tut mir Leid.«

»Wann dann?«

Lily sprang so heftig auf, dass der Stuhl umfiel. »Du darfst in mein Bett kommen, wenn der Teufel in der Hölle Eis läuft!«

Mit diesen Worten stapfte sie aus dem Speisezimmer. Hinter sich hörte sie den leisen Protest seiner Freunde.

»Das war wirklich nicht nötig.«

»Wenn du sie liebst, dann schließ Frieden mit dem Mädchen und heirate sie.«

»Ich liebe sie aber nicht«, vernahm sie James' Protest.

Eilig lief Lily die Treppen hinauf. Erst als sie endlich allein in ihrem Schlafgemach war, ließ sie den Tränen freien Lauf. Die anderen hatten Unrecht: James liebte sie nicht. Kein Mann würde eine Frau, die er liebte, derart grob behandeln. Also gut. Ab jetzt würde sie nicht mehr um den Feind weinen, und sie würde ganz sicher nicht Frieden mit ihm schließen.

Den Rest des Tages weigerte sich Lily, ihr Zimmer zu verlassen. Peggy brachte ihr ein leichtes Abendessen aufs Zimmer, aber Lily hatte keinen Appetit.

Am nächsten Morgen fühlte sie sich etwas stärker und beschloss, dass Hungern keine Lösung war. Sie wusste nicht, ob sie erleichtert oder enttäuscht sein sollte, als sie kampflustig ins Speisezimmer marschierte und dort nur Dienstboten vorfand.

Nach einem herzhaften Frühstück auf dem Weg in ihre Gemächer lief sie allerdings in der Tür dem Duke in die Arme.

»Guten Morgen, Mistress Hawthorne«, nickte James ihr zu.

Verächtlich ließ Lily den Blick von seinem ausdruckslosen Gesicht hinunter zu seiner Abendgarderobe sinken. Offenbar war er gerade erst nach Hause gekommen.

»Zivilisierte Menschen grüßen einander, egal unter welchen Umständen«, tadelte er.

»Verschon mich mit euren drolligen englischen Bräuchen«, versetzte Lily und schob sich an ihm vorbei aus dem Zimmer. Wie konnte er es wagen, sie über die Gewohnheiten zivilisierter Menschen zu belehren! Er hatte sie aus ihrem sicheren Heim entführt, ihre Jungfräulichkeit gestohlen und sie dann erniedrigt. Sie hatte jedes Recht der Welt, übellaunig zu sein.

Den übrigen Tag versteckte sich Lily auf ihrem Zimmer, ihre einzigen Besucher waren ihr Bruder und Peggy. Ohne zu wissen weshalb, war sie nervös, als sie abends zum Speisezimmer schritt.

Wieder nahm Lily ihre Mahlzeit allein ein. Selbst Michael hatte sie im Stich gelassen, er zog die warmherzige Kameradschaft in der Küche vor.

Der nächste Tag verlief genau wie der vorherige: Lily aß zwei einsame Mahlzeiten und fragte sich langsam, warum der Duke sie mied, und ob eine Flucht nicht doch möglich wäre.

Am dritten Morgen saß Lily erneut für sich an der zehn Meter langen Tafel und wünschte sich, sie wäre ihrem Bruder in die Küche gefolgt, wo sogar Princess willkommen war.

Lily war es nicht gewohnt, allein zu sein. In der belebten Taverne ihres Vaters hatte stets reges Treiben geherrscht. Sie warf einen Blick zu ihrer Linken, wo Pennick neben der Anrichte stand.

»Wo er wohl immer hingeht«, sprach sie ihre Gedanken laut aus.

»Wie bitte?«, meinte Pennick.

»Wo geht der Duke immer hin?«, wiederholte sie.

Pennick hob eine Zeitung vom Sideboard und reichte sie ihr mit den Worten: »Schlagen Sie Seite drei auf.«

Lily öffnete die *Times* und begann den Artikel mit der Überschrift »Die widerstrebende Braut«. James Armstrong, Duke von Kinross, warb um die Zuneigung von Valentina St. Leger, der Schwester des Earls von Bovingdon. Lady Valentina, die sich aus unbekannten

Gründen über seine Gnaden geärgert hatte, genoss sichtlich den Wettbewerb. Liebte die Schöne den Duke? Zog sie seinen gut aussehenden Cousin vor? Oder würde einer der beiden wohlhabenden Amerikaner am Ende ihre Hand gewinnen?

Tränen stiegen Lily in die Augen, doch sie blinzelte sie weg. Wie erniedrigend, so benutzt und weggeworfen zu werden. Der Duke war kein guter Mensch und würde für seine Sünden in der Hölle schmoren. Ihr einziger Wunsch war, ihn früher oder später persönlich dorthin zu befördern.

Ohne ein Wort zu Pennick erhob sich Lily und ging auf die Tür zu, doch ihr wurde der Weg versperrt. Sie sah auf und in die dunklen Augen des Dukes.

»Guten Morgen, Mistress Hawthorne«, grüßte James kalt.

Lily zog eine ebenholzfarbene Braue hoch. »Ach ja?«

»Wie bitte?«

»Bastard«, murmelte Lily. Und dann tat sie das Unvorstellbare: Sie ohrfeigte ihn mit aller Kraft.

Eilig verließ sie das Speisezimmer und rannte die Treppen hinauf in ihr Zimmer. Sie verspürte jedoch keine Befriedigung, wenn sie an seinen ungläubigen, geschockten Gesichtsausdruck dachte.

Nachdem sie die Tür verschlossen hatte, warf sich Lily aufs Bett. Tränen strömten ihr über das Gesicht. Sie konnte sich nicht mehr beherrschen und begann zu schluchzen.

Bumm! Bumm! Bumm!

Lily stützte sich auf, als sie das Hämmern an der Tür vernahm. Sie wusste, wer das war, und weigerte sich zu reagieren.

»Mach die Tür auf«, rief James.

»Lass mich in Ruhe!« Ihre Stimme war tränenerstickt.

»Mach verdammt noch mal die Tür auf«, befahl er erneut.

Lily glitt vom Bett. »Was willst du?«, rief sie.

»Ich will wissen, was mit dir los ist.«

»Ich fühle mich nicht gut.« Das stimmte ja auch. Die schmerzliche Erkenntnis, benutzt und weggeworfen worden zu sein, hatte ihr auf den Magen geschlagen.

»Soll ich nach einem Arzt schicken lassen?«, fragte James nach kurzem Schweigen.

»Das wird nicht nötig sein«, entgegnete Lily.

»Kann ich irgendetwas für dich tun?«, erkundigte sich James.

Liebe mich, dachte Lily. »Geh weg.«

»Wie du willst«, meinte James. »Wenn es dir aber heute Abend nicht besser geht, lasse ich den Arzt holen.«

Lily machte sich nicht die Mühe zu antworten. Sie lauschte noch einige Minuten an der Tür, und als sie sicher sein konnte, dass er fort war, schleppte sie einen Sessel vor das Fenster und verbrachte den Rest des Tages damit, Shakespeare zu lesen.

In der Annahme, der Duke sei nach London gefahren, um weiterhin Lady Valentina St. Leger den Hof zu machen, wagte Lily es, unmittelbar vor dem Abendessen in die Bibliothek zu gehen, da sie sich ein weiteres Buch ausleihen wollte.

Doch als sie in den Raum kam, blieb sie wie angewurzelt stehen. James saß an seinem Schreibtisch am anderen Ende der Bibliothek.

»Was machst du denn hier?«, rutschte es Lily heraus, noch bevor sie sich heimlich wieder zurückziehen konnte.

James sah von seinen Papieren auf. »Ich wohne hier. Schon vergessen?«

Lily verengte die saphirblauen Augen. »Entschuldige«, sagte sie und wandte sich zum Gehen.

»Warte«, rief er ihr nach.

Lily schritt weiter.

»Bitte!«

Sie hielt inne. Es war kaum zu glauben, aber der selbstherrliche Kerl hatte tatsächlich das Wort ›Bitte‹ benutzt.

Als sie sich umdrehte, kam er bereits auf sie zu. Trotz des Impulses, einige Schritte rückwärts zu machen, zwang sie sich, stehen zu bleiben und sich geistig auf die kommende Schlacht vorzubereiten.

»Ich möchte mich für mein Verhalten neulich entschuldigen«, begann James mit leiser und eindringlicher Stimme. »Ich hoffe, du kannst mir verzeihen.«

Lily starrte in seine schwarzen Augen. Er schien es ernst zu meinen. Und doch ...

»Ich kann deine Entschuldigung nicht annehmen.« Lily wappnete sich innerlich gegen ihn und, noch wichtiger, gegen ihre Gefühle für ihn.

James runzelte die Stirn. »Und warum nicht?«

»Wenn du mich öffentlich bloßstellst, musst du auch öffentlich um Verzeihung bitten.«

»Ich verspreche, dich ab jetzt respektvoll zu behandeln«, erwiderte er. »Und ich werde mich bei der erstbesten Gelegenheit vor aller Welt entschuldigen.«

»In diesem Fall nehme ich die Entschuldigung an. Allerdings werde ich dein Vergehen erst vergessen, wenn du vor deinen Freunden Abbitte geleistet hast.«

James nickte. »Das ist nur gerecht.«

»Mir ist durchaus bewusst, wie schwer so eine Entschuldigung nach all den Jahren uneingeschränkter Herrschaftsausübung sein muss«, fügte sie hinzu.

»Man gehorcht einem Hund, wenn er sein Amt tut«, versetzte James.

Lily lächelte. »König Lear, vierter Aufzug, sechste Szene.«

James grinste. »Darf ich dich zum Dinner begleiten?«

»Ich bin schon mit meinem Bruder in der Küche zum Essen verabredet«, erklärte sie und wollte sich umdrehen.

»In der Küche?«, wiederholte James erstaunt. »Warum wollt ihr in der Küche essen?«

»Wir mögen Küchen«, erklärte Lily. »In der Küche zu essen fühlt sich an wie zu Hause.«

»Darf ich mich anschließen?«

Nun war sie an der Reihe, verblüfft zu sein. »Ist das nicht unter deiner Würde?«

James machte eine ausladende Geste. »Das ganze Haus gehört mir, selbst die Küche.«

»Aber warum willst du in der Küche essen?«

»Ich möchte mit dir essen.« Er sprach leiser.

Lily zuckte gleichgültig die Schultern. »Die Küche gehört dir, also kannst du auch dort essen, wenn du willst.«

»Schön, dass wir das geklärt haben«, sagte James und bot ihr den Arm an. »Du glaubst das vielleicht nicht, aber ich habe noch nie in meiner eigenen Küche gegessen.«

»Wie schockierend«, erwiderte Lily. »Trotz deines ungeheuren Reichtums führst du doch ein sehr eingeengtes Leben.«

»Um genau zu sein habe ich sogar noch in gar keiner Küche gegessen«, erklärte er.

Lily musste lachen. »Dann mach dich bereit für eine einmalige, lebhafte Erfahrung. Danach möchtest du wahrscheinlich nie wieder im Speisezimmer essen.«

Ein riesiger Kiefernholztisch beherrschte die Küche. An einer Wand befand sich ein offener Herd, an einer anderen hingen kupferne Töpfe, Pfannen und Backformen.

Mehrere Türen führten aus der Küche heraus; die eine ging auf den Küchengarten hinaus, andere führten in die Vorratskammer, den Abstellraum und den Aufenthaltsraum des Personals.

Alles verstummte, als Lily und James in die Küche traten. Nur Michael wirkte völlig unbeeindruckt und rief: »Schön dich zu sehen, Duke.«

Die Dienerschaft hielt den Atem an, nur Duncan grinste breit.

Innerhalb von zwei Minuten hatte sich die Küche vollkommen geleert, von Michael und Duncan abgesehen. Der Schotte wies auf die verlassene Küche.

»Habe ich etwas Falsches gesagt?«, wollte James wissen. »Duncan, gib bitte Pennick Bescheid, er soll mir das Schachbrett und das Buch mit den Regeln und Strategien bringen.«

Nun verließen auch Michael und Duncan die Küche, und Lily und James blieben allein zurück.

»Ich wusste gar nicht, was ich für eine Wirkung auf andere Leute habe«, begann James.

Lily zuckte die Achseln. Sie wollte keine abfällige Bemerkung fallen lassen, um die angenehm freundliche Laune des Dukes nicht wieder zu zerstören.

»Es riecht ganz köstlich hier«, meinte sie stattdessen und ging zum Herd.

Eine Fischsuppe aus reichhaltiger Brühe, Muscheln

und Austern köchelte über der Flamme. Kartoffelbrot, frisch aus dem Ofen und noch heiß, stand neben einem Tontopf cremiger Butter. Außerdem wartete dort ein frischer, bereits fertig angemachter Blattsalat.

Pennick kam atemlos hereingestürzt und lachte unbehaglich: »O, Mylord, da haben Sie uns aber tüchtig überrascht.«

Eine ganze Schwadron von Dienern folgte ihm, bewaffnet mit Schüsseln und Platten. Ein Lakai stellte das Schachbrett und die Figuren auf den Tisch.

»Was soll das alles bedeuten?«, fragte James und deutete auf die Diener.

Pennick stand kerzengerade und trug leiernd vor: »Heute Abend haben wir Seezunge mit Karotten und Kartoffeln, ...«

»Nehmen Sie das weg«, befahl James.

»Wegnehmen?« Pennick wirkte verstört. »Was wollen Sie dann essen?«

»Die Dame und ich werden essen, was sich dort in dem Kessel befindet«, ließ James wissen.

Lily lächelte zustimmend.

Pennick wirkte erschüttert. »Und was wird das Personal essen?«

James lächelte. »Das Personal soll die Seezunge verspeisen.«

»Und wo sollen sie essen?«, fragte Pennick weiter. Er konnte seine Verzweiflung kaum verbergen.

»Sie sollen im Speisezimmer essen«, schlug der Duke vor. »Die Lady und ich würden gern *allein* in der Küche essen.«

»In der Küche?«, wiederholte Pennick wieder, als könnte er nicht fassen, was er da hörte.

»Die Dame mag Küchen«, erklärte James. »Und ich wage zu behaupten, dass auch ich mich langsam daran gewöhne.«

»Das ist aber höchst ungewöhnlich«, beschwerte sich Pennick.

»Es tut mir Leid, dass ich Sie derart aus der Fassung bringe, Pennick, und ich verspreche hoch und heilig, dass wir diesem Verlangen nicht jeden Abend nachgeben werden«, versicherte James.

Lily konnte nicht glauben, dass der Duke sich tatsächlich bei einem Diener entschuldigte. Das war heute bereits seine zweite Entschuldigung. Gab es noch einen Hoffnungsschimmer? Verbarg er eine versöhnliche Charaktereigenschaft, von der sie bislang nichts bemerkt hatte?

Pennick war völlig konsterniert. Er nahm die Seezunge und zog sich eiligst aus der Küche zurück.

»Du kannst dich um das Essen kümmern, während ich das Schachbrett vorbereite«, wies er sie an.

Sein Verhalten verwirrte Lily. Den einen Tag war er kälter als der Nordwind und am nächsten wärmer als eine Sommerbrise.

Das Schachbrett war aus poliertem Holz, die Figuren waren aus Harz handgefertigt und stellten berühmte Elizabethaner dar. Elizabeth Tudor und Maria Stuart waren selbstverständlich die Damen, Lord Burghley diente als englischer König, James VI als schottisches Pendant. Die Läufer, Springer und Türme wurden durch namhafte, englische und schottische Personen wie Dudley, Devereux, Raleigh, Darnley und Bothwell verkörpert. Die Bauern, allesamt bekannte englische Dichter, rüsteten sich zum Kampf gegen die schottischen Bauern in Form verschiedenster Highland Clans.

»Das scheint mir ein Krieg der Feder gegen das Schwert zu sein«, bemerkte Lily und schob dem Duke eine Schüssel mit Fischsuppe hin.

James nickte. »Du bist sehr kenntnisreich und aufmerksam, meine Lady.«

»Ich dachte, ich sei ein Hafenmädchen«, warf Lily ihm seine eigene Bemerkung an den Kopf.

James zwinkerte ihr zu und sagte: »Eine sehr hübsche Vertreterin dieser Spezies.«

Lily widmete sich ihrer Suppe. »Sind dort die Armstrongs in der ersten Reihe zu finden?«

»Nein.«

»Sind die Armstrongs etwa Feiglinge?«

»Die Armstrongs sind Lowlander«, erklärte James und legte finster den Kopf schief. »Übrigens, warum schlürfst du deine Suppe nicht?«

Lily lächelte. »Wäre dir das lieber?«

»Nein, vielen Dank.« James wies auf das Schachbrett und begann: »Das Brett wird so aufgestellt, dass jeder Spieler auf der rechten Seite ein weißes Feld hat.«

»Warum?«

»Das ist Regel Nummer eins.«

»Ich verstehe aber nicht, was das für einen Unterschied macht«, meinte Lily.

»Willst du spielen oder streiten?«, versetzte James. »Die Türme stehen in der Ecke, danach kommen die Springer und dann die Läufer. Die weiße Dame steht auf dem weißen Feld und die schwarze auf dem schwarzen Feld. Ihre Könige befinden sich neben ihnen. Die Bauern stellen die vorderste Verteidigungslinie dar.«

»Wir wollen ja nicht, dass die Mächtigen zuerst sterben«, konnte sich Lily nicht verkneifen.

»Die Dame ist die wirkungsvollste Figur auf dem Brett«, fuhr James ungerührt fort. »Sie kombiniert die Bewegungen des Läufers und der Türme.«

Lily sah ihn verwirrt an. »Warum ist nicht der König die wirkungsvollste Figur?«

»Der König muss beschützt werden«, erklärte James. »Wenn er fällt, ist das Spiel vorbei.«

»Weshalb kann die Dame nicht übernehmen?«

»Sie ist eine Frau«, seufzte James mühsam beherrscht. »Darum.«

»Dich aufzuregen bringt nur deine Verdauung durcheinander«, warnte Lily.

»Das würde dir gefallen, was?«, blaffte James. »Also, wer willst du sein?«

»Elizabeth ist meine historische Lieblingsfigur«, äußerte Lily.

»Wie schön zu wissen, dass du jemanden bewunderst«, meinte James trocken. »Dann lass uns spielen.« Er bewegte einen seiner Bauern zwei Felder vorwärts.

»Du schummelst«, beschwerte sich Lily.

»Ein Bauer darf beim ersten Zug zwei Felder vorwärts schreiten«, erklärte er. »So können die Damen und der Läufer in Aktion treten.«

Lily konterte, indem sie ihren Springer über die Bauern zog.

»Du bist wagemutig«, sagte James mit verführerischer Stimme. In seinen schwarzen Augen blitzte neuerlicher Respekt auf.

Lily spürte ein dahinschmelzendes Gefühl in der Magengegend. »Ich gewinne gern«, erwiderte sie leise.

Das Spiel ging weiter. Fünfzehn Züge später verkündete James: »Schachmatt.«

»Was bedeutet das?«

»Du hast verloren.«

»Dann will ich eine Revanche«, forderte Lily.

»Wir spielen morgen wieder, wenn du das Buch studiert hast«, entgegnete James und reichte ihr das Buch mit den Regeln und Strategien. »Vielleicht bist du dann morgen eine größere Herausforderung.«

Lily schenkte dieser Beleidigung keine Beachtung.

»Was bekomme ich für mein gewonnenes Spiel?«, wollte er wissen.

»Was möchtest du denn?« Sobald sie das zufriedene Lächeln auf seinem attraktiven Gesicht sah, wusste Lily, dass sie das nicht hätte fragen sollen.

»Einen Kuss?«

Ohne ein weiteres Wort zu verlieren beugte Lily sich vor, ihre Augen verloren sich in seinem dunklen Blick. Seine Lippen berührten die ihren in einem keuschen Kuss, und Lily schloss die Augen, um das Gefühl voll auszukosten.

»Ich muss noch etwas Papierkram erledigen«, verkündete James und wich zurück. »Möchtest du vielleicht in der Bibliothek lesen, während ich arbeite?«

Lily traute sich selbst nicht in seiner Anwesenheit. Es fehlte nicht viel, und sie würde eigenständig die Verbindungstür öffnen und ihr Recht als seine Gefangene einfordern. Zumindest in der Theorie übte eine sanfte Schändung langsam einen gewissen Reiz auf sie aus.

Lily schüttelte den Kopf. »Generäle planen ihre Feldzüge nicht im Lager des Feindes.«

James bot ihr seine Hand an. Zusammen verließen sie die Küche und gingen die Treppe hinauf in den zweiten Stock.

»Ich bringe dich in dein Zimmer«, erbot sich James höflich.

»Ich finde den Weg allein«, wehrte sie ab. Eilig erklomm sie die Stufen zum dritten Stock. Nun wusste sie überhaupt nicht mehr, was sie von James erwarten sollte. Er verwirrte sie zu sehr. Sie konnte das Feuer der Begierde in ihm spüren, und dennoch wartete die widerstrebende Braut in London auf ihn.

Heute Nacht bleibt er zu Hause, erinnerte Lily sich. War das jetzt ihretwegen oder aus einem anderen Grund?

Lily betrat ihr Schlafgemach und legte das Schachbuch auf den Tisch. Sie würde morgen darin lesen. Jetzt wollte sie sich in den Sessel am Fenster setzen und dem unbeschreiblichen Gefühl seiner Lippen auf den ihren nachhorchen.

Fünf Tage vergingen.

James verließ Kinross Park an keinem einzigen Abend.

Lily verlor jedes Spiel und musste stets mit einem Kuss bezahlen. Die Leidenschaft für das Spiel kühlte sich langsam ab, doch die gegenüber dem Duke wurde immer wärmer.

Der sechste Tag war regnerisch und kühl genug, um Feuer in den Kaminen zu machen. Am Nachmittag saßen Lily und James in der Bibliothek vor dem Schachbrett. Sie war entschlossen zu gewinnen, obwohl sie der Preis für ein verlorenes Spiel nicht schreckte. Immerhin hatte er ihr mit seinem Charme bereits die Tugend geraubt, dann konnte sie sich auch gelegentlich einen Kuss erschleichen.

»Bist du bereit?«, fragte James.

Lily nickte. »Bist du bereit zu verlieren?«

»Wir sind aber heute selbstbewusst, was? Vielleicht möchtest du diesmal mehr riskieren als einen einzelnen Kuss?«

»Vergiss die Sache mit meinem Bett.« Sie verengte die blauen Augen zu Schlitzen.

»Du missverstehst mich«, lächelte James. »Dein Einsatz ist ein Kuss für jede verlorene Figur.«

Das klang interessant. »Und was ist dein Einsatz?«

»Zehn Pfund pro Figur«, sagte James. »Wenn du genug für eine Schiffsreise über den Atlantik gespart hast, schicke ich dich und deinen Bruder heim.«

Das klang sogar sehr interessant. »Abgemacht.«

»Nenn mich James.«

»Nenn *mich* Siegerin.«

»Du könntest mehr gewinnen, wenn du verlierst«, gab James zu Bedenken.

»Das möchte ich bezweifeln.«

James drehte das Brett herum, sodass Lily die schwarze Dame bekam, Elizabeth. Er selbst nahm die weiße, Maria Stuart.

»Macht es dir eigentlich nichts aus, immer Maria Stuart zu sein?«

»Ich habe eine sentimentale Schwäche für Maria Stuart.«

»Ich hätte wissen sollen, dass du die Partei der Frau ergreifen würdest, die sich von Männern das Leben ruinieren ließ«, bemerkte Lily. »Welch eine Verschwendung.«

»Eine tragische Figur«, stimmte James zu. »Also los, zieh.«

»Nach dir, James.«

James begann das Spiel, indem er den Königsbauern zwei Felder vorwärts bewegte. Lilys Reaktion war, ihren Springer über die Bauern zu ziehen.

»Immer noch risikofreudig, Liebste?«, kommentierte James.

Lily erstarrte kurz. *Liebste?* Wollte er ihre Konzentration stören und so das Spiel gewinnen?

Sie bemühte sich um eine ausdruckslose Miene und sah ihm direkt in die Augen. »Du bist dran.«

James zog seinen Bauern zwei Felder vor, um den Weg für seinen anderen Läufer freizumachen. Lily konterte und bewegte einen Bauern zwei Felder nach vorn. Somit bedrohte sie seinen Damenbauern sowohl mit dem Springer als auch mit dem Bauern.

»Du hast nun mehrere Möglichkeiten«, sagte sie. »Was wirst du machen?«

»Ich könnte meinen Bauern vorziehen und deinen Springer bedrohen«, lächelte James. Doch stattdessen schlug er ihren Bauern mit seinem. »Ich hätte aber lieber einen Kuss.«

James und Lily beugten sich zueinander, und sie küsste ihn keusch auf die Lippen. Dann lehnten sie sich wieder zurück.

»Das ist aber eine ärmliche Belohnung für deinen Bauern«, beschwerte er sich.

»Vielleicht hättest du mehr Glück, wenn du den Mann am Leben ließest«, neckte sie. »Außerdem musst du schon das ganze Spiel gewinnen, wenn mein Kuss gefühlvoller sein soll.«

Vier Züge später meinte James: »Schach.«

»Wie hast du mich in diese Position manövriert?«, fragte sie erstaunt.

»Rette deinen König, Lily«, warnte James. »Zieh deinen Läufer weiter.«

»Ich brauche deine Hilfe nicht«, erklärte Lily und bewegte den Läufer ein Feld vor. »Darauf wäre ich selbst gekommen.«

Zwei Züge später rief James erneut: »Schach!«

»Heilige Jungfrau«, entfuhr es Lily. »Schummelst du etwa?«

James schenkte ihr ein unverschämtes Lächeln, verschränkte die Arme vor der Brust und wartete auf ihren nächsten Zug.

Lily rettete ihren König aus der Gefahrenzone, indem sie ihn aus der diagonalen Angriffslinie nahm.

James konterte und bedrohte mit seinem Springer ihren König, woraufhin Lily wiederum das Schach abwehren konnte.

»Schachmatt, Liebling«, verkündete James und zog seinen Bauern vor.

Lily starrte ungläubig auf das Schachbrett. Wie hatte sie nur verlieren können? Sie hatte doch die Regeln und Strategien ein Dutzend Mal gelesen.

»Du willst jetzt sicher deinen Kuss«, sagte sie mit einem raschen Blick auf ihn.

»Und diesmal mit mehr Gefühl, bitte.«

Lily beugte sich vor, doch James hielt sie zurück. »Dieses Mal möchte ich gerne stehen.«

Lily legte ihre Hand in seine und warf den Kopf in den Nacken, um in seine dunklen Augen zu sehen.

Ohne Vorwarnung riss James sie in seine starken Arme, umschloss ihre Lippen mit den seinen und küsste sie mit einem Feuer, das ihr die Sinne raubte. Er drängte ihre Lippen mit der Zunge auseinander und drang in die

Süße ihres Mundes vor. Wellen des Verlangens tanzten ihren Rücken auf und ab.

Lily entrang sich ein Stöhnen, sie schlang die Arme um seinen Hals und erwiderte den Kuss mit gleicher Hingabe.

»Es ist also wahr«, erklang eine Stimme an der Tür.

Elftes Kapitel

»Verdammt«, murmelte James und schob Lily beiseite.

Sie wirbelte herum und erblickte drei Frauen mittleren Alters, die durch die Bibliothek auf sie zukamen. Die erste hatte blondes Haar, die zweite dunkles und die letzte rötlichbraunes. Den Schluss des Zuges bildeten Sloane Armstrong und Adam St. Aubyn.

James' Mutter und die Tanten, dachte Lily mit aufsteigender Panik.

Die drei Damen ließen Lily nicht aus den Augen. Sie fühlte sich unbeholfen und spürte heiße Röte ihre Wangen überziehen.

Ein Blick auf die Männer zeigte Lily zwar, dass beide lächelten, James jedoch sah verdrießlicher aus, als sie ihn jemals erlebt hatte.

»Sie ist sehr hübsch«, meinte die Frau mit den rötlichbraunen Haaren laut. »Ich wette, er ist ganz versessen auf sie.«

Die Dunkelhaarige nickte zustimmend. »Die Schwingungen in diesem Raum verraten klar und deutlich, dass die beiden wunderbar harmonieren.«

»Was hast du zu deiner Verteidigung zu sagen, James?«, fragte die blonde Frau und blieb vor dem Duke stehen.

»Fahr zurück nach London, Mutter«, erwiderte er und blickte ihr direkt in die Augen.

Die Angesprochene zog eine Braue hoch, musterte missbilligend ihren Sohn und entgegnete: »Ich habe nicht die Absicht, nach London zurückzukehren und dir zu erlauben, dieses Kind weiterhin zu entehren.«

»Bei allem nötigen Respekt, Mutter, kümmere dich um deine eigenen Angelegenheiten.«

»Aber sicher, James«, antwortete die Duchess freundlich. »Ich werde mich um meine Angelegenheiten kümmern, sobald du das Mädchen geheiratet hast.«

Ihre Bemerkung schockierte Lily. Sie schnappte nach Luft und starrte die ältere Frau mit offenem Mund an.

James sah genauso erschrocken aus wie Lily.

»Du hast mich schon richtig verstanden, meine Sohn.« James' Mutter war kampfeslustig.

Sloane Armstrong kicherte und fing sich dadurch einen scharfen Blick von James ein. Hilfe suchend drehte Lily sich zum Marquis.

»Lasst uns doch erst einmal Tee trinken und uns gesittet kennen lernen, bevor ein Streit ausbricht«, warf Adam St. Aubyn ins Gespräch ein. »In Ordnung?« Ohne auf eine Reaktion zu warten, rief der Marquis nach Pennick.

Der Butler eilte so rasch in die Bibliothek, dass Lily ihn im Verdacht hatte, vor der Tür gelauscht zu haben. Ein bisschen aufregender Tratsch für die Küche, zweifellos.

»Servieren Sie uns bitte Tee«, wies Adam ihn an.

Die Witwe und ihre rothaarige Schwester setzten sich auf eines der Sofas am Kamin, die Dunkelhaarige ließ sich gegenüber auf einem Sofa nieder und bedeutete Lily, neben ihr Platz zu nehmen. Sloane wählte den Ohrensessel, während Adam und der immer noch mürrische James stehen blieben.

»Mylord, Myladys, ich möchte Ihnen Mistress Hawthorne vorstellen«, begann Adam. »Lily, das sind James' Mutter, die Duchess, und Lady Donna. Neben Ihnen sitzt Lady Nora.«

»Sehr angenehm«, sagte die Witwe höflich.

»Vielen Dank«, antwortete Lily.

»Erzählen Sie uns von sich«, bat Lady Nora sie.

»Weißt du nicht bereits alles?«, forderte Lady Donna ihre Schwester heraus. »Du behauptest doch immer, alles schon zu wissen, bevor man dir etwas mitteilt.«

»Ich finde deine Skepsis nicht amüsant«, erwiderte Lady Nora.

Ohne ihre Schwestern eines Blickes zu würdigen, maß die Witwe Lily und wiederholte: »Erzählen Sie von sich, meine Liebe.«

Lily sah nervös zu James hinüber, der augenscheinlich unglücklich war, und meinte: »Da gibt es nicht viel zu erzählen.«

»Aber, aber, meine Liebe«, schmeichelte die Witwe. »Nicht so schüchtern.«

Lily holte tief Luft und reckte das Kinn. »Ich lebe in Boston mit meinen beiden Brüdern und meinem Vater, einem Gastwirt«, begann sie. »Die meiste Zeit verbringe ich damit, mich um meinen jüngeren Bruder zu kümmern, der leicht behindert ist.«

»Was hat er denn?«, erkundigte sich Lady Donna.

»Michael ist ein wenig langsam«, antwortete Lily und richtete sich kerzengerade auf. »Ihr Sohn hat ihn ebenfalls entführt.«

»Du hast ein junges Mädchen und ihren behinderten Bruder entführt?« Die Witwe schüttelte missbilligend den Kopf. »Du fuhrst nach Amerika, um die Goldene

Lilie zu finden. Wie konntest du so heimtückisch gegenüber zwei unschuldigen Menschen handeln?«

Lily erstarrte innerlich bei der Erwähnung der Goldenen Lilie. Wüsste die Duchess die Wahrheit über sie, würde James' Mutter sie wahrscheinlich hängen lassen.

»Das Schicksal hat sie zusammengeführt«, verkündete Lady Nora.

»Streng genommen haben wir das Duncans Tölpelhaftigkeit zu verdanken«, schaltete James sich ein. »Ich habe ihn an Land geschickt, um Informationen über die Goldene Lilie einzuholen. Als er hörte, wie man Lily beim Namen nannte, glaubte er, fündig geworden zu sein.«

Lily starrte den Duke verblüfft an. Sie konnte nicht verstehen, warum er für sie log, auch wenn sie ihm dankbar dafür war. Eigentlich hatte sie von ihm erwartet, dass er die ganze schäbige Wahrheit erzählte.

Ängstlich, dass die anderen beiden Männer ihre Identität enthüllen würden, sah Lily zu Adam. Er und Sloane grinsten einander an.

»Jedermann kann klar erkennen, dass sie ein Mädchen ist«, spottete Lady Donna.

»Lily trug Männerkleidung«, erklärte James. »In der Dunkelheit der Nacht glaubte er, sie sei ein kleiner Mann.«

»Warum trugen Sie denn Männerkleidung?«, wollte die Witwe wissen. Sie musterte Lily skeptisch.

»Das war ein Witz«, kam James Lily zuvor.

»Lass das Mädchen selbst sprechen«, forderte die Duchess.

Lily konnte die Antwort erst einmal schuldig bleiben, da Pennick eintrat und den Tee servierte.

»Und?«, erkundigte sich die Witwe, nachdem der Butler den Raum verlassen hatte.

»Ich spielte einem Freund, der in der Nähe lebt, einen Streich«, erzählte Lily, dankbar, dass der Duke sich für sie eine Lüge ausgedacht hatte.

»Was für ein Streich?«, bohrte Lady Donna nach.

»Was spielt das für eine Rolle?«, fiel Lady Nora ein. »Das Schicksal hat sie zusammengeführt, und die Ehe wird sie zusammenhalten.«

Lily blinzelte zu James hinüber, der bei dem Wort *Ehe* aufschreckte. Sie konnte es ihm nicht verdenken, denn auch sie wollte ihn nicht ehelichen.

»Ich könnte dich umbringen«, sagte James zu seinem Cousin. Dann sah er zu Adam hinüber: »Oder war das etwa deine Idee?«

»Das ist doch ganz egal«, unterbrach seine Mutter. »Du wirst das Mädchen heiraten.«

»Das werde ich *nicht* tun«, weigerte James sich nachdrücklich.

Am liebsten hätte Lily sich in einem Mauseloch verkrochen. Beinahe wäre sie dem Charme des Dukes erneut erlegen; vielleicht war der Besuch seiner Verwandten ein Glück für sie. Immerhin hielt ihre Ankunft sie von seinem Bett fern.

»Beachten Sie ihn gar nicht«, riet Lady Donna in dem offensichtlichen Bemühen, Trost zu spenden. »Rann nie der Strom der treuen Liebe sanft.«

»Der Sommernachtstraum«, rezitierte Lily ohne nachzudenken. »Erster Aufzug, erste Szene.«

Als Adam und Sloane losprusteten, wurde Lily bewusst, was für ein Fehler ihr unterlaufen war. Alle drei Frauen starrten sie verblüfft an.

»Die alte Sag ist keine Ketzerei, daß Frein eine Schickung sei«, zitierte Sloane ebenfalls Shakespeare.

Der Kaufmann von Venedig, dachte Lily. Sie war dem Cousin des Dukes dankbar, dass er den Teil mit dem *Hängen* ausgelassen hatte.

»Du hast sie kompromittiert«, erklärte die Witwe. »Und nun wirst du sie heiraten.«

»Himmel Herrgott noch einmal, Mutter! Sie ist nichts weiter als ein Hafenmädchen«, brach es empört aus James heraus.

Lily konnte verstehen, dass er sie nicht heiraten wollte, doch es gab keinen Grund, derart beleidigend zu werden. Sie stand auf und sagte: »Ich habe genug von Aristokraten mit schlechten Manieren. Bitte entschuldigen Sie mich.«

»Setz dich hin«, blaffte James sie an.

»Und halten Sie den Mund«, befahl die Witwe.

Lily ließ sich wieder auf den Stuhl fallen. »Habe ich denn gar nichts mitzureden?«

»Nein!«, riefen Mutter und Sohn wie aus einem Munde.

Adam und Sloane brachen abermals in Gelächter aus. Die Tanten schmunzelten und nickten einander zu.

»Ihr werdet euch verloben«, verkündete die Duchess ihrem Sohn. »Und wenn wir sie zu einer Lady erzogen haben, wirst du sie heiraten.«

»Und ich werde ihren Debütantinnenball ausrichten«, kam es von Adam.

»Was für eine wunderbare Idee«, schwärmte die Witwe. »Ich liebe Bälle.«

»Ich bestehe auf einer langen Verlobungszeit«, verlangte James.

Seine Mutter neigte den Kopf, im Sieg über ihren Sohn konnte sie großzügig sein. »Wie du wünscht.«

»Das können Sie nicht ernst meinen«, jammerte Lily. »Ich werde mich doch nicht mit diesem ... diesem *Engländer* verloben!« Aus ihrem Mund klang das Wort wie die gemeinste Beleidigung.

»Seien Sie nicht albern«, winkte die Witwe ab.

»Sie werden eine Duchess werden«, erklärte Lady Donna.

»Ich will aber keine Duchess werden«, beklagte sich Lily.

Die Frauen sahen sie an, als wäre ihr ein zweiter Kopf gewachsen. Offenbar konnten sie sich nicht vorstellen, dass es eine Frau geben sollte, die James Armstrong nicht heiraten wollte.

Lily saß in der Falle. Ihr Magen revoltierte, und ihr war übel. Sie lehnte den Kopf an das Sofa, schloss die Augen und kämpfte gegen das Unwohlsein.

»Bist du krank?«, fragte James besorgt.

Lily öffnete die Augen. »Ich muss mich hinlegen.« Sie schüttelte seine helfende Hand ab, erhob sich und sagte: »Wir sprechen später weiter.«

Langsam schritt sie zur Tür. Hinter sich vernahm sie die Witwe: »Ich hoffe, sie ist nicht der kränkliche Typ.« Und dann erkundigte sich eine der Tanten: »Könnte sie guter Hoffnung sein?«

Diese Frage erschreckte Lily, aber sie gab vor, nichts gehört zu haben, und ging zur Tür hinaus. Auf ihrem Zimmer legte sie sich aufs Bett. Konnte sie wirklich schwanger sein? Der Gedanke war lächerlich. Diese unverschämten Briten hatten sie krank gemacht, nichts weiter.

Lily grübelte, bis sie endlich einschlief.

Als sie eine Stunde später erwachte, blickte sie in rote Augen. Sie bewegte sich nicht und versuchte herauszufinden, ob sie noch träumte. Doch dann hörte sie ein Grunzen, und eine Zunge leckte ihr über das Gesicht.

Erleichtert setzte Lily sich im Bett auf. Die roten Augen und das Grunzen gehörten zu Princess.

»Was ist los mit dir?«, wollte Michael wissen. »Du schläfst doch sonst nie nachmittags, außer wenn du krank bist.«

Lily klopfte einladend auf die Bettkante. Sobald ihr Bruder und das Schweinchen darauf Platz genommen hatten, erläuterte sie ihm: »Ich brauchte etwas Ruhe, nachdem ich die Mutter des Dukes kennen gelernt habe.«

»Ich wusste nicht, dass Duke eine Mutter hat. Ist sie gemein?«

»Nein, sie ist eigensinnig.«

»Was ist *eigensinnig*?«

»Sie ist dickköpfig«, erklärte Lily. »Sie besteht darauf, dass ich James heirate.«

»Und was ist mit Bradley?«, fragte Michael.

Lily tastete nach ihrem Kreuz und biss sich mit den Zähnen auf die Unterlippe. Wo war Bradley gerade? Dachte er an sie? Hatten er und ihr Bruder schon ihr Verschwinden entdeckt?

Lily wusste, dass sie Bradley Howell nicht mehr heiraten konnte. Diese Möglichkeit hatte sie verspielt, da sie sich dem Duke hingegeben hatte.

»Machst du dir Sorgen wegen der Mutter von Duke?«, erkundigte sich Michael.

»Mich bedrückt gar nichts«, behauptete Lily.

»Können wir im guten alten England wohnen bleiben, wenn du Duke heiratest? Niemand macht sich hier über mich lustig.«

»Es freut mich, dass du dich wohl fühlst.« Lilys Herz zog sich zusammen. Niemand sollte jemals wieder ihren Bruder ärgern. Er war Gott näher als jeder andere Mensch, den sie kannte.

»Hast du die Köchin gefragt, ob sie den besonderen Kuchen backt?«, fragte sie.

Michael nickte. »Sie hat gelacht und Ja gesagt.«

Jemand klopfte an die Tür, und Lily hörte Duncans Stimme: »Michael, bist du fertig?«

»Ich komm schon«, antwortete er. Dann hob er das Schwein vom Bett und meinte: »Duncan bringt mir jetzt Schach bei.«

Sobald Lily wieder allein war, lehnte sie sich gegen das Kopfende des Bettes und seufzte. Wie schade, dass der Duke sie nicht liebte. Dann könnte Michael bei Menschen leben, die ihn so akzeptierten, wie er war. Oder nahmen sie ihn nur deshalb an, weil er unter dem Schutz des Dukes stand?

Ihr unüberlegtes Handeln hatte Michael zu einem Leben in Bostons Hafen verurteilt, dachte Lily, und Schuldgefühle stiegen in ihr auf. Den Rest seines Lebens würde ihr Bruder die Engstirnigkeit anderer Leute zu spüren bekommen.

Schon wieder ertönte ein Klopfen und riss sie aus ihren Gedanken.

»Ja?« Sie glitt vom Bett und strich sich über den Rock des Kleides.

»Lily, geht es dir besser?«, rief James durch die Tür.

»Ja.«

»Darf ich hereinkommen?«, wollte er wissen.

»Warum?« Sie konnte ihr Misstrauen nicht verbergen.

»Ich muss unter vier Augen mit dir sprechen.«

Lily öffnete die Tür und trat einen Schritt zurück, um ihn einzulassen. »Die Tür bleibt aber offen.«

James nickte kaum merklich. »Ich möchte mich entschuldigen für ... was macht denn der Wäscheschrank vor der Tür?«

»Den habe ich dorthin geschoben, damit du nachts nicht in mein Bett schleichen kannst.«

James grinste. »Traust du mir etwa nicht?«, fragte er gespielt gekränkt.

»Du benimmst dich nicht gerade vertrauenswürdig.«

»Dein Argwohn verletzt mich zutiefst.«

»Besser von meinem Argwohn verletzt zu werden als von meinem Dolch«, gab Lily liebenswürdig zurück. »Was willst du?«

»Falls ich diese Frage mit dem Wort *dich* beantwortete, würdest du mich dann ohrfeigen?«

»Mit dem größten Vergnügen.«

»Wenn das so ist, dann bin ich hier, um mich für mein Verhalten in der Bibliothek zu entschuldigen. Ich wollte dich nicht beleidigen.«

»Das hast du nicht«, log Lily. »Sonst noch etwas?«

»Kommst du später zum Dinner?«, erkundigte er sich.

Lily wollte nicht nach unten gehen, und sie wollte die Witwe und ihre Schwestern nie wieder sehen, doch sie wusste, dass dies nicht in Frage kam. Also konnte sie ebenso gut das Unvermeidliche so schnell als möglich hinter sich bringen.

»Ich beabsichtige, deiner Mutter gegenüber etwas

klarzustellen, was ihren absurden Plan betrifft«, meinte Lily.

»Bitte tu das nicht.« James' Miene wurde ernst. »Mutter wird nicht jünger, und der Tod meines Bruders war ein Schock für sie. Könntest du ... würdest du ihr den Willen lassen und ihren Plänen für uns zustimmen? Eine Verlobung kann jederzeit wieder gelöst werden.«

»Wie wird deine Mutter sich fühlen, wenn sie erfährt, dass ich die Goldene Lilie bin?«, fragte Lily.

»Das wird sie nicht«, versicherte James. »Adam und Sloane haben eingewilligt, über das Thema Stillschweigen zu bewahren.«

»Also gut. Dann spiele ich mit«, erklärte sich Lily zögernd einverstanden.

»Ich danke dir.« James beugte sich zu ihr herab, als wolle er sie küssen.

Rasch trat Lily einen Schritt zurück.

»Ich sehe dich dann beim Abendessen.« Mit diesen Worten verließ er ihr Zimmer.

Lily schloss die Tür hinter ihm. In welch absurder Lage sie war!, schoss es Lily durch den Kopf. Jetzt würde sie vorgeben müssen, sich mit ihm zu verloben, ohne ihn wissen zu lassen, dass sie ihn liebte.

Den Duke zu lieben war aussichtslos, das wusste Lily, doch sie konnte ihre Gefühle für ihn nicht länger verleugnen. Ihr Wunsch, Bradley Howell zu heiraten, schien aus einem anderen Leben zu stammen.

Drei Stunden später schritt Lily über den Teppich im Flur zur Treppe. Sie trug ein nachtblaues Kleid mit hoher Taille, rundem Ausschnitt und kurzen Puffärmeln. Zwar hatte sie darüber nachgedacht, eine der Broschen anzustecken, hatte sich dann allerdings dagegen entschieden. James hatte ihr die Schmuckstücke als Bezahlung für geleistete Liebesdienste geschenkt, nicht weil sie ihm etwas bedeutete.

Lily war nervös, während sie auf das Speisezimmer zuging. Sie wünschte, sie hätte der vorgetäuschten Verlobung nicht zugestimmt. Stattdessen hätte sie die Witwe anflehen sollen, sie zurück nach Boston zu schicken.

Dann hättest du den Duke niemals wieder gesehen, sagte ihre innere Stimme. Wäre das so schlimm? Sie würde ihn sicher bald vergessen. Oder etwa nicht?

James saß am Kopfende des Tisches, auf je einer Seite Lily und seine Mutter. Daneben hatten Lady Donna und Lady Nora Platz genommen, schließlich kamen Adam und Sloane.

Lily fühlte sich äußerst unbehaglich in dieser Runde. Sie hoffte, sie würde sich nicht lächerlich machen, indem sie das falsche Besteck benutzte. Ihre Erleichterung darüber, dass ihr Bruder lieber in der Küche aß, bereitete ihr Schuldgefühle.

Pennick servierte den ersten Gang.

»Wo ist denn Ihr Bruder?«, wollte die Witwe wissen.

»Michael zieht die Küche vor«, antwortete Lily. »Um ehrlich zu sein, bin ich selbst lieber in der Küche. Zum Dessert wird er aber hochkommen, um Sie zu begrüßen.«

»Sie bevorzugen die Küche?«, fragte Lady Donna erstaunt.

»Ich aß neulich Abend mit Lily in der Küche«, erzählte James. »Das war wirklich sehr angenehm, obwohl Pennick nicht gerade begeistert war.«

»Vielleicht lag es an der netten Gesellschaft«, schlug Lady Donna vor.

»Ein Abendessen mit meinem Gast würde ich immer und überall genießen«, lächelte James.

Seine Bemerkung überraschte Lily. Sie wurde rot und ließ den Blick auf den Teller sinken.

»Ganz offensichtlich hat Lily einen guten Einfluss auf dich«, äußerte Adam.

James schmunzelte. »Warum trägst du keine der Broschen, die ich dir geschenkt habe?«

»Dieses Schmuckstück ist das einzige, das mir wirklich etwas bedeutet«, sagte Lily und tastete nach dem Kreuz um ihren Hals.

»Sie müssen sehr tapfer sein«, wechselte Lady Donna das Thema. »Ich weiß, ich würde tot umfallen, wenn mich jemand entführen und über den Ozean verschleppen würde.«

»Die Chancen sind relativ gering, dass dir so etwas zustößt«, teilte Lady Nora ihrer Schwester mit. »Nur ein Blinder würde eine Frau in deinem Alter rauben. In deinem Fall müsste er zusätzlich noch taub sein.«

Lady Donna machte den Eindruck, als würde sie ihrer Schwester eine Ohrfeige verpassen wollen.

»Weinen kann ich nicht, aber mein Herz blutet«, zitierte Lily.

»Aus welchem Stück stammt das?«, erkundigte sich James' Mutter.

»*Das Wintermärchen,* dritter Aufzug, sechste Szene«, kam es wie aus der Pistole geschossen.

Die Duchess lächelte sie wissend an.

»Hat sie Recht?«, fragte Lady Donna.

»Natürlich«, erklärte Lady Nora.

»Woher willst du das wissen? Du magst Shakespeare doch überhaupt nicht.«

»Ich weiß es, weil ich es weiß«, sagte Lady Nora nachdrücklich.

Die Männer kicherten, selbst Lily brachte ein Lächeln zustande.

»Lily liebt Shakespeare und Queen Elizabeth«, verkündete James den Anwesenden.

»Lily *war* Queen Elizabeth in einem früheren Leben«, eröffnete Lady Nora.

»Bitte erspar uns diesen Unsinn«, meinte Lady Donna.

»Lily würde lieber tot umfallen, als Engländerin zu sein«, meinte James. »Wenn man ihr zuhört könnte man glauben, wir Briten seien ausnahmslos leprös.«

Alle starrten sie plötzlich an, und Lily hätte sich am liebsten unter dem Teppich verkrochen. Der Duke hatte kein Recht, den anderen von ihrer Abneigung gegen die Engländer zu erzählen.

»Das Mädchen braucht Kleidung«, wechselte die Witwe rasch das Thema.

»Darum habe ich mich bereits gekümmert«, versicherte James seiner Mutter. »Eine Schneiderin wird in ein paar Tagen hier eintreffen.«

Aufgeregt zwitscherte Lady Donna: »Wir werden ihr beibringen, wie man geht, spricht, tanzt, einen Fächer hält, ...«

»All die wahrhaft wichtigen Dinge im Leben«, sagte Lady Nora und zwinkerte Lily zu.

»Schwimmen kann sie schon«, ließ sich Sloane vernehmen. »Wir haben Lily im Springbrunnen erwischt, als sie gerade auf Georgs Pferd saß.«

Lily errötete, und die Duchess runzelte die Stirn.

»Dieses unschickliche Verhalten muss auf der Stelle ein Ende haben«, befahl sie.

»Damen schwimmen nicht«, ergänzte Lady Donna.

»Ich fand es charmant«, bemerkte Adam.

»Ich auch«, stimmte Sloane zu.

»Mir ging es ebenso«, pflichtete James bei und bedeckte Lilys Hand mit der seinen.

»Soweit ich mich erinnern kann, sagtest du damals etwas anderes.« Lily entzog ihm die Hand. Sie wollte nicht, dass James sie berührte, denn sie bezweifelte, ob sie die Kraft hatte, ihm zu widerstehen.

»Sollen wir uns für das Überraschungsdessert in die Bibliothek begeben?«, schlug James vor und überging ihren letzten Satz geflissentlich.

»Du weißt davon?« Lily war verblüfft.

»Ich weiß alles, was in meinem eigenen Haus vor sich geht.«

Sobald sie sich in der Bibliothek niedergelassen hatten, trat Pennick mit Michael ein, der einen Kuchen mit angezündeten Kerzen darauf hereinbrachte. »Ich bitte um Verzeihung, Mylord«, meinte der Butler. »Michael bestand darauf, den Kuchen selbst zu halten.«

»Zu Hause lasse ich ihn nie den Kuchen tragen.« Lily eilte ihrem Bruder zu Hilfe. Zusammen setzten sie ihn auf dem Tisch ab und traten einen Schritt zurück, sodass jeder ihn bewundern konnte. Michael wischte sich das Kinn mit dem Ärmel ab und blies die Kerzen aus. Dann legten die Geschwister die Hand auf ihr Herz. »Alles Gute zum Geburtstag, Amerika«, sagte Michael feierlich.

»Auf dass es den Krieg gewinnen möge«, fügte Lily eigensinnig hinzu.

Die anderen weigerten sich, darauf zu antworten.

»Du musst Michael sein«, begann die Duchess stattdessen.

Michael nickte. »Lily hat mich nach einem der Erzengel benannt.«

»Tatsächlich? Und magst du England?«

»Ich liebe das gute alte England«, erklärte Michael. »Ich selbst will am liebsten auf immer und ewig hier leben.«

»Schade, dass deine Schwester nicht genauso empfindet«, bemerkte die Witwe. »Aber sie wird sich schon noch eingewöhnen. Was hat es denn mit diesem Schwein auf sich?«

»Sie heißt Princess«, erzählte Michael. »Ich muss jetzt leider los, Duncan bringt mir gerade Schach bei.« Und damit rannte er aus der Bibliothek.

»Ihr Bruder ist sehr lieb«, sagte James' Mutter zu Lily. Zu James gewandt fügte sie hinzu: »Ihr müsst euch noch heute Abend verloben.«

»Aber das geht nicht«, wehrte James ab. »Wir haben keinen Vertrag. Wenn ich in ein paar Tagen nach London fahre ...«

»Ich habe mir die Freiheit genommen, einen Vertrag aufsetzen zu lassen«, mischte sich Sloane ein und zog eine Urkunde aus der Jacke. »Mir fehlen nur ein paar Details.«

»Ich habe gar keinen Ring«, wandte James ein.

»Darum habe ich mich gekümmert«, war nun Adam zu hören. »Ich hoffe, ich habe deinen Geschmack getroffen?« Er griff in die Tasche und holte eine Schatulle hervor.

Warum zögerte der Duke die Verlobung noch weiter hinaus?, fragte sich Lily. Die ganze Angelegenheit war ohnehin nur vorgetäuscht. Was spielte es da schon für eine Rolle, ob sie den Vertrag heute oder nächste Woche unterzeichneten? Ihn sofort zu unterzeichnen, wirkte jedoch glaubwürdiger.

»Ich schulde Lily noch ein weiteres Geschenk«, wandte James sich an sie. »Mein Verhalten vor einer Woche war sehr taktlos. Ich möchte öffentlich für mein schlechtes Benehmen um Verzeihung bitten.«

»Ich akzeptiere die Entschuldigung«, erwiderte Lily lächelnd und mit pochendem Herzen. Er hatte es nicht vergessen!

James steckte ihr den Ring an den Mittelfinger der linken Hand. Als Lily das Schmuckstück betrachtete, fiel sie beinahe in Ohnmacht. Ein riesiger gelber Diamant prangte in Platin gefasst zwischen zwei weißen Brillanten.

James küsste Lilys Hand und sagte leise: »Der Regen hat aufgehört. Möchtest du etwas spazieren gehen?«

Lily witterte eine Chance, seiner Verwandtschaft zu entkommen und nickte. »Das würde ich wirklich sehr gerne.«

»Ich brauche noch Lilys Geburtstag für den Vertrag«, rief Sloane hinter ihnen her.

»Der sechste November«, warf Lily ihm über die Schulter zu.

»Welches Jahr?«

»*Jedes Jahr*!«

James prustete los und führte sie aus der Bibliothek. Als sie in der Eingangshalle ankamen, entwand Lily ihm ihre Hand und meinte: »Eigentlich bin ich sehr müde. Ich glaube, ich verzichte auf den Spaziergang.«

James trat zu ihr. »Danke, dass du so freundlich zu meiner Mutter warst.«

»Ich bin immer freundlich«, lächelte Lily fröhlich.

Doch als James sie küssen wollte, machte sie einen Schritt zurück.

»Wir müssen uns nicht verstellen, wenn wir allein sind.« Genussvoll nahm sie sein enttäuschtes Erstaunen zur Kenntnis, ließ ihn stehen und sah sich nicht noch einmal um.

Zwölftes Kapitel

»Ich weiß, dass du sie liebst.«

James lehnte sich in die Kissen der Kutsche zurück und bedachte seinen Freund mit einem finsteren Blick. Dann sah er wieder aus dem Fenster. »Wir sind in London.«

»Willst du abstreiten, dass sie dir etwas bedeutet?«, forschte Adam nach.

»Meine Hunde bedeuten mir auch etwas, und dennoch beabsichtige ich nicht, sie zu ehelichen«, meinte James trocken.

»Das ist wirklich zu schade«, erwiderte Adam, und der Hauch eines Lächelns umspielte seine Lippen. Er streckte die langen Beine aus, verschränkte die Arme vor der Brust und fügte hinzu: »Schön, dass Sloane anders empfindet als du.«

»Was soll das heißen?« Sofort war James hellwach.

»Sloane ist auf Kinross Park geblieben, weil er eine Schwäche für Lily hat«, erklärte Adam.

»Vielleicht hat mein Cousin Angst, allein mit mir in London zu sein«, entgegnete James. »Immerhin hat er mir meine Mutter und die Tanten auf den Hals gehetzt. Ich hätte die Jungs in Eton damals nicht davon abhalten sollen, euch zu Tode zu prügeln.«

»Das meinst du doch nicht ernst«, klagte Adam. »Mir das Leben gerettet zu haben, könnte sich eines Tages als sehr nützlich herausstellen.«

»Das bezweifle ich«, grinste James. »Seit dem Tag, an dem ich dir das Leben rettete, klebst du wie eine Klette.«

Die Kutsche kam abrupt vor dem Anwesen der St. Aubyns an der Park Lane zum Stehen. Ohne auf einen Bediensteten zu warten, öffnete Adam die Tür.

»Willst du zuerst zur Upper Brook Street fahren?«, fragte er.

»Zum Berkeley Square«, antwortete James. »Ich freue mich nicht sonderlich auf das Gespräch mit St. Leger und möchte es so bald wie möglich hinter mich bringen.«

Sein Freund nickte verständnisvoll. »Dann sehen wir uns später im White's?«

Allein in der Kutsche versuchte James, sich die Worte zurechtzulegen, mit denen er Reggie St. Leger die Lösung seiner Verlobung mit Valentina erklären wollte. Seine Gedanken weilten jedoch allein bei Lily.

Hatte Adam Recht damit, dass er sie liebte? Sie besaß keine der Eigenschaften, die er von einer Ehefrau erwartete – eine gute Erziehung, ein Geld, ein seichtes Gemüt. Stattdessen war sie loyal und fürsorglich, wie die Beziehung zu ihrem Bruder bewies.

Das kleine Hafenmädchen würde niemals von der besseren Gesellschaft akzeptiert werden, und der Debütantinnenball wäre eine einzige Katastrophe. Daraufhin würden seine Mutter und die Tanten schnell davon Abstand nehmen, ihn mit Lily zu verheiraten.

Er lächelte in sich hinein. Als er Kinross Park verließ, marterte Lily die drei Damen gerade mit ihrem Klavierspiel. Ein paar Stunden Tanzunterricht würden sie vermutlich ins Grab bringen.

Sobald die Kutsche vor dem Stadthaus der St. Legers am Berkeley Square hielt, sah James auf. Die kurze

Fahrt von Park Lane hierher hatte ihm nicht genügend Zeit gelassen, seine Gedanken zu sammeln.

Er nahm an, dass Ehrlichkeit die beste Strategie war. Wie entwürdigend, einem niedriger gestellten Mann zu erklären, dass seine Mutter von ihm die Eheschließung mit einer jungen Amerikanerin forderte, die er entführt hatte.

Niemand kann dich dazu drängen, sie zu heiraten, sagte ihm seine innere Stimme.

Doch James gab sich alle Mühe, diese Stimme aus seinem Kopf zu verbannen. Zu glauben, seine Mutter zwänge ihn, Lily zu ehelichen, war einfacher als einzugestehen, dass er sie liebte.

Als er aus der Kutsche stieg, blieb James einen Moment stehen und betrachtete das Stadthaus. Dieser Schritt würde ihn eine Menge Geld kosten. Er hatte sich nie klargemacht, wie kostspielig eine Entführung sein könnte. Das würde ihm nicht noch einmal passieren.

James klopfte an die Tür, aber niemand kam. Selbst wenn Reggie und Valentina nicht zu Hause wären, so müsste einer der Bediensteten erscheinen, wunderte sich der Duke. Er wollte gerade gehen, als die Tür doch noch geöffnet wurde. St. Legers Butler stand im Eingang.

»Der Earl ist nicht da, Mylord«, teilte der Mann mit. »Er sagte nicht, wann er zurückkehren würde.«

»Bitte bestellen Sie dem Earl, ich möchte ihn so bald als möglich sprechen.«

»Ich werde die Nachricht überbringen, Mylord.« Damit schlug er James die Tür vor der Nase zu.

Überrascht von der Unhöflichkeit des Mannes ging James zurück zu seiner Kutsche. Er würde mit Reggie auch über das Verhalten seines Personals reden müssen.

Bevor er einstieg, wandte sich James noch einmal zum Haus um. Eine Bewegung am oberen Fenster erregte seine Aufmerksamkeit. War das nicht Reggie, der da hinter der Gardine vorlugte?

Was zum Teufel machte der Mann da?, überlegte James verärgert. Ein Mann in Reggies Position durfte einen Höhergestellten nicht derart beleidigen. Wieder schritt er die Stufen hoch und klopfte an der Tür.

Der Butler öffnete. »Mylord, ich ...«

»Ich habe den Earl hinter der Gardine gesehen«, unterbrach ihn James und schob sich an ihm vorbei ins Haus.

»Mylord, es tut mir schrecklich Leid.« St. Leger erschien am oberen Treppenabsatz und kam eiligst heruntergerannt. »Ich dachte, Sie wären einer meiner Gläubiger.«

James lächelte in sich hinein. Ein ruinierter St. Leger würde einer finanziellen Regelung der Situation gegenüber sicher aufgeschlossener sein, besonders wenn James sich großzügig zeigte.

»Geldsorgen, Reggie?«, fragte James und furchte die Stirn.

»Ein vorübergehender Engpass«, winkte St. Leger ab. »Valentina ist gerade nicht hier.«

»Ich bin nicht wegen Valentina hier«, erklärte James. »Ich habe etwas Wichtiges mit Ihnen zu besprechen.«

St. Leger lächelte gewinnend. »Bitte kommen Sie in den Salon.«

»Das Foyer wird ausreichen«, versetzte James. Er wollte nicht länger bleiben als unbedingt erforderlich. »Ich würde jedoch gerne unter vier Augen mit Ihnen reden.«

Mit einer raschen Bewegung des Handgelenks entließ St. Leger seinen Butler. James wartete, bis der Mann außer Sicht war.

»Da es nicht leicht ist, dies zu sagen, will ich es ohne Umschweife machen. Ich löse hiermit die Verlobung mit Valentina.«

»Aber das können Sie nicht tun!«, rief St. Leger in Panik. »Valentina wird am Boden zerstört sein! Woran liegt es denn? Vielleicht kann ich ...«

James hielt die Hand hoch, und der andere Mann verstummte. »Ich habe mich mit einer Frau verlobt, die ich in Amerika kennen gelernt habe.«

»Sie sind mit zwei Frauen gleichzeitig verlobt?« St. Leger war fassungslos.

»Nur eine winzige Überschneidung.« Immerhin hatte James den Anstand, betreten wegzublicken. »Valentina wird nicht das Gesicht verlieren. Ich werde einem Freund bei der *Times* wissen lassen, dass sie sich gegen mein Angebot entschieden hat. Immerhin gab es noch keine öffentliche Bekanntmachung.«

»Nur ein Verrückter würde das glauben«, wandte St. Leger ein. Ein gefährliches Funkeln war in seinen Augen zu sehen, rote Flecken zeigten sich auf seinen Wangen, und in seinem Gesicht zuckte ein Muskelstrang vor mühsam unterdrückter Wut. »Wenn Sie meine Schwester nicht heiraten, verklage ich Sie wegen Vertragbruchs.«

James spürte Zorn in seiner Brust aufwallen. Niemand drohte dem Duke von Kinross! St. Leger hatte vielleicht jeden Grund, verärgert zu sein, doch der Mann verhielt sich völlig unangemessen.

»Welchem Zweck würde das dienen?«, fragte James. »Valentina würde nur darunter leiden.«

»Der einzige legitime Grund für eine Auflösung der Verlobung ist ein körperliches Gebrechen oder unmoralisches Verhalten«, erklärte St. Leger. »Und Valentina kann sich keines dieser beiden Dinge vorwerfen.«

»Reggie, möglicherweise haben Sie mich missverstanden.« James' Lächeln spiegelte sich nicht in seinen Augen. »Ich schlage eine finanzielle Einigung vor. Ich werde all Ihre bis gestern aufgelaufenen Schulden begleichen und noch weitere fünftausend Pfund dazulegen. Außerdem werde ich Valentinas emotionalen Schmerz durch zusätzliche fünftausend Pfund lindern.«

St. Leger starrte ihn wortlos an. Der Duke war sich nicht sicher, ob der Mann wütend über das Angebot oder überrascht von James' Großzügigkeit war.

»Willigen Sie ein, Reggie«, sagte er. »Es ist ein gutes Angebot.«

»Ich nehme an.«

»Schicken Sie mir eine Liste all Ihrer Gläubiger.« James wandte sich zum Gehen.

»Diese Amerikanerin muss etwas ganz Besonderes sein«, bemerkte St. Leger.

»Lily ist ein Original«, bestätigte James. Dann trat er aus der Tür, erleichtert, die Familie St. Leger los zu sein.

Vollständig in Schwarz gekleidet, wie Luzifer persönlich, betrat James den White's Gentleman's Club und gesellte sich zu Adam, der bereits an einem Tisch saß. Er bestellte mit einem Wink seinen üblichen Whiskey bei einem der Diener.

»Wie lief es mit St. Leger?«, erkundigte sich St. Aubyn.

James wartete, bis der Lakai seinen Drink auf dem

Tisch abgestellt hatte und wieder gegangen war. »Reggie wurde einsichtig, nachdem ich ihm ein kleines Vermögen angeboten hatte.«

»Du hast deinen Cousin nur um fünfzehn Minuten verpasst«, erzählte Adam.

»Sloane ist auch in London?« James war überrascht.

St. Aubyn nickte. »Er wollte mit Valentina in die Oper gehen.«

»Sloane und Valentina?« Das verblüffte James noch mehr.

»Er hat sie schon zu mehreren Anlässen begleitet, während du weg warst.« Adam zuckte die Achseln. »Willst du in die Oper und die beiden beobachten?«

James musste bei der Vorstellung grinsen. »Ich bin froh, sie mir vom Hals geschafft zu haben.«

»Und was ist mit Lily?«

»Ich habe ihr die passende Kette zum Verlobungsring gekauft«, sagte James. »Wie gehen die Vorbereitungen für den Ball voran?«

»Darum kümmert sich mein Onkel. Die Einladungen werden morgen versandt, und niemand würde es wagen, eine Einladung des Dukes von Kingston auszuschlagen.«

»Verdammt, da kommt St. Leger«, zischte James.

Der Earl von Bovingdon näherte sich dem Tisch der Freunde, hinter ihm zwei Männer, die James nicht kannte. Beide waren kräftig gebaut, der eine hatte so schwarzes Haar wie er selbst, der andere braunes. St. Leger nickte Adam zu und sah dann zu James.

»Würden Sie sich gerne zu uns gesellen?«, fragte James aus reiner Höflichkeit.

»Ich bin auf dem Weg nach Hause«, wehrte St. Leger

ab. Er wies auf seine beiden Begleiter und stellte sie vor: »Darf ich Ihnen Mr Hampstead und Mr Hawkins vorstellen.«

»Sehr angenehm«, sagte Mr Hampstead.

»Es freut mich, Ihre Bekanntschaft zu machen«, fügte Mr Hawkins hinzu und streckte eine Hand aus.

James erkannte sofort ihren starken Akzent. »Sie sind Amerikaner, die der Krieg hier in England festhält?«

»Sozusagen«, bestätigte Hampstead.

»Wir haben uns nach Investitionen umgetan, als wir von den Feindseligkeiten überrascht wurden«, erklärte Hawkins.

»Was kann ich für Sie tun, Reggie?«, erkundigte sich James.

»Ich wollte Sie nur wissen lassen, dass ich keinen Groll gegen Sie hege«, teilte der Earl mit.

»Sie waren sehr verständnisvoll«, entgegnete James kühl. »Schicken Sie mir gleich morgen die Liste?«

St. Leger neigte den Kopf. »Einen Guten Abend noch, Gentlemen.«

Sobald der Earl und seine Begleiter gegangen waren, hob James sein Glas und nahm einen kräftigen Schluck. »Bei dem Gedanken, dass dieser Mann mein Schwager hätte werden können, läuft es mir eiskalt den Rücken herunter.«

Adam nickte. »Der Mann ist ein unverbesserlicher Spieler. Den hättest du den Rest deines Lebens aushalten müssen.«

»Ich bin noch einmal glimpflich davongekommen«, stimmte James zu.

Zwei Stunden später traten James und Adam aus einer Seitentür in den dicken Nebel. Die Straße wirkte unheimlich, nur die Gaslampen verströmten ein trübes Licht.

»Morgen früh kehre ich nach Kinross Park zurück«, sagte James.

»Das ist eine kluge Entscheidung«, lächelte Adam. »Lilys Ausbildung könnte die Kräfte deiner Mutter und Tanten übersteigen.«

Plötzlich galoppierte ein einsamer Reiter die St. James Street entlang, brachte sein Pferd abrupt zum Stehen, hob eine Pistole und zielte auf die beiden Männer.

Adam hechtete hinter eine der Kutschen und zog James mit sich. Sie hörten den Schuss im selben Moment, als sie auf dem Boden auftrafen. Dann vernahmen sie das Geräusch des davonpreschenden Pferdes.

Die umstehenden Kutscher schlugen Alarm, mehrere Gentlemen aus dem White's kamen auf die Straße gerannt.

Adam stand auf, hielt James die Hand hin und fragte: »Wer will dich tot sehen?«

»Das wollte ich dich gerade fragen«, grinste James.

»Es geht uns gut«, verkündete Adam den Schaulustigen. »Bitte kehren sie in den Club zurück und setzen Sie Ihre Unterhaltung fort.«

Die Menge löste sich langsam auf.

»Jemand möchte deinen Tod«, begann James, als sie wieder allein waren.

»Du bist der Mann, der ein amerikanisches Mädchen entführt und sie gewaltsam nach England gebracht hat«, erinnerte Adam.

»Aber wer würde von meinem Tod profitieren?«, meinte James nun ernster. »Die Antwort auf diese Frage ist«, er zögerte kurz, »Sloane.«

»Sloane?«, wiederholte Adam ungläubig. »Du kannst doch deinen eigenen Cousin nicht verdächtigen!«

»Sloane begleitete meinen Bruder in den Tod«, erklärte James. »Heute Abend kam er unerwartet nach London, und kurze Zeit später schießt man auf mich.«

»Aber Sloane hat alles, was er sich wünschen kann«, wandte Adam ein.

»Außer dem Titel«, erinnerte James. »Wenn ich ohne Erben stürbe, würde Sloane zum fünfzehnten Duke von Kinross.«

»Vermutlich würde es nicht schaden, ein Auge auf ihn zu haben«, gestand Adam ein. »Kinross Park ist im Moment der sicherste Ort für dich. Ich sehe dich in knapp zwei Wochen, und ich verspreche, dass Lilys Debütantinnenball alle Erwartungen einer jungen Frau erfüllen wird.«

James lächelte seinen Freund an. »Bis dann.«

»Wenn Sie einen Salon betreten, müssen Sie nach der Dame des Hauses Ausschau halten und sie als Erste ansprechen«, instruierte die Witwe.

»Sie müssen immer lächeln und dürfen nie zu energisch in einen Raum stürmen«, ergänzte Lady Donna.

Großer Gott, dachte Lily, diese alten Damen quälten sie mit ihren Regeln. Sie hatten ihr sogar vorgeschrieben, welches Kleid sie heute anzuziehen hatte.

»Ah, da ist ja Mr Watkins«, begrüßte Lady Donna den Tanzlehrer, der eigens engagiert worden war. »Mr Watkins wird Ihnen das Tanzen beibringen.«

»Ich war schon nicht in der Lage, Klavier spielen zu lernen«, seufzte Lily.

»Tanzen ist viel einfacher als Klavier spielen«, versicherte die Duchess.

»Nicht für jeden«, warnte Lady Nora.

Mr Watkins erinnerte Lily an eine Eidechse. Er war lang und dünn und hatte die größte Hakennase, die sie je gesehen hatte.

»Unsere bezaubernde Lily braucht ein klein wenig Unterweisung«, erklärte die Witwe gerade.

»Tess, das Mädchen braucht eine ganze Menge Unterweisung«, verbesserte ihre Schwester.

Lily wirbelte herum und sah die ältere Frau scharf an.

»Nichts für ungut, meine Liebe«, beschwichtigte Lady Donna. »Ich möchte Mr Watkins nur verdeutlichen, um was es hier geht.«

»Nun sei schon still«, befahl Lady Nora ihrer Schwester.

Mr Watkins trat näher. Sein Eau de Cologne war unerträglich.

Lily musste niesen und ihr Magen drehte sich um. Doch sie kämpfte die Übelkeit nieder und nieste noch einmal.

»Sie können nicht gleichzeitig niesen und tanzen«, tadelte Mr Watkins hochmütig.

»Ich bitte um Verzeihung«, entschuldigte sich Lily mit hinter dem Rücken überkreuzten Fingern.

»Ich vergebe Ihnen. Nun denn, die Quadrille ist der Eröffnungstanz eines jeden Balls. Heutzutage schreiten die Paare einfach die Figuren, was übrigens eine Schande ist. Es gibt fünf Figuren, *le pantalon, l'ete, la poule, la pastourelle* und das *finale*.« Er demonstrierte jede der Figuren beim Sprechen.

Lily sah ihm angestrengt zu, aber sie wusste, dass sie diesen Tanz auch in zehn Jahren nicht beherrschen würde. Und die Katastrophe namens Debütantinnenball fand schon in zehn Tagen statt.

»Schreiten Sie mit mir die Figuren ab.« Mr Watkins bot ihr die Hand.

Widerstrebend ergriff Lily seine Hand und begann *le pantalon.* Als sie über ihre eigenen Füße stolperte, verspürte sie den plötzlichen Wunsch, dass ihr außergewöhnliches Gedächtnis sich auch auf Bewegungen statt nur auf Worte erstreckte.

»Nein, nein, nein«, schalt Mr Watkins. »Noch einmal, bitte.«

Lily versuchte es wieder und wieder und wieder.

»Es ist unmöglich«, klagte Mr Watkins und wandte sich an die drei Damen. »Sie hat zwei linke Füße.«

»Probieren Sie doch etwas mit weniger Schritten, wie den Walzer«, schlug die Duchess vor.

»Sehr wohl, Mylady.« Mit einem verachtungsvollen Gesichtsausdruck drehte sich Mr Watkins zu Lily. »Der Walzer wird im Dreivierteltakt getanzt, in einer wirbelnden Bewegung, *eins*-zwei-drei, *eins*-zwei-drei. Können Sie sich das merken?«

Lily hätte den Mann am liebsten erdolcht. Zu schade, dass der Duke ihr die Waffe auf dem Schiff abgenommen hatte.

»Wie war das gleich?«, meinte Lily mit einer liebenswürdig unschuldigen Miene.

Mr Watkins Gesicht rötete sich vor Wut. »Können Sie sich das merken, *eins*-zwei-drei, *eins*-zwei-drei?«

»Ich kann es versuchen«, erwiderte sie fröhlich.

Das schien den Mann versöhnlich zu stimmen. »Wir stehen uns genau gegenüber, und bitte aufrecht«, erklärte Mr Watkins. »Ich lege meine Hand auf ihren Rücken und steuere Sie durch den Ballsaal. Sind Sie bereit?«

»Ja, Mr Watkins.«

Der Tanzlehrer machte einen Schritt nach rechts, Lily ebenfalls.

»Versuchen wir es noch einmal.«

Mr Watkins machte einen Schritt nach rechts, Lily ebenfalls.

»Sie machen das ganz falsch«, erklärte Mr Watkins in wachsender Verzweiflung.

»Aber ich mache doch eins-*zwei*-drei, eins-*zwei*-drei«, gab Lily sich unschuldig.

»*Eins*-zwei-drei, *eins*-zwei-drei!«, schrie Watkins.

»Was geht hier vor?«, ertönte eine Stimme vom Türrahmen.

Lady Donna hörte auf zu spielen, Watkins und Lily drehten sich um. James kam durch den Ballsaal auf sie zugestürmt.

»Mylord, ihr das Tanzen beizubringen ist ein Ding der Unmöglichkeit«, beschwerte sich Watkins. »Sie ist so unbeholfen.«

James warf einen Blick auf seine Tante und befahl: »Spiel einen Walzer.«

Die Musik setzte ein.

»Würdest du mir die Ehre dieses Tanzes erweisen?«, fragte James und ergriff ihre Hand.

»Liebend gern«, antwortete Lily lächelnd. »Unglücklicherweise machen meine beiden linken Füße die Sache hoffnungslos.«

»Vertrau mir.« James zog sie nah zu sich und legte eine Hand auf ihren Rücken. Dann führte er Lilys Hand auf seinen Arm und ergriff ihre Rechte.

»Entspann dich und lass dich von mir führen«, erklärte er.

Zusammen wirbelten James und Lily durch den Ballsaal. Er bewegte sich mit der geübten Leichtigkeit eines Mannes, der schon tausend Walzer getanzt hatte. In seinen Armen fühlte Lily sich geborgen, sie ließ sich von ihm führen und glitt dahin, als tanzten sie schon seit Jahren zusammen Walzer. Allein der Mann und die Musik existierten noch für Lily, alles andere verblasste.

»Du tanzt göttlich«, lobte James. »Du hast den armen Mr Watkins nur quälen wollen.«

»Er hat mich zuerst gequält.«

James musste laut lachen. »Beim Tanzen muss man Konversation betreiben, sonst denken die Leute, man mag seinen Tanzpartner nicht.«

»Und was sagt man so?«

»Ich habe dich vermisst«, erklärte James.

Lily errötete und kam aus dem Rhythmus, was ihm ein Grinsen abrang.

»Würdest du gerne ein Picknick machen?«, wollte er wissen.

»Das würde ich sehr gerne«, antwortete sie.

Die Musik war zu Ende, doch James gab ihre Hand nicht frei. Er zog sie hinüber zu den anderen, die versonnen lächelten. Anstatt stehen zu bleiben und etwas zu sagen, führte er Lily wortlos an ihnen vorbei.

»Watkins, Sie sind gefeuert«, rief James noch über die Schulter. Vor dem Ballsaal hielt er kurz inne: »Zieh dich um, ich bestelle uns in der Zwischenzeit einen Picknickkorb.«

»Was ist mit Michael?«, fragte Lily. Sie wollte ihren Bruder als Anstandsdame dabeihaben.

»Duncan und Michael sind fischen gegangen«, teilte James mit.

Es war gefährlich, mit ihm allein zu sein, und Lily

wusste nicht, ob sie stark genug war, seinen Avancen zu widerstehen.

»Ich verspreche, dich nicht zu verführen«, gelobte er.

»Daran habe ich überhaupt nicht gedacht«, log sie.

»Lauf schon.« Sein Lächeln bedeutete ihr, dass er ihr kein Wort glaubte. »Wir treffen uns dann unten.«

Dreißig Minuten später schritt Lily die Treppe hinunter in die große Eingangshalle. Sie hatte ein leichtes weißes Musselinkleid mit kurzen Ärmeln angezogen.

James wartete bereits auf sie und lächelte sie an, als sie erschien. Er nahm den Picknickkorb und führte sie hinaus.

Vor dem Anwesen blieb Lily stehen, schloss die Augen und atmete andächtig die nach Heu duftende Brise ein. Es war ein warmer Sommernachmittag und die Zikaden sangen.

Als Lily die Augen wieder öffnete, merkte sie, dass James sie betrachtete.

»Ich habe noch nie erlebt, dass eine Frau einen Sommertag derart genießt, wie du es offensichtlich tust«, sagte er.

»Das liegt daran, dass du bisher nur Engländerinnen kanntest«, erwiderte sie. »Ich wünschte allerdings, ich könnte das Meer riechen.«

»Hier entlang, mein Liebes«, wies James sie an und nahm ihre Hand. Der Pfad führte hinab in ein Wäldchen. »Der Fluss Ver umschließt meinen Zauberwald. Es ist nicht mehr weit.«

Der schmale Weg zwang Lily, näher bei James zu laufen, als ihr lieb war. Tief sog sie seinen männlichen Duft ein, Bergheide, und es versetzte ihr einen schmerzhaften

Stich, dass ihre Beziehung nur ein Täuschungsmanöver für seine alternde Mutter darstellte.

Geheimnisvolle kleine Gärten und Teiche lagen hie und da verstreut, und deren Anblick entzückte Lily. Wäre dies ihr Zuhause, sie würde ihre Tage damit verbringen, jeden einzelnen dieser wundervollen Winkel zu erforschen.

Dann öffnete sich das Wäldchen auf einen Fluss zu, der sich friedlich seinen Weg in die Ferne bahnte. Samtglatte Steine säumten seine Ufer, und das Wasser schien frisch und sauber.

»Würdest du gerne schwimmen gehen?« James stand direkt hinter ihr.

Lily wandte sich um und lächelte. »Ich schwimme lieber in deinem prachtvollen Springbrunnen.«

Sie wanderten zurück zu der Stelle, an der James die Decke ausgebreitet hatte.

»Heute ist der Jahrestag von Lady Godivas Ritt durch Coventry«, erzählte James.

»Aber heute ist der siebte«, klärte Lily ihn auf. »Lady Godiva ritt am zehnten Juli durch Coventry.«

»Woher weißt du das?«, fragte er.

»Das habe ich irgendwo gelesen.«

»Erklär mir, wie dein Gedächtnis funktioniert.«

Lily dachte einen Augenblick nach und sagte dann: »Ich weiß nicht so recht, wie ich das beschreiben soll.«

James strich mit einem Finger über ihren Arm, was ihr Schauer über den Rücken sandte. »Versuch es einfach, mein Liebes«, neckte er.

»Ich erinnere mich daran, wie das Buch aussah«, begann sie. »Ich sehe die Seite vor meinem geistigen Auge wie ein Gemälde ... Mylord, ich ...«

»Nenn mich James.«

»James, ich muss dich in einer dringenden Angelegenheit sprechen«, meinte Lily.

»Ich werde dich sicherlich nicht nach Hause lassen.«

»Darum geht es nicht.«

»Was ist es sonst?«

»Bitte zwing mich nicht zu diesem Ball«, flehte sie. »Ich werde uns nur alle beide blamieren.«

»Lily, ich vertraue auf deine Fähigkeiten.«

Das überraschte sie. »Wirklich?«

James nickte und winkte sie näher zu sich heran. Als sie ihm gehorchte, legte er einen Arm um ihre Schultern und sagte: »Du bist viel vornehmer als all die Damen der Ton angebenden Gesellschaft. Diese jungen Dinger sind wie Haie. Sie schwimmen um die heiratsfähigen Junggesellen herum und hoffen, sich einen zu schnappen.«

Lily lächelte bei diesem Vergleich. Sie wusste, er wollte ihr nur Mut machen.

Sie wandte den Kopf und sah ihn an. Seine Lippen waren nur einen Atemzug entfernt. »Diese jungen Dinger kennen aber alle Regeln«, konterte sie.

»Mach dir keine Gedanken über die Regeln. Ich schenke ihnen auch keinerlei Beachtung.«

Immer näher kam sein Gesicht bei diesen Worten. Und dann bedeckte sein Mund den ihren.

Lily genoss das Gefühl seiner warmen Lippen, die sich auf ihre pressten, und sie hatte weder die Kraft noch das Herz, ihn wegzustoßen. Stattdessen schlang sie die Arme um seinen Nacken und erwiderte seinen Kuss wild und unbeherrscht.

Unendlich sanft legte James sie auf die Decke, beugte sich über sie und küsste sie mit einer Leidenschaft, die ihm bisher fremd gewesen war.

»Das also ist das *Original*?«

James wirbelte herum, und Lily fuhr hoch.

Die Hände auf die Hüften gestützt stand eine wunderschöne, blonde Frau vor ihnen. Das helle Haar und ihr Engelsgesicht in Verbindung mit der boshaften Stimme erinnerten Lily an Hortensia MacDugal.

»Was machst du hier, Valentina?«, forderte James und baute sich vor ihr auf.

Die widerstrebende Braut, schoss es Lily durch den Kopf.

»Ich sprach gestern Abend mit Reggie und wollte das ›Original‹ mit eigenen Augen sehen«, gab Valentina zurück. Unvermittelt schrie sie Lily an: »Du hast den Verlobten einer anderen Frau gestohlen, du kleines Flittchen!«

Lily starrte sie verblüfft an. *Der Duke hatte sie belogen.* Anklagend sah sie ihn an, dann wandte sie sich wieder der wütenden Frau zu.

»Ich wusste genau, wo ihr zu finden seid«, zischte Valentina. »James bringt alle seine Verlobten zu einem romantischen Picknick an diesen Ort.«

Lily fühlte sich gedemütigt und benutzt. Wieder einmal hatte James sie übertölpelt. Das Herz sank ihr, und eine Welle der Übelkeit schwappte über sie hinweg.

»Das reicht jetzt, Val«, befahl James streng.

Völlig unerwartet erschienen Duncan und Michael auf der Bildfläche. »Wir haben das Geschrei gehört und wollten nachsehen, was los ist«, erklärte Duncan.

»Schrei meine Schwester nicht an«, rief Michael und zeigte mit dem Finger auf die blonde Frau. Dabei lief ihm ein wenig Speichel aus dem Mundwinkel, und er wischte ihn sich mit dem Ärmel ab.

Valentina musterte den Jungen von oben bis unten,

und Lily merkte, dass sie Michaels Behinderung sofort erkannte.

Plötzlich brach sie in schallendes Gelächter aus. »O, das ist wirklich zu köstlich!«

»Lass uns in Ruhe, oder du wirst es bereuen«, drohte der Duke.

Valentina bedachte ihn mit einem Furcht erregenden Blick. Dann betrachtete sie abwechselnd Lily und ihren Bruder. Ein Lächeln breitete sich auf ihrem Gesicht aus, und sie stapfte schnaubend davon.

James bot Lily seine Hand an, doch sie schob sie weg und sah Duncan vielsagend an.

»Komm schon«, sagte der Schotte. »Deine Schwester möchte gerne allein sein.«

»Bruderherz?«

Michael drehte sich um.

»Danke, dass du mich verteidigt hast«, rief Lily, und der Anflug eines Lächelns umspielte ihre Lippen.

»Du kannst auf mich zählen.« Michaels Brust war vor Stolz geschwellt. »Wir werden immer zusammen sein.« Daraufhin folgte er Duncan den Waldweg entlang.

Als Lily sich wieder James zuwandte, verdunkelten sich ihre Gesichtszüge. Ohne ihn aus den Augen zu lassen, erhob sie sich von der Decke und erklärte verächtlich: »Du hast mich belogen.«

»Lass es gut sein, Lily.« Er klang müde.

»Ich lasse gar nichts gut sein«, fauchte sie. »Ich werde dir nie wieder vertrauen.«

»Mir war nicht bewusst, dass du mir überhaupt je vertraut hast«, entgegnete James.

»Dir ist so vieles nicht bewusst«, murmelte Lily. Dann drehte sie sich um und verschwand im Wald.

Dreizehntes Kapitel

Ich erwarte sein Kind, sagte Lily zu sich selbst und kämpfte gegen die Übelkeit. Unwohlsein bei ausbleibender Blutung kann nur eines bedeuten.

Den Kopf gegen die Sessellehne gestützt, saß Lily vor dem offenen Fenster und hoffte, die kühle Morgenbrise würde helfen, den Brechreiz zu vertreiben. Sie schloss die Augen und betete, sich zu irren, doch sie konnte ihren Zustand nicht länger verleugnen. Es gab keine andere plausible Erklärung.

Seit zwei Tagen hatte Lily nicht mit dem Duke gesprochen. Sie konnte nicht verstehen, warum das seine Mutter und die Tanten derart verärgerte. Wenn die Duchess sich eine Braut für ihren Sohn frei hätte auswählen dürfen, sie hätte sicher kein Hafenmädchen aus den Kolonien genommen.

Bradley Howell zu heiraten, kam nun auch nicht mehr in Frage. Kein Mann würde das illegitime Kind eines anderen aufziehen.

Lily legte die Hand auf den Bauch und fragte sich, was sie nun tun sollte. Das Kind trug keine Schuld, und sie hatte Mitleid mit ihm. Und mit sich selbst.

Eines wusste Lily mit Sicherheit: Sie würde kein Wort über diese Sache verlieren. Nicht auszumalen, was der Duke täte, wenn er ihren Zustand entdeckte.

Bitte lass den Krieg bald enden!, betete Lily. Dann

konnte sie nach Hause fahren und ihr Kind zur Welt bringen. Sie würde das Kleine lieben, obwohl sein Vater ein niederträchtiger Lügner war.

Plötzlich kam ihr ein weiterer beunruhigender Gedanke. Sie liebte Michael und hatte ihr Versprechen der sterbenden Mutter gegenüber gehalten. Doch was sollte sie tun, wenn ihr eigenes Kind mit dem gleichen Leiden geboren wurde wie ihr Bruder?

Lily hob die Hand an den Kopf. Das Unwohlsein war vorüber, aber nun spürte sie ein Pochen im Kopf. Was sie brauchte, war eine Tragödie von Shakespeare, dann würde es ihr besser gehen. Die Probleme anderer würden ihr dabei helfen, die eigenen zu vergessen. Sobald sie gefrühstückt hatte, würde sie sich die *Gesammelten Werke* aus der Bibliothek holen.

Lily ging erst zum Frühstück hinunter, nachdem James zu seinem Morgenritt aufgebrochen war. Seine Mutter und Tanten nahmen die Morgenmahlzeit meist auf ihren Zimmern ein; vermutlich würde sie ihnen nicht begegnen.

»Guten Morgen, Pennick«, grüßte Lily den Butler. Gottlob, das Speisezimmer war leer!

»Guten Morgen, Mylady.«

Lily ging zum Sideboard und bediente sich. Sie entschied sich für ein Hörnchen und etwas Butter.

Als Lily auffiel, wie kärglich das Frühstück wirkte, beschloss sie, dass ihr Baby etwas Nahrhafteres benötigte. Kurz entschlossen häufte sie sich einen kleinen Berg Eier mit Speck auf den Teller und nahm sich dann die *Times* mit zum Tisch.

Herausfordernd ließ sie sich auf James' Stuhl am Kopfende fallen und schlug die Zeitung auf.

Nach nur wenigen Minuten bemerkte Lily eine Regung in der Nähe der Tür. Sie sah auf und erblickte James in seiner Reiterkluft, der auf die Anrichte zuging.

In den eng sitzenden Hosen machte er eine imposante Figur, und wieder verspürte Lily einen schmerzhaften Stich. Vielleicht wenn sie unter anderen Umständen geboren worden wären …

Sie riss sich zusammen. Darüber nachzudenken, was in einer anderen Zeit an einem anderen Ort hätte sein können, war töricht.

»Ich wusste, dass der heutige Tag nichts Gutes verhieß«, murmelte sie.

James wandte sich um, nippte an seinem Kaffee und fragte: »Wie bitte?«

»Ich sagte, ich wusste, dass der heutige Tag nichts Gutes verhieß«, wiederholte Lily etwas lauter. »Zumindest laut dem alexandrinischen Kalender.«

»Was weißt du vom alexandrinischen Kalender?«, erkundigte sich James und lächelte kaum merklich.

»Ich habe davon gelesen«, teilte sie ihm mit.

»Für die Tochter eines armen Gastwirts hattest du eine recht breit gefächerte Lektüreauswahl«, bemerkte er.

»Mein Verlobter besitzt eine umfangreiche Bibliothek«, sagte Lily hochmütig.

»Liebling, *ich* bin dein Verlobter.« Wieder dieses unverschämte Lächeln.

»Musst du mich ausgerechnet daran erinnern?« Lily senkte den Blick auf die Zeitung, doch jede Faser ihres Körpers bebte in seiner Anwesenheit.

»Darf ich aus den Bergen von Essen auf deinem Teller schließen, dass dein Appetit sich seit gestern gebessert hat?«, fragte James.

Lily würdigte ihn keines Blickes. »Du darfst daraus schließen, was du willst.« Sie gab sich selbstsicherer, als sie war.

Die Antwort darauf war Schweigen.

Lily starrte weiterhin auf die Zeitung, konnte jedoch kein Wort erkennen. Sie fragte sich, was er wohl gerade machte, wollte ihm allerdings nicht die Genugtuung geben, aufzusehen.

Und dann kam ihr plötzlich ein beunruhigender Gedanke. Würde der Duke, falls er eine Veränderung in ihrem Essverhalten bemerkte, auf den Verdacht kommen, sie sei guter Hoffnung?

Lily kaute besorgt auf der Unterlippe. Sie betete, dass sie und Michael längst in Boston wären, bis man die Schwangerschaft sähe. Vielleicht konnte sie einen Besuch bei der amerikanischen Botschaft arrangieren und dort um Zuflucht bitten. Wenn sie nur Duncan loswerden könnten.

»Lily?«

Sie fuhr erschrocken hoch und schnappte hörbar nach Luft, als seine Stimme direkt an ihrem Ohr ertönte.

»Ja?«

»Du sitzt auf meinem Stuhl.«

Lily hob den Kopf. James stand neben ihr, in der Hand einen Teller mit Rührei und Schinken. Sie sah die lange Tafel hinauf und hinunter, dann blickte sie ihm wieder in die Augen.

»Nimm einen anderen.«

»Ich will aber am Kopfende sitzen«, erklärte James ihr.

»Es gibt noch eines.« Lily zeigte auf die andere Tischseite.

»Wenn ich dort sitze«, wandte James mit freundlicher Miene ein, »kann ich nicht mit dir reden.«

»Ich habe nicht den Wunsch, mich mit dir zu unterhalten«, sagte Lily knapp.

James antwortete nicht. Er stand nur da und starrte sie an.

Lily trotzte seinem Blick.

Schließlich gab sie nach, erhob sich und nahm Teller und Zeitung mit. Sie drehte sich um und marschierte zum anderen Ende des Tisches.

Auf halbem Weg erschien Pennick und erbot sich: »Lassen Sie mich das doch für Sie tragen.«

»Ich bin doch kein Krüppel«, blaffte sie. »Das kann ich allein.«

»Wie Sie wünschen.« Der Butler wollte gehen.

»Mr. Pennick, ich möchte mich für meine Unhöflichkeit entschuldigen«, rief Lily ihm nach.

»Das ist nicht nötig.«

»Bei mir entschuldigst du dich nie«, beschwerte sich James vom fernen Tischende.

»Du solltest dich gefälligst bei *mir* entschuldigen, dass du mein Leben ruiniert hast«, erwiderte sie.

Lily ließ sich am anderen Ende des Tisches nieder, stellte Teller und Zeitung ab und las weiter.

»Lily?«

»Was denn noch?«

»Ich will meine Zeitung.«

»Du wirst eben etwas warten müssen«, erklärte sie.

»Ich lese aber immer die *Times* beim Frühstück«, nörgelte er.

Langsam legte sie die Gabel nieder, rollte die Zeitung zusammen, klappte die Ecken nach innen und warf sie quer über den Tisch. Die *Times* landete direkt auf dem Teller des Dukes.

Ein entsetztes Kichern stieg in ihr auf.

James nahm die Zeitung aus seinem Rührei und legte sie auf die Anrichte. »Wie lange möchtest du das noch so weitermachen?«, forderte er. Seine schwarzen Augen durchbohrte sie geradezu.

Lily hob die Nase hoch in die Luft. »Ich habe kein Interesse, mich mit einem Lügner einzulassen.«

»Auf dem Schiff hattest du das aber schon«, erinnerte James sie mit einem unverschämten Lächeln auf den Lippen.

Lilys Wangen wurden heiß vor Verlegenheit. Rasch blickte sie auf Pennick, der neben dem Sideboard stand und Taubheit vortäuschte. Inzwischen fiel sie nicht mehr auf sein stoisches Desinteresse herein, der Mann merkte sich vermutlich jedes einzelne Wort.

Was sie auch tat, Lily konnte anscheinend nicht gegen James gewinnen. Mit aller Würde, die sie aufbringen konnte, erhob sie sich und schritt langsam aus dem Speisezimmer.

Wegen angeblicher Kopfschmerzen gelang es Lily, dem Duke für den Rest des Tages aus dem Weg zu gehen. Sie konnte dadurch sogar der grauenhaften Walzerstunde entkommen, und für die Quadrille war sie ohnehin schon als hoffnungsloser Fall aufgegeben worden.

Lily wusste, sie musste Treffen mit James so gut es ging vermeiden, um ihren Zustand vor ihm geheim zu halten. Früh am nächsten Morgen sah sie vom Fenster aus zu, wie James zu seinem täglichen Ritt aufbrach.

Eilig lief sie ins Speisezimmer. Sie wollte mit dem

Frühstück fertig sein, bevor er zurückkehrte. Danach wollte sie sich für den Rest des Vormittags in ihre Gemächer zurückziehen.

Darüber hinaus hatte Lily keine Ahnung, was sie tun sollte. Immerhin konnte sie schlecht die gesamte restliche Zeit des Krieges auf ihrem Zimmer verbringen.

Es war schon beinahe Mittag, als Lily ein Klopfen vernahm. Sie öffnete vorsichtig die Tür und stand Pennick gegenüber.

»Der Duke wünscht Ihre Anwesenheit in der Bibliothek.«

Erstaunt neigte Lily den Kopf zur Seite. »Und was, wenn ich ihm diesen Wunsch abschlage?«

»Ich glaube nicht, dass Sie die Wahl haben«, erwiderte Pennick ausdruckslos, dann lächelte er.

»Sagen Sie ihm, ich komme gleich.«

»Ja, Mylady.«

Lily zog ein Kleid mit hoher Taille an und setzte sich in einen Sessel. Volle dreißig Minuten wartete sie ab, bevor sie das Zimmer verließ.

Vor der Bibliothek hielt Lily kurz inne, um sich gegen James zu wappnen. Sie schwor sich, niemals zu vergessen, dass der Duke ein unverbesserlicher Lügner war, der sich mit zwei Frauen gleichzeitig verlobt hatte.

Bereit für den Kampf reckte Lily das Kinn und marschierte in den Raum. James blickte auf, als sie hereinkam, und Lily sah ihm direkt in die Augen, während sie auf ihn zuging.

»Wie fühlst du dich?«, fragte James und lehnte sich in seinem Stuhl zurück.

Auf diese Frage war sie nicht vorbereitet. »Schon besser«, antwortete sie.

»Ich hoffe, ich war nicht die Ursache für dein Unwohlsein.«

»Bilde dir bloß nichts ein.« Lily zwang sich zu einem Lächeln, um ihren Worten die Schärfe zu nehmen. »Du bist nicht wichtig genug, um mir Kopfschmerzen zu bereiten.«

»Da bin ich erleichtert. Bitte setz dich.«

»Ich stehe lieber.«

James nickte. »Ich habe mir überlegt, dass es für Michael besser wäre, hier auf Kinross Park zu bleiben, während wir in London sind.«

Lily spürte Panik aufsteigen. Sie beugte sich vor und legte die Handflächen auf den Schreibtisch.

»Ich weigere mich, von meinem Bruder getrennt zu werden.« Sie sah ihm direkt in die Augen. »Wenn Michael nicht nach London fährt, fahre ich auch nicht.«

»Um Himmels willen, Lily, du bemutterst den Jungen viel zu sehr«, gab James zurück. »Michael braucht ein wenig Luft zum Atmen, ohne dass seine Schwester immer auf ihn aufpasst.«

»Ich brauche Michael ebenso sehr, wie er mich braucht.« Sanft ergänzte sie: »Die Stunde, in der du uns zu trennen versuchst, wird deine letzte sein.«

»Er wird das Schwein mitnehmen wollen.«

»In dem Fall werden eben zwei Schweine in London sein.«

Mit der Absicht, die Bibliothek zu verlassen, wirbelte Lily so schnell herum, dass ihr schwindlig wurde. Sie musste sich am Schreibtisch festhalten und schritt danach langsam durch den Raum.

»Die Walzerstunde beginnt um zwei«, rief James ihr hinterher. »Komm nicht zu spät.«

Lily tat, als hörte sie ihn nicht, und ging durch die Tür. Mühsam schaffte sie es ohne weiteren Schwächeanfall auf ihr Zimmer. Sie setzte sich in den Sessel und dachte nach. Das Letzte, was sie jetzt gebrauchen konnte, war eine Trennung von ihrem Bruder. Sie sorgte sich bereits genug darum, wie der Duke reagieren würde, falls er von der Schwangerschaft erführe.

Es wurde zwei Uhr, und Lily glaubte schon, sie hätte erfolgreich die Walzerstunde vermieden, da hämmerte es gegen die Tür.

»Bist du hier, um mich zu besuchen?«, wollte sie wissen, als sie ihren Bruder sah. »Ich erzähle dir die Geschichte vom Erzengel Michael.«

Er schüttelte den Kopf. »Duke wartet im Ballsaal auf dich.«

»Sag ihm, ich habe Kopfschmerzen.«

»Keine Lügen, Schwester.«

»Michael, es gibt gute Lügen und böse Lügen«, erklärte Lily. »Eine böse Lüge verletzt die Gefühle eines anderen, aber eine gute Lüge verhindert, dass jemandes Gefühle verletzt werden. Ich möchte nicht mit dem Duke tanzen, aber ich will ihm nicht wehtun.«

Michael sah sie skeptisch an, als wüsste er nicht, ob er ihr Glauben schenken sollte. »Ich werde es Duke sagen.«

Wieder allein fragte sich Lily, wie viele Krankheiten sie sich noch ausdenken musste, um James aus dem Weg zu gehen. Konnte sie ihm weismachen, dass sie zwei Tage hintereinander Kopfschmerzen hatte? Vielleicht sollte sie morgen Bauchweh vortäuschen.

»Was hat er gesagt?«, rief Lily, sobald sie die Tür aufgehen hörte.

»Er hat gesagt, sie wird den Walzer üben, und wenn es sie umbringt«, antwortete James.

Lily fiel beinahe vom Stuhl. Sie stand auf, um ihm ins Gesicht zu sehen, doch er blickte drohend auf sie herab.

»Was für eine scheinheilige kleine Hexe du bist«, begann James. »Du beklagst mein Verhalten, weil ich über eine frühere Verlobung gelogen hatte, und dann bringst du deinem Bruder bei, es gebe auch gute Lügen. Meine Mutter und meine Tanten haben dich hier willkommen geheißen, und du revanchierst dich dafür, indem du sie lächerlich machst.«

Lily wusste, dass er Recht hatte, aber sie konnte es nicht über sich bringen, es einzugestehen. »Warum konntest du mich nicht in Ruhe lassen? Warum musstest du mich entführen und mein Leben ruinieren?«

»Sei lieber dankbar, dass du überhaupt am Leben bist, ruiniert oder nicht. Eigentlich hatte ich vor, dich zu töten«, versetzte er.

»Kein Mann wird mich jetzt noch heiraten.« Sie rauschte an ihm vorbei zur Tür. »Ich hoffe, du bist zufrieden.«

»Meine Liebe, du bist mit mir verlobt«, sagte James und folgte ihr hinaus. »Also um Himmels willen, lächle, wenn du meine Mutter und Tanten siehst!«

Lady Donna saß am Klavier, während die Duchess und Lady Nora in der Nähe des Instruments Platz genommen hatten, um die Stunde zu beobachten. Lily versuchte, sie so gewinnend und charmant anzusehen, wie sie nur vermochte.

»Wir sind sehr erleichtert, dass Sie sich besser fühlen«, rief Lady Donna. »Hoffentlich erleiden Sie keinen Rückfall, meine Liebe.«

Lily lächelte wieder und neigte den Kopf, um sich für die freundlichen Worte zu bedanken.

»Ich bin sicher, es waren nur die Nerven«, meinte die Witwe.

»Oder Wut«, meldete sich Lady Nora zu Wort.

Lily wirbelte herum.

»Ich habe das zweite Gesicht«, erinnerte Lady Nora. Zur Duchess gewandt ergänzte sie: »Vielleicht hat unser lieber James ihr Kopfschmerzen bereitet.«

»Das würde ich nicht ausschließen«, entgegnete die Witwe. »Mein Sohn hat mir mit Sicherheit schon des Öfteren Kopfschmerzen gemacht.«

Lily musste schmunzeln. James hingegen tat so, als hätte er nichts gehört.

»Nimm den hier«, rief Lady Donna und reichte ihr einen Fächer. »Alle Damen der guten Gesellschaft haben einen bei sich.«

»Vielen Dank.« Lily nahm den Fächer entgegen. Er maß ungefähr dreißig Zentimeter in der Länge und war aus handbemaltem Papier und Holz gefertigt.

James und Lily standen nun einander gegenüber. Die Musik begann, er zog sie in seine starken Arme, und sie fügte sich bereitwillig.

Die Musik zu spüren entspannte Lily. Federleicht wirbelten sie im Ballsaal herum. Doch plötzlich machte sich ein Unwohlsein in ihrem Magen bemerkbar, als befände sie sich auf einem schwankenden Schiff. Mit jeder Drehung auf dem Parkett wurde das Gefühl stärker.

So schnell als möglich musste sie hier weg, bevor sie nicht mehr an sich halten konnte. In Panik riss Lily sich los und rannte zur Tür. Sie hörte James und die anderen hinter ihr rufen, doch sie lief einfach weiter.

Sie schaffte es gerade noch aus dem Ballsaal, dann übermannte sie die Übelkeit, ihr Oberkörper klappte nach vorn und sie würgte krampfhaft.

»Du hättest mir sagen sollen, dass dir nicht gut ist«, meinte James besorgt und legte die Arme um Lily, um sie zu stützen.

Als der Brechreiz nachließ, lehnte sich Lily an seine breite Brust. Sie sah ihn mit verschleiertem Blick an, in dem sich ihr ganzes Elend widerspiegelte: »I...ich habe heute Mittag nichts gegessen und muss mich ein wenig hinlegen.«

»Warum hast du nichts gegessen?«

»Ich wollte dir aus dem Weg gehen«, antwortete sie.

James zog die dunklen Brauen zusammen. »Aber warum denn?«

»Ich bin es müde, immer die Wortgefechte gegen dich zu verlieren«, gab Lily zu.

Dieses Geständnis zauberte ein Lächeln auf sein Gesicht. »Ich dachte immer, *ich* würde verlieren«, entgegnete er. »Jetzt begleite ich dich erst einmal nach oben und lasse dir eine heiße Suppe bringen.«

James legte die Arme um sie und stützte sie auf dem Weg die Treppe hinauf. Seine Freundlichkeit ließ Schuldgefühle in ihr hochkommen. Sie hatte ihn wegen seiner Lügen über Valentina gegeißelt, und nun sagte sie ihm nicht die Wahrheit über sein eigenes Kind.

»Ich werde darauf achten, morgen vor der Tanzstunde etwas zu essen.« Sie lächelte ihn matt an und verschwand in ihrem Zimmer.

Vom nächsten Tag an bildete sich ein fester Tagesablauf heraus. Sobald sie ein Stück Brot gegessen hatte, verschwand die morgendliche Übelkeit. Beim Mittagessen wurde sie von der Duchess in gesellschaftlichen Umgangsformen gedrillt, und danach kam die Walzerstunde.

Nachmittags ruhte Lily ein wenig, die Müdigkeit schien ein Nebeneffekt ihres Zustands zu sein. Einmal war sie sogar in der Bibliothek über einem Buch eingeschlafen. Gott sei Dank war der Duke nicht dabei gewesen.

In einem weißen Kleid schritt Lily die Treppe hinunter in die große Eingangshalle. Sie hatte sich das Haar aus dem Gesicht gekämmt und zu einem dicken Zopf geflochten, der sie eher wie eine Magd denn wie die Verlobte eines Dukes aussehen ließ.

Lily durchquerte die Halle und trat ins Sonnenlicht. Zielstrebig ging sie auf den Pfad zu, der durch den Wald zum Fluss führte.

Es war ein warmer Tag mit einer leichten, trockenen Brise. Vogelgezwitscher, Zikadengesang und der Duft von Heu erfüllten die Luft.

Als Lily den Frauenschuh im Wald blühen sah, lächelte sie. Hie und da erblickte sie die gelben Blüten der Schlüsselblumen und lavendelfarbenes Eisenkraut. Nur der salzige Geruch des Ozeans hätte sie noch glücklicher machen können.

Und da öffnete sich auch schon der Wald zum Flüsschen Ver hin. Duncan und Michael hörten ein Geräusch und drehten sich um.

»Guten Morgen«, rief Lily. »Michael, ich möchte mit dir sprechen.«

Michael rannte zu ihr, schlang die Arme um ihren Hals und jubelte: »Ich liebe dich, Lily.«

»Und ich liebe dich«, erwiderte sie.

Dann hob sie einen Stein auf und ließ ihn über das Wasser hüpfen. Sofort nahm ihr Bruder einen Stein und machte es ihr nach.

»Ihr verschreckt die Fische«, tadelte Duncan.

»Tut mir Leid«, meinte Lily.

»Mir auch«, sagte Michael.

»Michael, ich muss wissen, ob du in ein paar Tagen mit mir nach London kommen willst.«

»Was willst *du*?«, fragte Michael und sah sie eindringlich an.

»Ich möchte dich dabei haben.« Lily nahm ihn fest in den Arm.

»Kann Princess auch mitkommen?«

»Ja.«

Lily küsste ihn auf den Scheitel und wollte gehen, doch sie blieb abrupt stehen, als sie sich dem Duke gegenüber fand.

»Dachtest du, ich würde weglaufen?«, wollte sie wissen.

James zuckte die Achseln.

»Michael und Princess werden uns nach London begleiten«, erklärte Lily. Sie blickte ihren Bruder an und fragte: »Kommst du mit uns zum Haus zurück oder möchtest du noch mit Duncan fischen?«

Michael überlegte kurz und wischte sich mit dem Ärmel übers Kinn. »Mit Duncan fischen.«

James und Lily wanderten schweigend in den Wald. Sobald der Pfad schmaler wurde, ließ der Duke Lily vor sich gehen.

»Das Leben auf dem Land bekommt dir offenbar gut«, sagte er. »Du scheinst in letzter Zeit ein bisschen fülliger geworden zu sein.«

Lily fiel bei dieser Bemerkung beinahe in Ohnmacht und war dankbar, dass er ihren Gesichtsausdruck nicht sehen konnte. »Diese Beobachtung ist nicht gerade gentlemanlike«, gab sie zurück, nachdem sie sich gefangen hatte.

»Es sollte ein Kompliment sein«, wehrte er ab.

»In diesem Falle, Danke schön.«

Obgleich er mehrmals versuchte, sie in ein Gespräch zu verwickeln, blieb Lily den Rest des Weges still. Beunruhigende Gedanken schossen ihr durch den Kopf, einer schlimmer als der andere.

Wie lange würde es noch dauern, bevor die Schwangerschaft nicht mehr zu verbergen war? Was würde der Duke tun, wenn er davon erfuhr? Immerhin war ihre Verlobung nur vorgetäuscht.

Lily tastete nach dem Kreuz um ihren Hals und betete um göttliche Führung. Offenbar hatte ihre Mutter vor all den Jahren Unrecht gehabt. Es würde keine erste und einzige Liebe für sie geben, nur das Kind. Und Michael.

Eine Kutsche fuhr die Auffahrt hinauf, gerade als James und Lily aus dem Wald kamen. Schon sorgte sich Lily, dass eine weitere Geliebte des Dukes erscheinen könnte, da hielt das Gefährt und Adam St. Aubyn stieg aus, gefolgt von Sloane Armstrong.

Lily lächelte und winkte, doch ein Seitenblick auf James zeigte ihr, dass er über den Besuch nicht erfreut schien. Kurz fragte sie sich, was los sein mochte, aber der Gedanke entschwand wieder. Sie hatte wahrlich drängendere Probleme.

»Mein Onkel bat mich, deiner Mutter von den Vorbereitungen für den Ball zu erzählen«, sagte Adam gerade.

James sah seinen Cousin scharf an und meinte: »Ich bin erstaunt, dass du Valentina nicht mitgebracht hast.«

»Lass es gut sein, James«, erwiderte Sloane mit einem gutmütigen Lächeln. »Ich habe Valentina in die Oper begleitet, weil sie mir Leid tat. Seither hat sie Schwäche für zwei reiche Amerikaner.«

»Amerikaner?«, wiederholte Lily plötzlich hellwach.

»Mr Hampstead und Mr Hawkins sind neue Freunde von Reggie St. Leger«, erklärte Sloane. »Ich hörte, sie kommen aus Ihrem Teil der Welt.«

»Boston?«

»New York, glaube ich.« Sloane zuckte die Achseln. Er wandte sich an James: »Ich bin sehr erleichtert, dass dir bei dem schrecklichen Vorfall in London nichts zugestoßen ist. Sei versichert, dass ich dir immer den Rücken freihalten werde.«

»Ebenso tüchtig, wie du meinen Bruder immer beschützt hast?«, zischte James.

Eine unangenehme Stille verbreitet sich. Lily hätte den Duke für seine Grobheit treten können.

»Wusstet ihr, dass heute Siebenschläfer ist?«, fragte Lily in einem kläglichen Versuch, die Stimmung aufzuheitern. »Da es heute so schön ist, werden wir auch die nächsten vierzig Tage wundervolles Wetter haben.«

Sloane lachte. »Was weiß eine Amerikanerin schon über das englische Wetter?«

»Lily ist eine unerschöpfliche Quelle nutzlosen Wissens«, mischte sich James in die Unterhaltung. »Sie merkt sich alles, kann aber nicht beurteilen, was wichtig ist. Es erstaunt mich wirklich, dass die Amerikaner sie überhaupt eingesetzt haben.«

Wieder wurde die Stille unangenehm. Ohne ein weiteres Wort zu sagen ging James auf das Anwesen zu, und die anderen folgten.

Sie fanden die Duchess, Lady Donna und Lady Nora im Salon vor. Nachdem Pennick Erfrischungen serviert hatte, meinte die Witwe: »Nun erzählt uns von den Vorbereitungen, die Kingston getroffen hat.«

»Mein Onkel hat sich ein wenig umgehört und sich entschlossen, dass der einundzwanzigste Juli der beste Tag für den Ball wäre«, begann Adam. »Das Essen wird von Gunters kommen, und es wird nur der edelste Champagner gereicht. Außerdem hat er schon die besten Musiker engagiert, die für Geld zu bekommen sind. Niemand hat bisher abgesagt, es dürfte also ziemlich voll werden.«

»Die Gesellschaft ist eben neugierig auf diese Amerikanerin, die von zwei Dukes protegiert wird«, fügte Sloane hinzu.

Da verließ Lily der Mut. Sie wollte nicht von diesen Leuten angegafft werden. Heilige Jungfrau, sie war sich immer noch unsicher, welches Besteck das Richtige war.

»Lily war leider nicht imstande, die Quadrille zu lernen, daher werden sie und James erst nach dem Eröffnungstanz auf dem Ball erscheinen«, teilte Lady Donna mit.

»Aber unsere liebste Lily tanzt den Walzer ganz wunderbar ...«, begann Lady Nora.

»... solange sie nicht vergisst, vorher etwas zu essen«, beendete Lady Donna den Satz.

»Was passiert denn, wenn sie nichts im Magen hat?«, erkundigte sich Sloane.

»Bei den Drehungen wird ihr übel«, antwortete die Duchess.

Lily errötete verlegen. Sie blickte zu James, aber dessen Aufmerksamkeit war auf seinen Cousin gerichtet. So finster und wütend hatte sie ihn noch nie gesehen.

»Werdet ihr mit uns zu Abend essen und über Nacht bleiben?«, fragte die Witwe.

»Leider müssen sowohl Sloane als auch ich selbst in dringenden Angelegenheiten wieder nach London«, sagte Adam.

»Dann stellt euch doch bitte als Tanzpartner zur Verfügung, solange ihr noch hier seid«, bat Lady Donna. »Lily sollte erleben, wie unterschiedlich Männer tanzen. Nicht alle Männer sind wie James, wissen Sie.«

»Immer nur mit James zu tanzen, könnte in der Tat etwas langweilig werden«, entgegnete Adam und grinste seinen Freund an.

»Auf Adam werdet ihr allerdings verzichten müssen«, erklärte James. »Ich muss mit ihm etwas Geschäftliches besprechen.«

Lächelnd wandte sich Sloane zu Lily: »Es wäre mir eine Ehre, mit einer so hübschen Dame zu tanzen.«

»Dann ist das geklärt.« Die Duchess erhob sich. »Sloane wird mit Lily üben, während James und Adam sich unterhalten.«

Sloane beeilte sich, die Witwe in den Ballsaal zu eskortieren. Die anderen folgten.

Schon setzte sich Lady Donna ans Klavier, und Lily und Sloane standen einander gegenüber. Lily betete, dass ihr von den Drehungen nicht wieder übel würde.

»Wo ist Ihr Fächer?«, fragte die Witwe.

»Ich muss ihn in der Bibliothek vergessen haben«, antwortete Lily. »Ich bin gleich wieder da.«

Rasch verließ sie den Ballsaal und lief den Flur hinab.

Gerade wollte Lily in die Bibliothek gehen, da hörte sie von drinnen die Stimme des Dukes und dann die des Marquis. Was sie hörte, ließ sie wie angewurzelt vor der Tür stehen bleiben.

»Ich verwette mein gesamtes Vermögen darauf, dass Sloane nichts damit zu tun hatte«, beteuerte Adam.

»Würdest du auch mein Leben darauf verwetten?«, gab James scharf zurück. »Mein Cousin war in Boston, als mein Bruder getötet wurde und in London, als der Schütze auf mich zielte. Er ist der Einzige, der ein Motiv hat, mich umzubringen – er bekäme meinen Titel und alles, was dazu gehört.«

Lily erschauderte bei diesen Worten. Großer Gott, jemand hatte versucht, den Vater ihres Kindes zu töten! Sie konnte jedoch nicht glauben, dass Sloane der Schuldige war. Er war viel zu charmant, und sein gutes Herz spiegelte sich in seinen Augen. Natürlich konnte sie sich auch irren. Ihr perfektes Gedächtnis bedeutete nicht, dass sie gleichzeitig eine gute Menschenkennerin war.

Ihr Magen zog sich zusammen, als protestierte das Kind dagegen, dass sein Vater beinahe ermordet worden wäre. Leise entfernte sich Lily von der Tür und ging den Flur entlang.

Eines wusste Lily mit Sicherheit: Sie war nicht mehr in der Stimmung, Walzer zu tanzen. Doch sie setzte ein Lächeln auf und trat in den Ballsaal.

Vierzehntes Kapitel

»Gütiger Himmel, gibt mir die Kraft, das hier durchzustehen«, flüsterte Lily und tastete nach dem Kreuz um ihren Hals. Sie sah aus dem Fenster ihres Schlafgemachs im Hause der Armstrongs auf die Upper Brook Street.

London war anders, als sie es erwartet hatte. Die Straßen waren eng, schmutzig und überfüllt. Der Gestank von Pferdemist verpestete die Luft. Ein gelblicher Nebel hing wie eine ungesunde Wolke über der gesamten Stadt.

»Der Duke bat um etwas Eile«, mahnte Peggy, als sie schnellen Schrittes das Zimmer betrat. »Es ist schon nach acht.«

Lily wandte sich vom Fenster ab. »Geben Sie ihm bitte Bescheid, dass ich in ein paar Minuten unten bin.«

»Ja, Mylady.« Das Mädchen huschte hinaus.

Lily überprüfte noch einmal ihr Aussehen im Spiegel. Ihr kritischer Blick sagte ihr, dass sie noch nie besser ausgesehen hatte. Sie fühlte sich wie eine Prinzessin.

Ihr Kleid aus blassrosa Seide hatte eine hohe Taille, kurze Ärmel und war tief ausgeschnitten. Dazu trug sie Sandalen aus weißem Ziegenleder und farblich passende Handschuhe, die bis zu den Ellbogen reichten.

Unter Anleitung der drei Damen hatte die Zofe Lilys ebenholzfarbenes Haar elegant hochgesteckt. Diamantene Haarnadeln, eine Leihgabe der Duchess, funkelten darin wie Sterne am Nachthimmel.

Das Einzige, was Lily an sich wieder erkannte, war das Kreuz um ihren Hals. Sie hielt die linke Hand vor das Gesicht und betrachtete den Diamantring. Wenn doch diese Verlobung nicht nur eine Täuschung wäre!

Sobald sie die Tür hinter sich gehen hörte, meinte Lily: »Peggy, sagen Sie dem Duke, ich habe Kopfschmerzen und kann nicht mitkommen.«

»Feigling.«

Langsam wandte Lily sich zu der Stimme um. James lehnte im Türrahmen. Er sah großartig aus in seiner Abendgarderobe. Die schwarze Hose, Jacke und Weste wurden ergänzt von einem weißen Hemd und einer weißen Krawatte.

Lily verspürte eine schmerzliche Sehnsucht nach ihm, als sie ihn in seiner Vollkommenheit dort erblickte. »Ich glaube nicht ...«

»Liebes«, unterbrach James. »Ich verspreche dir, dass deine Furcht unbegründet ist.«

James kam auf sie zu und blieb nur Zentimeter vor ihr stehen. Mit einer Hand hob er zärtlich ihr Kinn hoch, sodass er ihr in die saphirblauen Augen sehen konnte.

»Habe ich dir heute schon gesagt, wie wunderschön du bist?«, fragte er.

»Das hast du mir noch nie gesagt«, gab sie zurück.

»Dieser Gedanke schwirrt mir im Kopf herum, seit dem Tag, an dem ich dich das erste Mal getroffen habe.«

Seine Schmeicheleien waren empörend. Dennoch musste Lily darüber lächeln, wie er das Wort Entführung schönfärbte.

»Schon besser.«

»Ich stehe das nicht durch«, erklärte sie.

»Sei nicht albern«, versetzte James sanft. »Wenn dir

jemand Angst macht, stell ihn dir einfach in Unterwäsche vor.«

»Ich bin mir nicht sicher, ob ich das ausprobieren möchte.« Lily musste wider Willen lachen.

»Ich war früher ebenso schüchtern wie du.«

»Das glaube ich nicht.«

»Willst du damit andeuten, dass ich flunkere?«

»Eine Lüge ist eine Lüge, James, egal wie du es ausdrückst.«

»Es war aber eine von deinen guten Lügen«, neckte James sie. Dann griff er in seine Jackentasche und holte eine schmale Schatulle heraus. »Ich habe noch ein Geschenk für dich.«

Als er den Deckel anhob, blieb Lily vor Überraschung der Mund offen stehen. Auf dunkelblauem Samt lag dort die bezauberndste Kette, die sie je gesehen hatte. Sie passte genau zu ihrem Verlobungsring. Ein Anhänger aus weißen und gelben Diamanten hing an einer Kette aus Platin und Diamanten, die mit Blumenornamenten verziert war.

»Das kann ich nicht annehmen.« Lily blickte ihn mit ihren saphirblauen Augen an.

James runzelte die Stirn. »Warum nicht?«

»Diese Kette ist viel zu kostbar«, versuchte sie zu erklären. »Das verdiene ich nicht ...«

James legte ihr einen langen Finger auf die Lippen und brachte sie zum Schweigen. »Dieses Schmuckstück verblasst neben deiner Schönheit«, sagte er. »Du verdienst noch viel mehr als das. Immerhin hältst du es mit mir und meiner Familie aus.«

Lily fühlte sich schwach. James benahm sich so anders, sie konnte ihm beinahe glauben, dass ihm etwas an ihr lag. Oder war genau das sein Plan?

»Ich kann dich leicht dazu bringen, mich zu lieben, einfach so …« Seine Worte hallten in ihrem Kopf wider.

»Also?«

»Ich werde sie heute Abend tragen«, willigte sie ein. »Du darfst sie zurückverlangen, wann immer du willst.«

»Dann sind wir uns also einig, Mylady. Dreh dich um.«

Lily wandte ihm den Rücken zu, und James legte ihr die Kette um den Hals, wobei seine Fingerspitzen einen winzigen Moment länger auf ihrer nackten Haut verweilten als notwendig.

Beinahe ehrfürchtig befühlte Lily den Anhänger, so wie sie ihren Verlobungsring berührte, wenn niemand zusah. Aus Gewohnheit tastete sie nach dem Kreuz.

Heute Abend würde sie die Prinzessin spielen, und James wäre ihr Prinz. Die Erinnerung an diese Nacht würde für den Rest ihres Lebens reichen müssen.

»Bist du so weit, mein Liebes?«, fragte James und nahm ihre Hand.

Lily neigte den Kopf. »Ja.«

Schweigend fuhren sie zum Haus des Dukes von Kingston am Grosvenor Square. Lily wusste, dass James sie durch belangloses Geplauder zu beruhigen versuchte, aber sie war zu aufgeregt für Konversation. Ihr Magen hatte sich zusammengezogen, und sie hoffte, das Ungeborene würde sich an einem solch wichtigen Abend anständig benehmen.

»Guten Abend, Mylord«, wurde James vom Butler begrüßt.

»Ihnen auch einen guten Abend, Higgins«, gab er zurück. »Was machen Sie denn hier? Stehen Sie immer noch in St. Aubyns Diensten, oder sind Sie zu seinem Onkel übergelaufen?«

»Der Marquis hat mich beauftragt, die Gäste willkommen zu heißen, während Baxter sie oben ankündigt«, antwortete der Mann.

»Ich hoffe doch, der Marquis bezahlt Ihnen die Überstunden«, scherzte James.

»Ich würde es vorziehen, mit Baxter zu tauschen«, sagte Higgins. »Fünfhundert Gäste drängen sich im Saal.«

»Ich werde mit dem Marquis sprechen und ihn überreden, einen eigenen Ball zu geben.«

»Vielen Dank, Mylord«, entgegnete Higgins, und ein Lächeln erschien auf seinem Gesicht. »Das wäre die Antwort auf meine Gebete.«

Auf dem Weg zur Treppe nickte James einigen Gentleman zu. Lily spürte, wie sie gemustert wurde.

»Hör auf zu zittern«, flüsterte James. »Es gibt keinen Grund, Angst zu haben.«

Und dann kamen sie am Ballsaal an.

»Guten Abend, Mylord«, begrüßte sie der Butler.

»Guten Abend, Baxter. Ich sehe, Sie haben die begehrteste Aufgabe erhalten«, sagte James.

»Sehr zum Kummer von Mr Higgins«, lächelte Baxter. Daraufhin drehte er sich um und verkündete: »Der Duke von Kinross und Mistress Hawthorne.«

Lily trat einen Schritt zurück, als ein Meer von Gesichtern sich umwandte und sie anstarrte. Nur die Hand des Dukes an ihrem Rücken hielt sie davon ab zu fliehen.

Im nächsten Augenblick erschien Adam St. Aubyn neben ihnen. Bei ihm war ein älterer Herr, von dem Lily annahm, dass er der Duke von Kingston sein musste.

»Onkel Charles, darf ich dir Lily Hawthorne vorstellen?«, sagte Adam. »Lily, das ist mein Onkel, der Duke von Kingston.«

»Es ist mir eine Ehre«, meinte Lily lächelnd. Sie reichte ihm die Hand und fügte hinzu: »Ich bin Ihnen sehr dankbar, dass Sie diesen Ball geben.«

»Kind, Sie sind noch schöner, als James Sie beschrieben hat«, rief der Duke von Kingston und führte ihre Hand an die Lippen.

Lily warf James einen Seitenblick zu. Sie konnte sich nicht vorstellen, dass er gut über sie gesprochen haben sollte.

»Wollen wir es wagen?«, fragte James und deutete mit dem Kopf auf den Saal voller Aristokraten.

»Wartet noch einen Augenblick«, hielt der Duke von Kingston sie auf. »Ich muss eine Ankündigung machen.« Er wandte sich zur Menschenmenge um und sagte: »Ich bitte um Ihre Aufmerksamkeit. Es ist mir ein Vergnügen, Ihnen die Verlobung des Dukes von Kinross mit Mistress Hawthorne bekannt zu geben. Sie dürfen dem jungen Paar gerne Ihre besten Wünsche in der Empfangsreihe im hinteren Teil des Saals entbieten.«

Die Gäste schienen fassungslos. Doch da begann Adam, laut Beifall zu klatschen, und einer nach dem anderen schloss sich an.

Lily errötete, als James ihre Hand an seine Lippen führte. Während sie ihren Blick über die Menge schweifen ließ, bemerkte sie unverkennbar enttäuschte Gesichter bei einigen jungen Damen.

»Bitte verzeiht mir meine Vermessenheit«, entschuldigte sich der Duke von Kingston. »Deine Mutter hat mich gebeten, die frohe Botschaft bekannt zu geben.«

»Mach dir keine Gedanken, Charles«, beruhigte ihn James. »Verlobungen sind dazu da, verkündet zu werden.«

Die Damen der feinen Gesellschaft trugen je nach Alter Kleider in allen Farben des Regenbogens. Die Männer hatten samt und sonders schwarze Abendgarderobe angelegt.

Am Kopfende des Saals, an der dem Eingang gegenüberliegenden Wand, war das vierköpfige Orchester zu sehen. Es bestand aus einem Horn, einem Klavier, einer Violine und einem Cello. Die Musiker nahmen auf ein Nicken des Gastgebers hin das Spiel wieder auf.

Lily stand in der Empfangsreihe zwischen James und dem Duke von Kingston. Adam hatte sich auf die andere Seite seines Freundes gestellt. Zur Rechten des Gastgebers hatten die Duchess und ihre Schwestern auf Stühlen Platz genommen, während sich Sloane unmittelbar hinter ihnen befand, um jederzeit zur Stelle zu sein.

»Charles hat versehentlich die St. Legers eingeladen«, hörte Lily den Marquis flüstern. »Es tut mir Leid.«

»Mach dir keine Gedanken«, antwortete James. »Es wird keine Probleme geben.«

Lily hingegen war sich nicht so sicher. Sie erinnerte sich noch gut an Valentinas Gesichtsausdruck, als sie Michael erblickt hatte, und wusste nicht, was sie tun würde, sollte Valentina beleidigend werden. Lily wusste nur, dass sie leicht aufbrausend wurde, wenn es um ihren Bruder ging.

»In einigen Nebenräumen des Ballsaals werden Erfrischungen gereicht«, erklärte James und beugte sich nah zu ihr. »Außerdem gibt es ein Kartenzimmer und einen Ruhebereich für die Damen. Das Essen wird nach dem fünfzehnten Tanz im Erdgeschoss serviert.«

»Ja, ich weiß«, erwiderte Lily. »Deine Mutter und Tanten haben mich sehr gründlich vorbereitet.«

Da schob sich die Schlange der Gratulanten auf sie zu. Lily zitterte, doch James hatte fürsorglich die Hand auf ihren Rücken gelegt.

»Nicht vergessen, unsere Gäste tragen alle nur Unterwäsche«, wisperte er ihr zu.

Seine scherzenden Worte beruhigten Lily. Sie schenkte ihm ein zaghaftes Lächeln und begann, ihre Gäste so liebenswürdig zu begrüßen wie eine junge Königin ihre Untertanen empfangen würde. Niemand könnte vermuten, dass sie ein Hafenmädchen aus Boston war.

»Lily, darf ich dir Baron und Baroness Barrows vorstellen?«

Lily lächelte artig. »Sehr angenehm.«

»Lily, das hier ist der Earl von Keswick.«

»Es ist mir ein Vergnügen, Sie kennen zu lernen, mein Herr«, erwiderte sie immer noch lächelnd. Schon stand das nächste Paar vor ihnen. »Lily, das sind der Duke und die Duchess von Avon.«

»Es ist mir eine Ehre.«

»Du machst das ganz wunderbar«, flüsterte James.

»Wie ich schon sagte, deine Mutter und Tanten waren sehr gründlich«, wisperte Lily zurück.

»So schlimm, was?«

»Noch schlimmer.«

James lachte und begrüßte dann eine korpulente junge Frau. »Lady Ripley, wie schön, dass Sie mit uns feiern können. Lily, das hier ist Lady Ripley.«

Lily fand, die Frau wirkte schwanger, war sich aber nicht sicher. Also sagte sie lieber nichts. »Sie sehen fabelhaft aus, Lady Ripley.«

»Ich kann das Kompliment nur zurückgeben«, entgegnete sie.

Als Lady Ripley weitergeschritten war, wandte sich James wieder an Lily. »Ich bin wahrlich beeindruckt, mein Liebes. Man könnte meinen, du hättest nie etwas anderes in deinem Leben getan.«

Und so ging es weiter mit fünfhundert Gästen. Lily war erschöpft, weil sie so lange an einem Fleck stehen musste, und ihr Gesicht schmerzte langsam vom vielen ungewohnten Lächeln.

»Bleib ganz ruhig«, flüsterte James, als das Ende der Schlange in Sicht kam. »Valentina und Reggie St. Leger sind gleich dran.«

Da waren der Earl von Bovingdon und seine Schwester auch schon vor ihnen. Reggie St. Leger verbeugte sich.

»Nun verstehe ich, warum der Duke sie ein Original genannt hat«, erklärte Reggie.

Lily wusste nicht, ob man sie gerade beleidigt oder ihr ein Kompliment gemacht hatte. »Danke sehr«, sagte sie ein wenig unsicher.

»Wie geht es Ihrem entzückenden Bruder?«, fragte Valentina unvermittelt.

»Er ist wohlauf«, gab Lily betont zurück und sah der anderen Frau direkt in die Augen.

Reggie deutete auf die beiden Männer, die hinter ihm und seiner Schwester standen. »Sie erinnern sich an meine beiden Begleiter aus dem White's?«

»Sie sind die Amerikaner«, meinte James und schüttelte ihnen die Hand. »Mr Hampstead und Mr Hawkins.«

Der Schock machte Lily völlig sprachlos, und sie wäre beinahe in Ohnmacht gefallen, als sie in Mr Hampstead und Mr Hawkins ihren Bruder Seth und Bradley Howell erkannte. Die beiden sahen sie eindringlich an, und ihre Blicke warnten sie, Stillschweigen zu bewahren.

Großer Gott, was machten sie in England? Hatten Sie herausgefunden, dass sie und Michael verschwunden waren, und waren gekommen, um sie zu retten? Das konnte nicht sein. Woher hätten sie von ihrem Aufenthaltsort erfahren können?

»Stimmt etwas nicht?«, fragte James. Er legte den Arm um ihre Taille und zog sie an sich.

»Ich bin nur überrascht, während dieses Konflikts Amerikaner in England zu treffen«, log Lily. Sie hoffte, glaubwürdig zu klingen.

»Wie hat es Sie nach England verschlagen, Mistress Hawthorne?«, fragte Bradley.

»Sie müssen eine interessante Geschichte haben«, fügte Seth hinzu.

»Mein kleiner Bruder und ich besuchen Freunde hier«, teilte sie mit.

Seth sah aus, als wollte er sie erwürgen. »Wie nett, dass Sie in Ihrem kleinen Bruder einen Reisegefährten gefunden haben.«

»Es wäre mir eine große Ehre, wenn Sie einen Tanz für einen Landsmann reservieren würden«, sagte Bradley noch, bevor sie weitergingen.

Lily nickte. »Das werde ich mit Vergnügen tun, Mr Hampstead.«

»Seth, Liebling«, zwitscherte Valentina. »Ich möchte dir jemanden vorstellen.«

Seth, Liebling? Lily blickte ihrem Bruder und Bradley verblüfft hinterher, als sie mit den St. Legers in der Menschenmenge verschwanden.

»Wer sind die beiden?«, schnaubte James.

Lily sah ihn unschuldig an. »Ich weiß nicht, was du meinst.«

»Du kennst diese Männer«, sagte James leise. Der Ausdruck in seinen Augen bedeutete ihr, dass er ihr kein Wort glaubte. »Sind sie Spione?«

»Ich habe sie noch nie zuvor gesehen«, beharrte Lily. Sie fürchtete, deren Tod zu verantworten, wenn James ihr jetzt nicht glaubte.

»Mistress Hawthorne, du bist eine schlechte Lügnerin«, erwiderte James in scharfem Tonfall.

Lily wäre am liebsten in Tränen ausgebrochen. Der heutige Ball hatte schöner als jedes Märchen werden sollen. Sie wäre die Prinzessin und James ihr Prinz. Stattdessen hatte sein Zorn den ganzen Abend ruiniert, und sie hatte ein schlechtes Gewissen, weil sie gelogen hatte.

»Vielleicht ist Lily einfach nur erstaunt, in England auf Amerikaner zu treffen«, schaltete sich der Duke von Kingston ein.

Lily warf ihm einen dankbaren Blick zu. Der ältere Herr hielt ihr seine Hand hin und fragte: »Darf ich um den ersten Walzer bitten?«

»Es wäre mir eine Ehre«, antwortete Lily und legte die Hand in seine. Sie hätte sogar mit Satan persönlich getanzt, wenn sie nur von James wegkam.

Der Gastgeber tanzte geschmeidig wie ein junger Mann, und so drehten sie sich anmutig um den Ballsaal. Lily suchte aufmerksam die Gäste ab, in der Hoffnung, Seth oder Bradley irgendwo zu entdecken. Bradley sprach gerade mit Reggie St. Leger und beobachtete sie, während Seth mit Valentina tanzte.

»James hat Recht«, meinte der Duke von Kingston lächelnd. »Sie sind eine schlechte Lügnerin.«

Lily wollte protestieren, doch der Duke ließ sie nicht zu Wort kommen: »Sie müssen sich nicht vor mir rechtfertigen, aber ich fürchte, James ist eifersüchtig.«

»Das fällt mir sehr schwer zu glauben.« Bei dem Gedanken musste Lily schmunzeln. »Seine Mutter hat uns zu dieser Verlobung gezwungen.«

Ihr Partner kicherte. »Unerfahrenheit ist derart erfrischend. Halten Sie James wirklich für einen Mann, den man zu etwas zwingen kann, was er nicht möchte?«

Darauf hatte Lily keine Antwort. Als die Musik endete, brachte der Gastgeber sie zu James zurück, der Lily seinerseits auf die Tanzfläche führte. Lily fügte sich bereitwillig in seine Umarmung. Der Mann und die Musik berauschten ihre Sinne, während sie zusammen durch den Saal wirbelten.

»Es gehört sich, dass man beim Tanzen Konversation betreibt«, äußerte James ausdruckslos. »Wenn nicht, wird man denken, wir vertragen uns nicht.«

»Wenn du mich nicht immer so grimmig ansehen würdest, könnte ich mich entspannen und mit dir sprechen, ohne ständig zu fürchten, ich könnte das Falsche sagen.«

Sein Mund verzog sich zu einem Lächeln.

»Schon viel besser«, lobte sie.

Rasch warf Lily einen Blick auf die Duchess und ihre Schwestern. Die drei Damen strahlten vor Stolz.

Lily verspürte einen leisen Stich von Bedauern, dass diese ganze Vorstellung nur um seiner Mutter willen gespielt wurde. Jetzt, da sie Bradley Howell wiedergesehen hatte, war Lily sich sicher, dass sie ihn nie heiraten konnte. Sie liebte den Duke von Kinross und würde für ihre Torheit teuer bezahlen müssen. Nur, was taten Seth und …

»Einen Shilling für deine Gedanken«, riss James sie wieder in die Gegenwart.

Lily hatte nicht die Absicht, die Amerikaner zu erwähnen. Stattdessen erwiderte sie: »Deine Mutter und die Tanten sehen heute glücklich aus. Ich fühle mich schuldig, weil wir sie derart täuschen, und sie werden enttäuscht sein, wenn ich wieder nach Boston zurückkehre. Ich habe sie richtig lieb gewonnen.«

James sah sie merkwürdig an, sagte aber nichts.

Den dritten Tanz beanspruchte Adam St. Aubyn, gefolgt von Sloane, Reggie St. Leger und drei weiteren Männern, die sie erst vor kurzem kennen gelernt hatte.

Als James sie allein ließ, um seiner Mutter und den Tanten etwas zu trinken zu holen, erschien Bradley, um seinen Tanz einzufordern. Er führte sie aufs Parkett und zog sie in seine Arme. Zwar war die Musik immer noch berauschend, doch Lily spürte nicht dasselbe Kribbeln wie vorher in James' Armen.

»Lächle und tu so, als würden wir Konversation machen«, wies Bradley sie an.

Lily setzte sofort ein Lächeln auf. »Mir war nicht bewusst, wie wunderbar du tanzt.«

»Du wüsstest es, wenn du meinen ersten Heiratsantrag angenommen hättest.«

Lily sagte darauf nichts. Er hatte Recht. All ihre Probleme waren das Ergebnis ihres eigenen Handelns. Einem anderen die Schuld zu geben, war töricht.

Sobald sie am anderen Ende des Saals angekommen waren, weit weg von den Verwandten des Dukes, verließen Lily und Bradley die Tanzfläche. Seth wartete schon auf sie.

»Was machst du in England?«, herrschte Seth sie an.

»Der Duke von Kinross glaubte, die Goldene Lilie sei ein Mann, und entführte mich«, erzählte Lily rasch. Sie konnten jederzeit unterbrochen werden. »Er hat vor, mich die gesamte Dauer des Krieges als Gefangene hier zu behalten. Diese ganze Verlobungsgeschichte ist nur eine Täuschung, um seine Mutter zu beruhigen.«

»Hat er dich angefasst?«, wollte Bradley wissen.

»Michael war die ganze Zeit bei mir«, wich Lily seiner Frage aus. Sie wurde immer besser im Lügen.

»Wo ist Michael jetzt?«, erkundigte sich Seth.

Lily sah ihrem älteren Bruder zum ersten Mal in die Augen. Er wusste, dass sie Bradleys Frage umgangen hatte. Noch nie hatte sie etwas vor Seth verbergen können.

»Michael ist in Sicherheit, im Haus der Armstrongs«, verkündete Lily. »Ich habe ihn niemals zuvor so glücklich erlebt.«

»*Glücklich*?«, wiederholten beide Männer wie aus einem Munde.

Lily nickte. »Niemand in England macht sich über ihn lustig.«

»Du kommst jetzt mit uns«, verkündete Bradley und wollte sie am Ellbogen fassen. »Wir nehmen Michael unterwegs mit.«

»Ich kann England im Moment nicht verlassen«, wehrte Lily ab und entzog sich seinem Griff.

»Aber warum nicht?«

Weil ich ihn liebe, schoss es Lily durch den Kopf. Stattdessen erwiderte sie: »Die Mutter und die Tanten waren sehr freundlich zu mir. Sie jetzt zu verlassen, würde sie beleidigen.«

»Ich kann nicht glauben, dass du so etwas sagst.« Bradley klang fassungslos.

»Lass uns nichts überstürzen«, erklärte Seth seinem Freund. »Sonst fliegt unsere Tarnung auf, und dann werden wir nie erfahren, was wir wissen müssen. Lily kann uns helfen.«

»Hast du den Verstand verloren?«

»Meine Schwester ist nicht in Gefahr«, versuchte Seth ihn zu überzeugen.

Nur mein Herz ist gebrochen, dachte Lily. Die meisten Männer würden das vermutlich nicht als Verletzung betrachten.

»Die Duchess hat sie unter ihre Fittiche genommen«, überlegte Seth. »Alles andere würde nur einen Skandal verursachen.«

»Wie kann ich helfen?«, fragte Lily, eifrig bemüht, einen Grund zu finden, um bei James zu bleiben.

»Spionier Kinross für uns aus«, erläuterte ihr Bruder.

»I...ich ... Wonach sucht ihr denn?« Sie wollte nicht den Mann bespitzeln, den sie liebte. Wenn er es je herausfand, würde er ihr das nie verzeihen.

»Wir brauchen Beweise dafür, dass er seinen Bruder ermordet hat«, sagte Seth.

»Was?« Lily war sprachlos ob dieser Anschuldigung.

»Der dreizehnte Duke von Kinross wurde getötet, als er sich gerade auf einer Friedensmission nach Amerika befand«, erklärte Bradley. »Wir glauben, dein Duke hat eine Verschwörung angezettelt, um seinen Bruder umzubringen und die Schuld den Amerikanern unterzuschieben.«

»Wir brauchen jedoch stichhaltige Beweise«, ergänzte Seth.

»James hat auf keinen Fall seinen eigenen Bruder auf

dem Gewissen«, wehrte Lily ab. »Er glaubt, die Goldene Lilie ist verantwortlich für dessen Tod, weshalb er mich entführt hat. Nur wusste er nicht, dass die Goldene Lilie eine Frau ist.«

»Du verteidigst einen kaltblütigen Mörder«, versetzte Bradley wütend.

»Lily, es liegt in deiner Macht, uns zu widerlegen«, drängte Seth. »Halt die Augen offen, belausche Gespräche, lies, was immer dir in die Hände fällt. Aber begib dich auf keinen Fall in Gefahr!«

Lily seufzte. »In Ordnung, ich werde es machen.«

»Wir werden uns bald bei dir melden«, erklärte Seth. »Pass gut auf Michael auf.«

»Sei vorsichtig«, sagte Bradley zart.

»Tauscht ihr euch über euer geliebtes Heimatland aus?«, unterbrach James mit einem kalten Lächeln. »Ich habe schon nach dir gesucht, Lily.« Er streckte die Hand nach ihr aus. »Der nächste Walzer gehört mir.«

James führte sie auf die Tanzfläche und zog sie unsanft in seine Arme. »Ich will wissen, was du mit diesen beiden Amerikanern zu flüstern hattest«, forderte er.

»Wir haben über den Krieg gesprochen«, erzählte Lily.

»Erspar mir deine Lügen«, blaffte James. »Hast du sie gebeten, dir bei deiner Flucht zu helfen?«

»Würde ich jemals meinen Bruder zurücklassen?«

Ihre Worte klangen offenbar überzeugend. James lockerte seinen Griff etwas. »Nicht so laut, die Leute sehen schon her.« Dann fügte er hinzu: »Ich werde herausfinden, was zwischen dir und diesen Männern ist.«

»Ich habe genug«, sagte Lily und wollte sich seinen Armen entwinden.

»Wag es nicht, einfach wegzugehen, sonst wirst du

diesen Tag auf immer bereuen«, flüsterte James hart und packte sie wieder fester.

Gehorsam tanzte Lily weiter. »Mehr als den Tag, an dem ich dich traf, kann ich keinen Tag bereuen.«

James ließ das Thema der Amerikaner fallen, doch Lily wusste, dass er sich nur mühsam beherrschte. Seine Lippen waren zu einer dünnen, wütenden Linie verzogen.

»Wenn du dich weigerst, mit mir zu sprechen, werden die Leute glauben, wir vertragen uns nicht.«

James lächelte. »Ich könnte dich erwürgen.«

Das Missverhältnis zwischen seinen Worten und seiner Miene brachte Lily zum Lachen, was wiederum den Groll auf seinem Gesicht verstärkte. Sofort fühlte Lily sich wieder elend, und die Anspannung schlug ihr auf den Magen.

Trotzdem hielt sie den Kopf hoch oben und lächelte. Sie zwang sich dazu, nicht in Seths und Bradleys Richtung zu blicken, um sie nicht zu verraten.

Irgendwie schaffte es Lily, das Essen zu überstehen, ohne zusammenzubrechen. Die Duchess und ihre Schwestern hatten so hart gearbeitet, um diesen Abend zu einem Erfolg zu machen. Sie brachte es nicht übers Herz, sie zu enttäuschen.

Endlich entkam Lily in den Ruhebereich für Damen. Die anderen Ladys wurden still, als sie eintrat, und Valentina beeilte sich, den Raum zu verlassen. Lily war sicher, dass die blonde Frau schlecht über sie geredet hatte.

Innerhalb von drei Minuten hatte sich das Zimmer bis auf eine Frau vollständig geleert. Sie war sehr hübsch, ihr Haar war blond und die Augen violett.

»Mistress Hawthorne, die herzlichsten Glückwünsche zu Ihrer Verlobung«, sagte die Frau und kam auf sie zu.

Lily musterte sie, konnte aber keine Ironie in ihrem Gesichtsausdruck entdecken. »Vielen Dank, Lady …?«

»Isabelle Saint-Germain«, stellte die Frau sich vor und hielt ihr die Hand hin. »Mein Mann ist der Duke von Avon.«

»Verzeihen Sie bitte.«

»Kein Grund, so förmlich zu sein«, wehrte Isabelle ab. »Der Titel meines Mannes beeindruckt mich nicht, und ich bin es müde, dass alle Menschen mich *Euer Gnaden* nennen.«

Lily musste schmunzeln. Diese Frau war wie eine frische Brise inmitten eines schweren Nebels der Oberflächlichkeit.

»Valentina St. Leger ist ein eifersüchtiges Lästermaul«, warnte Isabelle. »Nehmen Sie sich in Acht.«

»Ich kenne sie kaum. Ich nehme an, sie sprach gerade über mich?«

Isabelle zuckte die Achseln.

»Machen Sie sich keine Gedanken«, versicherte Lily. »Ich kann Boshaftigkeiten gut ertragen.«

»Sie redete nur indirekt von Ihnen«, erklärte Isabelle.

Lily wurde klar, dass sie von Michael gesprochen hatte. »Ich wüsste gerne, was sie erzählt hat.«

Isabelle schwieg einen Moment. »Vermutlich haben Sie ein Recht darauf«, sagte sie schließlich. »Valentina beteuerte, sie würden dem Duke von Kinross nie einen richtigen Erben schenken, weil Ihr Bruder …« Sie brach ab, unsicher, wie sie den Satz beenden sollte.

»Was ist mit meinem Bruder?«, wollte Lily wissen.

Isabelle senkte die Stimme: »Valentina hat behauptet, Ihr Bruder sei ein sabbernder Idiot.«

»Vielen Dank, Euer Gnaden«, versetzte Lily. »Ich weiß Ihre Aufrichtigkeit zu schätzen und hoffe, dass wir uns bald wiedersehen.«

»Das hoffe ich auch.«

Wutentbrannt drehte Lily sich um und verließ das Zimmer. Im Türrahmen zum Ballsaal blieb sie kurz stehen und suchte nach Valentina. Sie entdeckte sie bei Seth am entgegengesetzten Ende des Raums.

Ohne auf die Menschen zu achten, die sie unterwegs ansprachen, marschierte Lily zielstrebig auf die blonde Frau zu. Seth und Valentina wandten sich um, als sie Lily bemerkten.

»Ich habe Ihnen bereits gesagt, sie sollen meinen Bruder in Ruhe lassen«, begann Lily.

»Hat Isabelle Saint-Germain wieder Geschichten erzählt?«, fragte Valentina und schüttelte spöttisch den Kopf. »Sie ist bekannt dafür, dass sie ...«

»Sie sind eine feige Lügnerin und dürften es nicht wagen, sich eine Lady zu nennen«, unterbrach Lily sie und wurde immer lauter, ohne auf die neugierigen Blicke der Anwesenden Rücksicht zu nehmen. »Wenn Sie den Namen meines Bruders noch ein einziges Mal erwähnen, werden Sie den Tag bereuen, an dem Sie geboren wurden.«

Valentina brach in schallendes Gelächter aus. »Was könnte ein ungehobelter Emporkömmling wie Sie mir schon tun?«

»Ganz einfach, *das*!« Unvermittelt ohrfeigte Lily sie mit aller Kraft. Völlig überrascht taumelte Valentina rückwärts, allein Seths Geistesgegenwart rettete sie vor einem Sturz.

Die Umstehenden ächzten.

»Sie haben mich geschlagen«, quietschte Valentina.

»Ich werde noch Schlimmeres mit Ihnen machen, wenn ...« Jemand packte Lilys Arm, zog sie weg und erstickte damit, was sie ihr an den Kopf werfen wollte.

»Herzlichen Glückwunsch. Du hast einen Skandal verursacht«, teilte James ihr mit, während er sie zur Tür führte.

»Das interessiert mich nicht im Geringsten«, blaffte Lily. Aus dem Augenwinkel sah sie, wie die Duchess von Avon ihr lautlos Applaus klatschte. Lily lächelte sie an, was wiederum beim Duke von Avon ein Grinsen hervorrief.

James sagte nichts, er zwang Lily nur, mit ihm mitzukommen. Im Vorbeigehen zischte er seiner Mutter und den Tanten zu: »Sagt Sloane, er soll euch nach Hause begleiten.«

»Sloane hat sich verabschiedet, als wir alle zum Essen nach unten gingen«, erwiderte die Witwe.

»Dann schicke ich euch die Kutsche zurück.«

James und Lily traten aus dem Haus in die mondlose Nacht. Schwerer Nebel umhüllte sie wie ein riesiger Mantel und wirkte unheimlich im schwachen Licht der Gaslampen.

Der Duke bedeutete dem Kutscher vorzufahren. »Ich hoffe, du bist zufrieden.«

Selbstgerechter Zorn wallte in Lily auf. »Diese blonde Hexe hat allen erzählt, mein Bruder sei ein sabbernder Idiot«, empörte sie sich. »Ich werde nicht zulassen, dass man böse über Michael spricht. Der Junge ist ein Engel.«

»Du hättest doch …«

»Wenn jemand die Familie Armstrong beleidigen würde, dann würdest du ihn erschießen«, unterbrach ihn Lily. »Ich habe der Person nur eine Ohrfeige versetzt, aber ich fürchte, sie war nicht fest genug, um ihr ein wenig Verstand einzubläuen.«

»Eine Dame schlägt keine anderen Damen«, donnerte James.

»Ich bin ein Hafenmädchen. Schon vergessen?«, gab Lily scharf zurück. »Ich wünschte bloß, du hättest meinen Dolch nicht an dich genommen.«

Plötzlich tauchte aus dem Nichts eine Kutsche auf und raste in halsbrecherischem Tempo die Grosvenor Street entlang. Kurz bevor sie auf Höhe von James und Lily war, änderte der Fahrer leicht den Kurs und fuhr direkt auf sie zu.

Der Duke packte Lily und sprang von der Straße. Sie stürzten rückwärts auf die Stufen vor dem Haus. Dann brauste das Gefährt ohne Halt davon und verschwand.

Mehrere Kutscher rannten ihnen zu Hilfe. James kniete sich besorgt neben Lily. »Bist du verletzt?«

Der Schock, beinahe von den Rädern einer Kutsche zermalmt worden zu sein, verursachte ihr Übelkeit. Zu ihrer Schmach musste Lily einige Sekunden würgen, bevor sie sich mit tiefen Atemzügen selbst wieder beruhigte.

»Ich kann allein aufstehen«, flüsterte sie.

Ohne ihren Worten Beachtung zu schenken, hob James sie auf und trug sie zu seiner Kutsche.

Selbst als sie in Sicherheit waren, hielt er sie noch immer fest in seinen Armen und streichelte ihr sanft übers Haar. »Alles wird wieder gut«, raunte er ihr mit beruhigender Stimme ins Ohr.

»Dieser Mann wollte uns umbringen!« Vor Schreck zitterte Lily am ganzen Körper.

»Das war nur ein verrückter Unfall«, sagte er. »Der Fahrer hatte die Kontrolle über seine Pferde verloren.«

»Wie kannst du das sagen, nachdem schon einmal jemand versucht hatte, dich zu erschießen?«

»Hast du etwa gelauscht?«, fragte James mit grimmiger Miene.

»Ich habe unabsichtlich einen Teil deines Gesprächs mit Adam mitgehört«, gab Lily zu.

»Ich werde nicht gerne bespitzelt.« James' Stimme war kalt.

»Ich habe dich nicht bespitzelt«, widersprach Lily zornig. Sie befreite sich aus seiner Umarmung und blitzte ihn wütend an.

Spitzel. Das Wort traf Lily mit der Wucht einer Lawine. Seth und Bradley wollten, dass sie den Duke aushorchte. Und obwohl es ihr widerstrebte, wusste Lily, sie würde es tun. Sie musste James' Unschuld am Tod seines Bruders beweisen!

Fünfzehntes Kapitel

Michael.

Mit einem Ruck richtete sich Lily im Bett auf und sah sich um. Das Halbdunkel im Zimmer verriet ihr, dass es noch mindestens eine Stunde bis zum Morgengrauen war. Und dann wusste sie, was sie geweckt hatte: Sie hatte vergessen, ihren kleinen Bruder vorzuwarnen, dass Seth und Bradley in England waren.

Die beste Zeit, mit ihrem Bruder zu sprechen, wäre sofort, solange der Rest des Haushalts noch schlief. Wenn James sie und Michael miteinander flüstern sah, würde er vielleicht misstrauisch werden. Sie wollte sich gar nicht ausmalen, was er tun würde, sollte er zufällig ihre Warnung an Michael mithören.

Lily glitt aus dem Bett und zog sich den weißen Morgenrock aus Seide über. Auf bloßen Füßen tapste sie durch den Raum.

Vorsichtig öffnete sie die Tür einen Spalt und blinzelte hinaus, doch alle schliefen noch. Sie schlüpfte hinaus, zog die Tür hinter sich zu und ging schnell zur Kammer ihres Bruders am anderen Ende des Korridors.

Großer Gott im Himmel, betete sie still. Danke, dass James beschlossen hatte, Michael bräuchte keine Aufsicht mehr.

Geräuschlos schlich Lily in Michaels Zimmer. Vor seinem Bett blieb sie stehen und sah ihm im Schlaf zu. Sie musste lächeln, als sie Princess an ihn gekuschelt dort liegen sah. Vorsichtig beugte sie sich ganz nah an das Ohr ihres Bruders und hielt ihm zur Sicherheit die Hand vor den Mund, falls er sich erschrecken sollte.

»Michael«, flüsterte sie und rüttelte ihn sanft.

Der Junge öffnete die Augen. »Lily?«

Auch Princess wurde wach, hob den Kopf und grunzte leise zur Begrüßung, bevor sie sich wieder hinlegte.

»Bruder, es ist sehr wichtig, dass du mir genau zuhörst«, begann Lily. »Kannst du das?«

»Ich bin doch nicht dumm«, erwiderte Michael.

»Das weiß ich«, lächelte sie. »Seth und Bradley sind in England. Ich habe sie gestern Abend getroffen.«

»Heißt das, wir fahren nach Hause?« Seine Miene verriet Enttäuschung.

Lily schüttelte den Kopf, und sein Gesicht hellte sich wieder auf. »Seth und Bradley haben einen geheimen Auftrag, deshalb darf keiner erfahren, wer sie sind«, erklärte sie. »Wenn jemand ihre wahre Identität herausfindet, werden sie als Spione aufgehängt. Verstehst du das?«

Michael nickte.

»Wenn du die beiden also sehen solltest, musst du so tun, als würdest du sie nicht kennen. Schaffst du das?«

»Das kann ich«, antwortete Michael mit einem schläfrigen Lächeln. »Lily, erzählst du mir die Geschichte?«

Lily setzte sich auf die Bettkante, strich ihm mit dem Finger über die Wange und flüsterte: »Ein Krieg brach im Himmel aus. Der Erzengel Michael, der tapferste und stärkste aller Engel, kämpfte gegen Luzifer. Er warf die schwarze Schlange und seine Anhänger ...«

Langsam schlossen sich Michaels Augen, und Lily

hoffte inständig, er würde sich am Morgen noch an ihre Anweisungen erinnern. Vielleicht konnte sie ihn später noch einmal unter vier Augen sprechen.

Dann tätschelte sie das zufrieden grunzende Schweinchen, ging zur Tür und schloss sie sanft hinter sich.

»Huch!« Lily erschrak heftig, da sie geradewegs in die unnachgiebige Brust des Dukes rannte. »Was machst du hier?«, forderte sie, ihr Herz pochte wie wild.

»Ich stelle die Fragen«, erwiderte James grimmig. Er sah müde aus, als hätte er überhaupt nicht geschlafen. »Planst du eure Flucht?«

Lily schüttelte den Kopf.

»Was ist dann so wichtig, dass du deinen Bruder mitten in der Nacht aufsuchen musst?«

»Ich habe nur nach ihm gesehen«, erklärte Lily mit gesenktem Kopf, zu ängstlich, ihm in die schwarzen Augen zu blicken.

»Du hast noch nie nach ihm gesehen«, wandte James ein. »Was ist heute Nacht anders als sonst?«

»Auf Kinross Park schlief immer jemand in seinem Zimmer«, antwortete sie. »Und deine Verdächtigungen finde ich unverschämt.« Damit schob sie sich an ihm vorbei und ging weiter.

»O Schlangenherz, von einem Engelsgesicht überdeckt«, murmelte James, während er hinter ihr her zu seinem eigenen Zimmer ging.

»Von Blumen überdeckt«, verbesserte Lily. »Wenn du schon Shakespeare zitieren musst, dann wenigstens richtig.«

Sie trat in ihr Zimmer, hielt aber inne, als sie bemerkte, dass er sie anstarrte. Verachtungsvoll wendete sie sich ab und knallte die Tür hinter sich zu.

Eine Sekunde später flog die Tür wieder auf, und James stand drohend vor ihr. »Wag es nicht noch einmal, mir die Tür vor der Nase zuzuschlagen«, warnte er sie eindringlich. »Hast du das verstanden?«

Ängstlich nickte Lily, doch sie konnte nicht sprechen. Zufrieden marschierte James aus ihrem Schlafgemach.

Herrischer Rüpel, dachte Lily und schloss leise die Tür. Dann warf sie sich aufs Bett, konnte allerdings keinen Schlaf finden. Der Furcht erregende Ausdruck auf dem Gesicht des Dukes schob sich immer wieder vor ihr geistiges Auge. Wie sollte sie es über sich bringen, ihn zu bespitzeln? Konnten Seth und Bradley Recht damit haben, dass James seinen Bruder getötet hatte? Nein, das war unmöglich. Ein mürrischer Charakterzug machte noch niemanden zum Mörder.

Der gestrige Abend hatte perfekt werden sollen, eine Erinnerung, die sie immer in Ehren halten wollte. Stattdessen war er zum Albtraum geworden.

Das Leben meinte es nicht gut mit ihr. Gerade hatte sie sich daran gewöhnt, die Gefangene des Dukes zu sein, da musste sie feststellen, dass sie schwanger war. Und nun tauchten plötzlich Seth und Bradley in London auf. Der Gedanke an Bradley und den Schmerz, den er fühlen musste, quälte sie.

Es war spät am Morgen, als Lily endlich aus ihrem Zimmer kam. Sie hatte das Frühstück absichtlich verpasst, um James nicht über den Weg zu laufen. Nur ein Brötchen hatte sie bislang zu sich genommen, um das Unwohlsein zu unterdrücken.

Lily verspürte kein Bedauern darüber, Valentina geohrfeigt zu haben, aber sie hatte der Witwe und ihren Schwestern den Abend verdorben. Jetzt hatte sie die unangenehme Aufgabe, sich bei ihnen zu entschuldigen.

Lily ging direkt in den Salon, wo sich die Damen normalerweise um diese Tageszeit aufhielten. Die drei Frauen unterbrachen das Gespräch und sahen auf, als Lily eintrat.

»Guten Morgen, Liebes«, rief Lady Donna lächelnd. »Wie fühlen Sie sich heute?«

»Das Kind hat ein schlechte Gewissen, weil sie eine Szene gemacht hat«, teilte Lady Nora ihrer Schwester mit. »Was dachtest du denn?«

Verblüfft starrte Lily sie an.

»Nora hat das Zweite Gesicht«, erinnerte die Duchess. »Doch die Schuldgefühle stehen Ihnen wirklich ins Gesicht geschrieben.«

Lily errötete. »Kann ich mit Ihnen sprechen?«

James' Mutter nickte. »Setzen Sie sich.«

»Es tut mir wirklich Leid, dass ich Ihnen den Abend ruiniert habe.« Lily senkte den Kopf auf den blaugoldenen Teppich. »Ich hoffe, Ihr gesellschaftlicher Ruf wird sich bald wieder von dieser Katastrophe erholt haben.«

Die drei Frauen lachten laut auf, was Lily überraschte. Verwirrt blickte sie eine nach der anderen an.

»So ist es schon besser. Sie müssen Menschen immer in die Augen sehen, wenn Sie mit ihnen sprechen.«

»Ich habe vorhergesagt, dass Ihr Debüt äußerst erfolgreich sein würde«, bemerkte Lady Nora. »Schon seit Jahrzehnten haben wir uns nicht mehr derart amüsiert.«

»Pennick hat bereits den ganzen Morgen über Unmengen von Visitenkarten entgegengenommen«, berichtete Lady Donna. »Der Mann schwebt auf Wolken.«

Lily war noch immer verstört. »Aber ich dachte ...«

»Niemand hat von Ihnen erwartet, sich wie eine richtige Engländerin zu benehmen«, klärte Lady Donna sie auf.

»Danke«, erwiderte Lily trocken, doch sie war furchtbar erleichtert. Ein Vorwurf weniger, den der Duke ihr machen konnte.

»Ganz London ist fasziniert von Ihrer amerikanischen Direktheit«, schwärmte Lady Donna.

»Man hat Sie ein Original genannt«, fügte Lady Nora hinzu.

»Nach Ihrer Vorstellung von gestern Abend wird Loyalität der Familie gegenüber wieder in Mode kommen«, prophezeite die Duchess.

Lily blickte von einem Gesicht zum nächsten. Sie konnte nicht fassen, was sie da hörte. Wenn das wahr war, hatten diese wohl erzogenen Damen den Streich des Jahrhunderts vollführt. Man stelle sich vor, die Londoner Society bewunderte ein Hafenmädchen aus Boston!

»Valentina St. Leger eine Ohrfeige zu verpassen, wünschen sich die meisten Damen«, erläuterte Lady Donna.

Das Lob munterte Lily auf, dann jedoch sah sie wieder das grimmige Gesicht von James vor sich. »Ist der Duke immer noch böse auf mich?«

»Ich glaube, James tobt«, sagte Lady Donna. Sie kicherte heiser. »Der arme Junge ist eifersüchtig, und das gefällt ihm überhaupt nicht.«

»Eifersüchtig?«, wiederholte Lily ungläubig.

»O, das ist köstlich. Unter den vielen Verehrern, die ihre Karte für Sie hinterlassen haben, sind auch Dutzende von Gentlemen.«

»Sie hoffen alle, Ihr Verlöbnis wird nicht in einer Ehe münden«, ergänzte Lady Nora.

»Allerdings haben wir entschieden, dass Sie jeden Tag eine Stunde Klavier üben müssen, wenn Sie in unserer Gunst bleiben wollen«, erklärte die Duchess.

»Das mit der Quadrille vergessen wir«, meinte Lady Donna. »Nora ist der Meinung, Sie werden sie nie beherrschen.«

Die Witwe stand auf und verkündete: »Wir werden ein paar Besuche machen.«

»Und uns in der Sonne Ihres Erfolgs baden«, fügte Lady Donna schmunzelnd hinzu.

»Lassen Sie keine Gäste vor, während wir weg sind«, wies Lady Nora sie an.

»Pennick wird sich um alle Besucher kümmern. Er weiß, was zu tun ist.«

Aufgeregt klatschte Lady Donna in die Hände. »Ihre Verehrer waren außer sich vor Enttäuschung, weil sie einem solchen Original nicht ihre Ehrerbietung erweisen konnten.«

»Die Duchess von Avon dürfen sie jedoch empfangen«, teilte Lady Nora mit.

»Ich bezweifle, dass eine Duchess sich zu einem Besuch bei mir herablassen würde«, meinte Lily mit einem schiefen Lächeln.

»Wie erfrischend skeptisch Sie sind«, kommentierte Lady Nora. Ihre Schwester Donna nickte. »Die perfekte Ergänzung für unseren James.«

»Wir erwarten, Sie bei unserer Rückkehr Klavier spielen zu hören.«

Vielleicht war der gestrige Abend doch keine solche Katastrophe gewesen, dachte Lily, als die Frauen den Salon verlassen hatten. Möglicherweise war James sogar in einer umgänglicheren Stimmung als letzte Nacht.

Sie lehnte sich im Stuhl zurück und ließ die Hände auf den Bauch sinken. Wie würde das Baby aussehen? Würde es gesund sein? Es war ihr gleich, ob es ein Junge oder ein Mädchen würde, wenn es nur gesund war. Sie liebte ihren Bruder mehr als ihr eigenes Leben und wollte sich niemals von ihrem Versprechen der sterbenden Mutter gegenüber losmachen, doch ihr künftiges Leben wäre viel einfacher, würde das Kind ohne Behinderung geboren.

Die Schwangerschaft und die unruhige vergangene Nacht hatten sie erschöpft, und kaum hatte Lily sich zurückgelehnt und die Lider geschlossen, sank sie auch schon in einen tiefen Schlaf.

»Mylady?« Eine Stimme weckte sie sanft.

Lily öffnete die Augen und gewahrte den Butler vor sich. »Ja, Mr Pennick?«

»Es tut mir Leid, Sie zu stören, aber Sie haben einen Gast«, verkündete Pennick. »Der Duke von Avon führt ein geschäftliches Gespräch mit dem Hausherrn, und die Duchess begleitete ihn in der Hoffnung, Sie anzutreffen.«

Das überraschte Lily. Lady Nora hatte Recht gehabt mit dem Besuch der Duchess von Avon.

»Soll ich ausrichten, Sie seien unpässlich?«, wollte er wissen.

»Führen Sie sie bitte in den Salon und servieren Sie uns dann Tee«, wies Lily ihn an.

»Sehr wohl.« Pennick wandte sich zum Gehen.

Lily fragte sich, ob Bradley oder Seth bereits hier gewesen waren. »Mr Pennick?«, rief sie dem Butler hinterher. »Bringen Sie mir bitte auch die Visitenkarten, die hinterlassen wurden.«

»Ich bedauere«, meinte Pennick, als er sich wieder umdrehte. Ein Lächeln umspielte seine Mundwinkel, und er fügte hinzu: »Der Herr wirkte etwas unglücklich mit dem Berg von Karten und nahm sie an sich.«

Lily lächelte in sich hinein. Vielleicht war er tatsächlich eifersüchtig. Sie hoffte es zumindest.

Sobald die Duchess von Avon in den Salon trat, stand Lily auf und machte einen Knicks: »Ich fühle mich geehrt, dass Sie mich besuchen. Bitte, nehmen Sie doch Platz.«

»Gestern Abend gefielen Sie mir besser«, bemerkte die Duchess, und ihre violetten Augen funkelten vor Vergnügen.

»Wie bitte?«

»Verbeugen Sie sich nicht vor mir«, erklärte die Duchess. »Und nennen Sie mich Isabelle, dann werde ich Sie Lily nennen.«

Lily entschied, dass sie diese Frau mochte. »Sehr wohl, Isabelle.«

»Ich wollte Ihnen nur sagen, wie sehr ich Ihr Verhalten bewundert habe«, begann Isabelle. »Als John erwähnte, er habe einen Termin mit James, bat ich, ihn begleiten zu dürfen. Ich hoffe sehr, dass wir Freundinnen werden können.«

»Das wäre sehr schön«, erwiderte Lily. »Allerdings werde ich nach Amerika zurückkehren, sobald der Krieg vorbei ist.«

Isabelle sah enttäuscht aus. »Ich dachte, Sie und James wären verlobt?«

Schuldbewusst ließ Lily den Blick zu Boden sinken. Sie hatte das Gefühl, dieser jungen Frau vertrauen zu können, die ebenso unkonventionell war wie sie selbst. Und doch ...

»Sie können mir vertrauen.« Isabelle schien ihre Gedanken lesen zu können. »Ich verspreche Ihnen, dass ich außerordentlich verschwiegen bin.«

Lily musterte sie einen Moment. Isabelle Saint-Germain musste ihr von Gott gesandt worden sein.

Pennick trug das Worcester Teeservice auf einem Silbertablett in den Salon. Er stellte das Tablett auf den Tisch und schenkte den Damen ein.

»Vielen Dank, Mr Pennick«, entließ Lily den Mann. Sobald er den Raum verlassen hatte, senkte sie die Stimme und teilte ihrem Gegenüber mit: »Meine Verlobung mit James ist lediglich eine Täuschung um seiner Mutter willen.«

Isabelle wirkte überrascht. »Sie beide müssen gute Schauspieler sein. Sie wirkten gestern Abend sehr verliebt.«

»Ich bin ein Hafenmädchen aus Boston, auch bekannt unter dem Namen Goldene Lilie«, gestand Lily und sah wieder zu Boden. Sie fürchtete, in Isabelles Augen Verachtung zu entdecken. Noch nie hatte sie eine echte Freundin gehabt und wollte diese nicht verlieren, doch ebenso wenig wollte Lily sie belügen.

Die Duchess war vollkommen still. Lily nahm all ihren Mut zusammen, hob den Kopf und sah, dass die andere Frau sie verständnislos anblickte.

»Ich verstehe nicht.«

»Ich bin keine Lady«, erklärte Lily. Nervös hielt sie die Hände im Schoß. »Mein Vater besitzt eine Taverne im Hafen von Boston.«

»Eine Dame zu sein ist eine Frage des Herzens, nicht der Herkunft oder Erziehung«, entgegnete Isabelle. »Was ist eine Goldene Lilie?«

»Das war mein Deckname«, erzählte Lily, ermutigt von Isabelles Meinung. »Ich habe die seltene Gabe, mir alles genau merken zu können, was ich lese.« Mit einem unsicheren Lächeln fügte sie hinzu: »Wenn Sie mögen, kann ich Ihnen zum Beispiel die Bibel aufsagen.«

»Welches Testament?«, fragte Isabelle lächelnd.

»Beide.«

Isabelle brach in Gelächter aus.

»Meine Regierung setzte mein Talent ein, um geheime Nachrichten an Agenten zu überbringen«, fuhr Lily fort. »James glaubte, ich habe den Tod seines Bruders verschuldet, und entführte mich und meinen jüngeren Bruder, um mich während des Krieges unschädlich zu machen. Als seine Mutter entdeckte, was er getan hatte, bestand sie darauf, dass wir uns verloben.«

»James wirkt nicht gerade wie ein Mann, den man zu etwas zwingen kann«, bemerkte Isabelle. »Was für ein wundervolles Abenteuer Sie erlebt haben!«

»Abenteuer sind nicht immer so aufregend, wie man denken möchte«, erklärte Lily. »Und sie enden nicht immer so, wie man es sich wünscht.«

»Wie kann ich Ihnen helfen?«, wollte Isabelle wissen.

»Mein älterer Bruder und mein Verlobter ...«

Wieder musste Isabelle lachen. »Sie haben noch einen weiteren Verlobten außer James?«

Lily zuckte die Achseln. »Vergessen Sie nicht, dass der Duke Valentina hatte.«

»Ich wollte Sie nicht kränken.«

»Das haben Sie auch nicht.«

Lily beschloss, Isabelle nichts von Seth und Bradleys Verdacht gegen James zu erzählen. »Mein Bruder und Bradley, die ebenfalls für unsere Regierung arbeiten, tauchten gestern Abend plötzlich auf meinem Debütantinnenball auf. Ich muss einen Weg finden, ihnen Nachrichten zukommen zu lassen oder ein Treffen verabreden. Ich befürchte, James vertraut mir nicht.«

»Ich kann ihnen Botschaften übermitteln und arrangieren, dass wir beide im Park ausreiten«, erbot sich Isabelle. »Wie wäre es morgen mit einer Kutschfahrt?«

»Das wäre ganz wunderbar, wenn James es mir erlaubt.«

Isabelle lächelte. »Mit dem Duke komme ich schon zurecht.«

»Könnten Sie mir auch einen kleinen Dolch besorgen, den ich mir ans Bein schnallen kann?«, bat Lily. »James hat meinen leider beschlagnahmt.«

»Sie wollen sich einen Dolch ans Bein schnallen?« Isabelle war schockiert.

Lily nickte. »Normalerweise trage ich immer einen zum Schutz bei mir. Ohne fühle ich mich zu verwundbar.«

»Ich werde es versuchen, aber nur wenn Sie mir versprechen, niemanden damit zu verletzen«, erklärte Isabelle.

»Ich verspreche Ihnen, dass er nur zur Verteidigung ist.«

»Und was machen Sie so den lieben langen Tag?«, wechselte Isabelle das Thema.

»Mein kleiner Bruder nimmt mich voll und ganz in Anspruch.«

»Nein, Princess. Gib mir den Keks!«

Beide Frauen sahen zur Tür, durch die gerade das kleine Schwein mit einem großen Keks in der Schnauze rannte, Michael dicht auf den Fersen.

Lily schnappte sich das Tier, setzte es sich auf den

Schoß und warf Isabelle einen entschuldigenden Blick zu. »Dieses hübsche Mädchen ist Princess, das Haustier meines Bruders.« Sie legte den Arm um Michael und zog ihn an sich: »Und das hier ist mein Bruder Michael.« Sie sah ihn an und erläuterte: »Darf ich dir meine neue Freundin vorstellen, die Duchess …«

»Sind Sie Lady Godiva?«, unterbrach Michael sie.

Isabelle lachte. »Ich bin Isabelle Saint-Germain. Woher kennst du Lady Godiva?«

»Duncan hat mir die Geschichte erzählt.«

»Wer ist Duncan?«

»Duncan ist Dukes Freund«, erklärte Michael. »Lady Godiva hat langes blondes Haar, wie du, und sie ist sehr hübsch. Sie hat den Leuten geholfen.«

»Duncan hat völlig Recht«, sagte Isabelle. »Dein Versehen ist aber ein großes Kompliment.«

»Ich habe am Namenstag des Heiligen Michael Geburtstag«, brüstete sich Lilys Bruder. »Lily hat mich nach dem Erzengel Michael benannt. Weißt du, was der gemacht hat?«

Isabelle schüttelte den Kopf.

»Er hat Luzifer aus dem Himmel geworfen.«

»Ich bin sicher, dass du ein ebenso starker Kämpfer bist, wie er es war.«

Michael streckte stolz die Brust heraus und verkündete: »Ich mag dich.«

»Ich mag dich auch«, lächelte Isabelle.

Als Lily diese Unterhaltung beobachtete, war sie unendlich erleichtert. Isabelle Saint-Germain hatte keine Furcht vor der Behinderung ihres Bruders. Die Duchess schien Michael sogar ehrlich zu mögen, und dafür bewunderte Lily sie nur noch mehr.

Tränen stiegen ihr in die Augen, und das Herz wollte ihr schier übergehen vor Freude. Doch da war auch ein Gefühl der Traurigkeit. Zum ersten Mal im Leben hatte sie eine wahre Freundin gefunden – wie schade, dass Michael und sie nach dem Krieg wieder nach Boston zurückkehren würden.

Während Lily sich mit der Duchess von Avon anfreundete, saß James in seinem Büro am anderen Ende des Korridors. Bei ihm waren Adam St. Aubyn und John Saint-Germain, der Duke von Avon.

»Jetzt, wo wir das Geschäftliche erledigt haben, könnte einer von euch beiden mir vielleicht einen Rat geben, wie man den Skandal, den Lily gestern verursacht hat, wieder vergessen machen könnte?«, fragte James. »Ich vermute, eine gute Erziehung macht sich eben doch bezahlt.«

Adam prustete laut los.

»Besser es passiert dir als mir«, lächelte John Saint-Germain. »Ich hatte bereits meine eigenen Probleme mit Isabelle.« Er warf einen Seitenblick auf Adam und ergänzte: »Nur ein unverheirateter Mann kann Armstrong auslachen.«

»Du bist viel zu streng zu Lily«, meinte Adam. »Valentina zu ohrfeigen, ist kein so großer Skandal.«

»Jede Frau in diesem Saal wollte Valentina St. Leger schon einmal ohrfeigen«, fügte John hinzu.

»Keine von ihnen handelte allerdings impulsiv«, gab James zu bedenken.

»Meine Frau trägt eine Mitschuld«, gab John zu. »Isabelle hatte vorher mit Lily gesprochen und den Anstoß gegeben.«

»Lass es gut sein, James«, meinte Adam. »Die Leute werden die Sache bald vergessen haben.«

»Ich stimme St. Aubyn zu«, sagte John. »So ist es doch immer.«

James lehnte sich in seinem Stuhl zurück. »Ich frage mich, ob Frauen jemals nachdenken, besonders amerikanische Frauen.«

»Frauen denken nicht«, erklärte John. »Sie fühlen.«

Adam grinste. »Und die Frauen, die tatsächlich denken, sind unbarmherzige, verachtungswürdige Kreaturen.«

»Gott hat die Frauen nicht zum Denken erschaffen«, pflichtete John bei. »Sie sollten einkaufen gehen, Gerüchte verbreiten und Kinder bekommen.« Dann zeigte er mit dem Finger auf die beiden anderen Männer und drohte: »Wenn ihr das Isabelle erzählt, werde ich euch finanziell zugrunde richten.«

James und Adam lachten.

»Stellt euch nur vor, wie die Welt wäre, wenn Frauen Regierungen und Geschäfte führen würden.« James tat so, als schauderte ihn.

»Das ist wirklich ein beängstigender Gedanke«, bestätigte John grinsend.

Adam wurde ernst. »Was mich jedoch mehr ängstigt ist der zweite Anschlag auf dein Leben.«

»Der zweite Anschlag?«, wiederholte John.

James zog finster die Brauen zusammen. »Jemand hat vor einigen Wochen auf mich geschossen.«

»Um Himmels willen, hast du jemanden im Verdacht?«, fragte John.

James wusste, wer es war, hatte aber keine Beweise. Er sagte nur ein Wort: »Sloane.«

Der Duke von Avon war fassungslos. »Dein eigener Cousin?«

»Ich glaube nicht, dass Sloane so etwas tun würde«, warf Adam zur Verteidigung des jungen Mannes ein.

»Sloane ist der einzige Mensch, der von meinem Tod profitieren würde. Selbst Bastarde haben Ambitionen.«

»Was soll das heißen?«, wollte John wissen.

»Sein Vater war ein unehelicher Sohn meines Großvaters«, erklärte James. »Mein Vater, mein Bruder und ich haben Sloane immer an der Familie und am Vermögen teilhaben lassen. Die Charta unserer Familie gestattet ihm sogar, den Titel zu erben, wenn ich ohne Nachkommen sterbe.«

»Du kannst nicht beweisen, dass Sloane deinen Tod will«, hielt Adam dagegen. »Was, wenn es ein anderer ist, ein geschäftlicher Konkurrent vielleicht?«

»Sloane war bei meinem Bruder, als der getötet wurde.« James wandte sich an den Duke. »Er hat außerdem kein stichhaltiges Alibi für die Zeit der beiden Mordversuche.«

»Es scheint, Sloane sei schuldig, doch der Schein kann trügen«, meinte John. »Voreilige Schlüsse zu ziehen könnte dich umbringen.«

Es klopfte an der Tür und der Butler trat ein. »Verzeihung, Mylord«, sagte Pennick. »Der Earl von Bovingdon wünscht ein Gespräch mit Ihnen.«

Das hat mir gerade noch gefehlt, dachte James. St. Leger wollte eine finanzielle Kompensation für die Ohrfeige.

»Schicken Sie ihn weg«, wies er Pennick an.

»Ich kam so schnell ich konnte«, platzte da Reggie St. Leger schon ins Büro.

James bedeutete Pennick mit einem Kopfnicken zu gehen und wandte sich an St. Leger. »Was wollen Sie,

Reggie? Ich werde Ihnen nichts dafür bezahlen, dass Lily Ihre Schwester geohrfeigt hat.«

»Ich will Ihr Geld nicht.« St. Leger sah gekränkt aus. »Ich kam hierher, da ich von Ihrem beinahe tödlichen Unfall gestern Abend hörte.«

»Das war kein Unfall«, mischte Adam sich ein. »Jemand hat versucht, ihn zu töten.«

St. Leger wirkte schockiert. »Wer würde so etwas tun? Kann ich irgendwie von Nutzen sein?«

Das Letzte, was er brauchen konnte, war Reggie St. Leger, der ihm auf Schritt und Tritt folgte. James zwang sich zu einem höflichen Lächeln und sagte: »Ich danke Ihnen für Ihre Anteilnahme, doch ich komme schon zurecht. Gab es einen weiteren Grund für Ihren Besuch?«

St. Leger versuchte, ein gewinnendes Lächeln aufzusetzen.

Jetzt kommt es, schwante es James.

»Das ist möglicherweise nicht der beste Zeitpunkt«, begann St. Leger vorsichtig.

»Bitte, seien Sie ganz offen«, forderte James ihn auf. Und dann verschwinde endlich aus meinem Haus, fügte er im Stillen hinzu.

»Ich würde gerne eine Verbindung zwischen meiner Schwester und Ihrem Cousin vorschlagen«, sagte St. Leger.

»Valentina und Sloane? Reggie, Sie erstaunen mich immer wieder«, rief James überrascht

»Sloane hat Valentina in letzter Zeit häufiger begleitet. Zudem bin ich mit diesem Amerikaner nicht einverstanden. Seth Hawkins ist nicht, wer er vorgibt zu sein. Sie sollten vielleicht einmal Erkundigungen über diese Amerikaner einziehen.«

James war sofort hellwach. »Was meinen Sie damit?«

St. Leger zuckte mit den Schultern. »Ist nur so ein Gefühl, weiter nichts.«

»Ich werde mit Sloane über Ihren Vorschlag reden«, lächelte James förmlich. »Es wird höchste Zeit, dass mein Cousin übers Heiraten nachdenkt.«

»Vielen Dank, Euer Gnaden.« St. Leger wandte sich ebenfalls an Adam und John, bevor er ging. »Ihnen beiden noch einen guten Tag.«

Kaum hatte sich die Tür hinter St. Leger geschlossen, als die drei Männer auch schon in schallendes Gelächter ausbrachen. James schüttelte ungläubig den Kopf und fragte sich, ob Valentina wusste, was ihr Bruder vorhatte.

»Ich muss euch jetzt verlassen«, sagte der Duke von Avon und stand auf.

Adam St. Aubyn tat es ihm gleich. »Ich komme mit.«

James brachte die beiden hinunter. In der Eingangshalle orderte er seinen Butler: »Pennick, bitten Sie die Duchess, zu uns zu kommen.« An seine Freunde gerichtet meinte er: »Sehe ich euch heute Abend im White's?«

»Ich werde da sein«, bestätigte Adam.

John zuckte hilflos die Achseln. »Das hängt ganz von den Plänen meiner Frau ab.«

James und Adam sahen sich an und mussten lachen.

Ein paar Minuten später kehrte Pennick mit Isabelle Saint-Germain und Michael zurück, der sein Schweinchen im Arm hielt.

Isabelle grüßte Adam freundlich und wandte sich dann an James. »Ich habe Lily für morgen zu einer Kutschfahrt im Park eingeladen. Ist das in Ordnung?«

Überrumpelt zögerte James einen Augenblick. Er

wollte Lily nicht aus den Augen lassen, konnte allerdings schlecht eine einfache Bitte der Duchess von Avon zurückweisen.

»Das klingt wunderbar«, antwortete er. »Ich bin sicher, Lily wird die frische Luft gut tun.«

Isabelle schob die Hand unter den Ellbogen ihres Mannes, lächelte ihn an und erkundigte sich: »Bist du bereit, mein Lieber?«

Offenbar war die Duchess von Avon eine kluge Frau, stellte James fest. Sie hatte das Spiel gewonnen und einen freien Tag für Lily herausgeschlagen. Er ließ sich von dem liebreizenden Lächeln der Duchess nicht täuschen.

»Wo ist deine Schwester?«, fragte James den Jungen.

»Lily ist auf ihr Zimmer gegangen«, erklärte Michael. »Princess hat meinen Keks gestohlen. Ich brauche einen neuen.«

James blieb kurz am Tisch in der Eingangshalle stehen, um zu sehen, ob neue Karten für Lily hinterlassen worden waren. Da hörte er ein Klopfen an der Tür und bemerkte den Amerikaner, Bradley Hampstead, der von Pennick eingelassen wurde.

Jetzt habe ich ihn!, dachte James und rief: »Michael, komm doch bitte her.«

Michael kam zurückgelaufen. James blickte dem Amerikaner fest in die Augen und wusste sofort, dass der Junge und er sich kannten.

James legte den Arm um Michael und zeigte auf Hampstead. »Bist du diesem Mann schon einmal begegnet?«

Michael starrte Bradley lange an, dann schüttelte er den Kopf. »Nein.«

Der Junge lügt. Lily hat ihn letzte Nacht gewarnt. Das war der Grund für ihren Besuch bei Michael mitten in der Nacht gewesen.

»Bist du ganz sicher?«

»Ist das Robin Hood?«

»Nein.«

»König George?«

»Geh und hol dir deinen Keks«, entließ ihn James. Dann fragte er den Amerikaner: »Was kann ich für Sie tun, Mr Hampstead?«

»Ich möchte gerne mit Mistress Hawthorne sprechen.«

»Lily empfängt heute keine Besuche«, erklärte James und bemerkte zufrieden den enttäuschten Gesichtsausdruck des Mannes. »Würden Sie gern Ihre Karte hier lassen?«

»Vielen Dank, Euer Gnaden.« Bradley reichte ihm seine Visitenkarte und ging ohne ein weiteres Wort.

James zerriss sie und gab Pennick die Fetzen. Langsam und bedächtig schritt er die Stufen empor.

Seine Geduld war erschöpft. Er würde jetzt die Wahrheit über diese Amerikaner aus Lily herausholen, koste es, was es wolle. Außerdem würde er ihr eine Strafpredigt halten, wie unhöflich es von ihr gewesen war, Pennick die Duchess von Avon heruntergeleiten zu lassen. Das hätte sie selbst tun müssen.

Auf dem Weg nach oben versuchte er, sich gegen ihre Schönheit und ihre weibliche Tücke zu wappnen. Hinter sich vernahm er seine Mutter und Tanten, die von ihrem Ausflug zurückkamen, doch er wandte sich nicht um.

Er klopfte an Lilys Tür und hörte ein gedämpftes »Geh weg«, was ihn aber nicht abhielt. Stattdessen öffnete er die Tür mit einem Ruck und trat ein. Der Anblick, der sich ihm bot, ließ ihn erstarren. Lily kniete vor der Kommode und würgte.

Im nächsten Moment war James bei ihr. Er legte den Arm um sie und stützte sie, bis die Krämpfe vorbei waren. Dann trug er sie zum Bett und legte sie behutsam auf die Kissen.

»Ich lasse sofort den Arzt holen«, verkündete er. »Keine Widerrede.«

Gerade wollte er hinausgehen, als ihm plötzlich ein ungeheuerlicher Gedanke kam. Abrupt blieb er stehen.

Er drehte sich langsam um und ging zum Bett zurück. Wachsendes Entsetzen zeichnete sich auf seinem Gesicht ab. Dann sagte er: »Verdammt, du bist schwanger!«

Sechzehntes Kapitel

Lily seufzte kläglich. Leugnen wäre zwecklos, die Wahrheit über ihren Zustand lag offen vor ihm. Was nun geschah, hing allein von ihm ab.

Sie öffnete die Augen und setzte sich langsam auf, damit ihr nicht wieder übel wurde. Dann lehnte sie sich gegen das Kopfteil des Bettes und hob den Kopf. Seine Miene war dunkler als die Nacht und kälter als der Nordwind im Winter. Vor Ärger schien seine rechte Wange zu zucken.

Ärger? Wie konnte er es wagen, sie derart erzürnt anzusehen? Hatte er vergessen, dass er sie verschleppt und verführt hatte? Er war der Schuldige, nicht sie!

»Weder erwarte noch will ich etwas von dir«, teilte Lily ihm mit, zu stolz, ihm ihren Schmerz zu zeigen. »Ich kann mit der Situation umgehen, wenn du mich nur nach Hause lässt.«

»Ist dir noch immer unwohl?«, fragte James. Er bemühte sich, gleichgültig zu wirken.

Lily schüttelte den Kopf. »Nein.«

»Wann hattest du vor, es mir zu sagen?«

»Ich hatte gehofft, der Krieg würde enden, bevor das notwendig wäre«, antwortete sie ehrlich und blickte ihm direkt in die Augen.

Seine Lippen verzogen sich zu einer weißen Linie. Das Zucken in der Wange wurde schlimmer.

»Komm mit mir in den Salon«, befahl er streng.

Lily hatte nicht die Absicht, seiner Mutter und den Tanten von ihrem Zustand zu erzählen. Sie hatte noch nicht die innere Stärke, ihnen gegenüberzutreten.

»Tu, was ich dir sage!«, blaffte er.

Herrisch bis zum bitteren Ende, dachte Lily.

Vorsichtig stieg Lily aus dem Bett. Sie blieb einen Moment stehen, um sich den Rock glatt zu streichen. Als sie jedoch merkte, dass ihre Hände zitterten, ließ sie es sein. Ein Blick auf James sagte ihr, dass er es bemerkt hatte, und sie ärgerte sich über sich selbst. Vor einem Feind sollte man niemals Furcht oder Schwäche zeigen. Das hatte sie schon vor langer Zeit in den Docks von Boston gelernt.

Zusammen verließen James und Lily das Zimmer und gingen zum Salon im zweiten Stock.

»Was hast du vor?«, fragte Lily und betrachtete ihn verstohlen.

James antwortete nicht. Das Zucken hatte sich auf seine linke Wange ausgebreitet.

Die Witwe und ihre Schwestern saßen auf den Sofas vor dem Kamin, Pennick servierte gerade Tee.

»Bringen Sie uns bitte noch zwei Tassen«, wies die Witwe den Butler an, sobald sie die beiden hereinkommen sah.

»Ja, Euer Gnaden.«

»Vergiss die Tassen, Pennick«, ordnete James im Vorbeigehen an.

»Wie Sie wünschen, Euer Gnaden.«

»Da seid ihr ja, meine Lieben«, rief Lady Donna. »Wir sind eben von unserem kleinen Ausflug zurückgekehrt.«

»Sei still«, mahnte Lady Nora ihre Schwester.

James bedeutete Lily, sich neben seine Mutter auf das Sofa zu setzen. Lily gehorchte, doch in ihren saphirblauen Augen war ein aufsässiges Funkeln zu erkennen. Sie hätte darauf beharren sollen stehen zu bleiben, nur um ihn zu ärgern, aber sie wollte vor den anderen nicht streiten.

James stellte sich vor den Kamin und verkündete: »Bereite die Hochzeit für den ersten Tag im August vor.«

Die drei Schwestern starrten ihn sprachlos an, und ihre Verblüffung wurde nur von Lilys übertroffen.

Wie konnte er wagen anzunehmen, dass sie ihn heiraten würde? Sie wollte gebeten werden, umschmeichelt, geliebt.

»Ich werde dich nicht ehelichen«, entgegnete Lily erbost.

»Warum? Es ist doch von mir, oder?« James starrte sie finster an. »Oder war es dein amerikanischer Verlobter? Oder vielleicht ein dritter?«

Lily fuhr zusammen, als hätte man sie geohrfeigt. Tränen stiegen ihr in die Augen, aber sie kämpfte tapfer dagegen an.

»Lily hat zwei Verlobte?«, fragte Lady Donna verwirrt.

»Ich will wissen, was hier los ist«, forderte die Duchess und sah ihren Sohn streng an.

»Tess, bitte gedulde dich«, erklärte Lady Nora ihrer Schwester. »Sie reden noch ein bisschen um den heißen Brei.«

»Ich will die Wahrheit!« James blickte Lily fest in die Augen und schenkte seinen Verwandten keine Beachtung.

»Die Wahrheit ist, dass ich ein kleiner Leckerbissen

für einen Duke war«, schleuderte ihm Lily mit zitternder Stimme entgegen und erhob sich.

»Setz dich wieder hin«, befahl er.

»Ich weigere mich, deinen Beleidigungen weiter zuzuhören.« Ihre Stimme wurde lauter. »Ich will nach Hause.«

Bei diesen Worten brach Lily in Tränen aus und rannte aus dem Salon. Vor der Tür holte James sie ein und wirbelte sie herum. Sie versucht, sich seinem Griff zu entwinden, doch er zog sie fest in die Arme und drückte sie an sich.

»Du warst so lange tapfer«, murmelte James. »Lass jetzt alles heraus.«

Seine unerwartete Freundlichkeit löste alle Anspannung in ihr, sie vergrub das Gesicht an seiner Brust und schluchzte, als wollte sie nie wieder aufhören. Sie weinte wegen sich, wegen des Babys und eines ganzen Lebens voll Sorge um ihren Bruder.

Als ihr verzweifeltes Schluchzen verebbte und dann ganz versiegte, reichte James ihr sein Taschentuch. Lily blickte ihn mit tränenverschleierten Augen an, in denen all ihr Unglück geschrieben stand.

»Ich will nach oben gehen«, erklärte sie unendlich erschöpft.

James schüttelte den Kopf, nahm ihre Hand und führte sie zurück zu dem Sofa im Salon.

Angestrengt blickte Lily auf den Teppich. Sie wollte nicht die missbilligenden Mienen der drei Damen sehen.

»Was diese Hochzeit betrifft ...«, begann James.

»Niemand kann eine Hochzeit in zwei Wochen ausrichten«, wehrte die Witwe ab.

»Lily trägt den Erben der Armstrongs unter ihrem

Herzen«, verkündete James. »Ich will kein Gerede über meinen Sohn. Entweder du planst meine Hochzeit für den ersten August, oder ich brenne durch.«

»Du solltest mir nicht drohen, James«, erwiderte die Duchess in einem Ton, der ebenso herrisch war wie der ihres Sohnes.

Lily hob den Kopf. Kein missbilligender Ausdruck auf den Gesichtern der Schwestern. Im Gegenteil, die Damen schienen diese skandalösen Neuigkeiten erfreut aufzunehmen.

»Ich hab's euch doch gesagt«, lächelte Lady Nora.

»Hört, hört. Selbst ein Blinder konnte sehen, dass Jamie sich nach ihr verzehrte«, entgegnete Lady Donna. »Eine entführte Braut – wie romantisch.«

»Kingston wird uns helfen«, entschied die Witwe, während sie sich erhob. »Statten wir ihm einen Besuch ab.« Sie wandte sich an Lily und fragte: »Hat James dir Gewalt angetan?«

»Nein.« Lily errötete.

»Hast du meinen Sohn verführt, weil du gerne einen Duke heiraten möchtest?«

»Ganz sicher nicht!«

Diese Antwort schien die Duchess zufrieden zu stellen. Sie verließ den Salon, ohne ein weiteres Wort zu verlieren, und ihre Schwestern folgten ihr.

Der Gedanke an ein Leben als ungeliebte Ehefrau machte Lily krank. Sie sehnte sich nach Hingabe, Leidenschaft und Anerkennung, doch sie wusste, all das würde ihr verwehrt bleiben, sollte sie den Duke heiraten und in England bleiben.

»Das ist Wahnsinn«, erklärte Lily. »Du willst mich ebenso wenig heiraten wie ich dich.«

»Der Erbe der Armstrongs wird ehelich geboren werden«, beschied James knapp.

»Aber du liebst mich nicht«, wandte sie ein.

»Liebe hat nichts mit Ehe zu tun«, entgegnete er tonlos und ging zur Tür.

Ich aber brauche Liebe, dachte Lily. Sie war allerdings zu stolz, um etwas zu erbetteln, was niemals sein konnte.

»Wie wird deine Mutter sich fühlen, wenn sie erfährt, dass ihre Schwiegertochter die Goldene Lilie ist?« Das war ihr letzter Versuch, sich einem Leben im Unglück zu entziehen.

»Meine Mutter kennt bereits die Wahrheit über dich«, rief James über die Schulter und verschwand durch die Tür.

Völlig entkräftet ließ Lily sich aufs Sofa fallen. Sie lehnte sich zurück und schloss die Augen.

Wie konnte die Witwe ihr überhaupt noch ins Gesicht sehen? Wie konnte sie es hinnehmen, dass Lily die Goldene Lilie war? Sah die Duchess nicht immer die Mörderin ihres Sohnes in ihr?

Lily seufzte. Sie würde diese Menschen niemals verstehen, und sie konnte auch nicht ertragen, ihr Leben als Fremde unter ihnen zu fristen. Sie weigerte sich, weiterhin in England gefangen gehalten zu werden. Sie wollte nach Hause fahren und mit ihrem Kind in Frieden leben. Heilige Jungfrau, sie würde sich sogar freuen, Hortensia MacDugal wiederzusehen!

James wird dich heiraten, sagte sie zu sich selbst. Was willst du denn noch?

Ich will seine Liebe, beantwortete sie ihre eigene Frage. Ohne Liebe zu leben ist ein zu hoher Preis.

Lily legte die Hände auf den Bauch, als ihr ein weiterer verstörender Gedanke kam. Was würde James tun, wenn sie ein behindertes Kind zur Welt brachte? Natürlich mochte er ihren Bruder, aber Michael war nicht sein Sohn.

»Verzeihung, Mylady.« Pennick reichte ihr ein Päckchen mit der Aufschrift: »Von der Duchess von Avon.«

Lily musste trotz ihres Kummers lächeln. Sie wusste, was sich in dem Päckchen befand und dankte erneut ihrem Schöpfer, dass er ihr Isabelle Saint-Germain gesandt hatte.

»Mr Pennick, ich würde gerne mit meinem Bruder sprechen«, bat Lily.

»Aber sicher, Mylady.«

Fünf Minuten später stürmte Michael in den Salon. Er warf die Arme um ihren Hals und rief: »Ich liebe dich, Lily.«

»Und ich liebe dich noch mehr. Sieh mal, was Isabelle mir geschickt hat.«

Lily öffnete das Päckchen, und zum Vorschein kam ein kleiner Dolch mit einer zehn Zentimeter langen Klinge. Er steckte in einem schwarzen Lederschaft und war an einem Band befestigt, das sie um ihr Bein schlingen konnte. Sie hielt den Dolch hoch, um ihn genauer zu betrachten.

»Willst du lernen, wie man so etwas benutzt?«, fragte sie.

Michael sah sie mit einem schiefen Grinsen an und ließ sich auf den Teppich fallen. Er zog seinen linken Stiefel aus und präsentierte ihr seinen eigenen Dolch.

Überrascht starrte Lily ihn an. »Woher hast du …«

»Duncan hat es mir beigebracht.« Michael blickte sie

mit stolzgeschwellter Brust an. »Duncan sagt, ein Mann sollte im Notfall auf alles vorbereitet sein.«

»Da hat er völlig Recht.«

Lily klopfte mit der Hand auf das Sofa und Michael setzte sich neben sie. Sie legte einen Arm um ihn und meinte: »Der Duke und ich werden bald heiraten, weil ich ein Kind erwarte. Das bedeutet, dass du Onkel wirst.«

»Verflucht noch mal, heißt dass, wir fahren nicht nach Hause?«, fragte Michael.

»Was habe ich dir über das Fluchen beigebracht?«, tadelte sie.

Michael tat, als habe er nichts gehört. »Lily, ich habe den Heiligen Michael und Gott angefleht, dass wir im guten alten England bleiben dürfen, und er hat meine Gebete erhört. Kriegen wir einen Jungen oder ein Mädchen?«

»Das weiß ich nicht. Ich will einfach nur ein gesundes Kind.«

»Ich will ein Mädchen«, erklärte Michael. »Genau wie dich.«

Liebe ist Wahnsinn, stellte Lily fest, während sie sich skeptisch in dem großen Spiegel musterte.

In der Hoffnung, anziehend auf James zu wirken, hatte Lily sich an diesem Abend ganz besondere Mühe mit ihrem Aussehen gegeben. Sie trug ein dunkelblaues Seidenkleid mit hoher Taille und einem tiefen, runden Ausschnitt. Peggy hatte ihr das Haar zurückgekämmt und im Nacken zu einem Knoten geschlungen.

Ihr Verlobungsring funkelte, und sie hielt ihn sich vor die Augen, um ihn genau zu betrachten.

Was würde sie darum geben, wenn der Ring ein Symbol seiner Liebe für sie wäre. Sie tastete nach dem Kreuz um ihren Hals. Gäbe es doch nur eine erste und einzige Liebe für sie!

Nichts konnte diese Hochzeit verhindern oder die Gefühle, die sie für James empfand, zunichte machen. Sie wollte nicht in einer Ehe ohne Liebe gefangen sein. Ihre einzige Chance auf Glück bestand darin, James dazu zu bringen, sie zu lieben.

Das war leichter gesagt als getan, dachte Lily. Ab sofort würde sie ihn immer anlächeln und sich charmant verhalten.

Und falls das nichts half? Glücklicherweise wusste Lady Donna alles über Männer. Lily würde sie um Rat bitten.

Was, wenn der Duke niemals ein Hafenmädchen lieben konnte? Bei diesem Gedanken runzelte Lily die Stirn. Dann würde sie ein Leben an seiner Seite trotzdem aushalten müssen. Ihr Bruder wäre glücklich, weil die Menschen ihn hier so nahmen, wie er war, und sie hätte außerdem die Liebe ihres eigenen Kindes. Das war mehr, als viele andere besaßen.

Lily verließ ihr Zimmer und ging die Treppen hinunter in den ersten Stock. Beim Eintreten in das Speisezimmer hielt sie abrupt inne: Der Raum war leer bis auf Pennick und einen Lakaien.

»Guten Abend, Mylady«, grüßte Pennick und zog ihr einen Stuhl zurück. »Ich kann Ihnen versichern, dass Sie das Menü heute Abend genießen werden.«

»Wo sind die anderen?«

»Die Duchess und ihre Schwestern dinieren mit dem Duke von Kingston«, antwortete der Butler.

»Und James?«

»Der Duke ist ausgegangen«, teilte er mit. »Ich glaube, er erwähnte seinen Club.«

»Aha.«

Obwohl sie sich verlassen fühlte, zwang Lily sich zu lächeln. Ihr Appetit war verflogen, doch sie wusste, sie musste um des Kindes willen essen.

Pennick entließ den Lakaien und servierte höchstpersönlich. Lily aß langsam. Sie wollte nicht, dass das Personal merkte, wie verletzt sie war. Das Essen hinunterzuschlingen würde ihnen nur Mitleid abringen. Sie fühlte sich auch so schon jämmerlich genug.

»Englischer Bastard«, murmelte sie in sich hinein, als sie eine Stunde später das Speisezimmer verließ. Nur ein Engländer würde auf einer Hochzeit bestehen und dann seine Braut einsam und allein zu Abend essen lassen.

Im zweiten Stock blieb Lily stehen. Vielleicht war die Abwesenheit des Dukes gar ein Glücksfall. Es wäre die perfekte Gelegenheit, sein Büro nach Papieren zu durchsuchen, die mit dem Tod seines Bruders zu tun hatten.

Mit dieser Absicht betrat Lily sein Arbeitszimmer und lächelte. Seine Präsenz in diesem Raum war deutlich zu spüren.

Lily setzte sich auf seinen Stuhl und strich mit der Handfläche sanft über den Eichenschreibtisch. Die Sehnsucht nach James versetzte ihr einen schmerzlichen Stich, aber sie riss sich zusammen und holte tief Luft. Dann öffnete sie die erste Schublade. Sorgfältig achtete sie darauf, alle Gegenstände nach dem Durchsuchen wieder genau an ihren Platz zu legen.

Lily las Dokumente und Briefe von seinen Anwälten,

Angestellten und Schiffskapitänen. Nichts. Sie machte sich an die zweite Schublade.

Eine Stunde später erhob sich Lily vom Schreibtisch und verließ das Büro. Sie hatte nichts gefunden, was mit dem Tod seines Bruders zu tun hatte. Sie wusste nicht, ob sie darüber erleichtert sein sollte oder nicht, denn sie hatte gleichzeitig nichts Entlastendes entdeckt.

Sie schlenderte den Korridor entlang in Richtung Bibliothek und fragte sich, ob Jane Austen außer *Stolz und Vorurteil* noch andere Bücher geschrieben hatte. Im wirklichen Leben gab es so selten ein glückliches Ende, daher mochte Lily romantische Geschichte, bei denen sich alles zum Guten wendete.

Lily ließ den Blick über die Bücherregale schweifen, es gab jedoch keine weiteren Werke von Jane Austen. Die Bibel würde sie sicher einschläfern, also nahm sie das Heilige Buch aus dem Regal. Dabei fiel ihr das Buch daneben auf, *Die Chronik der Familie Armstrong.*

Es wäre sinnvoll, wenn sie die Geschichte der Vorfahren ihres Kindes kannte, dachte Lily. Also griff sie nach dem dicken Band und kehrte in ihr Zimmer zurück.

Nachdem sie sich zur Nacht umgekleidet hatte, setzte sich Lily in den Sessel am Kamin und entzündete eine Kerze auf dem Tisch. Sie würde mit James' Generation beginnen und dann rückwärts durch die Jahrhunderte lesen.

»Heilige Jungfrau!«, rief Lily schon nach den ersten fünf Seiten. Nun wusste sie, wer den dreizehnten Duke von Kinross getötet hatte und James ermorden wollte. Sloane Armstrong musste der Schuldige sein. Warum sah das niemand außer James?

Sein Großvater hatte Sloanes Vater unehelich gezeugt.

Um sich den Titel und das Erbe zu sichern, musste Sloane beschlossen haben, jeden zu beseitigen, der ihm den Weg versperrte.

O, wie sie wünschte, James wäre nicht in den Club gegangen! Andererseits konnte sie Sloane schlecht ohne stichhaltige Beweise beschuldigen. Sie würde Seth und Bradley darauf ansetzen, Nachforschungen anzustellen.

Lily klappte das Buch zu und kletterte ins Bett. Sie ließ die Hand auf ihren Bauch gleiten und betete, dass ihr Baby nicht in Gefahr schwebte.

Als Lily am nächsten Morgen erwachte und aus dem Bett zum Fenster lief, erhellten sich ihre Gesichtszüge. Der Himmel war blau, die Sonne schien, es war ein perfekter Tag für eine Kutschfahrt im Park. Sie wusch sich und zog ein blassgelbes Kleid mit langen, weiten Ärmeln an. Das Haar flocht sie zu einem dicken Zopf, den sie zu einem Knoten im Nacken schlang. Danach übte sie fünf Minuten lang ihr Lächeln für den Duke und verließ ihr Zimmer.

»Guten Morgen«, rief Lily, sobald sie in das Speisezimmer schwebte, ein Lächeln auf den Lippen.

»Guten Morgen«, gab James zurück, ohne von seinen Papieren aufzusehen.

Lily maß ihn argwöhnisch, während sie zum Sideboard ging und sich fragte, was so interessant war, dass er nicht von seinen Unterlagen aufschauen konnte, um ihr Lächeln wahrzunehmen. Sie nickte Pennick zu und lud sich Rührei, eine Scheibe Speck, ein Hörnchen und zwei Kleckse Butter auf den Teller.

Dann nahm sie neben James Platz, der wie üblich am Kopfende saß. Sie warf einen raschen Blick auf die Papiere. Es waren Geschäftsbriefe.

»Hast du dich gestern gut amüsiert?«, fragte sie in dem Versuch, Konversation zu machen.

James sah sie verständnislos an.

»In deinem Club«, erläuterte sie. Wenigstens gab ihr das eine Gelegenheit, ihm ihr Lächeln zu zeigen. Ihre Übungen waren also nicht gänzlich umsonst gewesen.

»Ich hatte einen recht unterhaltsamen Abend«, antwortete er und wandte sich wieder den Dokumenten zu.

Obwohl das Gespräch noch nicht so recht in Gang kommen wollte, versuchte Lily es erneut. »Ich habe mir *Die Chronik der Familie Armstrong* aus der Bibliothek ausgeliehen. Ich hoffe, du hast nichts dagegen.«

»Nicht im Geringsten«, erwiderte er, ohne aufzublicken.

»Eigentlich hatte ich nach einem weiteren Roman von Jane Austen gesucht«, erklärte sie. »Hat sie noch mehr geschrieben?«

Keine Antwort.

»Ich bin ja so aufgeregt wegen der Kutschfahrt.« Langsam wurde Lily ärgerlich, weil James ihr keinerlei Beachtung schenkte. »Isabelle schlug vor, wir sollten nach Schottland fahren und uns einige Sehenswürdigkeiten anschauen.«

Als der Butler laut kicherte, legte James endlich seine Papiere weg. Mürrisch sah er von seinem Diener zu Lily und fragte: »Was hast du gerade gesagt?«

»Hast du etwas an den Ohren?«, erkundigte sich Lily laut und deutlich. »Soll ich nach dem Arzt schicken lassen?«

»Verdammt«, blaffte James. »Du merkst doch, dass ich zu tun habe.« Er reichte ihr die *Times* und befahl: »Setz dich da hinüber und lies, während du isst.«

Lily spürte, wie ihre Wangen heiß wurden. Nun schalt er sie schon in Gegenwart des Personals, das gestern bereits Zeuge ihrer Demütigung geworden war und sie bemitleidenswert fand.

So viel zu zivilisierter Höflichkeit, dachte Lily.

Sie erhob sich und bedeutete Pennick, ihr nicht zu Hilfe zu eilen. Dann nahm sie ihren Teller und die Zeitung und ging zur entgegengesetzten Seite der langen Tafel.

»Du hättest dich nicht gleich ans andere Ende setzen müssen«, bemerkte James.

»Lies deine Papiere.« Sie machte eine Handbewegung, als scheuche sie ihn fort. »Ich lese meine Zeitung.«

Lily schnappte sich die *Times* und begann sie zu überfliegen. Eine Klatschspalte auf der zweiten Seite erregte ihre Aufmerksamkeit.

Der Reporter hatte den schneidigen Duke von Kinross in Begleitung der wunderschönen, rothaarigen Schauspielerin gesehen, um die sich derzeit ganz London riss. Beim romantischen Dinner in einem teuren Restaurant saßen die beiden eng nebeneinander. Der Reporter fragte sich, ob der Duke von Kinross der amerikanischen Direktheit vielleicht schon müde war, die seiner Ansicht nach entschieden überbewertet wurde.

Lily hatte jeglichen Appetit verloren. Sie nahm die Serviette vom Schoß und legte sie bedächtig auf den Tisch. Durch einen raschen Blick auf James wurde ihr plötzlich bewusst, dass er immer noch seine Abendgarderobe trug, nur die Krawatte und das Jackett hatte er abgelegt. Sie stand betont langsam auf und ging zur Tür.

»Ich schätze, du hast dich wirklich gut amüsiert gestern Abend«, meinte Lily im Vorbeigehen.

»Was meinst du damit?«, fragte James und sah auf.

»Du und deine rothaarige Schauspielerin, ihr habt euer kleines, intimes Dinner wohl genossen, während deine schwangere Zukünftige allein zu Hause essen musste«, fuhr Lily ihn scharf an. »Ich hoffe, du bist glücklich, dass das Personal mich nun für eine bedauernswerte Kreatur hält!«

»Dein Zustand lässt dich überreagieren«, sagte James beschwichtigend und stand auf. »Verdammt, Lily …«

»Genug!« Außer sich vor Wut zeigte Lily anschuldigend mit dem Finger auf ihn. »Mäßige deinen Ton und deine Ausdrucksweise, wenn du mit mir sprichst, du … du abscheulicher Schürzenjäger!«

»Englischer *Bastard*«, murmelte sie auf dem Weg in den dritten Stock. Sie musste ihre Fassung wieder gewinnen, bis Isabelle kam und sie abholte.

Als sie vor ihrer Zimmertür ankam, versuchte sie den Schwall an heißen Tränen zurückzudrängen. Würde James ihr nun die Kutschfahrt verbieten? Ach, und wenn schon, dann würde sie eben zu Fuß gehen. Was konnte er ihr antun? Sie entführen und ihr die Unschuld rauben? Sie vor anderen Leuten demütigen? Das hatte er doch alles längst gemacht!

Offenbar reichten Höflichkeit und ein bezauberndes Lächeln nicht aus, um die Aufmerksamkeit des Dukes zu erregen, stellte Lily fest. Was sie nun brauchte, waren gute Ratschläge, wie sie ihn dazu bringen konnte, sie zu lieben.

Anstatt in ihr Schlafgemach zu gehen, lief Lily zum Zimmer von Lady Donna. Als sie eintrat, waren Lady Donna und Lady Nora gerade beim Frühstück.

»Ich sagte dir doch, dass Lily heute Morgen mit uns sprechen möchte«, behauptete Lady Nora.

Lady Donna verdrehte die Augen gen Himmel. »Liebes, bitte setzen Sie sich zu uns.«

»Ich benötige Ihren Rat«, begann Lily ohne Vorrede und nahm auf einem Stuhl Platz. »Bitte sagen Sie mir, wie ich James' Herz gewinnen kann.«

»Dieses Problem kann ich lösen«, meinte Lady Nora.

»*Ich* werde mich darum kümmern«, betonte Lady Donna. »Lily hat an *meine* Tür geklopft.«

»Ja, aber sie wusste, dass ich hier mit dir säße«, entgegnete ihre Schwester. »Lily, Liebes, haben Sie einmal daran gedacht, dass James Sie bereits lieben könnte?«

»Er benimmt sich aber nicht so«, erwiderte Lily kleinlaut. »Können Sie sehen, ob er sich bald in mich verlieben wird?«

»Manchmal sind Überraschungen schöner, als alles im Vorhinein zu wissen«, gab Lady Nora zu bedenken.

»Einen unsinnigeren Ratschlag habe ich noch nie gehört«, verkündete Lady Donna. »Hören Sie, Lily. Männer mögen Herausforderungen. Sie wollen Dinge, die nicht leicht zu bekommen sind oder von anderen Männern begehrt werden.«

»Legen Sie mir etwa nahe, ihn eifersüchtig zu machen?«, fragte Lily. Ein leiser Kopfschmerz kündigte sich an. »Wie soll ich das anstellen, wenn ich das Haus nie verlasse?«

»James hat ein gutes Herz«, warf Lady Nora ein. »Es gibt Frauen, die durchs Feuer laufen würden, um einen solchen Mann zu erobern.«

»Wie absolut faszinierend«, kommentierte Lady Donna gelangweilt. »Ich dachte, alle Frauen wollten nur sein

Geld und seinen Titel.« Sie wandte sich an Lily. »Die einen trifft Amor mit seinem Pfeil, die anderen fängt er in Fallen, was …«

»Sie hat ihn schon mit ihrer Schwangerschaft eingefangen«, erinnerte Lady Nora ihre Schwester. »Hör mir zu, Lily: Besorge dir ein Stück Drachenfleisch, wickle es in Papier und wirf es ins Feuer. Dabei musst du ein Gebet murmeln. Ich garantiere dir, James wird sich nach dir verzehren. Du kannst ihm natürlich auch eine Pastete aus Herzmuscheln backen.«

»Lily braucht kein Aphrodisiakum«, entgegnete Lady Donna. »Sie will sein Herz gewinnen, nicht seine Lenden. Sie hatte doch bereits einen Vorgeschmack von … O, was für eine seltsame Wortwahl.«

Lily spürte, wie sie rot wurde. Hierher zu kommen war ein Fehler gewesen. Lady Donna und ihre Schwester waren zwar reizende Damen, sie konnten ihr allerdings auch keine Antworten liefern. Vielleicht konnte niemand ihr helfen.

Da klopfte es an der Tür. »Herein, Pennick«, rief Lady Nora und lächelte, als der Butler erschien.

»Die Duchess von Avon erwartet Sie in der Halle«, teilte er Lily mit.

»Vielen Dank.« Lily stand auf. »Und ich danke Ihnen beiden für Ihren Rat.«

Sie drückte ihren Schal und *Die Chronik der Familie Armstrong* an die Brust und lief rasch nach unten. »Verzeihen Sie, dass ich Sie warten ließ«, rief sie ihrer neuen Freundin schon von weitem zu.

»Was haben Sie denn da in der Hand?«, wollte Isabelle Saint-Germain wissen.

»Das erkläre ich Ihnen später.«

»Ich wünsche Ihnen einen wunderbaren Ausflug«, sagte Pennick und öffnete ihnen die Tür.

»Danke«, entgegneten die beiden Frauen wie aus einem Munde. Dann sahen sie sich an und lachten.

»Lily, hier bist du.« Die Stimme des Dukes erklang hinter ihnen. »Ich will mit dir reden.«

Lily wandte sich um und sah James auf sie zukommen. Wollte er seine Erlaubnis für die Kutschfahrt doch noch rückgängig machen?

»Guten Morgen, Isabelle«, begrüßte er die Duchess. »Hätten Sie etwas dagegen, wenn ich mir Lily für einige Minuten ausleihen würde?«

Isabelle neigte den Kopf. »Nicht im Geringsten.«

»*Ich* aber«, erwiderte Lily und verengte die Augen zu schmalen Schlitzen. »Was auch immer du besprechen möchtest, es wird warten müssen, bis wir zurück sind.« Damit drehte sie sich um und ging ohne ein weiteres Wort zu verlieren hinaus.

»Ich vermute, Sie haben den Artikel in der *Times* gelesen«, meinte Isabelle, als sie in der Kutsche Platz genommen hatten. »Sie und James sind sich heute wohl nicht ganz grün?«

Lily lächelte die Duchess von der Seite an. »Meine Liebe, der Duke ist ein herrischer Mistkerl.«

Siebzehntes Kapitel

Isabelle brach in Gelächter aus. »Ich mag Sie immer mehr, Lily Hawthorne.«

»Und ich Sie auch, Isabelle Saint-Germain«, entgegnete Lily fröhlich. »Sollen wir uns dann nicht lieber duzen?«

»Sehr gern.«

Lily konnte kaum glauben, dass sie in der Kutsche ihrer Freundin durch London fuhr, und zum ersten Mal seit jener Nacht in Boston ein Gefühl von Freiheit verspürte. Vor lauter Freude musste sie lächeln, besonders, da die Frau neben ihr die erste Freundin war, die sie je gehabt hatte. Vielleicht hatte es gar nicht an ihr gelegen, sondern an den Menschen in Boston. Hoffnung machte sich in ihrer Brust breit.

Der Sommer zeigte sich an diesem Morgen von seiner schönsten Seite. Der Himmel überspannte sie wie eine blaue Decke, gesprenkelt mit Schäfchenwolken, die Sonne strahlte warm, und in der Ferne tauchte das Grün des Hyde Parks auf.

»Gräm dich nicht über James und diese Schauspielerin«, sagte Isabelle. »Er wird sie fallen lassen, sobald ihr beide verheiratet seid.«

Lily hatte da so ihre Zweifel. James und sie verstanden sich nicht gerade gut, seit sie in England waren. Sie nahm an, dass er in ihr immer noch eine Mörderin sah, auch wenn sie nur indirekt am Tod seines Bruders schuldig war. Er könnte sie nie wirklich lieben, solange er sie nicht als Frau sah – nicht als Amerikanerin, nicht als Goldene Lilie, nicht als seine Gefangene.

»Die frühere Geliebte meines Mannes erschien auf unserem Hochzeitsempfang und ließ ihre Tochter dort vor mehreren hundert Gästen zurück«, erzählte Isabelle. »Das nenne ich einen wirklich großen Skandal.«

Ihre Geschichte überraschte Lily. Von außen betrachtet schien Isabelle Saint-Germain das perfekte Leben zu führen.

»Was geschah dann?«

»John wollte sie zu ihrer Mutter zurückschicken, doch ich brachte es nicht übers Herz, sie zu der Frau zu verbannen, die sie verlassen hatte. Du kannst dir nicht vorstellen, wie oft wir uns darüber stritten. Natürlich habe ich mich am Ende durchgesetzt, und wir adoptierten sie. Später bekamen wir dann eigene Kinder, Zwillinge, einen Jungen und ein Mädchen. Ich liebe meine adoptierte Tochter ebenso sehr wie meine eigene.«

»Ach, es ist so wundervoll, wenn alles gut ausgeht.«

»Eines Tages wird auch für dich alles gut ausgehen«, prophezeite Isabelle. »Das spüre ich.«

»Hast du etwa das Zweite Gesicht wie Lady Nora?«, neckte Nora.

Isabelle musste lachen, und Lily stimmte mit ein. Einen Scherz mit einer Freundin zu teilen war ein solch ungewohntes Vergnügen, dass Lily diesen Moment noch lange in kostbarer Erinnerung behalten würde.

Hinreißende Düfte erfüllten die Luft, als sie im Hyde Park ankamen. Das kräftige Grün der Rasenflächen und der Bäume bildete den perfekten Hintergrund für die

Blumenbeete, die in allen Farben des Regenbogens leuchteten.

»William III. ließ dreihundert Lampen an den Bäumen entlang der *Route de roi* aufhängen, auf der wir gerade fahren«, erzählte Isabelle. »Die Rotten Row war die erste Straße im ganzen Land, die nachts erleuchtet wurde, da der König Straßenräuber abschrecken wollte.«

»Was ist das für ein Fluss?« Lily zeigte in die Ferne.

»Die Serpentine.« Isabelle sah Lily an und fügte hinzu: »Wir könnten darauf eine kleine Bootsfahrt machen.«

»Ich war auf der Überfahrt nach England lange genug auf einem Schiff«, kicherte Lily.

»An Buckingham Palace und Westminster Abbey fahren wir vorbei, nachdem wir deinen Bruder getroffen haben«, kündigte Isabelle an. »Beides liegt nicht weit von hier.«

»Das wäre schön.« Aus einem Impuls heraus berührte Lily sie am Arm. »Ich bin so froh, dass wir uns getroffen haben«, flüsterte sie. »Ich hatte noch nie eine Freundin.«

Sobald die Worte heraus waren, biss Lily sich auf die Unterlippe. Ihr Geständnis klang erbärmlich, und sie könnte es der Duchess nicht verdenken, wenn sie nun nicht mehr mit ihr befreundet sein wollte.

»Ich hatte bisher auch nie eine richtige Freundin«, gab Isabelle zu und tätschelte Lilys Arm. »Meine Eltern starben, als ich noch klein war, und meine Stiefmutter hat mich nicht als ihr Kind betrachtet. Nicht einmal meine Stiefschwestern wollten etwas mit mir zu tun haben.«

»Und wie hast du deinen Mann kennen gelernt?«

»John wurde mein Vormund, während mein Bruder Miles geschäftlich im Ausland war«, antwortete Isabelle.

»Wir verliebten uns und leben glücklich bis ans Ende unserer Tage.«

Lily lachte. »Dein Leben klingt wie ein Märchen.«

»Ah, hier sind dein Bruder und dein Verlobter ... ich meine, sein Freund«, flüsterte Isabelle und ließ die Kutsche anhalten.

Lily spürte einen Stich in der Brust, als sie die Sorgenfalten auf Bradleys Gesicht bemerkte. Hätte sie nur damals seinen Heiratsantrag angenommen, dann wäre sie jetzt nicht in solch einer misslichen Lage. Dann klänge auch ihr Leben wie ein Märchen.

»Ich würde dir am liebsten den Hals umdrehen«, waren Seths erste Worte.

Lily lachte. »Ich freue mich auch, dich zu sehen, Bruder.« Sie blickte zu Bradley und sagte leise: »Es tut auch gut, dich zu sehen.«

Mit seinem hellbraunen Haar und den warmen braunen Augen war Bradley Howell immer noch einer der attraktivsten Männer, die sie je gesehen hatte, aber Lily wusste, dass sie ihn nicht heiraten konnte. Er war eben nicht James. Hätte sie den Duke nie getroffen, sie hätte mit Bradley glücklich werden können. Bedauern über das, was hätte sein können, wallte in ihr auf.

»Ihr könnt vor Isabelle offen sprechen«, erklärte Lily den beiden Männern.

»Wir hatten dir doch gesagt, die Goldene Lilie muss untertauchen«, begann Seth.

»James hätte meine Identität auch so herausgefunden und mich entführt«, verteidigte sich Lily.

»James?«, wiederholte Bradley und ließ sie nicht aus den Augen. »Mir gefällt der Gedanke nicht, dass du in seinem Haus bleibst.«

Schuldgefühle übermannten Lily. Bradley liebte sie und sorgte sich um ihre Sicherheit, und sie hatte es ihm gedankt, indem sie das Kind eines anderen Mannes empfing. Obgleich sie ihnen keinen weiteren Schmerz zufügen wollte, wusste Lily, dass sie Seth und Bradley die Wahrheit über ihren Zustand beichten musste.

»Armstrong würde Lily nie etwas zu Leide tun«, versicherte Isabelle. »Er ist ein ehrbarer Mann.«

Lily wand sich auf ihrem Sitz. Bradley sah sie immer noch durchdringend an, und die Intensität seines Blickes machte sie unruhig.

»Engländer haben keine Ehre«, erklärte Bradley der Duchess. Er klang bitter, wodurch sich Lily noch schlechter fühlte.

»Engländer haben ebenso viel Ehre wie Amerikaner«, erwiderte Isabelle. »Ich weiß das, denn ich bin mit einem ehrbaren Mann verheiratet.«

»Wir vergeuden hier unsere Zeit«, wandte Lily ein. Sie übergab ihrem Bruder die Chronik und sagte: »Ich weiß, wer den letzten Duke ermordet hat. Lies Seite fünf in diesem Buch. Sloane Armstrongs Vater war lediglich ein illegitimer Sohn von James' Großvater. Damit hat er ein Motiv.«

Isabelle neben ihr lachte. »Sloane Armstrong ist einer der umgänglichsten Menschen, die ich kenne.«

»Das Äußere kann täuschen, Mylady«, gab Seth zu bedenken.

»Sloane begleitete den letzten Duke nach Boston, als er dort sein frühes Ende fand. Zudem hat er keine Alibis für die beiden Anschläge auf James' Leben.«

»Kinross könnte sie selbst inszeniert haben, um den Verdacht von sich abzulenken«, sagte Bradley.

Lilys Kopf wirbelte herum. »So etwas würde James niemals tun!«

»Verteidigst du den Schurken etwa?«, fragte Bradley wütend. »Der Mann hat dich und Michael entführt.«

»Warum beharrst du darauf, dass James sich des Mordes schuldig gemacht hat?«, zischte Lily, nun selbst zornig. »Oder *willst* du, dass er schuldig ist?«

»Etwas leiser bitte«, schaltete sich Seth ein. »Sonst wird man noch auf uns aufmerksam. Wir werden die Sache mit Sloane auskundschaften. Wie geht es Michael?«

»Michael war nie glücklicher«, antwortete Lily, den Blick auf Bradley gerichtet, als wollte sie ihn herausfordern, ihr zu widersprechen.

»Wir melden uns bei dir«, kündigte Seth an und wendete sein Pferd.

»Wartet noch«, rief Lily schnell, bevor sie den Mut verlor. »Ich muss euch etwas Wichtiges mitteilen.«

Erwartungsvoll sahen Seth und Bradley sie an. Lily holte tief Luft und platzte heraus: »James und ich werden am ersten August heiraten.«

»Der Auftrag ist vorbei«, entschied Bradley und wandte sich Hilfe suchend an ihren Bruder. »Ich werde das nicht erlauben. Kinross kann uns nicht davon abhalten, Lily und Michael mit nach Hause zu nehmen.«

Seth blieb ruhiger. »Wir sind so nah dran«, warf er ein. »Lily kann die Heirat später annullieren lassen.«

»Bist du wahnsinnig?«, donnerte Bradley. Dann fixierte er Lily. »Warum die Eile? Niemand heiratet schon nach zwei Wochen Verlobung.«

»Doch. Wenn die Braut bereits schwanger ist.« Lilys Stimme wurde ganz leise, sie sah hinab auf ihre Hände, die gefaltet im Schoß lagen.

»O je«, entfuhr es Isabelle.

»Ich bringe ihn um«, knurrte Seth.

»Ich habe dich neulich gefragt, ob er dich berührt hat«, erinnerte Bradley. »Du hast mich angelogen.«

Lily spürte seinen Schmerz, und ihr Herz brach, als sie die unendliche Qual auf seinem Gesicht sah.

»Hat er dir Gewalt angetan?«, wollte er wissen.

Lily blickte Bradley direkt in die Augen und sagte: »Nein.«

»Du und Michael kommt heute noch mit uns«, befahl Seth. »Mylady, wenn Sie die Güte hätten, uns zum Haus der Armstrongs zu folgen?«

»Ich werde nicht mit euch gehen«, rief Lily. Tränen schossen ihr in die Augen. »Nun ist es zu spät. Ich will, dass mein Kind den Namen seines Vaters trägt.«

»Nicht so laut«, sagte Seth. »Du bringst uns sonst an den Galgen.«

»Achtung, da sind die St. Legers«, wisperte Isabelle.

»Gib mir das Buch, ich muss es in die Bibliothek zurückbringen«, forderte Lily ihren Bruder auf. Sie versteckte es unter ihrem Sitz.

»Guten Morgen, Mr Hawkins«, rief Valentina. »Guten Morgen, Mr Hampstead.« Sie nickte Isabelle freundlich zu, Lily hingegen beachtete sie überhaupt nicht.

»Guten Morgen, Euer Gnaden«, grüßte Reggie die Duchess. Dann sah er Lily an: »Wie gefällt Ihnen der Hyde Park?«

»Ich sah noch nie einen schöneren Ort«, erwiderte Lily und zwang sich zu einem Lächeln. »Er ist einfach paradiesisch.«

»Freut mich, dass er Ihnen zusagt«, meinte Reggie und wandte sich an Bradley. »Mr Hampstead, mir fiel gerade ein, dass ich einen dringenden Geschäftstermin habe. Würde es Ihnen etwas ausmachen, Valentina nach Hause zu begleiten?«

»Es wäre Mr Hawkins und mir eine Ehre, die Dame nach Hause zu bringen«, entgegnete Bradley.

»Vielen Dank.« St. Leger nickte Seth zu und ritt davon.

Lily konnte es kaum fassen. Charmant lächelte ihr Bruder der blonden Hexe zu und fragte: »Lady Valentina, würden Sie mit mir ausreiten, bevor ich Sie nach Hause geleite?«

»Liebend gerne würde ich das, Mr Hawkins.« Wie aufs Stichwort errötete Valentina.

»Einen guten Tag, Euer Gnaden«, wünschte Seth der Duchess. »Mistress Hawthorne.« Er blickte Bradley an. »Kommst du?«

Bradley maß Lily. »Wir sprechen uns bald.« Mit diesen Worten wendete er sein Pferd und ritt Seth und Valentina nach.

Tränen liefen Lily die Wangen hinunter, während sie Bradley davonreiten sah. Wie konnte sie jemals wieder glücklich sein, da sie ihm solches Leid bereitet hatte?

»Ich verstehe, wie schwierig das eben für dich gewesen sein muss«, bemerkte Isabelle mitfühlend und berührte Lily am Arm.

»Ich habe Bradley seit unserer Kindheit geliebt. Wir wären längst verheiratet, wenn nicht …«

»Was geschah?«, forderte Isabelle sie zum Weitersprechen auf.

»Seinen ersten Antrag lehnte ich ab, weil ich Angst hatte, ein Kind wie Michael zu bekommen«, gab Lily zu. »Danach kam uns der Krieg dazwischen.«

»Mach dir keine Sorgen um dein Kind«, beruhigte sie Isabelle. »Er oder sie wird kerngesund sein. Liebst du Bradley noch?«

»Ich liebe James«, gestand Lily. Da, sie hatte es zum ersten Mal laut ausgesprochen. Das machte ihre Liebe sozusagen offiziell. Und doch – wie viel Glück sie auch immer haben mochte, es wäre stets getrübt von der Erinnerung an Bradleys Schmerz.

»Ich würde es verstehen, wenn du nicht mehr mit mir befreundet sein wolltest«, flüsterte Lily.

»Sei nicht albern«, entgegnete Isabelle. »Es tut mir nur weh, dass ich dir nicht wirklich helfen kann. Wie wäre es mit einer kleinen Tour durch London, bevor ich dich wieder zu Hause abliefere?«

Lily brachte ein Lächeln zustande. »Danke, Isabelle. Eine Fahrt durch London wäre wunderbar.«

Während Lily mit Isabelle eine Stadtrundfahrt machte, saß James in seinem Büro. Er versuchte sich auf die Geschäftsbücher vor sich auf dem Schreibtisch zu konzentrieren, aber die Sorge um Lily ließ ihn nicht zur Ruhe kommen. Wen würde sie bei ihrer Kutschfahrt treffen? Isabelle Saint-Germain würde ihr doch nicht zur Flucht verhelfen? Nein, das war absurd. Lily würde niemals Michael zurücklassen.

James verbannte diese Gedanken aus seinem Kopf, wusste jedoch gleichzeitig, dass er momentan nicht arbeiten konnte. Er würde einfach die Schiffsangebote noch einmal lesen und entscheiden, welches er annehmen sollte.

Er öffnete die unterste Schublade seines Schreibtischs, holte den Stapel Dokumente heraus und zählte. *Neun Angebote.* Es müssten zehn sein!

Eine Schublade nach der anderen zog er heraus und wühlte in den Papieren. *Kein zehntes Angebot.*

Da, in der obersten Schublade, oben auf einem weiteren Stapel Papiere, lag das fehlende Angebot. Wie konnte es von der untersten in die oberste Schublade kommen?

Ein Klopfen an der Tür riss ihn aus seinen Überlegungen. Als er aufblickte, sah er Pennick hereinkommen.

»Der Earl von Bovingdon bittet um ein Gespräch«, meldete der Butler. »Er behauptet, die Sache sei dringlich.«

James verdrehte die Augen. »Bitte kommen Sie in zehn Minuten herein und unterbrechen uns«, wies er seinen Diener an.

»Sehr wohl, Mylord.«

Einen Moment später marschierte St. Leger ins Büro. »Guten Morgen, Euer Gnaden«, grüßte er.

»Reggie, ich hatte noch keine Zeit, mit Sloane über eine Verbindung mit Valentina zu reden«, begann James. »Ich war damit beschäftigt, meine Hochzeit zu planen. Ich verspreche Ihnen allerdings, das Thema bei der nächsten Gelegenheit anzusprechen.«

»Meine Glückwünsche, Euer Gnaden«, sagte St. Leger mit einem gewinnenden Lächeln. »Ich weiß, Sie tun Ihr Bestes, doch das ist nicht der Grund für meinen Besuch.«

James neigte den Kopf zur Seite und zwang sich zum einem Lächeln. »Was kann ich sonst für Sie tun?«

»Eigentlich bin ich hier, um etwas für Sie zu tun«, entgegnete St. Leger. »Bei Valentinas und meinem heutigen Ausritt im Hyde Park trafen wir zufällig auf Ihre bezaubernde Verlobte und die Duchess von Avon.« Das Strahlen auf dem Gesicht des Earls verschwand, und er schien mit sich zu ringen, ob er weitersprechen sollte.

»Und?«

»Es liegt mir fern, jemanden anzuschwärzen, aber die Angelegenheit könnte von Wichtigkeit sein«, fuhr Reggie fort. »Ich beobachtete, wie Mistress Hawthorne irgendein Dokument mit diesen beiden Amerikanern, Hampstead und Hawkins, austauschte. Als ich näher kam, versteckte sie es unter ihrem Sitz.«

»Ich bin sicher, das Verhalten meiner Verlobten ist völlig harmlos«, log James lächelnd. »Dennoch danke ich Ihnen dafür, mich über die Sache aufgeklärt zu haben.«

»Wozu hat man Freunde?«, erwiderte St. Leger.

»Werden Sie und Valentina mir die Ehre geben, zu meiner Hochzeit am ersten August zu kommen?« James überlegte, ob er den Mann vielleicht falsch eingeschätzt hatte. »Der Empfang würde die perfekte Umgebung für eine Begegnung zwischen Valentina und Sloane bieten.«

»Ich fühle mich geehrt.«

»Wie wäre es mit einem kleinen Drink, Reggie?«, fragte James umgänglich. Immerhin hatte der Earl ihm eine Information gegeben, die den Verbleib des zehnten Angebots erklären konnte.

St. Legers Lächeln wurde breiter, doch genau in diesem Moment kehrte Pennick zurück. »Mylord, ich störe Sie nur ungern, aber dies kam gerade für Sie an.« Er reichte James einen Brief.

Der Duke erbrach das Siegel und gab vor, die leere Seite zu lesen. »Tut mir sehr Leid, Reggie, ich muss mich sofort um eine dringende Geschäftsangelegenheit kümmern. Gesellen Sie sich heute Abend im White's zu mir.

Pennick, bitte begleiten Sie den Earl hinaus und schicken Sie Lily zu mir, sobald sie wieder da ist.«

»Sehr wohl, Euer Gnaden.«

»Einen guten Tag«, verabschiedete sich St. Leger und folgte dem Butler.

Dieses Biest spioniert mich aus, dachte James, als er allein war. Das hieß, die beiden Amerikaner waren Spione, auch wenn er für diese Anschuldigung keine Beweise hatte.

Warum nur sollten sich die Amerikaner für ihn interessieren?, überlegte James. Abgesehen von seinem angestammten Platz im House of Lords hatte er nichts mit der Regierung zu tun. Er war sogar gegen den Krieg gewesen.

James legte das zehnte Angebot an seinen Platz zurück und verschloss die Schublade. Trotz der frühen Stunde goss er sich einen Schluck Whiskey ein und wartete. All seine Fragen würden bald beantwortet werden.

Eine Stunde verging. Dann noch eine.

Wo zum Henker blieb sie nur? James zog gerade in Erwägung, sie suchen zu gehen, da klopfte es an der Tür.

»Herein«, knurrte er. Als sie eintrat, sprang er auf.

Lily blieb am Türrahmen stehen. »Du wolltest mich sprechen?«

Um sie nicht vorzuwarnen, lächelte James warm und wies auf den Stuhl vor seinem Schreibtisch. »Bitte, setz dich.« Dann nahm auch er wieder Platz.

»Wie geht es dir heute?«, fragte er.

»Sehr gut, danke.«

Sie sieht besorgt aus, dachte James. »Wie war der Ausflug?«

»Es war wundervoll«, antwortete Lily und lächelte

nun ebenfalls. »Isabelle hat mit mir eine kleine Rundfahrt durch London gemacht.«

»Das hätte ich auch machen können.«

Ihr Lächeln erstarb. »Das hättest du, doch du hast mich nie gefragt.«

»Wenn wir verheiratet sind, mache ich mit dir eine große Stadtrundfahrt durch ganz London«, versprach James. »Ich habe übrigens gute Neuigkeiten. Der Duke von Kingston hat sich bereit erklärt, dich zum Altar zu führen.«

»Ich will aber, dass Michael neben mir geht«, protestierte Lily.

»Der Duke von Kingston ist ein sehr einflussreicher Mann«, fuhr James fort. »Wenn er dich zum Altar führt, heißt das, du bist in die feine Gesellschaft aufgenommen.«

»Das ist mir vollkommen gleichgültig«, erklärte Lily. »Loyalität meinem Bruder gegenüber hat für mich Vorrang vor der feinen Gesellschaft.«

James betrachtete sie lange. Er kannte sie gut genug um zu wissen, dass sie nicht nachgeben würde. Daher versuchte er eine andere Strategie. »Möglicherweise ist es dir gleichgültig, ob du von der Gesellschaft akzeptiert wirst, doch du solltest auch an die Zukunft deines Kindes denken.«

Lily starrte ihn schweigend an. »Also gut. Aber Michael soll mein Trauzeuge sein.«

»Warum bittest du nicht die Duchess von Avon?«, entgegnete James. »Wem ist denn schon damit gedient, Michael so vorzuführen?«

Das hätte er nicht sagen sollen. James wusste es im gleichen Moment, als er den gekränkten, eigensinnigen Ausdruck auf ihrem Gesicht sah.

»Ist Michael dir peinlich?« Lily verengte drohend die Augen. »Was wirst du machen, wenn unser Kind die gleiche Krankheit hat? Es auf den Dachboden sperren?«

Befürchtete sie etwa, ein behindertes Kind auf die Welt zu bringen?, fragte sich James. Nachdem sich der Großteil ihres jungen Lebens darum gedreht hatte, auf ihren Bruder aufzupassen, wäre das nur nachvollziehbar.

»Michaels Krankheit ist mir keineswegs peinlich«, widersprach James. »Und ich bin vollkommen zuversichtlich, dass unser eigenes Kind in jeder Hinsicht perfekt sein wird. In dem unwahrscheinlichen Fall, dass es anders kommt, werde ich es trotzdem lieben.«

Sie glaubte ihm nicht. James konnte den Zweifel in ihren saphirblauen Augen sehen. Ihre Miene war für ihn so leicht zu lesen wie ein offenes Buch.

»Wenn Michael nicht mein Trauzeuge wird, erzähle ich aller Welt in der Kirche, dass du mich entführt hast«, verkündete Lily.

James neigte den Kopf. Er bewunderte ihre Loyalität dem Bruder gegenüber und hätte ihrem Schneid applaudiert, hätte sie dadurch nicht seine Pläne durchkreuzt.

»Michael soll dein Trauzeuge sein. Jedoch weil ich ihn mag, nicht weil du mir drohst«, gab James nach und lächelte.

Als sie sich etwas beruhigte hatte, meinte James gelassen: »Du hast letzte Nacht meinen Schreibtisch durchsucht. Was hofftest du zu finden?«

Lily wurde blass. »Ich weiß nicht, wovon du redest«, stammelte sie und wandte den Blick zum Fenster.

»Ich spreche davon, dass du in dieses Zimmer geschlichen bist, dich an den Schreibtisch gesetzt hast, die Schubladen geöffnet ...«

»Ich habe deinen Schreibtisch *nicht* durchsucht«, unterbrach sie ihn und sprang auf.

James wusste, dass sie log. Sie war auf seine Frage nicht vorbereitet gewesen und hatte überrascht gezögert. Diese erste Reaktion hatte sie verraten.

Lässig lehnte er sich im Stuhl zurück und fragte wie beiläufig: »Du hast dich heimlich mit Hawkins und Hampstead im Hyde Park getroffen. Sind sie Spione?«

»Warum willst du eine Frau heiraten, der du ganz offensichtlich nicht vertraust?« Lily sah ihm direkt in die Augen.

Weil ich dich liebe, dachte James. Laut sagte er: »Mein Sohn soll nicht leiden, nur weil seine Mutter ein unzuverlässiges Biest ist.«

Lily zuckte zusammen, als hätte er sie geschlagen. Schon spürte er Schuldgefühle ob seiner Grobheit. Immerhin erwartete sie sein Kind, ein wenig Freundlichkeit würde ihn nichts kosten. Und dennoch, sie hatte ihn bespitzelt und dem Feind Informationen weitergegeben!

»Glaub mir, ich bereue es wirklich, dich entführt zu haben«, teilte James ihr mit. Er wollte sein Herz und sein wohl geordnetes Leben zurück.

»Das kann dir unmöglich so Leid tun wir mir«, entgegnete Lily ruhig und würdevoll, dann ging sie zur Tür.

»Ich verbiete dir, dieses Haus bis zu unserer Hochzeit zu verlassen«, rief James.

Lily wirbelte herum und baute sich vor dem Schreibtisch auf. Ihre dunkelblauen Augen funkelten vor schäumender Wut.

»*Ich* verbiete *dir*, dieses Haus bis zu unserer Hochzeit zu verlassen«, befahl sie und hielt ihm den Finger unter die Nase. »*Keine Schauspielerinnen mehr.*« Damit marschierte sie aus dem Büro und knallte die Tür hinter sich zu.

James brach in lautes Gelächter aus. Seine Zukünftige war unterhaltsamer als jede Schauspielerin. Wenn sie nur nicht mit dem Feind gemeinsame Sache machen würde!

»Herrischer Mistkerl«, murmelte Lily vor sich hin, während sie die Treppen hinaufstieg. Innerhalb von zehn Minuten hatte er es geschafft, ihren angenehmen Morgen zu ruinieren.

Lily schlug die Tür ihres Schlafgemachs hinter sich zu und zerrte wütend einen Sessel vor die Verbindungstür zwischen ihrem Zimmer und seinem. Erst wenn der Duke sich damit abfand, dass sie gehen konnte, wohin sie wollte, würde sie den Sessel wieder fortschieben.

Dann warf sie ihren Umhang auf das Sofa vor dem Kamin und legte sich aufs Bett. Ihr Kopf schmerzte von all den widerstreitenden Gedanken, die darin herumschwirrten.

Woher wusste James, dass sie mit Seth und Bradley gesprochen hatte? Hatte man sie beobachtet? Sie würden in Zukunft noch vorsichtiger sein müssen, wenn sie den Kopf aus der Schlinge halten wollten.

Wie sollte sie James' Liebe gewinnen, wenn er ihr nicht einmal vertraute? Sollte sie ihm die Wahrheit über Seth und Bradley und ihre Nachforschungen erzählen? Nein, sie hatte ihr Wort gegeben zu schweigen.

Plötzlich musste Lily an Michael denken. Wie stolz würde er sein, ihr Trauzeuge sein zu dürfen.

Nicht eine Sekunde lang glaubte sie James, dass Michaels Behinderung ihm nicht peinlich war. Und was, wenn sie ein Kind mit derselben Krankheit gebar? Sie zweifelte nicht daran, dass James es sofort wegschließen würde.

Unter dem Vorwand, Kopfschmerzen zu haben, blieb Lily den Rest des Tages auf ihrem Zimmer. Sie hatte keine Ahnung, ob James am Abend mit seiner Schauspielerin ausgehen wollte, und könnte die mitleidigen Blicke der Duchess und ihrer Schwestern nicht ertragen, falls er es täte.

Am folgenden Morgen war der Himmel bedeckt und dunstig, doch Lilys Laune war prächtig. Heute würde sie ihre Unabhängigkeit zum Ausdruck bringen, indem sie ohne die Erlaubnis des Dukes das Haus verließ. Sie konnte es kaum erwarten, seine Reaktion darauf zu erleben.

Entschlossen, sich von niemandem aufhalten zu lassen, marschierte Lily am frühen Nachmittag die Treppe hinunter. Sie hatte sich den Umhang mit der Kapuze über den Arm gelegt, damit jeder sofort sah, dass sie ausgehen wollte.

Pennick stand wie ein Wächter bei der Eingangstür. Sein Gesicht war ausdruckslos, als sie durch die Halle schritt und sich den Mantel überwarf.

»Wo ist der Duke?«, fragte Lily.

»Er ist mit Lord St. Aubyn im Büro«, antwortete der Butler. »Kann ich zu Diensten sein?«

»Falls er sich nach mir erkundigen sollte, teilen Sie ihm bitte mit, dass ich die Duchess von Avon besuche«, verkündete Lily. »Falls nicht, sagen Sie ihm bitte nichts über meinen kleinen Spaziergang.«

»Ich verstehe, Mylady.«

Lily blieb noch einen Augenblick stehen. »Pennick, darf ich Ihnen eine Frage stellen?«

»Aber sicher.«

»War der Duke gestern Abend aus?« Lily spürte, wie sie errötete.

»Der Herr dinierte mit seiner Mutter und seinen Tanten«, erzählte Pennick. »Danach arbeitete er in seinem Büro.«

Lilys Lächeln war so strahlend, als ginge die Sonne auf. »Vielen Dank, Pennick.«

Draußen zog sich Lily die Kapuze des Umhangs über den Kopf, um sich vor dem feinen Nebel zu schützen, und eilte die Upper Brook Street hinauf. Als sie jedoch die Park Lane erreichte, blieb sie stehen. Sie wusste nicht, wo genau Isabelle eigentlich wohnte.

Seufzend machte Lily kehrt und schlenderte zurück zur Upper Brook Street. Ihre Demonstration von Unabhängigkeit war ein Fehlschlag gewesen, sie wäre wieder zu Hause, bevor James ihre Abwesenheit überhaupt bemerkt hätte.

»*Lily*!«

Sie drehte sich um. Da stand Bradley.

»Ich muss unter vier Augen mit dir sprechen«, erklärte er.

Lily dachte einen Moment nach. »Komm mit«, sagte sie dann und zog ihn in eine Gasse, die zu dem Garten der Armstrongs führte. Sie setzte sich auf eine Steinbank und sah ihn erwartungsvoll an.

»Es tut mir Leid, wie ich mich gestern verhalten habe«, begann Bradley und ließ sich neben ihr nieder. Er nahm ihre Hand in seine und fügte hinzu: »Ich liebe dich noch immer, Lily, und ich möchte, dass du meine Frau wirst.«

Lily wollte weinen. Es war zu spät für sie beide, doch sie brachte es nicht über sich, die Worte auszusprechen.

»Du musst dich nicht sofort entscheiden«, fuhr er fort. »Wir könnten den Leuten erzählen, wir hätten im Ausland geheiratet, und ich verspreche dir, das Kind aufzuziehen wie mein eigenes.«

Tränen stiegen ihr in die Augen. »O, Bradley ...«

»Was machen Sie auf meinem Grundstück?«

Beim Klang von James' Stimme ließ sie Bradleys Hand los. Beide sprangen von der Bank auf. Vor ihnen standen James und Adam St. Aubyn.

»Ich war auf dem Weg zu Isabelle, als ich zufällig Mr Hampstead traf«, versuchte Lily zu erklären.

»Ich kann für mich selbst sprechen«, sagte Bradley ärgerlich. »Ich wollte mich ein bisschen mit einer Nachbarin aus Boston unterhalten.«

Lilys Blick ruhte auf James. Sie wusste, dass er keinem von ihnen glaubte, und hielt den Atem an, wie er reagieren würde.

»Sie dürfen nun gehen«, entgegnete James scharf.

Bradley neigte den Kopf. Lily hätte ihn erwürgen können, als er ihre Hand an die Lippen führte: »Ihnen einen guten Tag, Mistress Hawthorne.«

»Ich will, dass Nachforschungen über ihn angestellt werden«, meinte James zu seinem Freund. »Hampstead und Hawkins sind nicht, wer sie vorgeben zu sein.«

»Mein Onkel hat Verbindungen ins Kriegsministerium«, antwortete Adam. »Er kann uns sicher helfen.«

Lily schritt zur Tür, doch James packte sie am Arm und wirbelte sie herum. »Was machst du hier draußen? Ich habe dir verboten ...«

»Lass mich in Ruhe.« Lily entwand sich seinem Griff

und eilte zum Haus, während sie seinen Blick auf ihrem Rücken spürte. Rasch lief sie auf ihr Zimmer und verriegelte die Tür. Dann erst brach sie in Tränen aus. Über das, was war, was hätte sein können und was niemals sein würde – eine erste und einzige Liebe für sie. *Alpha* und *Omega.*

Achtzehntes Kapitel

Neun Tage lang sprachen sie kein Wort miteinander.

Lily lebte zurückgezogen im Haus der Armstrongs.

James verbrachte keinen einzigen Abend zu Hause.

Heute ist mein Hochzeitstag, dachte Lily, während sie am Fenster stand und den prächtigen Sommertag draußen betrachtete, den ersten nach einer Woche Regen. Sie konnte kaum glauben, dass sie bald verheiratet sein würde, schon gar nicht mit einem englischen Duke.

Beängstigende Gedanken kreisten in ihrem Kopf. Würde James sie den Rest ihres Lebens mit Missachten bestrafen? Sie hatte ihn während der letzten neun Tage kaum zu Gesicht bekommen, sie hatte noch nicht einmal in der *Times* über ihn gelesen, also wusste sie auch nicht, ob er seine Abende mit dieser Schauspielerin verbrachte.

Was war mit Seth und Bradley? Keiner von beiden hatte sich die Mühe gemacht, ihr eine Botschaft zu schicken oder gar ein Treffen über Isabelle zu vereinbaren.

Lily riss sich zusammen. Sie musste sich auf ihr Kind und ihre Hochzeit konzentrieren, das waren nun die wichtigsten Dinge in ihrem Leben, außer Michael natürlich.

»Da wären wir«, rief die Duchess und betrat Lilys Zimmer. Lady Donna und Lady Nora folgten ihr.

»Sie werden eine wunderschöne Braut sein«, bemerkte

Lady Donna. Dann kicherte sie heiser: »James wird es kaum erwarten können, Sie in sein Bett zu bekommen.«

»Seine Gnaden bevorzugen rothaarige Schauspielerinnen«, widersprach Lily.

»Wenn er erst sein Versprechen gegeben hat, wird er treu sein«, versicherte die Witwe.

»Nur weil er sich mit dieser Schauspielerin getroffen hat, heißt das nicht, dass er *untreu* war«, gab Lady Nora zu bedenken und verhängte den großen Spiegel mit einem Laken.

»Was machen Sie denn da?«, fragte Lily erstaunt.

»Eine Braut darf sich nicht selbst in ihrem Brautkleid sehen, das bringt Unglück. Versprechen Sie mir, nicht zu blinzeln.«

Lily musste lächeln. »Ich verspreche es.«

Das Hochzeitskleid war aus cremefarbener Seide und Spitze, das Mieder hatte einen tiefen Ausschnitt und lange, fließende Ärmel. Es war einfach geschnitten, was Lily sehr gut gefiel. Die Witwe und ihre Schwestern hätten ein raffinierteres Kleid bevorzugt, doch dazu hatte die Zeit nicht ausgereicht.

Lily hatte sich das schwarze Haar zurückgebürstet und ließ es bis auf die Hüften herabwallen, während die Witwe ihr half, den Spitzenschleier anzulegen. Der einzige Schmuck, den Lily trug, waren ihr Kreuz und der Verlobungsring.

Die drei Frauen schritten bedächtig um Lily herum und musterten sie aus jedem Winkel, um sicherzugehen, dass sie absolut vollkommen aussah. Lily fühlte sich schon beinahe wie ein Maibaum.

»Liebes, achten Sie immer darauf, was James tut, nicht, was er sagt«, ermahnte Lady Donna und hielt in der Betrachtung der Braut kurz inne. »Nicht vergessen, zu einer Ehe gehört mehr als vier nackte Beine in einem Bett.«

Lily errötete.

»Sie müssen Ihr Gehorsamsgelübde gegenüber James immer ehren, aber Sie dürfen ihm nicht erlauben, Sie zu kontrollieren.«

Lily nickte.

»Nehmen Sie die Hürden des Lebens so sanft wie möglich«, riet Lady Nora und nahm Lilys Hand. »Liebe bringt Liebe hervor, und selbst James kann seine Gefühle nicht für immer verstecken.«

Lily lächelte. Dieser Spruch gefiel ihr, auch wenn er offenbar Unsinn war.

»Der Duke von Kingston erwartet uns unten«, erklärte die Witwe und überreichte ihr ein Bouquet aus pfirsichfarbenen Blüten.

»Wo ist Michael?«, fragte Lily mit steigender Unruhe.

»Michael wurde unruhig, deshalb haben James und Adam ihn mitgenommen, als sie zur Kirche aufbrachen.«

»Mir fiel gerade etwas Wichtiges ein«, sagte Lady Nora mit besorgtem Gesichtsausdruck. »Haben Sie etwas Altes?«

»Ja.« Lily tastete nach ihrem Kreuz.

»Und etwas Neues?«, erkundigte sich Lady Nora weiter.

Lily deutete auf den Verlobungsring.

»Etwas Geliehenes und etwas Blaues?«

»Mein Strumpfband ist blau. Was ich mir geborgt habe, erzähle ich Ihnen später. Werden Sie mir bis dahin vertrauen?«

Lady Nora lächelte erleichtert. »Aber natürlich, meine Liebe.«

Begleitet von den drei Damen schritt Lily die Treppen hinunter. Der Duke von Kingston lächelte anerkennend, als er die Braut erblickte, und trat vor, um ihr die Hand zu küssen.

»Meine Liebe, bei Ihrem Anblick wünsche ich mir, noch einmal dreißig Jahre jünger zu sein«, schmeichelte er und geleitete sie zur herzoglichen Kutsche.

»Aber Sie sind überhaupt nicht alt«, erwiderte Lily.

»In Ihrer Gegenwart fühle ich mich jedenfalls wieder jung. James ist wirklich ein Glückspilz.«

»Ich wünschte, er sähe das genau so.«

Der Duke von Kingston blickte sie erstaunt an. »Wie auch immer Sie beide sich kennen gelernt haben, James ist bis über beide Ohren in Sie verliebt, das sieht ein Blinder.«

Lily lächelte, sagte aber nichts. *Lass ihn doch in dem Glauben.* Sie wusste es besser. Immerhin hatte James seit neun Tagen nicht mit ihr gesprochen!

Kurze Zeit später stand Lily in einem winzigen, von Kerzen erleuchteten Raum neben dem Hauptschiff der Saint Mark's Church. Mit zitternder Hand strich sie nervös über den Rock ihres Seidenkleides.

»Warum wimmelt es in den Straßen vor Menschen?«, fragte Lily in dem vergeblichen Versuch, sich durch Konversation etwas abzulenken.

»Die Menschen möchten eben einen Duke heiraten sehen«, erklärte Kingston.

»Ich wusste nicht, dass James ein derart wichtiger Mann ist.«

»Gerade dass Sie sich nicht von Titeln beeindrucken lassen, muss James angezogen haben«, befand der Duke. »Und natürlich Ihre Schönheit.«

»Und ich vermutete, meine merkwürdige Berufswahl hätte ihn auf mich aufmerksam gemacht.« Bei ihrer Antwort musste Kingston lächeln. »Wo ist Michael? Er sollte hier sein.«

»James hat beschlossen, dass Michael bei ihm vor dem Altar warten soll«, sagte der Duke. »Er wollte den Jungen vor den neugierigen Blicken der anderen schützen.«

Der hinterhältige Bastard hat mich reingelegt, dachte Lily.

»Glauben Sie mir, meine Liebe, allein das Wohl des Jungen lag ihm am Herzen.« Damit führte er Lily aus der Kammer, und die beiden stellten sich am Ende des langen Korridors auf. Hunderte von Kerzen beleuchteten die Kirche und warfen unheimliche Schatten auf die Wände, die bunten Glasfenster und die Skulpturen.

Da setzte die Orgel ein. Alle Gäste erhoben sich von den Bänken, ein Meer von Gesichtern blickte Lily an.

Doch Lily schenkte ihnen keine Beachtung. Sie sah nur zum Altar vor, wo James mit Michael, Adam und dem Erzbischof von London stand. Der Altar war mit Bouquets aus weißen Lilien, purpurnen Veilchen und blauen Vergissmeinnicht geschmückt.

Lily nickte dem Duke von Kingston zu und legte die Hand in seine Armbeuge. Sie war bereit. Aber schon nach zwei Schritten zögerte sie, die Farbe wich aus ihrem Gesicht. Seth und Bradley befanden sich in einer der hinteren Reihen.

Lily wusste nicht, was sie tun sollte. Konnte sie wirklich an Bradley vorbeigehen und James heiraten?

»Ist etwas nicht in Ordnung?«, erkundigte sich Kingston.

»Nein, Euer Gnaden.« Lily lächelte den älteren Mann tapfer an und ging weiter.

Fast geschafft, dachte sie, als sie die Mitte der Kirche erreicht hatte. Immer noch hielt sie den Blick auf James gerichtet, der in seinem nachtblauen Anzug attraktiver aussah als je zuvor.

Sobald Lily und der Duke von Kingston am Altar angekommen waren, reichte James ihr die Hand. In der Hoffnung, ein Anzeichen von Liebe zu entdecken, sah Lily in seine dunklen Augen. James lächelte warm, und Lily fragte sich, ob ihre Ehe vielleicht trotz aller Widerstände glücklich werden konnte. Zusammen traten sie vor.

Unsicher starrte der Erzbischof von London Michael an. Offenbar hatte er gerade erst gemerkt, dass der behinderte kleine Bruder als Trauzeuge fungieren sollte.

»Euer Gnaden, dieser Junge kann kein Trauzeuge sein«, flüsterte der Erzbischof. »Ich kann nicht ...«

»Monseigneur, bitte werfen Sie einen Blick nach unten«, forderte Lily ihn kaum hörbar auf, bevor James noch etwas sagen konnte. Sie hob kurz den Saum ihres Hochzeitskleides hoch. Am Strumpfband befestigt konnte man den Dolch erkennen. Der Bischof sah entsetzt auf die Waffe, dann wandte er sich hilflos an James.

»Monseigneur, ich muss mich für das Verhalten meiner Braut entschuldigen. Sie weiß es nicht besser, sie ist Amerikanerin«, flüsterte James.

James hob Lilys Hand an die Lippen. »Meine Braut ist so weit weg von zu Hause und möchte unbedingt, dass ihr Bruder Trauzeuge ist. Tun Sie ihr den Gefallen, es soll Ihr Schaden nicht sein.«

Schließlich nickte der Erzbischof und erteilte Michael die Erlaubnis, die Zeremonie zu bezeugen. Lily blieb die Bedeutung dieser Worte nicht verborgen: James hatte dem Erzbischof von London ein Bestechungsgeld angeboten, und der heilige Mann hatte es angenommen.

Gottlob dauerte die Zeremonie nur fünfzehn Minuten. Lily wurde warm ums Herz, als James ihren Schleier lüftete, um sie zu küssen. Vielleicht war es doch Schicksal …

Und dann bemerkte Lily, dass Adam und Michael die Kirche bereits durch einen Seiteneingang verlassen hatten, anstatt vor den Gästen durch den Mittelgang hinauszugehen. »Du hast mich hereingelegt«, zischte sie zornig.

»Wolltest du, dass Michael unser Trauzeuge ist, oder wolltest du seine Behinderung vor dreihundert Hochzeitsgästen zur Schau stellen?«, fragte James. »Lächeln, sonst denken unsere Gäste, wir sind nicht d'accord.«

»Es ist mir gleich, was diese Menschen denken.«

»Aber mir ist es nicht egal, besonders nicht, wenn meine Mutter und meine Tanten zusehen.«

Lily lächelte fröhlich. »Also gut. Wir werden das später besprechen.«

»Das bezweifle ich nicht im Geringsten«, erwiderte er ebenfalls lächelnd. Dann führte er ihre Hand an seine Lippen. Lily fragte sich, ob diese Geste der Zuneigung echt war oder nur Teil der Rolle, die er für die Gäste spielte. Ihr Ehemann blieb ihr weiterhin ein Rätsel, seine Gedanken und Stimmungen waren unvorhersehbar.

Großer Gott, was habe ich nur getan? Lily zweifelte an ihrem eigenen Verstand, während sie mit James durch die Kirche schritt. Sie hatte einen Mann geheiratet, den sie kaum kannte, und musste nun mit ihm die nächsten vierzig Jahre verbringen.

Lily warf einen verstohlenen Blick auf die letzten Reihen, doch Seth und Bradley waren schon gegangen, ihre Bank war leer.

Im Anschluss an die Zeremonie gab der Duke von Kingston einen Frühstücksempfang mit Champagner für alle dreihundert Gäste. Lily fand sich in der Empfangsreihe zwischen dem Gastgeber und ihrem Ehemann wieder. Als sie all die Glückwünsche entgegennahm, fühlte sie sich wie eine Betrügerin. Sie war nicht wie diese englischen Aristokraten, sie gehörte nicht zu ihnen. Aber wohin gehörte sie dann? Sicher nicht mehr in den Hafen von Boston, nachdem sie den Sommer beim Duke von Kinross verbracht hatte.

»Wo ist Michael?« Lily wurde immer unruhiger. Schon setzte man sich zum Essen. »Ich konnte ihn nirgends entdecken.«

»Immer weiter lächeln«, flüsterte James an ihrem Ohr und legte den Arm um sie.

»Ich habe dich etwas gefragt«, sagte Lily und blickte ihn mit unverhohlener Hingabe an. »Und ich erwarte eine Antwort.«

»Michael ist in unserem Haus.« James küsste sie auf die Lippen. »Duncan hat ihn direkt von der Kirche nach Hause gebracht.«

Lilys Lächeln erstarb. »Wie konntest du es nur wagen …«

James zog sie überraschend in seine Arme und verschloss ihre Lippen mit einem langen Kuss. Die Wärme seines Mundes und der Duft nach Bergheide verschworen sich gegen Lily, und sie erwiderte seinen Kuss leidenschaftlich. Erst das unterdrückte Kichern der Hochzeitsgäste trennte sie voneinander.

»Lächle weiter. Ich verspreche, wir werden alles später

besprechen«, flüsterte er. »Das schließt übrigens den Dolch mit ein.«

»Ich verstehe vollkommen«, meinte Lily und streichelte mit liebevoller Geste seine Wange.

»Du bist eine brillante Schauspielerin«, lobte James bewundernd.

»Ich habe jedoch keine roten Haare«, entgegnete sie. »Lächeln, Euer Gnaden.«

Da erhob sich Adam St. Aubyn und hielt sein Champagnerglas hoch. Er wartete, bis es ruhig im Saal war.

»Ich habe die Ehre, eine Rede auf meinen ältesten Freund und seine wunderschöne Braut zu halten«, begann er. »Ich habe lange und intensiv nachgedacht, konnte allerdings einfach keine Worte finden, die auch nur annähernd ausdrücken, was ich den beiden wünsche.«

Adam wandte sich an die frisch Vermählten, hob sein Glas und sagte: »Ich hoffe, ihr führt ein erfülltes und glückliches Leben zusammen. Auf den Duke und die Duchess von Kinross!«

»Ein Hoch auf das Brautpaar!«, rief jemand.

James stand ebenfalls auf und schüttelte seinem Freund die Hand. »Ihr alle kennt mich sehr gut, doch meine Braut ist euch noch immer ein Geheimnis. Ich habe Lily ihrer Schönheit und ihrer Intelligenz wegen geheiratet, vor allem aber wegen ihres ausgeprägten Sinns für Loyalität und Ehre. Auf meine Braut, die Duchess von Kinross.«

Von Liebe hat er nicht gesprochen, dachte Lily und lächelte ihren Ehemann an. Sie hoffte inständig, dass er die genannten Eigenschaften tatsächlich an ihr schätzte. Heute würde sie ausnahmsweise einmal davon ausgehen, dass er es ernst gemeint hatte.

Nach zwei Stunden ununterbrochenen Lächelns saßen Lily und James endlich in der Kutsche und legten die kurze Strecke zu ihrem Haus zurück. Keiner von beiden lächelte mehr. Sie warf ihm einen kurzen Blick zu und konnte nicht anders, als sein edles Profil bewundern. »Ich wüsste gern ...«

»Wir werden später darüber sprechen«, unterbrach er.

Lily kniff die Lippen zusammen. Ihr Ehemann benahm sich nicht gerade, als glaubte er selbst all die wunderbaren Dinge, die er über sie gesagt hatte. Wollte er so die nächsten vierzig Jahre verbringen?

James half ihr aus der Kutsche, und Seite an Seite gingen sie die Stufen zur Tür hinauf, die im selben Moment geöffnet wurde, als sie davor ankamen.

»Meine besten Wünsche, Mylord«, grüßte Pennick sie mit einem für ihn ungewöhnlichen Strahlen im Gesicht.

»Vielen Dank«, gab James zurück.

Lily nickte dem Butler freundlich zu und wollte schon hineingehen, da hob James sie plötzlich auf und trug sie über die Schwelle. Nachdem er sie wieder auf die Füße gesetzt hatte, erklärte er: »Tante Nora befahl mir, dich ins Haus zu tragen. Das soll Glück bringen.« Er wandte sich an den Butler und fragte: »Liegen irgendwelche Nachrichten für mich vor?«

»Eine.« Pennick reichte ihm ein versiegeltes Pergament.

Lily wusste nicht, was sie nun als seine Frau und neue Duchess tun sollte. Sie nahm an, sie hätte Pflichten, doch sie wusste nicht, welche. Doch James beachtete sie nicht, öffnete den Brief und las ihn an Ort und Stelle.

»Was soll ich denn jetzt machen?« Lily riss langsam der Geduldsfaden.

Ausdruckslos sah James sie an: »Tu, was du willst.« Ohne ein weiteres Wort zu verlieren, ließ er sie stehen.

»Vielen Dank für die schöne Hochzeit«, rief Lily wütend hinter ihm her. Während sie die Treppe hinaufeilte, murmelte sie unverständliche Flüche. Sie wollte ihr Hochzeitskleid ausziehen und verbrennen, um diese erbärmliche Vorstellung von einem Hochzeitstag endgültig zu beenden. Danach würde sie die Asche auf seinen Schreibtisch schütten.

Doch in ihrem Zimmer verließ sie der Mut.

Lily konnte sich nicht überwinden, das einzige Hochzeitskleid zu zerstören, das sie jemals tragen würde. Sie konnte nur hoffen, dass sie und James eines Tages auf dieses Ereignis zurückblicken und über ihr kindisches Verhalten lachen konnten.

Erst am Abend verließ Lily ihr Schlafgemach und ging zum Speisezimmer. Sie hatte sich vorgenommen, verführerisch auszusehen, und hatte sich deshalb für ein cremefarbenes, eng anliegendes Seidenkleid entschieden, das wie ein Nachtgewand geschnitten war. Am Saum befand sich ein Rüschenvolant, und die Taille wurde von einer Schleife geziert. Das tiefe Dekolleté brachte ihre Brüste ausgezeichnet zur Geltung.

Lily war sich nicht sicher, ob ihr Mann überhaupt zum Dinner erscheinen würde. Obwohl es sie schmerzte, hätte es sie nicht gewundert, wenn er seine Hochzeitsnacht mit dieser Schauspielerin verbrachte.

Für einen kurzen Moment hielt sie im Türrahmen inne, bevor sie ins Speisezimmer trat. James stand neben dem Sideboard und sprach mit Pennick. Die Witwe und ihre Schwestern waren nirgends zu sehen.

»Guten Abend, Euer Gnaden«, grüßte sie und ging auf ihn zu.

James drehte sich um, und seine Miene drückte Überraschung aus, als er ihr Kleid bemerkte. Lily genoss diesen intensiven, bewundernden Blick unendlich.

Achten Sie immer darauf, was James tut, nicht, was er sagt, erinnerte sich Lily an Lady Donnas Rat. Der Gesichtsausdruck ihres Mannes bedeutete Lily, dass er an diesem Abend sicher nicht zu seiner Schauspielerin ginge.

»Ich bin verwundert, dich hier vorzufinden«, plauderte sie. »Ich dachte, du hättest vielleicht andere Pläne.«

»In meiner Hochzeitsnacht?«, entgegnete James. »Sicherlich bin ich nicht so gefühllos, meine Braut in dieser besonderen Nacht allein zu lasse.«

James geleitete sie zu dem Stuhl neben seinem, dann machte er eine Handbewegung zu Pennick, der ihnen das Dinner servierte.

»Wo sind deine Mutter und deine Tanten?«

»Sie haben sich nach Kinross Park zurückgezogen.« James zwinkerte ihr zu. »Sie wollten den frisch Vermählten ein paar Wochen Ungestörtheit gönnen.«

»Ach.« Lily spürte, wie ihr das Blut in die Wangen schoss und sah ihn unter ihren langen, schwarzen Wimpern an.

»Wie macht ihr Frauen das nur?«, fragte er amüsiert.

»Was denn?«

»Immer genau zum richtigen Zeitpunkt zu erröten.«

»Was für eine zynische Bemerkung«, gab sie zurück. »Ich kann nicht für alle Frauen sprechen, doch ich weiß, dass *ich* es nicht kontrollieren kann.«

»Ich kannte mehrere Damen, die auf Kommando erröten oder weinen konnten.«

»Da bin ich mir ganz sicher«, versetzte Lily. Sie war ärgerlich, dass er ausgerechnet in ihrer Hochzeitsnacht von anderen Frauen sprach. »Ich will aber lieber wissen, warum du meinem Bruder nicht erlaubt hast, durch den Kirchengang zu schreiten und am Empfang teilzunehmen.«

»Das war nur zu Michaels Schutz«, erwiderte James. »Wenn es um deinen Bruder geht, bist du überempfindlich und denkst immer das Schlimmste von allen Menschen.«

»Ich habe viele Jahre Erfahrung damit, das Schlimmste von den Menschen miterlebt zu haben«, erklärte sie. »Und ich weiß auch, wenn jemand mich anlügt.«

»Es ist mir egal, was du glaubst.« Sein dunkler Blick ruhte auf ihr. »Was hast du dir nur dabei gedacht, einen Dolch in der Kirche bei dir zu tragen?«

»Der Dolch war das Geliehene«, antwortete sie. »Und er hat ein Wunder bewirkt.«

»Mein Bestechungsgeld hat das Wunder vollbracht«, verbesserte er. »Woher hattest du den Dolch?«

»Von der Duchess von Avon.«

»Steckst du nun auch schon andere mit deinen schlechten Angewohnheiten an?«

»Schlechte Angewohnheiten?«, wiederholte Lily verblüfft. »Was geschehen ist, war deine Schuld, nicht meine. Du wolltest mich heiraten. Ich wollte einfach nur nach Hause!«

»Ich wollte dich nicht heiraten«, erklärte James. »Ich wollte lediglich, dass mein Sohn meinen Namen trägt.«

Lily fühlte sich, als habe er sie in die Magengrube getreten. Sie musste sich anlehnen. Ihr war schwindlig vor Demütigung und Verlust, und ihr Herz schmerzte bei der Erkenntnis, dass die Hochzeit trotz allem nur eine Täuschung gewesen war.

»Geht es dir nicht gut?«

Er klang besorgt, doch Lily glaubte ihm nicht. Sie weigerte sich, zu antworten oder ihn auch nur anzusehen.

»Entschuldige mich«, sagte sie und erhob sich leicht schwankend. Ohne ein weiteres Wort schritt sie langsam zur Tür.

»Herzlichen Glückwunsch, Euer Gnaden«, ließ sich da der Butler vernehmen. »Sie haben gerade das Kostbarste verloren, was je in Ihr Leben trat.«

»Wenn ich Ihre Meinung hören will, Pennick, dann ...«

Lily ging die Treppe hinauf in die Bibliothek und nahm sich ihren alten Freund aus dem Regal, *Shakespeares Gesammelte Werke*. In den kommenden Tagen und Wochen und Jahren würde sie einen guten Freund brauchen, aber Niedergeschlagenheit und Erschöpfung machten es ihr an diesem Abend unmöglich sich abzulenken. Sie wollte nur noch in ihr Bett und für immer schlafen.

Als sie auf der Bettkante saß, betrachtete sie ihren Ehering, ein schlichtes Schmuckstück aus gewundenem Gold. Sie zog ihn vom Finger und hielt ihn ins Kerzenlicht. Wie schade, dass ihr Gelübde ihrem Ehemann überhaupt nichts bedeutete.

Auf der Innenseite des Rings suchte sie, ob er wenigstens das Hochzeitsdatum hatte eingravieren lassen. Ein Datum gab es nicht, dafür aber die Worte *A vila mon coeur gardi li mo*. Warum ließ er in ihren Hochzeitsring Worte eingravieren, die sie nicht verstand? Um ihr zu zeigen, was für ein ungebildetes Hafenmädchen sie war? Was bedeuteten diese Worte? Vermutlich *Ich wollte dich gar nicht heiraten*.

Wie aus weiter Ferne hörte Lily ein Rütteln und öffnete die Augen. Sie musste eingeschlafen sein.

»Lily?«, rief James und klopfte an die Verbindungstür.

Auf bloßen Füßen tapste sie durch den Raum. »Was willst du?«

»Was ist mit dieser Tür los?«

»Ich habe einen Sessel davorgeschoben.«

»Mach auf.«

»Nein.«

Glaubte dieser arrogante Mistkerl etwa wirklich, sie würde ihn einfach so in ihr Bett lassen? Ihn nach all den Demütigungen und Beleidigungen wieder mit offenen Armen empfangen?

Ein paar Minuten war alles still. Lily wollte gerade zurück ins Bett gehen, als sie wieder ein Rütteln und ein Klopfen hörte, diesmal an der Tür zum Korridor.

»Mach auf«, befahl ihr Ehemann.

Lily lächelte zufrieden die geschlossene Tür an. »Nein, Euer Gnaden, das ist meine Rache.«

Verdammt, dachte James vor der verschlossenen Tür. Ausgerechnet in ihrer Hochzeitsnacht wies sie ihn ab! Er würde sich weder mit einem Nein abspeisen lassen, noch würde er weiter vor dieser Tür stehen und um Einlass in das Bett seiner eigenen Ehefrau betteln.

Er kehrte in sein Zimmer zurück um nachzudenken. Ja, er wollte sie. Ja, er liebte sie. Nein, er würde seine Liebe niemals erklären. Obwohl sie schwanger war, hatte sie ihn nicht heiraten wollen!

Aber er wollte verflucht sein, wenn er seine Hochzeitsnacht allein in seiner Kammer verbrachte. Er würde sich für seine verletzenden Worte entschuldigen müssen, doch wie sollte er das tun, wenn sie ihn nicht in ihr Zimmer ließ?

Und dann kam ihm eine vollkommen ungeheuerliche Idee. Er legte den schwarzen, seidenen Morgenmantel ab und zog sich Hosen, Hemd und Stiefel an.

James fand Pennick in der Küche. Mit einer schnellen Handbewegung vertrieb er die verblüfften Angestellten aus dem Raum.

»Besorgen Sie mir eine Leiter«, befahl James seinem Butler.

»Eine Leiter?«, wiederholte Pennick fassungslos. »Warum?«

»Man soll sie an Lilys Fenster lehnen«, erklärte James.

»Wollen Sie ihr eine Möglichkeit zur Flucht verschaffen?« Sein Tonfall klang feindselig.

»Sie dienen unserer Familie schon seit vielen Jahren, daher will ich Ihre unverschämte Frage beantworten«, erwiderte James. »Das ist ein alter, amerikanischer Brauch in der Hochzeitsnacht.«

»Ach so.« Die Miene des Butlers hellte sich wieder auf.

Zwanzig Minuten später schleppten Duncan und Pennick die Leiter unter Lilys Fenster. Der Schotte grinste und wies auf James.

»Wenn ich in ihrem Zimmer bin, entfernt ihr die Leiter«, wies er sie an. »Ich wünsche keine ungebetenen Gäste.«

James kletterte die Leiter empor. Dankbar flüsterte er ein Stoßgebet, dass es Sommer war und Lily das Fenster offen gelassen hatte. Oben angekommen ließ er den Blick durch den Raum schweifen. Lily schlief mit dem Rücken zu ihm. Er stieg durchs Fenster, zog sich die Stiefel aus, danach das Hemd und die Hose und schlich sich zu ihrem Bett. Dann legte er sich neben sie, küsste sie auf die Schläfe und flüsterte: »Wach auf, mein Dornröschen.«

Lily drehte sich um und sah ihn an. Selbst im Kerzenschein konnte er die schläfrige Verwirrung auf ihrem Gesicht erkennen. »Wie bist du hier hereingekommen?«, fragte sie.

»Ich bin durchs Fenster geklettert«, antwortete er. »Das ist die einzige Hochzeitsnacht unseres Lebens. Bitte schick mich nicht weg.«

»Bleib«, flüsterte sie.

James beugte den Kopf über sie, und seine Lippen senkten sich auf ihren vollen Mund. Seine viel zu lang verdrängte Sehnsucht nach ihr brach sich Bahn in einem unendlich zärtlichen Kuss.

»Meine wunderschöne Frau«, wisperte er an ihrem Ohr.

Langsam streifte James ihr das hauchdünne, weiße Nachthemd von den Schultern und fuhr mit der Zunge ihren Hals entlang nach unten, bis zu den Brüsten, deren Spitzen durch die Schwangerschaft vergrößert und dunkler waren. Lily sog hörbar die Luft ein, und er saugte zuerst an der einen Brust und danach an der anderen, bis sie vor Lust wimmerte.

Weiter und weiter hinab wanderten seine Lippen, zu ihrem Bauchnabel und zwischen die Schenkel. Sanft peinigte er Lily durch sein Lecken und seine zarten Bisse, küsste jeden Zentimeter ihrer Haut. Und dann drückte er sein Gesicht in das Tal zwischen ihren Schenkeln und liebkoste ihre feuchte Perle mit seiner Zunge. O mein Gott, sie war so unglaublich weich ... und feucht ... und ... heiß!

Lily klammerte sich an seinen Schultern fest, gab kleine, kehlige Laute von sich und hob ihm gierig ihr Becken entgegen. Plötzlich schrie sie vor Lust auf, schmolz an seiner Zunge dahin, unterwarf sich ihm mit Haut und Haar.

»Ich will dich in mir spüren«, murmelte sie.

James brauchte keine zweite Einladung. Er kniete zu ihren Füßen und legte sich ihre Beine um den Hals. Unsagbar sanft schob James seine erregte Männlichkeit in sie hinein und zog sie langsam wieder heraus.

Diese unbeschreibliche Empfindung ließ ihn vor schmerzlichem Verlangen aufstöhnen. Immer schneller wurden seine Bewegungen, immer erregter wurde er, und Lily begegnete jedem seiner immer wilder werdenden Stöße mit ihren verlangenden Hüften.

Keuchend und erschauernd ergoss er endlich seinen Samen in sie, während Lily sich fest an ihn klammerte und laut aufschrie. Ganz nah hielt er sie an sich gepresst, bis ihrer beider Lustschauer langsam versiegten.

James küsste Lily, als wollte er sie niemals wieder gehen lassen. Dann legte er sich neben sie und zog sie in seine Arme.

Als sie zu ihm aufsah, lächelte er in ihre entwaffnend blauen Augen. Heute Nacht würde er vorgeben, dass ihre Ehe auf Liebe beruhte. Morgen wäre immer noch Zeit, sich ihren Problemen zu stellen.

»Wie fühlst du dich?«

»Ganz ausgezeichnet.«

James musste lachen und küsste sie. Zärtlich glitt seine Handfläche zu ihren geschwollenen Brüsten hinab. Seine Berührung ließ Lily aufseufzen.

Ohne sich um seine Nacktheit zu kümmern, stand James auf und ging durchs Zimmer zu dem Sessel vor der Verbindungstür. Er grinste Lily an, während er das Möbelstück wegrückte und in seinem Zimmer verschwand. Kurze Zeit später kehrte er mit einer mit Leder bezogenen Schachtel zu seiner Frau zurück, die sich die Decke hochgezogen hatte, um ihre Blöße zu bedecken.

James setzte sich neben sie und reichte ihr die Schachtel mit den Worten: »Ein Hochzeitsgeschenk, Euer Gnaden.«

Schüchtern lächelte Lily und hob den Deckel an. In der Schachtel befand sich ein weißes Diamantarmband mit einem Blumenmuster aus geschliffenen, gelben Diamanten.

»Das Armband passt genau zu meinem Verlobungsring und der Kette«, stellte Lily fest und küsste James auf die Wange. »Es ist wunderschön, aber ich wünschte, du würdest dein Geld nicht so verschwenden.«

»Du bist jeden Shilling wert, den ich dafür ausgegeben habe«, erklärte James, legte einen Arm um ihre Schultern und zog sie ganz nah an sich.

»Ich bin sogar noch viel mehr wert als dieses Schmuckstück«, schmunzelte Lily heiter. »Doch Geld für Juwelen auszugeben ist *immer* verschwendetes Geld.«

James brach in lautes Gelächter aus. »Hast du eine Ahnung, wie viele englische Gentlemen entzückt wären, diesen Satz aus dem Mund ihrer Ehefrauen zu hören?«

Lily wurde ernst. »Selbst wenn ich das Haus hätte verlassen dürfen, hatte ich kein Geld. Daher habe ich kein Geschenk für dich.«

James küsste ihre Schläfe und ließ seine Hand hinab gleiten, um ihren Bauch zu streicheln. »Liebling, dein Geschenk kommt etwas später an.«

Er legte ihr den Zeigefinger unter das Kinn und sah ihr direkt in die saphirblauen Augen. Und dann verschloss er ihren rosigen Mund mit seinen Lippen, und all seine Liebe lag in diesem einen, überwältigenden Kuss.

Neunzehntes Kapitel

Ich bedeute meinem Ehemann etwas!

Das war Lilys erster Gedanke, als sie am nächsten Morgen erwachte. Noch liebte James sie nicht, doch sie bedeutete ihm genug, um Wände zu erklimmen und durch Fenster zu steigen, wie ein Held in einem romantischen Märchen.

Lily gähnte und streckte sich. Sie war kurz wach geworden, als James aufgestanden war, doch er hatte sie geküsst und ihr zugeflüstert, sie solle weiterschlafen. Einerseits hätte sie am liebsten die Augen wieder geschlossen und den letzten Abend noch einmal durchlebt, andererseits wollte sie ihn gerne sehen und sich vergewissern, dass die gestrige Nacht nicht nur ein wunderschöner Traum gewesen war.

Rasch setzte sie sich auf. Auf dem Nachttisch entdeckte Lily eine Notiz. *Erwarte dich um zwölf Uhr in meinem Büro. Wir haben etwas zu besprechen.*

Enttäuscht starrte Lily den Zettel an. Sie hatte so sehr gehofft, etwas Romantisches zu lesen. Aber vermutlich würde es noch etwas dauern, bis ihr Ehemann ihr seine Liebe erklären würde.

Liebe bringt Liebe hervor, und selbst James kann seine Gefühle nicht für immer verstecken. Bei dem Gedanken an Lady Noras Worte fühlte Lily sich besser. Vielleicht müsste sie doch nicht mit Shakespeares Gesellschaft vorlieb nehmen.

Zwei Minuten vor zwölf schritt Lily die Treppe hinunter zum Arbeitszimmer ihres Ehemannes. Er stand auf, als sie eintrat.

Mit einem Lächeln grüßte er sie und bedeutete ihr, sich auf den Stuhl vor dem Schreibtisch zu setzen. Daraufhin nahm er ebenfalls wieder Platz.

»Wie fühlst du dich?«, wollte James wissen. Seine Frage schien harmlos, aber der vertraute Tonfall erinnerte sie an den vergangenen Abend.

»Ganz ausgezeichnet«, antwortete Lily. Die Sehnsucht nach ihm war wie ein körperlicher Schmerz in ihr. Wenn er sie doch nur lieben könnte!

»Ich danke dir für die wunderbarste Nacht meines ganzen Lebens«, sagte James mit rauer Stimme. »Ich sitze schon den ganzen Morgen hier und stelle mir vor, wie du gestern aussahst und dich in meinen Armen anfühltest.«

Lily errötete zart.

»Ich wusste, ich könnte dich zum Erröten bringen«, stellte James fest. »Dein ganzer Körper wird rosig, wenn wir uns lieben.«

Ihr wurde heiß, und die Farbe in Lilys Gesicht vertiefte sich zu einem Scharlachrot.

»Lass uns nun über das Geschäftliche sprechen«, meinte James unvermittelt. Er öffnete die oberste Schublade des Schreibtischs und zog einen Stapel Geldscheine heraus. Nachdem er eintausend Pfund abgezählt hatte, legte er die restlichen Banknoten zurück in die Schublade und schob das Bündel zu Lily hinüber.

Verständnislos betrachtete Lily das Geld. Dann hob sie den Blick. »Was soll das?«

»Unser Verlobungsvertrag sieht vor, dass ich dir jeden Monat eintausend Pfund gebe«, teilte James mit.

Lily konnte nicht fassen, was sie da hörte. Nach dieser wundervollen gemeinsamen Nacht kränkte ihr Ehemann sie schlimmer, als je ein Mann es zuvor gewagt hatte.

»Ich bin nicht käuflich.« Ihre Stimme war eiskalt vor Wut.

»Dieses Geld ist keine Bezahlung für geleistete Dienste«, erklärte er mit einem Lächeln in der Stimme. »Eintausend Pfund sind dein Taschengeld, zu deiner freien Verfügung.«

Erleichtert erhellten sich Lilys Gesichtszüge. Er hatte sie doch nicht beleidigt. »Ich brauche es nicht«, erwiderte sie.

James lachte laut. »Mein Schatz, letzte Nacht sagtest du mir, ich solle dir keinen Schmuck kaufen, und heute willst du kein Geld haben?«

Lily nickte. »Ganz genau.«

»Was willst du denn dann?«

Deine Liebe, dachte sie. Stattdessen erkundigte sie sich: »Brauche ich dieses Geld, um mir ein Dach über dem Kopf oder etwas zu Essen zu kaufen?«

»Nein.«

»Wirst du für meine Kleidung aufkommen?«, fragte sie weiter.

»Ja.«

»Wirst du alles bezahlen, was das Kind benötigt?«

»Aber natürlich.«

»Wozu soll ich dann dieses Geld brauchen?«

»Jede britische Lady erhält ein Taschengeld«, zeigte James auf. »Ich will, dass du genauso bist wie die anderen Ladys.«

Ich werde niemals so sein, wie die anderen Ladys, dachte Lily entsetzt. Wenn er eine Frau wollte, die so war wie all die anderen, hätte er eine von ihnen heiraten und sie selbst nach Hause schicken sollen.

»Eintausend Pfund sind eine Menge Geld«, meinte Lily. »Was, wenn ich es verliere?«

»Dann wirst du dich gedulden müssen, bis du am nächsten Ersten wieder welches erhältst«, antwortete James. »Mehr bekommst du nicht von mir. Du wirst lernen, mit deinem Geld umzugehen.«

»Was, wenn ich mich weigere, es anzunehmen?«

»Liebling, so macht man das eben«, erwiderte James. »Wenn die anderen Damen der Gesellschaft erfahren, dass ich dir kein Taschengeld gebe, werden sie schlecht von mir sprechen, und ihre Ehemänner werden schlecht von mir denken. Ich werde zum Gespött von ganz London.«

»Das möchte ich natürlich nicht.« Lily nahm die Hälfte der Geldscheine an sich und steckte sie in die Tasche. »Ich werde jedem erzählen, dass ich eintausend Pfund von dir bekomme. Allerdings werde ich nur fünfhundert behalten und die andere Hälfte in dein Geschäft investieren. Ist das möglich?«

»Das könnte ich für dich einrichten. Sollen wir ...«

»Ich bin noch nicht fertig«, unterbrach Lily.

James grinste. »Bitte, fahr fort.«

»Berechnest du deine Gewinne monatlich oder im Quartal?«, erkundigte sie sich.

»Im Quartal«, antwortete er. »Woher weißt du über Gewinnberechnungen Bescheid?«

»Ich lese gerne.«

»Ich dachte, deine Vorlieben lägen bei Shakespeare und Austen«, wandte James ein.

»Ich habe nicht behauptet, dass ich *gerne* über Buchhaltung und Finanzen lese«, erwiderte Lily. »Aber ich bin so schnell, dass ich nicht immer an ausreichend interessanten Lektürestoff herankomme.«

»Wie bist du an Bücher über Finanzen gekommen?«, frage James schmunzelnd.

»Mein ehemaliger Verlobter hat eine umfangreiche Bibliothek.«

James' Lächeln erstarb.

Als Lily die Veränderung in seiner Miene bemerkte, beeilte sie sich, das Thema zu wechseln. »Jedes Quartal, wenn du meinen Anteil am Profit berechnest, möchte ich, dass du die Hälfte erneut investierst und mir den Rest aushändigst.«

»Was willst du mit deinem Gewinn machen?«, wollte er wissen.

»Es den weniger Begünstigten geben.«

Ihr Ehemann sah erstaunt aus. »Du wirst das Geld verschenken?«

»Ich würde es viel lieber so ausdrücken: Ich investiere in die Zukunft anderer Menschen«, erklärte sie ihm. »Du sagtest, ich könne damit machen, was immer ich wollte.«

»Und wenn Verluste auftreten?«, erkundigte James sich amüsiert.

Lily lächelte liebenswürdig. »Ich habe vollstes Vertrauen in deine Fähigkeiten.«

James neigte den Kopf. »Ich danke dir.«

»Keine Ursache.«

»Ich muss eine weitere Angelegenheit mit dir besprechen«, verkündete James. Der amüsierte Tonfall war verschwunden.

Lily beobachtete, wie er die oberste Schublade aufzog

und zwei Umschläge herauszog. Er legte beide vor sie auf den Schreibtisch.

»Lies das«, forderte er sie auf.

Lily hatte eine seltsame Vorahnung. Sie beugte sich vor; die Umschläge waren an sie adressiert, doch sie waren bereits geöffnet. Die Handschrift war die von Bradley, und Lily hoffte, James' Vorhaben durchkreuzen zu können, indem sie in die Offensive ging.

»Du öffnest Briefe, die an mich gerichtet sind?« Ihr Ärger war nicht zu überhören.

James nickte.

»Nur weil du ein Duke bist, hast du nicht das Recht, die Briefe anderer Menschen zu lesen«, erklärte sie scharf.

»Du bist kein anderer Mensch. Du bist meine Frau!«

»Ich muss wirklich protestieren ...«

»Mach die verdammten Umschläge auf und lies«, befahl James in einem Tonfall, der keinen Widerspruch duldete. »Einer kam gestern an. Der andere heute Morgen.«

Lily wollte die Briefe nicht lesen. Sie starrte die Umschläge an. Hoffentlich enthielten sie nichts, was Seth und Bradley an den Galgen bringen konnte.

»Lies jetzt!«, wiederholte James.

Schließlich nahm sie den ersten Brief vom Tisch. Ihr Herz sank, als sie Bradleys Botschaft vom Vortag las.

Noch ist es nicht zu spät, vor der Hochzeit mit dem Duke zu fliehen. Wir wohnen in der Bedford Lodge in Kensington.

Lily wusste nicht, was sie tun sollte. Wenn sie James erklärte, dass Bradley ihr ehemaliger Verlobter war, könnten er und Seth als Spione gehenkt werden. Sie hatte sich doch immer nur nach Liebe und einem sicheren Hafen für Michael gesehnt!

»Lies auch den anderen«, grollte James und unterbrach damit ihre Gedanken.

Langsam öffnete Lily den zweiten Umschlag, ängstlich, was darin stehen mochte. Dieser Brief war noch schlimmer als der erste.

Du hast deine Pflicht erfüllt. Dein Kind trägt den Namen seines Vaters. Nun kannst du mit reinem Gewissen fliehen.

Ratlos ruhte Lilys Blick auf dem Brief in ihrem Schoß. Wie könnte sie das James jemals erklären, ohne ihren Bruder und Bradley in Gefahr zu bringen? Sie wusste, dass Bradley litt, doch seine Botschaften hatten jegliche Möglichkeit zerstört, jemals die Liebe ihres Mannes zu gewinnen. Vielleicht hätte sie Bradley beichten sollen, dass sie James liebte ...

»Was hast du dazu zu sagen?«, forderte James.

»Nichts.«

»Verdammt, sieh mich an, wenn ich mit dir spreche!« James schlug mit der flachen Hand auf den Tisch.

Als Lily den Kopf hob, hätte sie weinen können, so kalt war sein Blick.

»Du wolltest also fliehen«, begann James.

»Nein, ich ...«

»Gib dir keine Mühe«, unterbrach er. »Die Wahrheit steht in diesen Briefen.«

Lily wünschte, sie könnte ihm die Wahrheit sagen. Aber sie wusste, sie könnte niemals ihr Glück genießen, wenn sie Seth und Bradleys Leben in Gefahr brachte.

»Mr Hampstead klingt wie ein Mann, der liebt.« James' schwarze Augen ruhten auf ihr. »Hast du eine Affäre mit ihm?«

»Wie kannst du mich so etwas fragen?«, rief sie gekränkt. »Ich habe ihn an meinem Debütantinnenball zum ersten Mal gesehen, und seit ich hier bin, wurde jeder Augenblick meines Lebens kontrolliert, außer der einen Kutschfahrt mit Isabelle.«

James schien sich etwas zu beruhigen. Er lehnte sich zurück und musterte sie, als grüble er über etwas nach.

»Wenn du willst, kannst du mich weiter unter Bewachung halten, bis die Amerikaner England verlassen haben«, versuchte Lily zu beschwichtigen. »Das würde mir nicht das Geringste ausmachen.«

»Du willst ganz offensichtlich nach Hause fahren«, sagte James nach einem Moment der Stille. »Ich werde dich nach Boston zurückbringen, sobald das Kind geboren ist. Aber mein Sohn wird bei mir bleiben.«

Völlig sprachlos starrte Lily ihn entsetzt an. Tränen stiegen ihr in die Augen, und ihre Hände begannen zu zittern.

»Ich werde mein Kind nicht verlassen«, erwiderte sie schließlich.

»Du hast keine Wahl«, erklärte er. »Ich schicke dich nach Hause, wenn das Kind auf der Welt ist. Kein Gericht wird mir eine Scheidung verwehren.«

»Ich werde nicht gehen«, schrie Lily und sprang auf. »Ich werde mein Kind niemals verlassen!« Schluchzend rannte sie aus dem Zimmer.

»Lily!« James lief ihr nach, blieb jedoch abrupt an der Tür stehen. Sie würde sich jetzt ohnehin keine Entschuldigung von ihm anhören.

Was hatte er nur getan? Die Eifersucht hatte ihn grausam sein lassen, und seine Schuldgefühle verursachten ihm geradezu körperliche Schmerzen.

Sie wollte mit seinem Sohn fliehen, erinnerte sich James. Oder etwa nicht? Was für eine Begründung konnte es sonst für diese Briefe geben? Hätte es eine gegeben, dann hätte sie sich verteidigt. Vielleicht hätte er zulassen sollen, dass sie diese Nachrichten erhielt, und beobachten, was sie tat.

James goss sich einen Whiskey ein, setzte sich wieder an den Schreibtisch und leerte das Glas in einem Zug. Seltsam, früher hatte er nie um diese Tageszeit schon Alkohol getrunken. Bis er seine Frau traf.

Seufzend lehnte er sich zurück, legte die Füße auf den Tisch und schloss die Augen. Was sollte er mit Lily machen? Er liebte sie und konnte sie nicht gehen lassen. Wenn sie ihm doch nur eine Erklärung für diese Botschaften gegeben hätte!

Die Tür flog auf und James öffnete die Augen. Michael kam schnaubend auf ihn zugestapft, mit beiden Händen etwas Schweres hinter sich herzerrend. Vor dem Schreibtisch blieb der Junge stehen, stemmte ein Schwert in die Höhe und warf es ihm zu. James sprang auf und machte einen Schritt zur Seite. Das Schwert war zwar alt, aber es konnte immer noch einen Mann töten oder verstümmeln.

»Kämpfe wie ein Mann«, befahl Michael und hob ein zweites Schwert hoch.

Krampfhaft bemühte sich James, nicht in schallendes Gelächter auszubrechen. »Woher hast du die Waffen?«

»Von der Wand.«

»Ich dachte, wir wären Freunde«, bemerkte James. »Warum möchtest du mit mir kämpfen?«

»Du hast meine Schwester zum Weinen gebracht«, antwortete Michael. Der Junge deutete auf das Schwert auf dem Schreibtisch und befahl: »Heb das auf.«

»Ich habe Lily zum Weinen gebracht?«, forschte James nach.

Michael nickte und zeigte erneut auf die Waffe.

»Und nun willst du Rache?«

»Was ist das?«

»Rache ist, wenn man zurückschlägt«, erklärte James.

»Genau, das will ich«, bestätigte Michael.

»Ich war wütend und habe böse Sachen zu Lily gesagt«, gab James zu.

»Das hättest du nicht tun sollen, Duke«, tadelte Michael.

»Wenn ich sie um Verzeihung bitte, können wir dann wieder Freunde sein?«

Michael dachte lange nach.

»Ich möchte dir ein Geheimnis erzählen«, schmeichelte James. »Wenn ich dir verspreche, mich zu entschuldigen, und dir das Geheimnis anvertraue, können wir dann wieder Freunde sein?«

Michael nickte.

»Gibst du mir die Hand darauf, Lily nichts von dem Geheimnis zu erzählen?«

»Ich schwöre.«

»Das Geheimnis ist, dass ich Lily liebe«, beichtete James dem Jungen. »Sie darf das aber nie erfahren, weil sie mich nicht liebt.«

»Doch, tut sie schon.«

»Hat Lily dir das gesagt?«

»Nein.«

»Willst du immer noch kämpfen?«

»Ich bringe die Schwerter zurück«, entschied Michael und wollte die Waffe vom Schreibtisch heben.

»Das mache ich später.«

»Entweder du entschuldigst dich bei Lily oder du musst sterben«, warnte Michael und verließ das Zimmer.

James setzte sich wieder und schmunzelte. Lily hatte Recht: Michael konnte Gott zum Lächeln bringen.

Wenig später klopfte es an der Tür, und Sloane trat ein. »Du wolltest mich sprechen?«

James nickte. »Es gibt da eine Sache, die ich mit dir bereden wollte.« Er deutete auf den Stuhl vor dem Schreibtisch.

Sloane setzte sich und fragte mit Blick auf die Schwerter: »Mit wem wolltest du kämpfen?«

»Michael war vorhin hier und wollte mich zu einem Duell fordern.«

»Und?«

»Ich konnte ihn davon überzeugen, dass wir Freunde sind.«

James sah seinen Cousin lange an. Sloane war so angenehm und liebenswert, es war einfach schwer zu glauben, dass seine Gier ihn zum Mörder gemacht hatte. Dennoch, sein Cousin war der einzige Mensch auf Erden, der ein Motiv hatte, ihn zu töten.

»Reggie St. Leger hat eine Verbindung zwischen dir und Valentina vorgeschlagen«, teilte James ihm mit.

Sloane musste laut lachen. »Du musst wahnsinnig sein, das mir gegenüber überhaupt zu erwähnen.«

»Antworte nicht gleich«, sagte James. »Nimm dir ein paar Tage Zeit, um dir das Angebot zu überlegen.«

»Aber ich brauche keine ...«

»Denk darüber nach.«

»Ich liebe Valentina nicht«, erklärte er schlicht.

»Viele Ehemänner lieben ihre Frauen nicht«, erinnerte James.

»Du aber schon.«

James ließ die Bemerkung durchgehen. Er würde seinem Cousin nicht eingestehen, dass er Lily liebte, und sich dann blamieren, wenn sie ihn verließ. Er wollte kein Mitleid.

»Ich kann dir dieses Geschäft versüßen«, schlug James vor.

Sloane sah gekränkt aus. »Ich bin nicht käuflich.«

Nun klang sein Cousin schon wie seine Frau, dachte James. »Nimm dir ein paar Wochen Zeit, um dir alles in Ruhe durch den Kopf gehen zu lassen. Das kannst du doch für mich tun, oder?«

»Natürlich, aber ich garantiere dir, dass die Antwort nicht anders ausfallen wird.«

James nickte und log: »Wenn du mich bitte entschuldigst, ich habe noch einen Termin.« Er wollte so wenig Zeit wie möglich mit dem Mann verbringen, der seinen Bruder ermordet hatte.

Dreißig Minuten, nachdem Sloane gegangen war, kam Pennick ins Büro und kündigte an: »Der Earl von Bovingdon wünscht Sie zu sprechen.«

»Schicken Sie ihn herein«, ordnete James an.

»Soll ich Sie in zehn Minuten unterbrechen?«, fragte der Butler.

»Das wird nicht nötig sein.«

Als Reggie St. Leger einen Augenblick später das Arbeitszimmer betrat, stellte er sein übliches, gewinnendes Lächeln zur Schau. »Guten Tag, Euer Gnaden.«

»Schön, Sie zu sehen, Reggie.« James wies auf den Stuhl. »Setzen Sie sich.«

»Ich habe Ihre Hochzeit wirklich genossen und war sehr beeindruckt von dem Toast auf Ihre Gattin«, hofierte St. Leger ihn. »Ich kann nur hoffen, dass ich eines Tages ebenso für eine Frau empfinden werde.«

»Da bin ich ganz sicher.« James räusperte sich und sagte: »Ich hatte gerade ein Gespräch mit meinem Cousin und brachte das Gespräch auf seine mögliche Heirat mit Valentina.«

»Und?«

»Sloane wirkte sehr interessiert«, log James. »Allerdings gab er mir keine endgültige Antwort.«

»Aha.«

»Die Hauptsorge meines Bruders war, was Valentina wollte«, führte James seine Lüge noch weiter aus. »Sie deuteten an, dieser Amerikaner habe sie häufig begleitet.«

»Der Amerikaner besitzt den Reiz des Neuen«, erklärte St. Leger. »Doch meine Schwester hat genug gesunden Menschenverstand, einen Engländer zu heiraten, auch wenn sie das nicht immer zu zeigen weiß.«

»Ein Teil von Valentinas Charme liegt gerade darin, diesen gesunden Menschenverstand geschickt zu verbergen«, gab James zurück.

»Ich hörte, dass Glückwünsche angebracht sind«, wechselte St. Leger das Thema.

Seine Bemerkung verblüffte James. »Was meinen Sie damit?«

»Glückwünsche zu Ihrer bevorstehenden Vaterschaft«, erklärte Reggie.

»Woher wissen Sie davon?« Reggies Kenntnis um Lilys Schwangerschaft überraschte ihn.

St. Leger zuckte die Achseln. »Es werden bereits Wetten im White's abgeschlossen, ob es ein Junge oder ein Mädchen wird.«

»Ich vermute, niemand in dieser Stadt kann ein Geheimnis bewahren«, meinte James. Es war ihm unangenehm, dass andere schon wussten, was noch nicht für die Öffentlichkeit bestimmt war.

»Verzeihen Sie meine Frechheit«, lächelte St. Leger liebenswürdig. »Aber ich dachte, Sie würde vielleicht Folgendes interessieren.«

James zog eine Augenbraue hoch. »Sprechen Sie frei, Reggie.«

»Ich habe mich gefragt, ob es klug ist, wenn Ihre Frau in London bleibt«, führte Reggie aus. »Der Mann, der Sie zu töten versuchte, könnte seine Aufmerksamkeit ihr zuwenden.«

»Das habe ich wahrhaftig nicht bedacht«, gab James zurück. Lily wäre in der Tat sicherer bei seiner Mutter und den Tanten auf Kinross Park. Außerdem würde sie das von dem Amerikaner fernhalten.

»Ich fahre heute nach Bovingdon und könnte Ihre Frau nach Kinross Park begleiten«, erbot sich St. Leger.

James musterte ihn durchdringend, dann stand er auf und klingelte nach dem Butler. Wenige Augenblicke später erschien Pennick.

»Euer Gnaden?«

»Bitten Sie meine Frau, in mein Büro zu kommen«, befahl James. »Sagen Sie ihr, es sei wichtig.«

Als Lily hereinkam, zuckte James innerlich zusammen. Ihre wunderschönen Augen waren rot und geschwollen. Sie sah so verzweifelt aus, man könnte glauben, sie hätte ihren letzten Freund auf der ganzen Welt verloren.

»Mylady, ich hoffe, Sie sind wohlauf?« St. Leger erhob sich, sobald er sie bemerkte.

Lily schenkte ihm keine Beachtung.

»Ich lasse dich und Michael nach Kinross Park bringen«, teilte James ihr mit.

»Warum?«, fragte Lily mit gequältem Gesichtsausdruck.

»Zu deiner eigenen Sicherheit«, erklärte James. Er fühlte sich schuldig, weil er ihr Angst machen musste. »Wer auch immer mich umbringen wollte, könnte auch dich im Visier haben. Bei meiner Mutter und den Tanten wärest du sicherer.«

Lily nickte.

Erleichtert atmete James auf. Wenigstens hatte er sich nicht mit ihr streiten müssen.

»Wann brechen wir auf?«, wollte sie wissen.

»Noch heute. Pack nur eine kleine Tasche, den Rest sende ich dir morgen nach«, sagte James. »Kannst du in einer Stunde fertig sein?«

»Ja.«

Lange sah James sie an, sie wirkte derart teilnahmslos und niedergeschlagen. Er hätte sich ohrfeigen können, dass er gedroht hatte, ihr das Kind wegzunehmen. Eines Tages würde er seinen Fehler wiedergutmachen.

»Der Earl von Bovingdon hat sich bereit erklärt, dich und Michael zu begleiten«, erklärte James.

»Außer natürlich, Sie würden lieber von Sloane gebracht werden«, wandte St. Leger ein.

»Nein, ich ziehe Sie vor.«

Lily sprach so rasch, dass James sich fragte, ob seine Frau vielleicht auch Zweifel seinem Cousin gegenüber hatte. Wenn sie erst auf Kinross Park in Sicherheit war, würde er Sloane mit seinem Verdacht konfrontieren.

»In einer Stunde bin ich mit der Kutsche wieder hier«, verkündete St. Leger.

»Sie werden meine Kutsche und eine Eskorte nehmen«, widersprach James.

»Aber es wäre sicherer, in meiner Kutsche und ohne Eskorte zu reisen«, gab St. Leger zurück. »Niemand wird vermuten, dass die Duchess von Kinross ausgerechnet in meinem Wagen nach Kinross Park reist.«

»Lily, was meinst du?«, fragte James.

»Die Kutsche des Earls wird am besten sein«, antwortete sie. »Aber er muss sie hinten in der Gasse vorfahren, sodass uns niemand sieht.«

James nickte. Das klang vernünftig.

»Michael und ich werden pünktlich sein.« Damit verließ Lily das Arbeitszimmer.

James begleitete St. Leger gerade in die Halle, als Pennick einen Brief von einem Kurier entgegennahm.

»Der ist eben für Sie abgegeben worden.« Pennick hielt ihm den Umschlag hin.

»Für mich oder meine Frau?«

»Für Sie.«

James öffnete das Schreiben und las die Botschaft von Adam St. Aubyn. *Komm so schnell du kannst in den White's Club. Es ist dringend.*

Zwei Stunden später, nachdem er Lily auf den Weg nach Kinross Park geschickt hatte, betrat James den White's Gentlemen's Club. Es war noch früh und der Club beinahe leer.

»Was hat dich nur so lange aufgehalten?« Ungeduldig erwartete Adam ihn bereits an der Tür. »Saint-Germain und ich haben uns langsam Sorgen gemacht, ob du überhaupt kommen würdest.«

»Ich habe Lily nach Kinross Park gesandt«, antwortete James und ging seinem Freund voraus zu ihrem üblichen Tisch.

Überrascht starrte er die Männer an, die dort bei Saint-Germain saßen: Hampstead und Hawkins. James bedachte Hampstead, der die geheimen Mitteilungen an seine Frau geschrieben hatte, mit einem kalten Gesichtsausdruck.

»Ich habe Sie alle hier versammelt, weil Isabelle nicht länger schweigen konnte«, begann John Saint-Germain lächelnd. »Sie machte sich Sorgen um alle Beteiligten.«

»Gott sei Dank hat sie das«, bemerkte Adam.

James hatte keine Ahnung, wovon seine Freunde sprachen. Das einzige Problem hier war, dass Hampstead versuchte, ihm die Frau zu rauben.

»Diese Amerikaner sind *keine* Spione«, stellte Saint-Germain fest. »Sie haben den Auftrag von ihrer Regierung, Nachforschungen über dich anzustellen. Sie glauben, du habest Hugh ermordet.«

»Nachforschungen über mich?«, wiederholte James verblüfft und gleichzeitig wütend. Die Hände zu Fäusten geballt sprang er auf und blickte empört auf Hampstead hinab. »Erst wollen Sie meine Frau stehlen, und dann beschuldigen Sie mich auch noch, meinen eigenen Bruder ermordet zu haben? Lassen Sie uns vor dir Tür gehen und das ein für allemal regeln.«

John Saint-Germain und Adam St. Aubyn fingen an zu lachen. Selbst Seth Hawkins grinste, als wäre das alles ein Witz, den James nicht verstand.

Der einzige Mann, der nicht lächelte, war Bradley Hampstead. Er erhob sich gefährlich langsam, doch Hawkins packte ihn am Arm und bedeutete ihm, Platz zu nehmen.

»Setz dich auch wieder hin, James«, befahl Adam immer noch lächelnd. »Du solltest wissen, wer die beiden sind, bevor du dich mit ihnen prügeln willst.«

John Saint-Germain kicherte und wies auf Hawkins. »Darf ich vorstellen, Seth Hawthorne, dein Schwager.«

James musterte Seth verwundert, dann streckte er eine Hand aus und sagte: »Sie sehen meiner Frau tatsächlich ähnlich.«

»Lily sieht *mir* ähnlich«, verbesserte Seth und schüttelte seine Hand.

»Und das hier ist Bradley Howell, der frühere Verlobte deiner Frau«, fuhr Adam fort und zeigte auf Hampstead.

James blickte von einem zum anderen. Er konnte einfach nicht glauben, was er hier hörte. Dann ergab plötzlich alles einen Sinn. Lily hatte ihm nur deshalb nicht die Wahrheit erzählt, weil sie befürchtete, man würde ihren Bruder als Spion an den Galgen bringen. Und aus demselben Grund hatte sie auch keine Erklärung für die Briefe von Hampstead abgegeben.

»Halten Sie sich gefälligst von meiner Frau fern«, warnte er Bradley. »Das schließt auch geheime Botschaften ein.«

Bradley sah aus, als wollte er James erwürgen. »Lily gehörte mir schon lange, bevor Sie in ihr Leben segelten.«

»Aber jetzt ist sie mein. Sie trägt sogar mein Kind unter dem Herzen.« Als keiner der beiden Amerikaner erstaunt war, merkte James, dass alle schon Bescheid wussten.

»Scheidung und Adoption werden dieses Problem beheben«, kündigte Bradley an.

James holte aus, um Bradley zu schlagen, doch Adam sprang auf und zog ihn zurück auf seinen Stuhl. »Das könnt ihr später regeln. Jetzt müssen wir einen Mörder fangen, bevor du ihm auch noch zum Opfer fällst.«

»Sloane hat Hugh auf dem Gewissen und versucht, mich zu ermorden«, erklärte James.

Genau in diesem Moment entdeckte James seinen Cousin in der Tür. Dieser grüßte lächelnd, während er auf die kleine Gruppe zuschritt.

»Pennick sagte mir, wo ich euch finde.« Sloane holte sich einen Stuhl, um sich zu ihnen zu setzen.

»Wir müssen mit dir sprechen«, begann Saint-Germain.

»Er ist doch nicht dumm«, mischte sich James ein. »Er wird es niemals zugeben!«

»Was denn zugeben?«, erkundigte sich Sloane verwirrt.

»Dass du Hugh getötet hast und mich ermorden wolltest.«

Sloane brach in lautes Gelächter aus. »Du machst wohl Witze. Und um dich an mir zu rächen, wolltest du mich mit Valentina verheiraten?«

»Mistress St. Leger wird mit mir nach Boston fahren«, verkündete Seth da.

Alle wandten sich um und starrten ihn an, als wäre ihm plötzlich ein zweiter Kopf gewachsen. Nur Bradley Howell war nicht überrascht.

»Val weiß noch nichts von meinen Plänen«, grinste Seth. »Ich dachte mir, ich mache es dem Duke nach und stehle mir eine Braut.«

»Ich kann Ihnen gerne eins meiner Schiffe leihen«, warf James trocken ein.

»Könnten wir uns bitte wieder ernsteren Dingen zuwenden?«, unterbrach Saint-Germain.

»Sloane, willst du etwa abstreiten, dass du Hugh getötet und zwei Anschläge auf James verübt hast?«, fragte Adam streng.

»Meinst du das wirklich ernst?« Sloane blickte zu James, seine Miene drückte eine Mischung aus Wut und Schmerz aus. »Wie kannst du so etwas von mir denken?«

»Wenn du nicht verantwortlich bist, entschuldige ich mich«, versetzte James kalt.

»Du klingst aber nicht, als täte es dir Leid«, erwiderte Sloane.

»Ich bin erst von deiner Unschuld überzeugt, wenn wir den wahren Schurken gefasst haben.«

»Also, wer könnte Ihren Tod wünschen?«, fragte Seth. »Außer Bradley natürlich.«

»Die Frage ist eher, wer von seinem Tod profitieren würde«, bemerkte Saint-Germain.

»Sloane erbt alles, falls ich ohne Erben sterbe«, führte James an.

»Hilf mir auf die Sprünge«, sagte Sloane sachlich, ohne sich um James' Bemerkung zu kümmern. »Wann fanden die Anschläge auf dein Leben noch einmal statt?«

»Der erste, als ich nach London zurückkehrte, um meine Verlobung mit Valentina zu lösen«, antwortete James. »Und der zweite nach dem Ball.«

»Das war der Abend, an dem deine Verlobung mit Lily verkündet wurde«, überlegte Sloane.

James nickte.

»Ich hätte nie gedacht, dass er dazu fähig ist«, meinte Sloane langsam. »Siehst du denn nicht, wer aus deinem Tod einen Nutzen ziehen würde?«

»Nein.« James war immer noch ratlos.

»Als Hugh und ich in Boston waren, drängte Reggie St. Leger auf deine Verlobung mit Valentina, da er wusste, Hugh würde nicht wiederkommen«, erklärte Sloane.

»Jetzt verstehe ich langsam«, bestätigte Adam. »Und als James dann seine Verlobung mit Valentina löste, versuchte Reggie, ihn zu ermorden, weil er wollte, dass du seine Schwester heiratest ... du, als der nächste Anwärter auf das Armstrongvermögen.«

»Das ist doch absurd«, widersprach James. »Reggie könnte nicht einmal einer Fliege etwas zu Leide tun.«

»Das muss er auch nicht, wenn er jemanden damit beauftragt«, beendete Saint-Germain. »Er hat sein eigenes Vermögen durchgebracht und benötigt nun deines, um weiterhin seiner Spielsucht zu frönen.«

»Verdammt!«, rief James, sprang auf und warf dabei seinen Stuhl um. »Reggie ist in genau diesem Moment mit Lily auf dem Weg nach Kinross Park!« Er rannte zur Tür, und die anderen Männer beeilten sich, ihm zu folgen.

Zwanzigstes Kapitel

Ihr Ehemann wollte sie loswerden.

Lily wollte diese Vorstellung abschütteln, doch sie vermochte es nicht. Stattdessen versuchte sie, sich auf die vorüberfliegende Landschaft zu konzentrieren, um die beunruhigenden Gedanken zu verdrängen.

Die frühe Abendsonne warf lange Schatten über die Landstraße. Entlang der üppigen grünen Wälder zeigten sich erste Goldruten und honigfarbene Kleckse, die schon den Herbst erahnen ließen. Purpurne Astern und Zichorien wechselten sich mit dem tiefen Rot der Disteln ab.

Lily konnte nicht anders, als die Gelassenheit der Natur mit ihrem eigenen inneren Aufruhr zu vergleichen. Würde sie jemals Frieden für sich und einen sicheren Hafen für Michael finden?

»Ich kann nicht glauben, dass ich ein Schwein nach St. Albans begleite«, unterbrach der Earl von Bovingdon ihre düsteren Überlegungen.

»Wie bitte?«, meinte Lily.

St. Leger deutete auf Michael. »Dieses Schwein sollte man braten, nicht streicheln.«

»Princess gehört mir«, erklärte Michael und wischte sich mit dem Hemdsärmel übers Kinn.

St. Leger wandte sich ab, und Lily hatte das Gefühl, er könne den Anblick ihres Bruders nicht ertragen. Krampfhaft sah er aus dem Fenster.

Lily betrachtete den Earl unter den Wimpern hervor. Er war blond wie seine Schwester, aber was bei der Frau schön war, wirkte bei dem Mann nichts sagend.

»Warum muss dieser Kutscher durch jedes Schlagloch auf dem Weg fahren?«, beklagte sie sich.

»Ich kann mir im Gegensatz zu Ihrem werten Gemahl nicht das Beste leisten, was gerade auf dem Markt ist«, erwiderte St. Leger. Dann lächelte er wieder. »Doch all das wird sich bald ändern.«

»Inwiefern?«

»Ich habe ganz vorzügliche Aussichten.«

»Wir sind schon seit mehr als einer Stunde unterwegs«, sagte Lily. »Von diesen Schlaglöchern wird mir übel. Ich möchte mir kurz die Beine vertreten.«

St. Leger blickte aus dem Fenster. »Wir erreichen gleich Verulamium Woods. Dort können wir anhalten.«

Zehn Minuten später hämmerte St. Leger von innen an das Kutschdach und verlangte eine Pause. Der Fahrer zügelte die Pferde und hielt am Wegesrand.

Als Erster stieg St. Leger aus. Dann half er Lily und Michael aus der Kutsche.

»Jenseits dieser Baumgruppe liegt ein Flüsschen, Mylady«, schlug St. Leger lächelnd vor. »Möchten Sie vielleicht dorthin spazieren?«

Lily nickte und ging auf die Bäume zu. Sie verabscheute diesen weinerlichen Earl von Bovingdon und wünschte, er würde verschwinden. Wäre er ein Hund, würde er sich auf den Rücken legen und winseln.

Der Fluss sah frisch, sauber und sehr einladend aus. Lily kauerte sich ans Ufer, schöpfte Wasser mit den Händen und spritzte es sich ins Gesicht. Das kühle Nass belebte und erfrischte sie.

Als sie wieder aufstand und sich umdrehte, fand sie den Earl plötzlich nur Zentimeter von sich entfernt. »Was wollen Sie …«

St. Leger umschloss ihren Hals mit den Händen, aber Lily stieß ihm das Knie in den Unterleib. Während er sich vor Schmerzen krümmte, rannte sie Angst erfüllt auf die Baumgruppe zu. Wenn sie nur die Straße erreichen konnte!

Ein Blick über die Schulter zeigte ihr, dass der Earl ihr nachlief. Sie stolperte über eine Wurzel und stürzte. Gerade noch konnte sie sich mit den Händen abstützen und so ihr ungeborenes Kind retten.

»Michael«, schrie sie verzweifelt, da war St. Leger schon bei ihr.

Er ging auf die Knie und drückte sie rittlings zu Boden, dann packte er sie am Hals.

Lily schlug ihm mit den Fäusten ins Gesicht, doch er ließ nicht ab. Sie konnte nicht mehr atmen, die Kräfte drohten sie zu verlassen.

Plötzlich schrie St. Leger auf und fiel auf die Seite, mit der Hand griff er sich an die Kehle. Ein dünner Blutfaden rann aus einer Wunde am Hals.

Über ihm gebeugt stand Michael, seinen Dolch in der Hand. Er kniete sich neben den Earl und hielt ihm die Klinge an die Gurgel.

»Eine Bewegung und du bist tot«, drohte der Junge.

»Der Bengel hat mich geschnitten«, heulte St. Leger, aber er wagte nicht, sich zu rühren.

Immer noch keuchend und um Atem ringend setzte sich Lily auf. Dann zog sie ihren eigenen Dolch und bedrohte ihrerseits den Earl.

»Bruder, ich danke dir, dass du mein Leben gerettet hast«, sagte Lily heiser. »Du bist wahrlich ein Held.«

»Gern geschehen, Schwester«, grinste Michael stolz. »Was machen wir nun?«

»Wir schneiden ihm die Nase ab und verfüttern sie an Princess«, schlug Lily vor.

»Das wird nicht nötig sein«, ertönte eine tiefe Stimme hinter ihnen.

Den Dolch auf St. Leger gerichtet, blickte Lily sich um. Da stand James, und eine Welle der Erleichterung überflutete sie. Hinter ihm waren Sloane, Adam St. Aubyn und John Saint-Germain zu erkennen, ebenso wie Bradley und Seth.

Adam und John beeilten sich, St. Leger auf den Bauch zu drehen und ihm die Hände zu fesseln. Dann setzte John ihn unsanft auf.

Mit einem Lächeln wandte Lily sich an ihren Mann, doch es war Bradley, der ihr aufhalf und sie beschützend an sich zog. »Bist du verletzt?«, erkundigte er sich besorgt.

Lily schüttelte den Kopf. »Michael hat mir das Leben gerettet.«

»Gut gemacht, kleiner Bruder.« Seth legte ihm den Arm um die Schultern.

Michael strahlte vor Stolz. »Ich bin ein Held, sagt Lily.«

Lily fragte sich, warum ihr Mann sich nicht um sie kümmerte. Obschon noch immer in Bradleys Umarmung, wandte sie sich zu James um, der zusammen mit Sloane den Earl zur Rede stellte.

»Wir wissen, was Sie vorhaben.«

»Und ich weiß nicht, wovon Sie sprechen«, behauptete St. Leger.

»Gestehen Sie, Reggie«, forderte James.

»Ich habe mir nichts zu Schulden kommen lassen«, erwiderte St. Leger hartnäckig.

»Ich kann das machen«, mischte sich Michael ein. Bevor jemand ihn aufhalten konnte, ging der Junge neben dem Earl auf die Knie und hielt ihm den Dolch an die Wange.

»Sag gefälligst die Wahrheit«, drohte Michael. »Sonst ...«

St. Leger gab keinen Ton von sich.

Michael ritzte die Wange des Earls leicht mit der Spitze des Dolchs, sodass es blutete.

»Rufen Sie den Bengel zurück!«, schrie St. Leger.

»Nun reden Sie schon, Reggie«, befahl James.

»Haben Sie einen Mörder gedungen, um Hugh zu töten?«, fragte Sloane.

»Das hatte Hugh sich selbst zuzuschreiben«, antwortete St. Leger. »Er wollte Valentina nicht heiraten.«

»Und mich wollten Sie auch ermorden lassen?«, wollte James wissen.

»Sie hätten Ihre Verlobung mit Valentina nicht lösen sollen«, erklärte St. Leger trotzig.

»Und wie wollten Sie Lilys Tod erklären?«, forschte James weiter.

»Sie sollte in den Fluss fallen und ertrinken«, gab St. Leger Auskunft. »Und der Bengel sollte bei dem Versuch, sie zu retten, ebenfalls umkommen.«

»Reggie, dafür werden Sie hängen«, verkündete Saint-Germain.

»Du Mistkerl hast meinen Bruder getötet und beinahe meine Frau umgebracht«, donnerte James und packte ihn an der Gurgel. »Ich sollte dich gleich hier zu Tode prügeln und dem Gericht die Arbeit ersparen.«

»Der Galgen ist viel zu gut für ihn, und ihn vor Gericht zu zerren, würde euch in Erklärungsnöte bringen«, überlegte Adam. »Ich habe eine bessere Idee.«

»Und die wäre?«, fragte James.

»Wir werden Reggie Kapitän Roberts als Matrose übergeben«, antwortete Adam. »Sobald Roberts nach England zurückkehrt, wird Reggie auf eines deiner Schiffe verfrachtet, das gerade ausläuft.«

»Das gefällt mir«, stimmte Saint-Germain ein. »Reggie wird das harte Leben auf See sicher genießen.«

»Das werde ich nicht mitmachen«, erklärte St. Leger. »Ich werde Ihr Verbrechen in die Welt hinausschreien.«

»Das glaube ich nicht«, meinte Sloane. Er nahm seine Krawatte ab und würgte den Earl damit.

»Ich bin mit Adams Vorschlag einverstanden«, willigte James ein.

Dann wandte er sich um und ging auf Lily zu. Sie hätte sich ihm am liebsten in die Arme geworfen, aber Bradley hielt sie fest umschlungen.

»Ich weiß, dass du gelogen hast, um deinen Bruder zu schützen«, begann der Duke. »Ich hätte an deiner Stelle dasselbe getan. Bitte vergib mir, dass ich dir gedroht habe.«

»Und ich an deiner Stelle hätte ebenfalls das Schlimmste von mir angenommen«, erwiderte Lily. Sie sah ihm in die dunklen Augen und versuchte, wenigstens einen Funken Liebe zu entdecken.

Doch bevor sie ein weiteres Wort sagen konnte, fuhr Bradley dazwischen. »Ich liebe dich immer noch, Lily. Und ich werde dich heiraten, selbst wenn du das Kind eines anderen trägst.«

Lily blickte ihm in die Augen und fand dort Liebe und

Hoffnung funkeln. Dann sah sie zu James, dessen Ausdruck weiterhin verschlossen war, und wartete darauf, dass er etwas sagte.

»Tu, was du willst«, meinte er nur und drehte sich um.

Unendlich traurig starrte sie ihm nach, ihr Hals zog sich schmerzvoll zu, sie konnte kein Wort hervorbringen. Er liebte sie nicht und wollte sie endgültig gehen lassen, selbst wenn er dafür sein eigenes Kind aufgeben musste.

Verzweifelt wollte sie sich auf den Boden werfen und bis in alle Ewigkeit weinen, schaffte es jedoch, die Tränen im Zaum zu halten. Weinen konnte sie noch genug, wenn sie allein war. Es würde nichts an ihrer Situation ändern, wenn die anderen ihr Leid mitbekommen würden. Ihr Gatte schickte sie zurück in die Docks von Boston, wo sie hingehörte.

Vier Stunden später saß Lily in einem Zimmer in der Bedford Lodge in Kensington. Michael war mit Seth und Bradley zum Abendessen gegangen, doch sie hatte Müdigkeit vorgeschützt. Das Mahl, das Seth ihr gebracht hatte, hatte sie an Princess verfüttert, die nun zusammengerollt am Fußende des Bettes lag.

Würde James ihr gemeinsames Kind jemals sehen wollen? Ihre Gedanken waren in hoffnungslosem Aufruhr. Würde er sich so bald wie möglich scheiden lassen? Welche der jungen Damen, die sie kennen gelernt hatte, würde seine Braut werden, wenn er sie erst los war?

Es wäre das Beste, England zu verlassen, sagte sich Lily. Sie konnte niemals mit einem Ehemann glücklich sein, der sie nicht liebte, und sie wollte nicht, dass er nur des Kindes wegen bei ihr blieb.

Tränen strömten ihr über das Gesicht. Sie tastete nach dem Kreuz um ihren Hals. Es gab keine erste und einzige Liebe für sie. Nie hatte sie sich träumen lassen, wie schmerzvoll die Liebe sein konnte.

»Mach die Tür zu«, flüsterte Lily erstickt, als sie ihren Bruder hereinkommen hörte. Dann hob sie den Kopf und lächelte ihn traurig an.

»Warum weinst du?«, wollte Michael wissen.

Lily klopfte neben sich auf das Bett. Nachdem er sich hingesetzt hatte, legte sie ihm den Arm um die Schultern und sagte: »Ich liebe den Duke, aber er liebt mich nicht.«

»Doch, er liebt dich«, sagte Michael. »Das hat er mir gestern selbst erzählt.«

»Der Duke liebt mich?«, wiederholte Lily ungläubig.

»Er hat gesagt, es muss ein Geheimnis bleiben. Verflucht noch mal, jetzt kriege ich bestimmt Ärger.«

»Möchtest du gerne in England bleiben?«, fragte Lily. Sie fühlte sich, als habe man ihr eine zentnerschwere Last von der Seele genommen.

Michael nickte. »Du weißt, ich mag das gute alte England.«

Lily schnallte sich den Dolch ums Bein, zog die Stiefel an und nahm ihren Mantel.

»Hast du deinen Dolch?«, fragte sie ihren Bruder.

»Helden sind allzeit bereit«, prahlte Michael und schlug sich mit der Hand an den Stiefel, unter dem die Waffe versteckt war.

»Wir schleichen uns die Dienstbotentreppe hinunter«, erklärte Lily und hob Princess hoch. »Morgen wird der Duke Seth mitteilen, dass wir in England bleiben.« Sie hielt inne und blickte ihrem Bruder in die blauen Augen, die ihren eigenen so ähnlich waren. »Bist du sicher, dass du bei mir bleiben willst?«

»Schwester, wir werden immer zusammen sein«, versicherte Michael und legte ihr die Hand auf den Arm.

»Ich wüsste nicht, was ich ohne dich machen würde.« Lily hatte Tränen in den Augen.

»Warum weinst du denn jetzt schon wieder?«, wollte er wissen.

»Ich weine, weil du mich so glücklich machst.«

Michael sah sie leicht angewidert an und stellte fest: »Mädchen sind komisch.«

Lily musste lächeln. »Mir nach.«

»Warte! Wir müssen das Bett so aussehen lassen, als würden wir darin schlafen.«

Mit amüsiertem Erstaunen sah Lily zu, wie Michael die Decke zurückschlug und die Kissen länglich anordnete. Dann bedeckte er die Kissen vollständig mit der Decke. Das Bett wirkte, als schliefen zwei Menschen darin.

Princess im Arm legte Lily einen Finger auf die Lippen. Sie öffnete die Tür, sah sich verstohlen um, und zusammen stiegen sie und Michael die Dienstbotentreppe hinunter.

»Verzeihen sie bitte«, rief Lily dem Koch und seinem Personal zu, während sie sich durch die Küche schlichen. »Wir sind gleich weg«, ergänzte Michael und folgte seiner Schwester durch die Tür in die schmale Gasse hinter dem Gasthof.

Die beiden Geschwister marschierten die Kensington Road entlang, bis sie die Park Lane erreichten, und bogen dann rechts in die Upper Brook Street ein.

Etwa eine Stunde nach ihrer Flucht aus der Bedford Lodge standen Lily und Michael vor dem Haus der Armstrongs. Einen verzweifelten Moment lang zögerte Lily, dann rannte sie die Treppe hinauf und klopfte, bevor der Mut sie wieder verließ.

»Willkommen zu Hause, Euer Gnaden«, begrüßte Pennick sie strahlend und trat zur Seite, um sie einzulassen.

»Michael und ich bleiben in England«, erklärte Lily. »Wo ist der Duke?«

»Ich glaube, er musste in einer dringenden Angelegenheit zu den Docks«, antwortete Pennick.

»Sagen Sie ihm bitte nicht, dass ich hier bin«, wies Lily den Butler an. »Ich will ihn überraschen.«

»Wie Sie wünschen, Mylady.«

Lily schritt hinter ihrem Bruder die Treppe hinauf und übergab ihm Princess, als sie ihm dritten Stock angelangt waren. Nachdem sie sich versichert hatte, dass er auch wirklich auf sein Zimmer gegangen war, betrat sie das Schlafzimmer ihres Mannes. Dort zog sie sich bis auf die Unterwäsche aus, setzte sich und wartete.

Eine Stunde verging.

Lily merkte, wie sie eindöste und öffnete das Fenster, um die kühle Nachtluft einzulassen, bevor sie zu dem Sessel zurückkehrte.

Als sie jemanden an der Tür hörte, war Lily wieder hellwach. Was würde James sagen, wenn er sie hier entdeckte? Was sollte sie ihm nur sagen?

Und dann wusste sie es plötzlich. Sie zog leise den Dolch aus dem Schaft, der oben auf ihrem Kleiderbündel lag.

James trat ein und entkleidete sich, ohne eine Kerze

anzuzünden. Seine Sachen ließ er einfach auf den Boden fallen und ging zum Fenster.

Da schlich sich Lily blitzschnell hinter ihn, hielt ihm den Dolch in den Nacken und zischte: »Eine falsche Bewegung und ich spieße deinen Hals auf wie ein Würstchen.«

»Was willst du?« fragte er völlig erschöpft.

Er wirkte so müde, dachte Lily, und das Herz brach ihr beinahe, als sie den Schmerz in seinen Worten hörte. Was für Narren sie gewesen waren, jeder zu stolz, um von Liebe zu sprechen.

»Also, Lily?«

Sie glaubte nicht, dass in seiner Stimme Liebe mitschwang, aber sie würde es trotzdem versuchen. Das Schlimmste, was ihr passieren konnte, war, dass er sie zurück zur Bedford Lodge schickte!

»Ich will, dass du mich ebenso liebst wie ich dich«, sagte Lily und warf den Dolch zu Boden.

Mit einem Seufzer der Erleichterung wirbelte James herum, zog sie in seine Arme und drückte sie an sich, so fest er nur konnte. Dann beugte er den Kopf hinunter, und seine Lippen versiegelten ihre in einem verlangenden, aufwühlenden Kuss.

»Ich liebe dich doch«, erklärte James und hielt sie noch fester umschlungen. »Ich habe dich vom ersten Augenblick an geliebt.«

Es war, als sei Lily endlich nach Hause gekommen. Sie hatte den sicheren Hafen für sich und ihren Bruder gefunden.

So standen sie lange unbeweglich da, Lily mit der Wange an seine breite Brust gelehnt, er das Kinn auf ihren Kopf gestützt.

»*Alpha* und *Omega*«, flüsterte Lily und tastete nach dem goldenen Kreuz um seinen Hals. »Du bist meine erste und meine einzige Liebe.«

James hob ihr Kinn hoch und bedeckte ihren Mund mit dem seinen. All seine Liebe lag in diesem Kuss. Und der verschmolz mit einem weiteren. Und einem weiteren ...

Epilog

Kinross Park, Februar 1814

»Ich bin so erleichtert, dass Sarah Michael ein völlig gesundes Kind ist«, seufzte Lily, die blauen Augen auf das Baby gerichtet, das an ihrer Brust saugte.

»Sarah Michael?«, wiederholte James, der neben ihr auf der Bettkante saß.

»Würde es dich sehr stören, wenn ich sie nach meiner Mutter nennen würde?«, wollte Lily wissen und warf ihm einen koketten Blick zu.

James lächelte. »Deine Mutter hieß Michael?«

»Meine Mutter hieß Sarah«, antwortete Lily und bot ihrer Tochter die andere Brust an. »Michael soll sie zu Ehren meines Bruders heißen.«

»Sieh nur, wie ihr kleines Mündchen sich bewegt.« James hatte nur Augen für das kleine Wesen in Lilys Armen. »Sarah Michael liebt es beinahe so sehr, an deinen Brüsten zu saugen wie ich.«

»Vielen Dank, Liebling«, sagte Lily und beugte sich zu ihm, um ihn auf die Wange zu küssen.

»Bist du schon bereit, Besuch zu empfangen?«, erkundigte sich James, als er ein Klopfen an der Tür hörte.

»Ja«, gab Lily zurück. Sie nahm ihre Tochter von der Brust und bedeckte sich.

»Herein«, rief James.

Die Tür öffnete sich, und herein kamen Michael, die

Duchess und die beiden Tanten. Alle versammelten sich um das Bett.

»Wo ist Princess?«, fragte Lily ihren Bruder.

»Dieses Schwein kommt mir nicht in die Nähe meiner Enkelin«, verkündete die Witwe.

»Ich sehe eine glänzende Zukunft für sie voraus«, erklärte Lady Nora.

»Was für ein wunderschönes Mädchen«, schwärmte Lady Donna. »Sie wird eine echte Herzensbrecherin werden.«

»Was hältst du von ihr, Michael?«

»Ich finde, sie sieht zerknittert aus«, platzte Michael heraus. Alle lachten.

»Die Falten werden sich bald glätten«, versicherte James.

»Wir haben sie Sarah Michael genannt«, erzählte Lily ihrem Bruder. »Wenn du mir nicht das Leben gerettet hättest, wäre Sarah Michael jetzt nicht hier.«

»Wo wäre sie dann?«, flüsterte Michael.

»Sie wäre mit dir und mir bei unserer Mutter im Himmel«, antwortete Lily. »Wenn sie alt genug ist, es zu verstehen, wirst du ihr dann die Geschichte vom Erzengel Michael erzählen?«

Michael strahlte vor Glückseligkeit. »Das werde ich jeden Tag machen.«

»Ich glaube, es wird Zeit, die stolzen Eltern ein wenig mit ihrer neuen Tochter allein zu lassen«, meinte die Duchess.

Lady Nora hakte Michael unter und begleitete ihn hinaus, gefolgt von Lady Donna, die über die Schulter rief: »Tess, kommst du?«

»Ich bin gleich bei euch«, antwortete die Witwe. Mit

einem strengen Blick auf James sagte sie: »Ich will noch einen Enkel sehen, bevor ich sterbe.«

»Wir werden so bald wie irgend möglich anfangen, daran zu arbeiten«, versprach ihr Sohn.

»Das will ich auch meinen.«

Wieder allein saßen Lily und James lange Zeit still und betrachteten ihre schlafende Tochter. James griff in seine Jacke und holte einen Umschlag hervor.

»Das kam gestern aus Boston an«, teilte er ihr mit.

»Was für eine Überraschung«, erwiderte Lily und musterte gespannt den Brief ihres Bruders Seth. »Du hast ihn noch gar nicht geöffnet.«

»Touché, mein Liebling.«

»Lies ihn mir vor«, bat Lily und gab ihn an James zurück, der ihn öffnete, das Schreiben überflog und beiseite legte. »Seth sagt, dass Valentina sich endlich an ihr neues Leben als Frau eines Gastwirts gewöhnt hat. Zumindest streiten sie nicht mehr so häufig.«

Lily musste lachen. »Ich kann mir Valentina überhaupt nicht in den Docks von Boston vorstellen.«

»Dein Bruder schreibt auch Neuigkeiten von deinem früheren Verlobten«, fügte James hinzu. »Bradley Howell hat Hortensia MacDugal geheiratet.«

»Armer Bradley«, meinte Lily. »Hätte ich gewusst, was für ein Schicksal ihm blüht, wenn ich ihn verlasse ...« Sie küsste ihren Mann auf die Wange und beendete den Satz. »Ich wäre trotz allem bei dir in England geblieben.«

»Ich danke dir, mein Liebling.« James beugte sich nah zu ihr und küsste sie auf den Hals.

»Eine Frage wollte ich dir schon lange stellen«, sagte Lily unvermittelt.

»Und welche?«

»Wenn du mich so sehr liebtest, warum hättest du mich zurück nach Boston gehen lassen?«

»Ich dachte, du liebst Bradley noch immer«, antwortete James. »Wenn du dir die Mühe gemacht hättest, in deinen Ehering zu sehen, hättest du gewusst, dass ich dich liebe.«

»Ich habe die Inschrift gelesen, aber sie ist nicht auf Englisch.«

»*A vila mon coeur li mo* ist französisch«, erklärte James. »Es bedeutet *Hier ist mein Herz, hüte es wohl.*«

»Küss mich«, flüsterte Lily.

Vorsichtig, um ihre Tochter nicht zu stören, zog James Lily zu sich heran und hob ihr Kinn. Dann verschloss er ihre Lippen in einem Kuss, so leidenschaftlich wie seine Liebe für sie.

»Wie fühlt man sich, wenn man das Herz eines Dukes erobert hat?«

»Ganz ausgezeichnet.«

Catherine Cookson

Von ihren fesselnden Romanen wurden weltweit bereits mehr als 100 Millionen Exemplare verkauft. Catherine Cookson ist eine der erfolgreichsten Schriftstellerinnen der Welt!

3-453-49016-9

Das Haus im Moor
3-453-17783-5

Eine wichtige Begegnung
3-453-19833-6

Kate Hannigans Tochter
3-453-21105-7

Zeit ohne Worte
3-453-86431-X

Eine Brücke ins Glück
3-453-86956-7

Das Geheimnis des Frühlings
3-453-87406-4

Das Geheimnis des Sommers
3-453-87407-2

Das Geheimnis des Winters
3-453-87408-0

Die Erfüllung
3-453-49016-9

HEYNE